KB271037

중국 13억 인구가 함께 즐기고
그들 기력의 원천이 되는 민족연극

위대한 중국의 대중예술 경극(京劇)

김학주 著

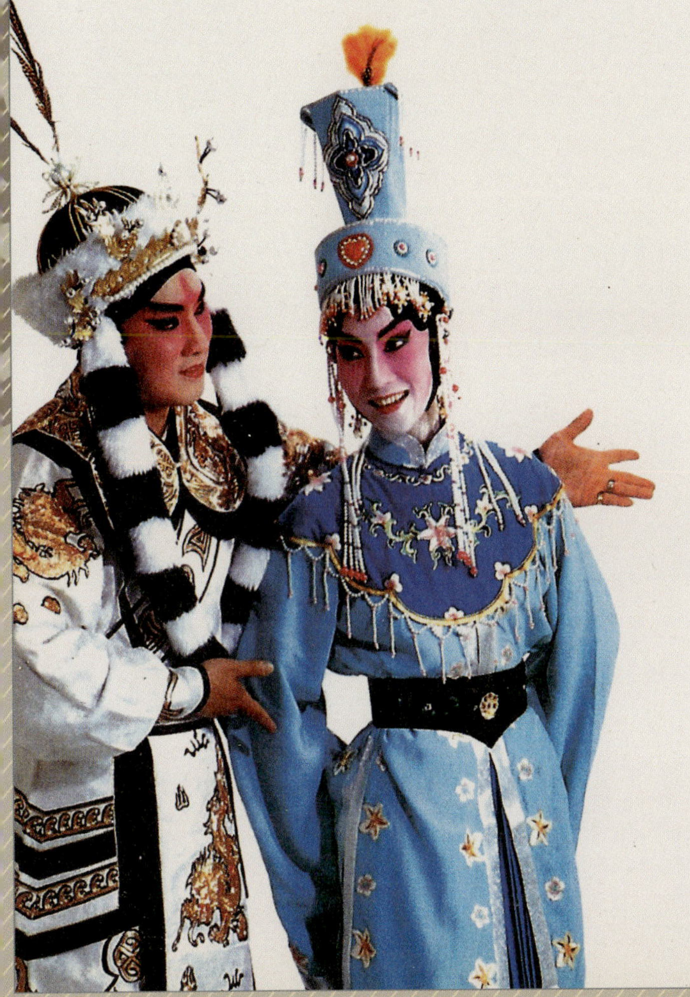

책을 내면서

지난해에 『경극(京劇)이란 어떤 연극인가?』(2009. 1. 명문당 발행)라는 책을 내었다. 경극이란 연극은 13억 중국인구의 위 지도층으로부터 아래 서민들에게 이르기까지 모두가 함께 즐기고 있는 세계 다른 고장에는 유례가 없는 위대한 대중예술이다. 그리고 중국의 전통연극은 노래와 춤으로 일정한 얘기를 무대 위에 공연하는 것이어서 그 연출에는 중국 사람들의 전통 음악 무용은 말할 것도 없고 그들의 문학 미술 의식까지도 모두 동원되고 있다. 따라서 경극은 중국 전통문화를 가장 잘 대표하는 연극의 하나이다.

중국은 우리와는 역사적으로나 지리적으로나 불가분의 관계에 있는 큰 이웃나라임은 두말할 필요도 없다. 그리고 우리는 오랫 동안 같은 문화권 안에서 살아왔기 때문에 그 영향은 매우 크다. 우리는 아직도 그들의 문자인 한자를 쓰고 있다. 그럼에도 불구하고 지금에 와서 한국 사람들은 이러한 중국의 전통문화에 대하여 냉담하다. 뮤지컬을 무척이나 좋아하면서도 중국의 경극은 거들떠보지도 않을뿐더러 그것이 어떤 연극인가 왜 중국 사람들은 그것을 좋아하는가 이해하려 들지도 않는다.

작년 4월 중국영화계의 명감독 중의 한 사람인 츤카이꺼(陳凱歌)가 만든 영화 「메이란팡(梅蘭芳)」이 들어왔었는데 관객의 반응이 시원찮아 며칠도 견디지 못하고 상연을 접어버린 일이 있다. 메이란팡은 남자이면서도 경극의 여자주인공인 청의(靑衣) 역을 맡아 중국역대 미인으로 분장하여 요염한 몸놀림과 매력적인 목소리로 온 세상 사람들을 매료시켰던 세계적인 배우이다. 이 명배우의 생애를 바탕으로 한 영화는 내가 보기에는 상당히 볼만한 작품이었는데 한국 사람들은 모두 등을 돌린 것이다. 경극에도 관심이 없고 메이란팡에 대하여도 잘 모르기 때문이다.

우리는 이웃 큰 나라와 잘 지내야 하고 그러기 위하여 그들의 문

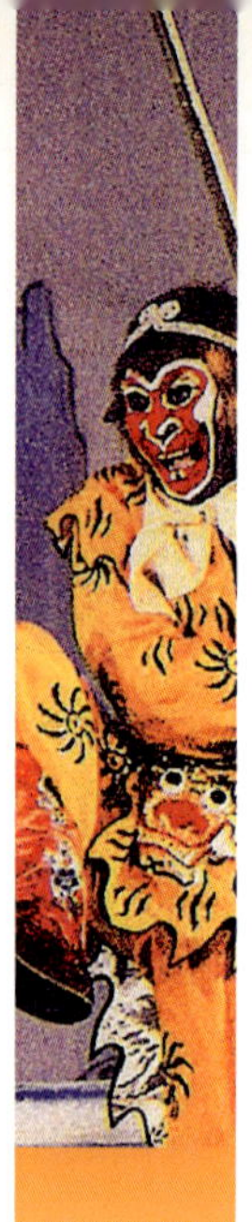

화를 어느 정도 이해하여야 한다. 이처럼 경극을 모르고는 중국을 안다고 할 수가 없다. 이렇게 무관심해가지고는 중국 사람들과 가까워질 수가 없다. 그래서 한국 사람들에게 경극을 알리자는 뜻에서 『경극이란 어떤 연극인가?』라는 책을 썼다. 이 책을 쓰고 난 뒤 여기에서 애기하지 못한 한국 사람들에게 꼭 알리고 싶은 두 가지 문제에 대한 생각이 더욱 절실해졌다. 그것은 중국 사람들이 이전부터 어떻게 얼마나 경극을 좋아 했는가, 라는 문제와 현 사회주의 중국에서는 봉건 유산이라고 여겨지는 경극을 무엇 때문에 어떻게 다루고 있는가, 라고 하는 문제이다.

물론 앞의 책에서도 그러한 문제를 다루기는 하였다. 그러나 이 책에서는 그 문제를 좀 더 집중적으로 다루어 많은 사람들을 깨우쳐 주고자 하는 목표를 세웠다. 다만 걱정이 되는 것은 필자 자신도 경극에 대하여는 잘 모르는 부분이 너무나 많기 때문에 불충분한 곳이 적지 않을 것이다. 그러나 많은 사람들을 경극에 가까이 끌어들이는 유도역할만은 제대로 하게 되기를 간절히 바란다.

끝으로 이 자리를 빌려 어려운 우리의 출판 여건에도 불구하고 좋은 책을 내는 것을 자신의 사명으로 알고 불철주야 애쓰고 있는 명문당 김동구 사장에게 감사의 뜻을 표하면서 회사의 무궁한 발전을 빈다.

2010년 4월 15일
김 학 주 인헌서실에서

목차

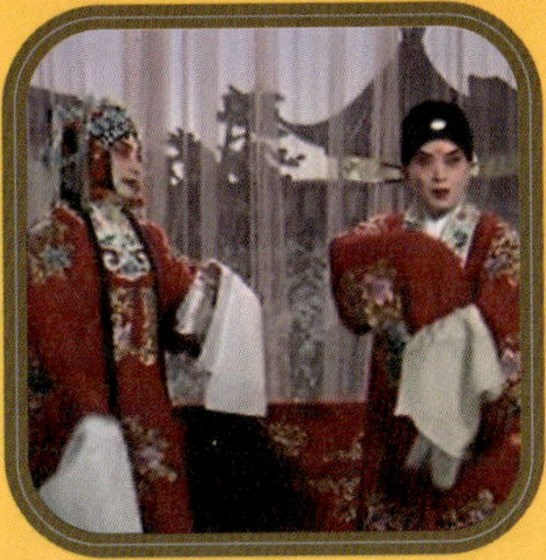

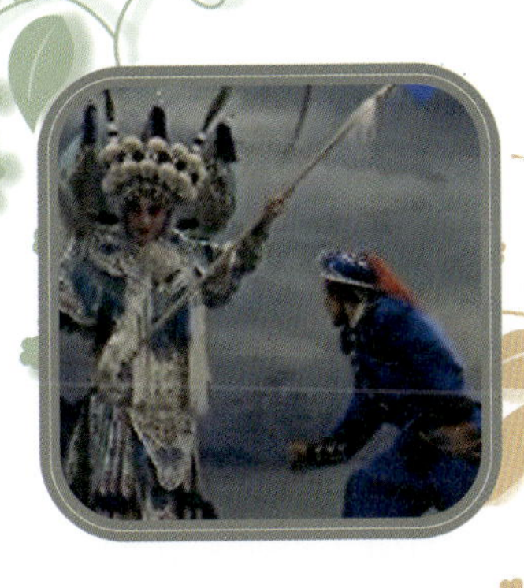

1

13억 인구의 큰 나라 위아래 사람들이 모두 좋아하고 즐기는 경극

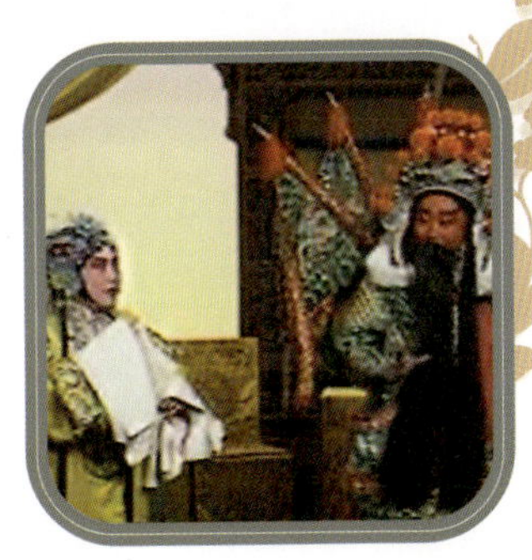

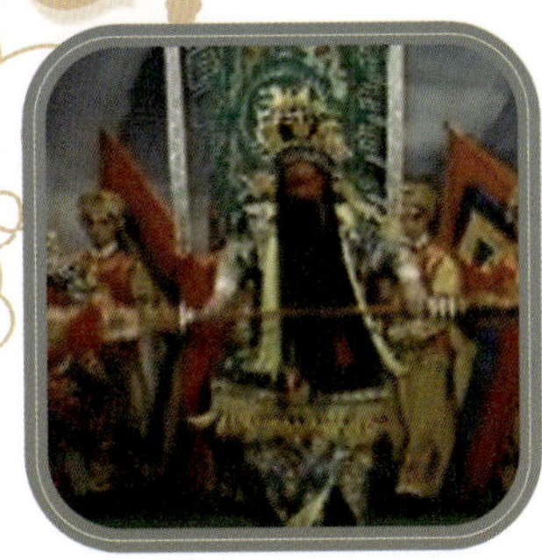

1. 13억 인구의 큰 나라 위아래 사람들이 모두 좋아하고 즐기는 경극

'경극'은 현재 중국 각지에 유행하고 있는 중국 전통연극 계열의 300 수십 여종이나 되는 지방희(地方戱) 가운데의 한 종류이다. 경극은 경희(京戱) 또는 평희(平戱)·국극(國劇)이라고도 부르며 서양 사람들은 Chinese Opera라고 한다.

경극은 중국의 수도인 베이징을 중심으로 하여 이루어지고 발전하여 연출 기법이 수많은 지방희들 중에서 가장 뛰어난 탓에 다른 어떤 연극보다도 중국 전역에 걸쳐 가장 널리 공연되고 있다. 전국의 연극 관계자들 110여 명을 동원하여 중국 각 지방에 공연되고 있는 전통연극 종류를 조사하여 해설한 『중국희곡극종수책(中國戱曲劇種手冊)』(베이징 中國戱曲出版社, 1987)에 실려있는 전통연극 종류가 360종에 이른다.

그리고 부록인 「각 성(省) 시(市) 자치구(自治區)의 본지와 외래 극종간황표(劇種簡況表)」에 의하면 그 여러가지 연극 종류 가운데 중국의 전국 각지, 심지어는 네이멍구(內蒙古)·신장(新疆)·시상(西藏)·헤이룽장(黑龍江) 등의 지역에까지도 완전히 보급되어 있는 연극이 경극이다. 그 위에 경극은 중국의 지배 계층으로부터 아래의 노동자 농민에 이르기까지, 그리고 한족뿐만이 아니라 대다수 소수민족들에 이르기까지 13억의 인구가 널리 함께 즐기고 있는 연극이다. 경극의 연출 기교는 많은 다른 지방 연극의 장점을 흡수하여 가장 발전한 것이어서, 지금 와서는 전국 지방희의 연출기법과 음악까지도 모두 이끌어가고 있다. 때문에 경극은 중국의 전통연극을 대표하는 연극이라 할 수 있다. 따라서 경극의 음악이나 연출기법은 중국의 연극뿐만이 아니라 여러 가지 전통적인 민간연예에도 영향을 미치고 있다. 그런데 이 경극이 이루어져 성행하기 시작한 것은 청나라 중반기를 지난 18세기 말에서 19세기 초에 걸친 시기의 일이다.

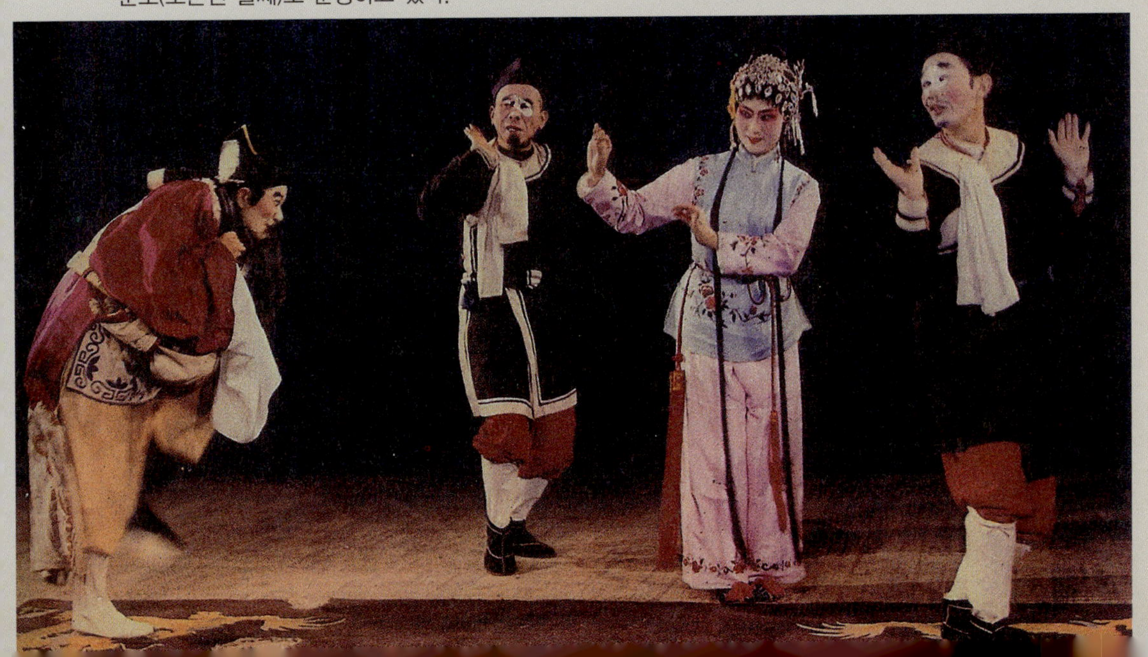

▼ 지방희인 포선희(莆仙戲)의 「춘초침당(春草闖堂)」을 공연하는 모습. 명배우 쉬시우잉(許秀英)이 춘초(오른편 둘째)로 분장하고 있다.

경극은 배우들이 자기 독특한 배역에 따라 경극의 특수한 화장(臉譜)과 치장(行頭)을 하고 특유의 노래(唱)와 대화(念白) 및 무공(武功)과 재주부리기(身段)를 사용하여 중국역사 얘기나 전설 같은 것을 무대 위에 연출하는 것이다. 그러나 이러한 연출 기법은 규칙이 매우 복잡하여 상당히 경극에 친숙한 사람이 아니면 연출 내용을 제대로 이해하기 힘들다. 한국 사람들이 경극을 가까이하지 못하는 가장 큰 까닭이 여기에 있다. 그러나 경극의 연출에는 한 시대의 음악·문학·미술·잡기·무용 등의 기법이 모두 동원되고 있어서 무엇보다도 중국의 문화를 집약적으로 잘 드러내 보이는 것이기 때문에 중국을 이해하려 한다면 이를 소홀히 대할 수가 없는 것이다.

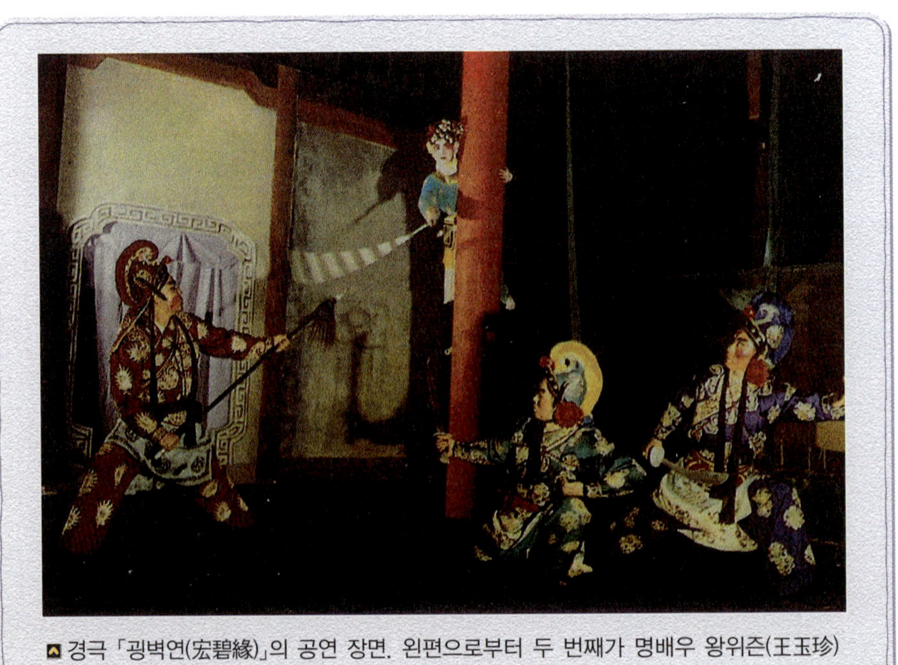

▲ 경극 「굉벽연(宏碧緣)」의 공연 장면. 왼편으로부터 두 번째가 명배우 왕위즌(王玉珍)

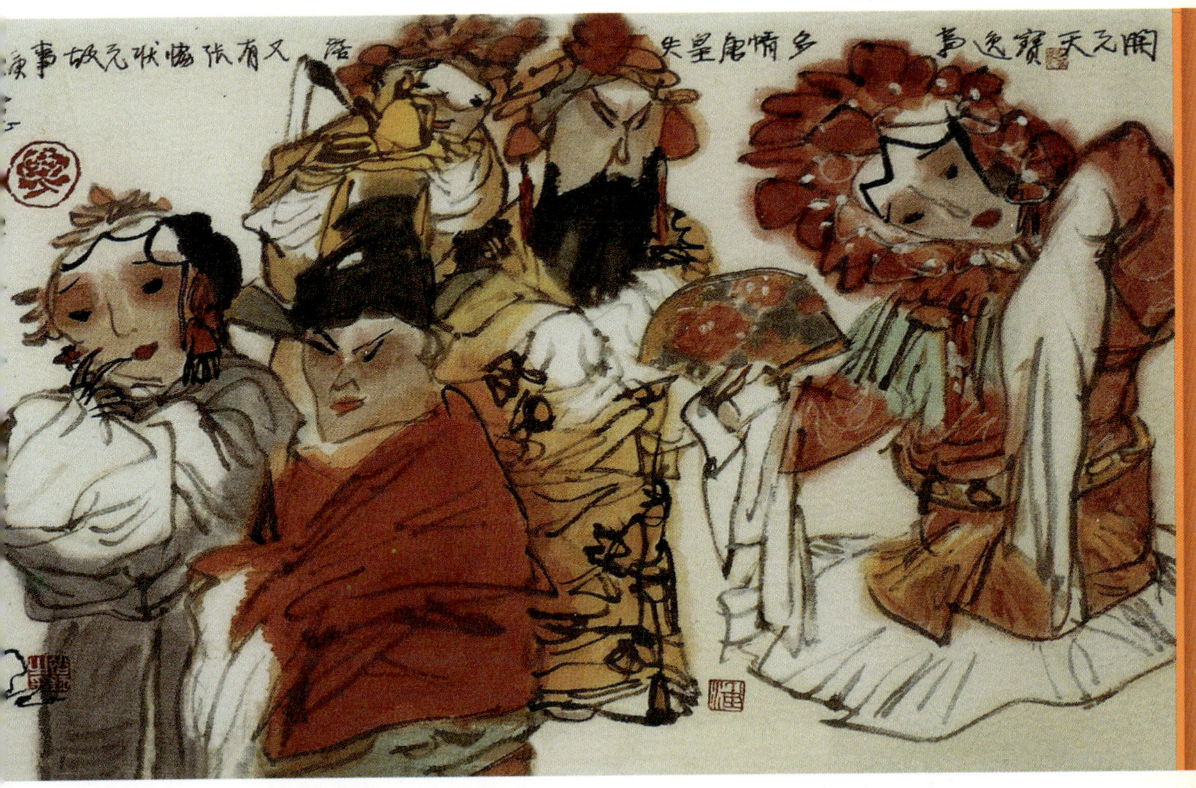

■ 절강영가곤극단(浙江永嘉昆劇團)과 강소성곤극단(江蘇省昆劇團)이 곤극 「장협장원」과 「장생전」을 공연하는 모습을 합쳐 그려 놓은 그림.

청나라는 나라가 불안한 초창기부터 왕실에서 시작하여 일반 서민들에 이르기까지 온 나라 사람들이 연극을 무척 좋아하였다. 특히 경극이 이루어지는 청나라 후반기에는 제국주의 열강이 멋대로 침략하여 청나라는 그들과의 싸움에 거듭 맥도 못쓰고 지기만 하면서 땅을 떼어주며 배상금을 물었다. 그들은 이 시기에 당한 치욕을 백년국치(百年國恥)라 하는데 경극은 이 백 년 동안의 '나라의 치욕'과 함께 이루어져 성행하였던 것이다. 그러기에 중국 사람들 스스로도 경극에 '미쳐있다'는 표현을 자주 썼다. 곧 왕실로부터 서

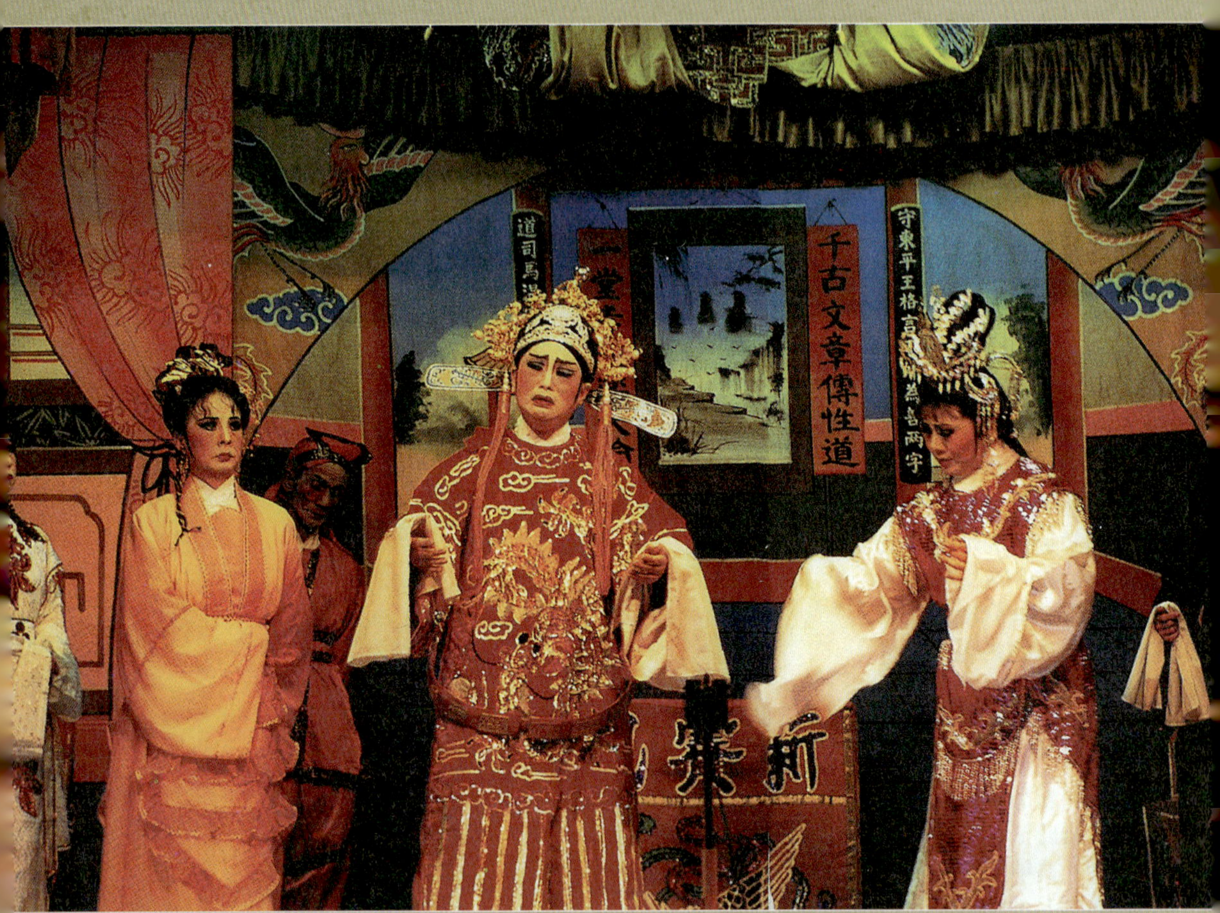

꺼자이시(歌仔戲)라 부르는 푸젠(福建)지방을 중심으로 유행하는 지방희 공연 모습

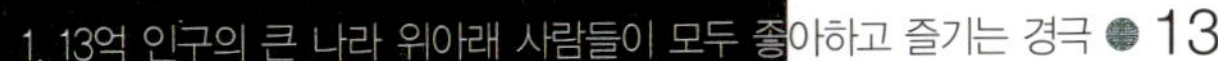

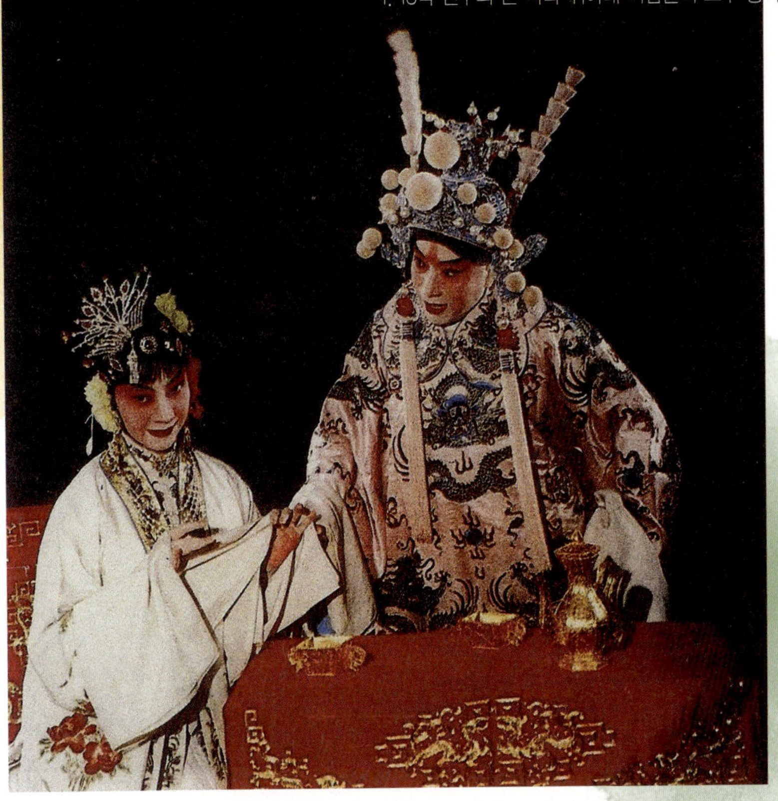

■ 경극 「여포와 초선(呂布與貂蟬)」 공연 장면. 명배우 예샤오란(葉少蘭)이 여포, 쉬쟈바오(許嘉寶)가 초선으로 분장하고 있다.

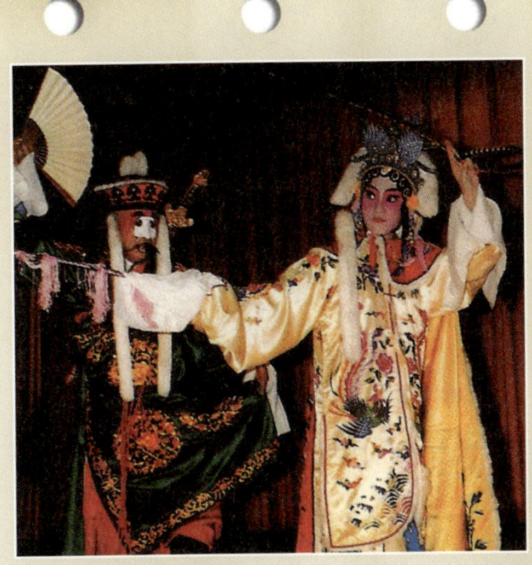

■ 왕소군(王昭君)이 시집가서 오랑캐 여자 복장을 한 모양

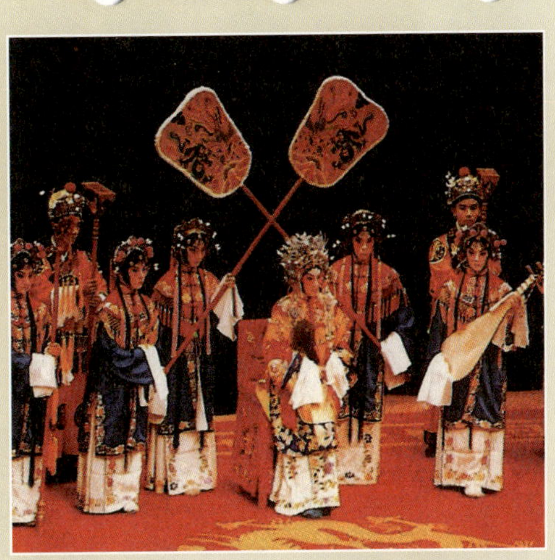

■ 경극에서 한나라 때 왕소군(王昭君)이 흉노로 시집가는 모양

민들에 이르기까지 나라의 위기는 아랑곳 하지 않고 모두가 경극에 빠져 풍악 속에 나날을 보냈기 때문이다. 중화민국이 이루어지고 중화인민공화국이 성립된 뒤에도 여전히 온 나라 사람들이 지배층으로부터 가난한 백성들에 이르기까지 경극을 즐기고 있다. 다만 경극을 좋아하는 성격에는 큰 변화가 있다. 지금 와서는 경극에 '미쳐있는 것'이 아니라 뚜렷한 자아의식을 가지고 자기네 전통 연극임을 인식하면서 경극을 통하여 온 인민을 사회주의 건설로 이끌려는 것이다. 경극은 명실공히 중국의 민족연극이다. 온 세계에서 가장 많은 인구와 사회의 가장 넓은 계층의 애호를 받고 있는 가장 위대한 대중예술이 경극이라 할 수 있다.

경극은 청나라 건륭(乾隆) 말엽(1790-1795)에서 가경(嘉慶) 연간(1796-1820)에 이르는 기간에 이루어져 도광(道光) 이후(1821 이후)로 크게 발전한 연극이다. 청나라 사람들은 경극이 생기기 이전부터도 왕실에서 서민들에 이르기까지 연극을 미친 듯이 좋아하였다. 따라서 중국에는 베이징의 경극뿐만이 아니라 어느 지방이나 그곳의 민속음악 가락을 사용하여 공연하는 제각기 다른 수많은 지방희가 발전하게 된 것이다. 경극도 베이징을 중심으로 이루어져 발전한 일종의 지방희이다.

여기에서 "미쳤다"는 표현을 쓴 것은 중국학자들의 표현을 빌려온 것이다.[1] 중화민국에 들어와서도 일부 비판자들이 있었지만 경

---

1) 이 책 안에 인용한 중국학자들의 글 중에도 사람들 모두가 연극에 "미친것 같다"는 표현이 대여섯 군데에 보인다.

극은 여전히 성행하였다. 새로운 중국이 선 뒤에도 경극은 전통연극이라 하여 여전히 나라에서 정책적으로 뒷받침해 주어 젊은 학생들 사이에 싫어하는 사람들이 있다고 하지만 변함없이 온 나라에 공연되고 있다. 이제는 한족뿐만이 아니라 소수민족 사이에도 상당히 유행하게 되었다. 중국 당국은 경극을 통하여 온 중화민족을 화합시키고 온 인민을 사회주의 방향으로 자연스럽게 이끌고 가려는 것이다.

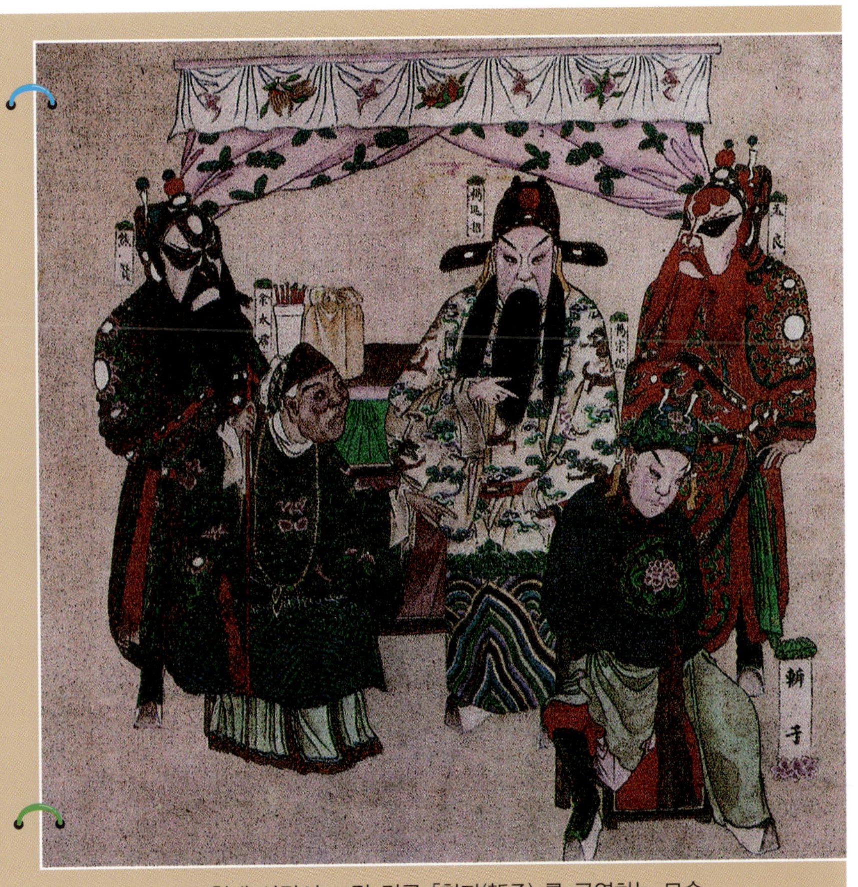

▲ 청대 사람이 그린 경극 「참자(斬子)」를 공연하는 모습

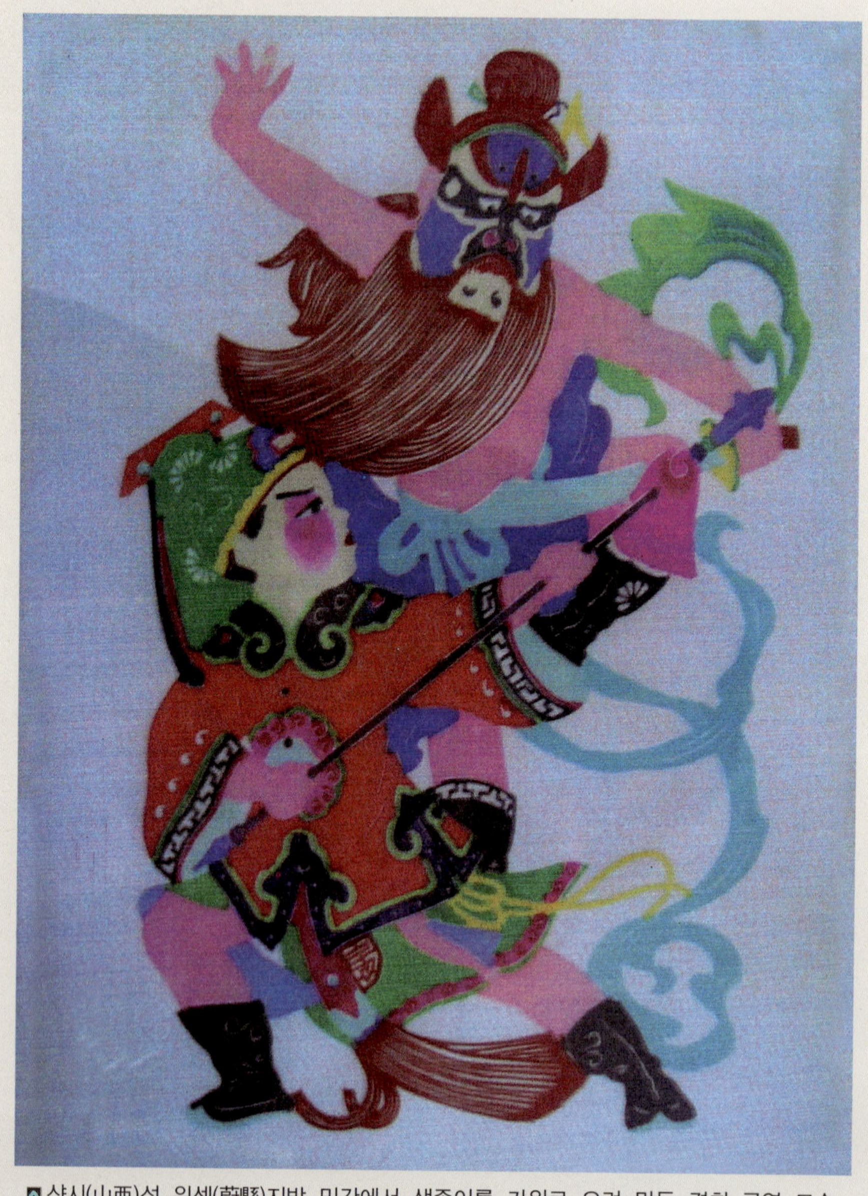

▲ 샨시(山西)성 위셴(蔚縣)지방 민간에서 색종이를 가위로 오려 만든 경희 공연 모습. 이를 전지(剪紙)라 부르며 중국의 여러 지방에 각기 독특한 것들이 만들어지고 있다.

여기에서 각별히 추구하고자 하는 문제는 다음과 같은 것들이다.

  첫째 ; 경극이 생겨나기 전에 청나라 왕실이나 백성들은 얼마나 그들
     전통연극을 좋아했는가? 어떤 연극 환경 아래 경극이 생겨나
     서 발전하였는가 라는 문제이다.
  둘째 ; 경극은 어떻게 이루어졌고 그 특징은 무엇인가? 경극은 어떤
     연극인가, 그리고 중국연극사 속에서 차지하는 경극의 위치는
     어떤 것인가 추구해 보려는 것이다.
  셋째 ; 경극이 이루어진 뒤 청나라 사람들은 경극에 미쳐있다고 할
     정도로 그 연극을 좋아하였는데, 그 실상은 어떠한가? 경극은
     청나라 사람들에게 무엇을 뜻하는 것이었는가 알아보려는 것
     이다.
  넷째 ; 현대 중국 사람들의 경극에 대한 태도는 어떠한가? 중화민국
     시대는? 중화인민공화국에 와서는? 지금 중국 사람들은 왜 다
     시 경극을 드러내려고 애쓰고 있는가? 경극이 현대 중국에서
     지니는 가치와 앞으로의 발전방향을 알아보고자 하는 것이다.

 끝으로 경극을 대하는 우리의 태도와 이에 관련된 우리의 문제에
대하여도 반성해 보아야만 할 것이다.

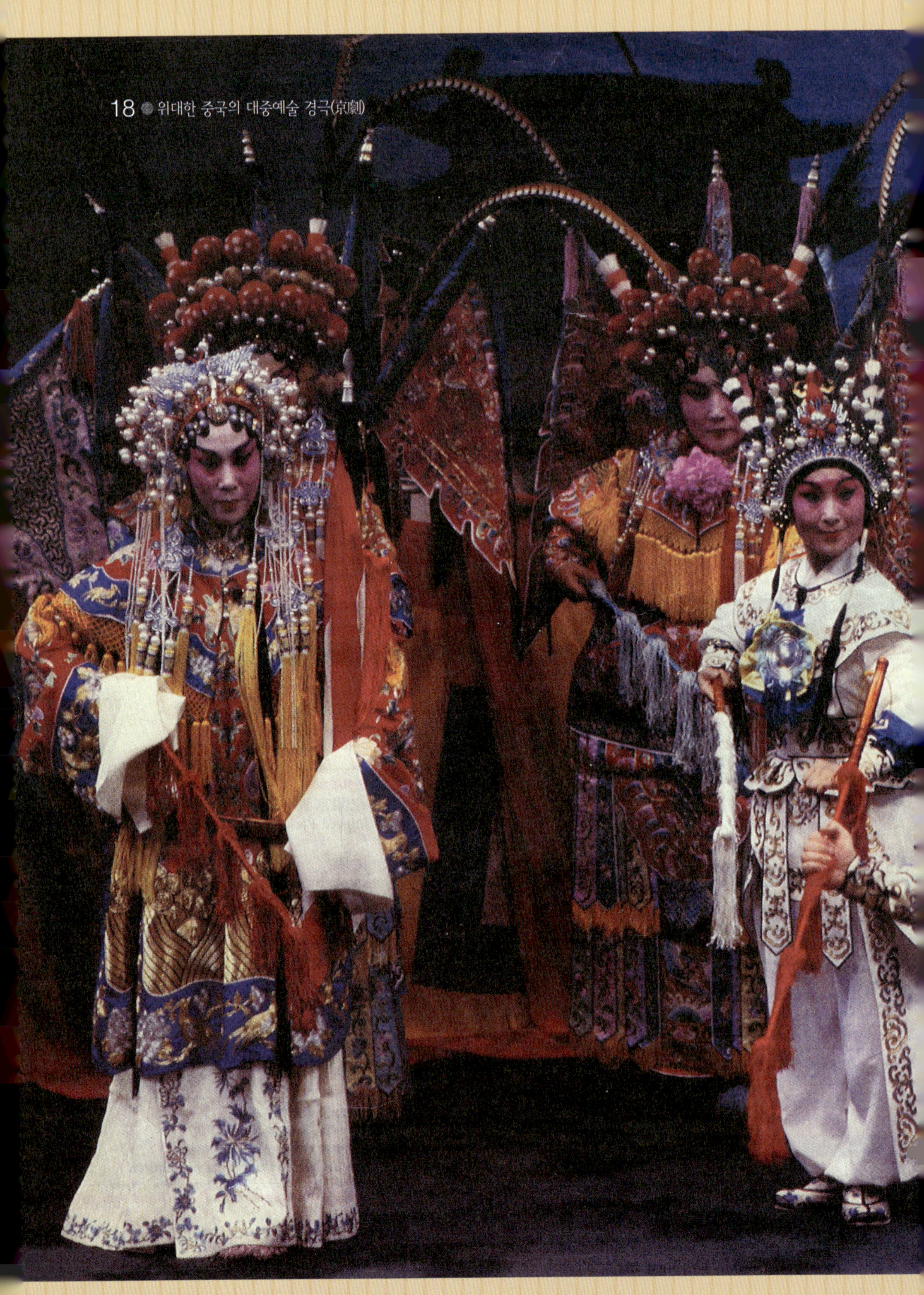

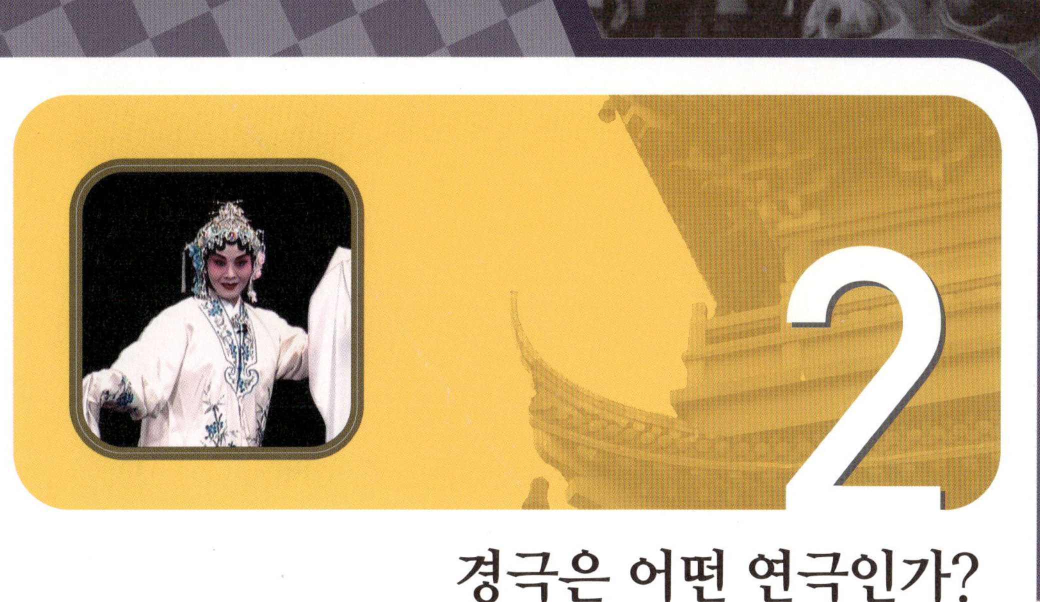

경극은 어떤 연극인가?
왜 받아들이기 쉽지 않은가?

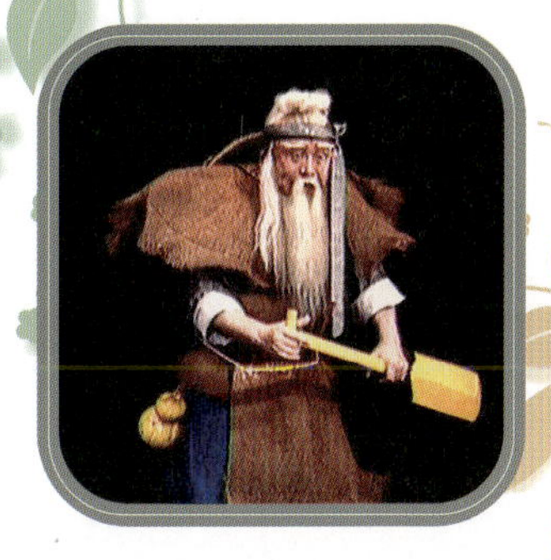

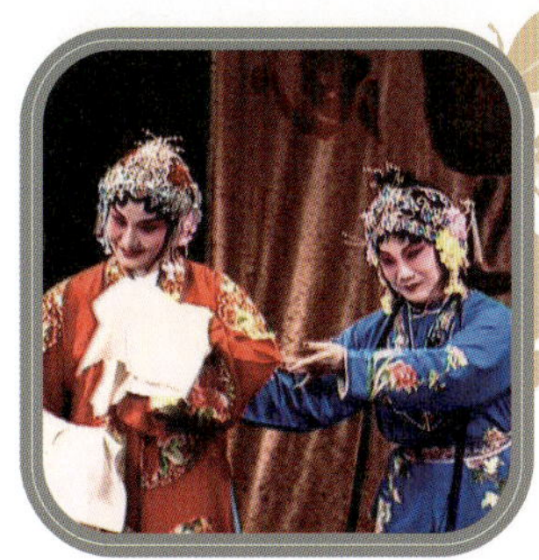

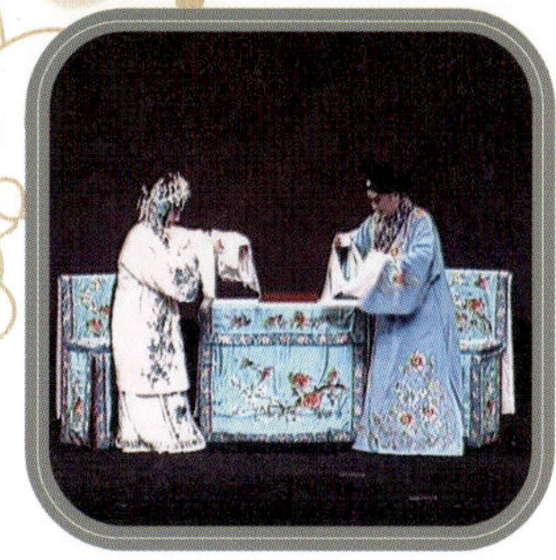

2. 경극은 어떤 연극인가? 왜 받아들이기 쉽지 않은가?

1) 배우의 배역(行當)과 얼굴화장(臉譜) 및 옷과 치장(行頭)과 소도구(砌末)

경극은 눈으로 볼 수 있는 배우들의 화장이며 옷과 동작, 귀로 들을 수 있는 배우들의 창과 대화 및 악기 소리가 모두 특수하고 이해하기가 어렵다. 그런 중에 경극무대 위의 모든 물건과 소리나 움직임 속에 복잡하고도 까다로운 뜻이 담기어 있어서 이를 알지 못하면 경극 공연을 제대로 감상할 수가 없다. 필자도 경극 배우들의 모든 움직임이나 공연에 쓰이는 여러 가지 색깔 또는 소리의 뜻을 완전히 파악하지 못하고 있는데, 그 중에는 경극에 종사하는 전문가도 잘 알지 못하는 사항들이 적지 않다. 그런대로 독자들을 경극으로 안내하기 위하여 경극의 여러 가지 특징을 최선을 다하여 간략하게 아래에 소개하려 한다.

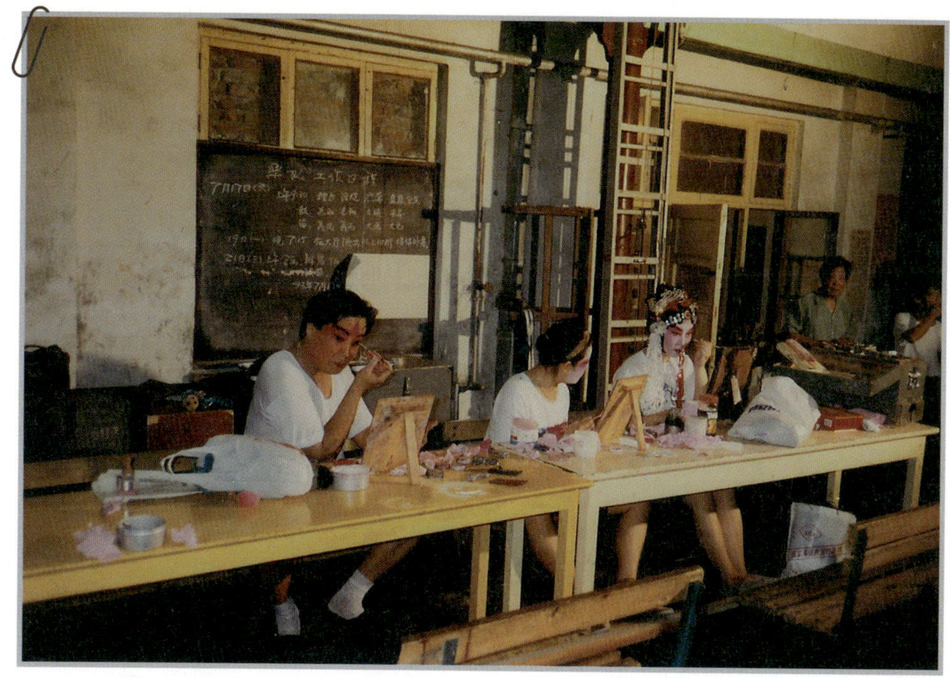

▲ 북방 곤극원 단원들이 공연에 앞서 우리가 보는 앞에서 화장을 하고 있다. 저자가 찍은 사진임.

　우선 경극에 출연하는 배우들은 자신이 연극에서 맡는 역할에 따라 일정한 몇 가지 배역으로 나누어진다. 경극에서는 이를 항당(行當)이라 부른다. 경극의 항당은 우선 생(生) · 단(旦) · 정(淨) · 축(丑)의 네 종류로 크게 나누어져 이를 사대항당(四大行當)이라고 부른다.

　'생'은 남자 주역을 이르는 말이다. '생'에는 다시 중년 이상의 올바른 남자인 재상 · 충신 · 장수 · 학자 등의 역할을 맡는 노생(老生, 혹은 鬚生), 멋있고 젊은 남자 역할을 하는 소생(小生), 무술을 잘 하는 남자 역할을 맡는 무생(武生), 주로 관공희(關公戲)에서 얼굴을 붉게 칠하고 나와 관우(關羽)로 분장하는 홍생(紅生) 등이 있다. 관우는 '생'이 아니라 '정'이라 주장하는 이도 있다.

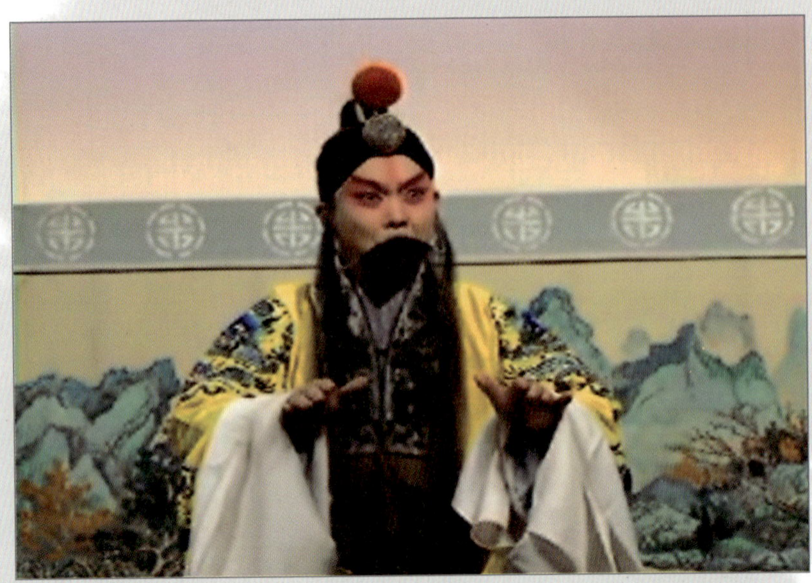

▲ 노생(老生)

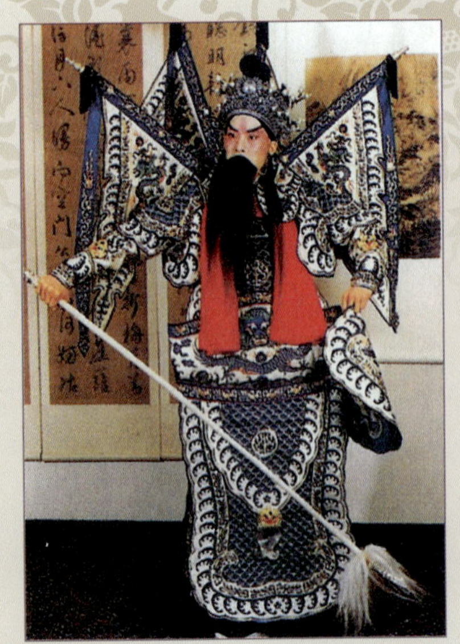

▲ 고파노생(靠把老生) : 우싱꿔(吳興國) 분장

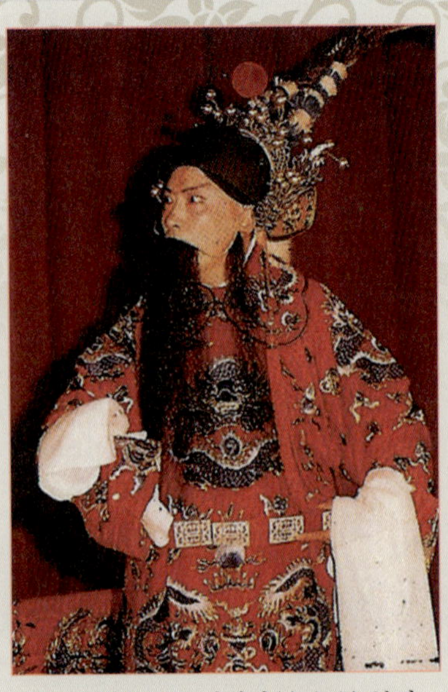

▲ 노생(老生) : 리진탕(李金棠) 분장

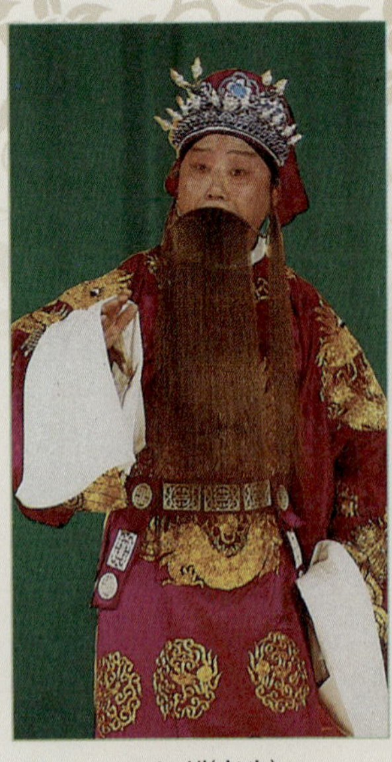

▲ 노생(老生)

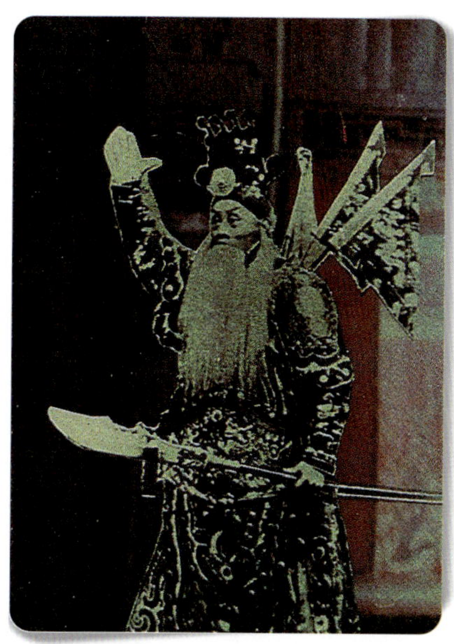

▲ 무생(武生) : 명배우 단신베이(譚鑫培)의
공연 모습

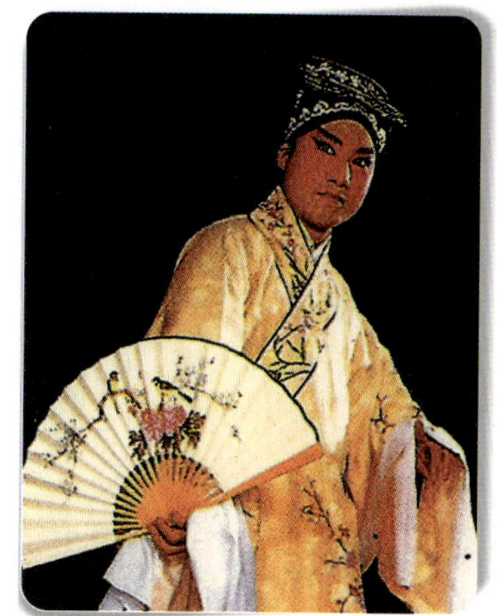

▲ 소생(小生) : 선자생(扇子生)
차오푸융(曹復永) 분장

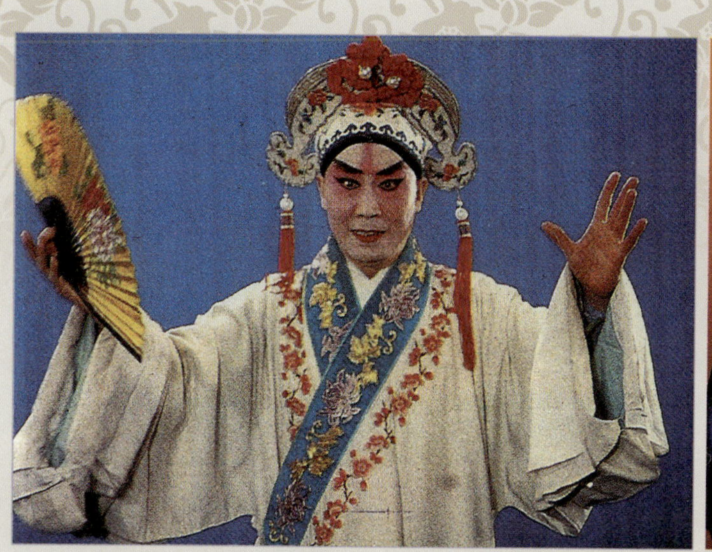

▲ 소생(小生)

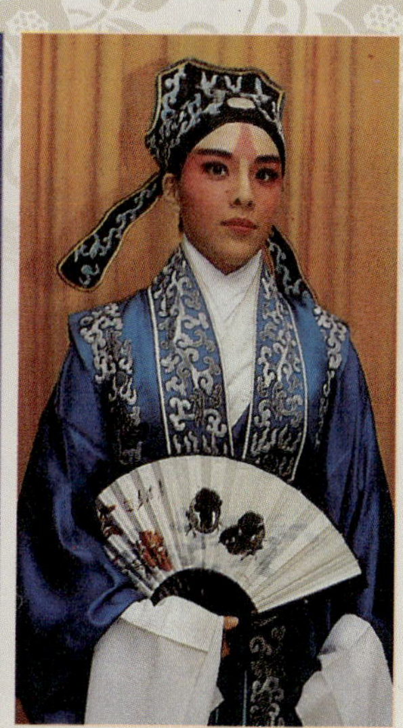

▲ 소생(小生)

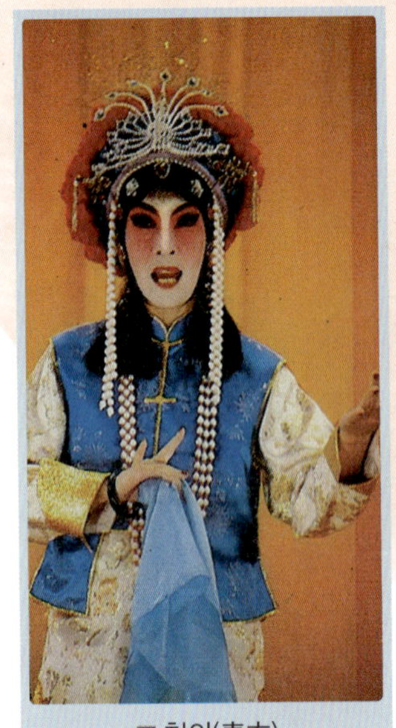

■ 청의(靑衣)

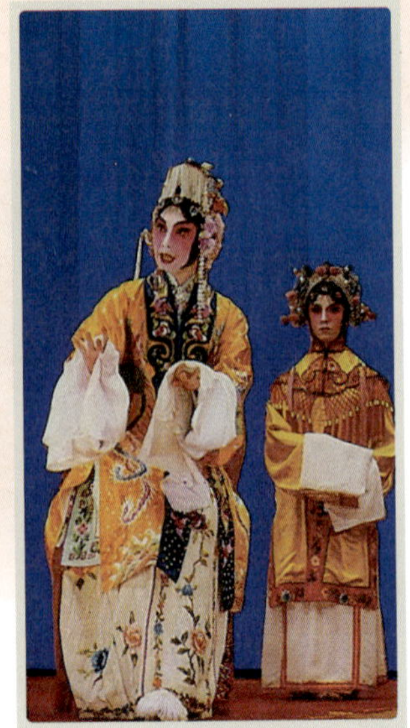

■ 청의(靑衣)

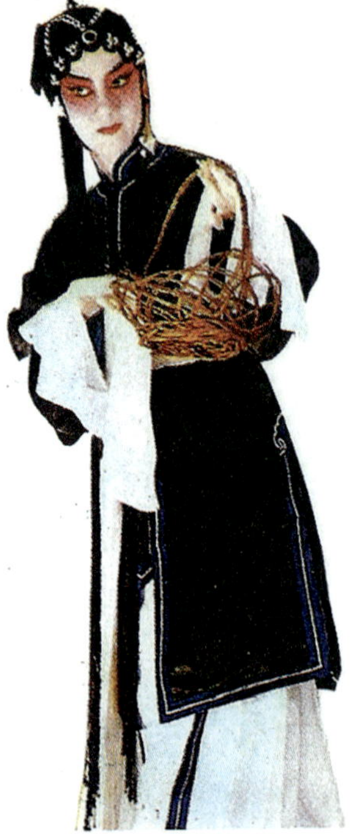

■ 청의(靑衣) : 「무가파(武家坡)」에서
장안핑(張安平)이 왕바오촨(王寶釧)
으로 분장한 모습

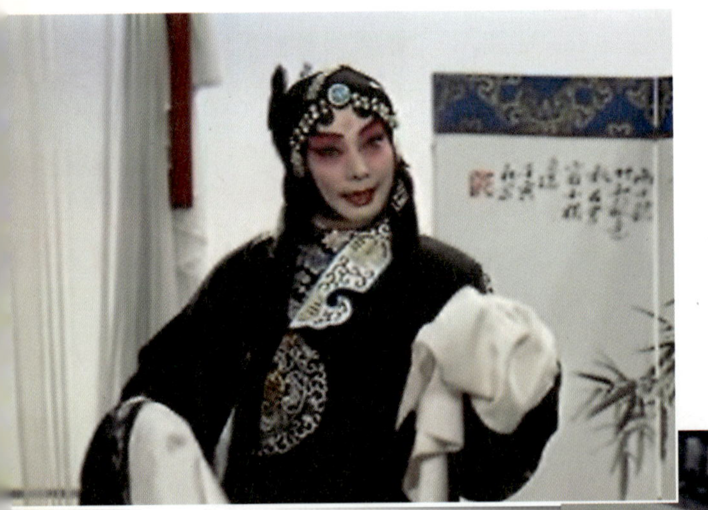

■ 청의(靑衣)

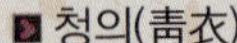

■ 청의(靑衣)

'단'은 여자 주인공을 이르는 말이다. '단'에는 다시 젊거나 중년의 바르고 착한 현모·절부·열녀 등의 역할을 맡는 청의(靑衣), 천진하고 활달한 젊은 여자 역할을 하는 화단(花旦), '청의'와 '화단'의 장점을 합쳐놓은 것 같은 여자의 역할을 맡는 화삼(花衫), 무술을 잘하는 여인의 역할을 맡는 무단(武旦), '화단'의 역할과 '무단'의 역할을 겸하여 연출하는 도마단(刀馬旦), 할머니 역할을 맡는 노단(老旦) 등이 있다.

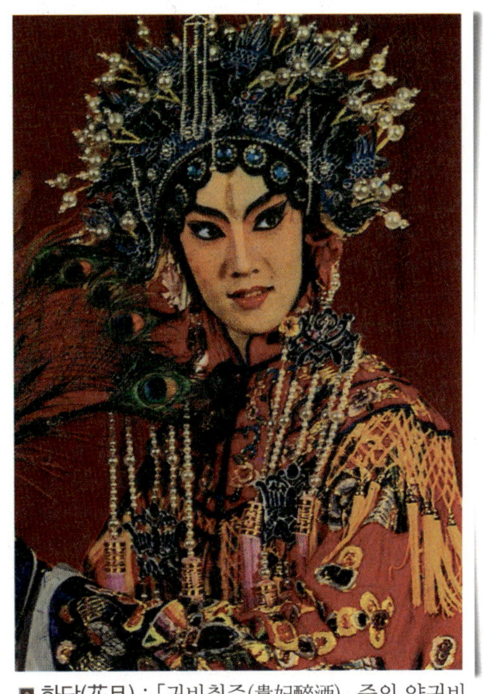

화단(花旦) : 「귀비취주(貴妃醉酒)」 중의 양귀비

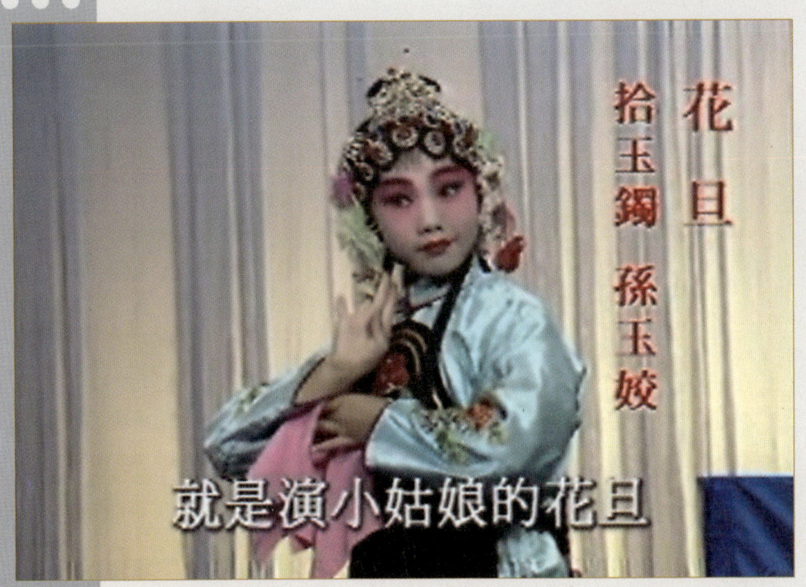

화단(花旦)

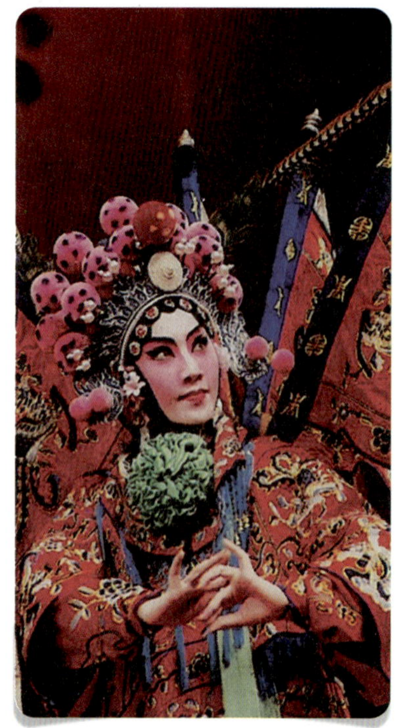

■ 무단(武旦)

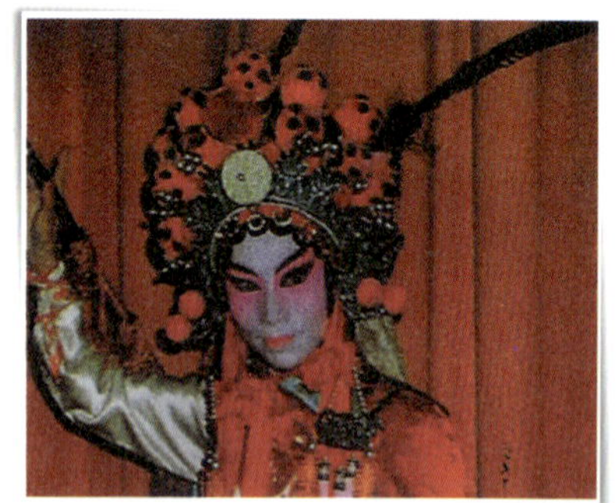

■ 무단(武旦) : 양롄잉(楊蓮英) 분장

　'정'은 성격이 특출하고 보통 사람들보다는 뛰어난 행동을 하는 역할을 맡은 남자 배우이다. '정'에는 대화검(大花臉)과 이화검(二花臉)의 두 종류가 있다. '대화검'은 원로 재상이나 대신 장군이면서도 『삼국지』에 나오는 성질이 거칠고도 곧고 과격한 장비(張飛)나 성질이 음험하고 간사하면서도 능력이 뛰어난 조조(曹操) 같은 인물들이다. 곧고 바른 인물일 경우가 드물다. '이화검'은 적장(賊將)이나 악당 괴수 역할이 대부분이다.

■ 정(淨) : 화검(花臉) 장비(張飛)

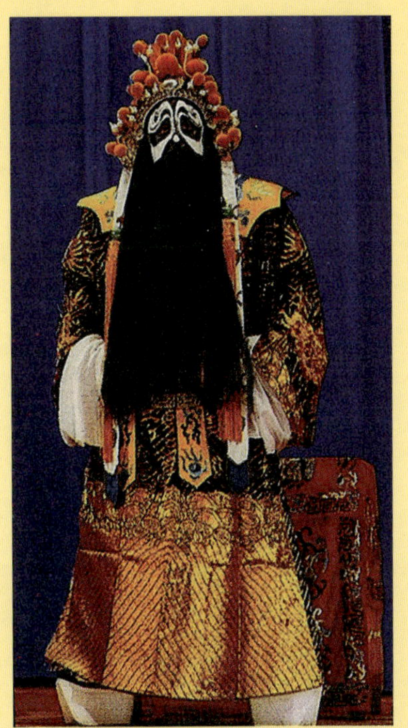

▲ 정(淨) : 「패왕별희」 중의 항우(項羽)

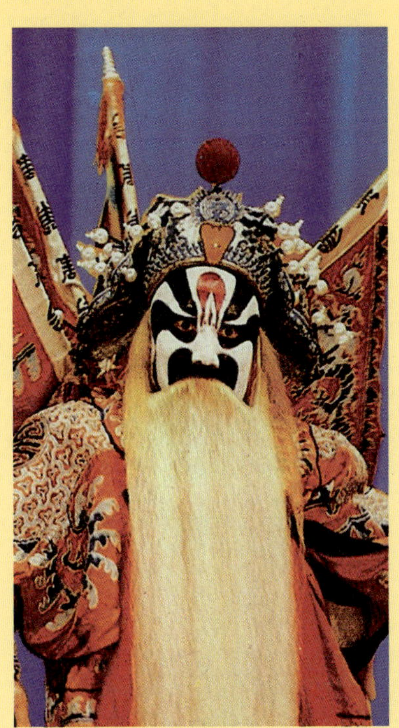

▲ 정(淨) : 「패왕별희」 중의 항백(項伯)

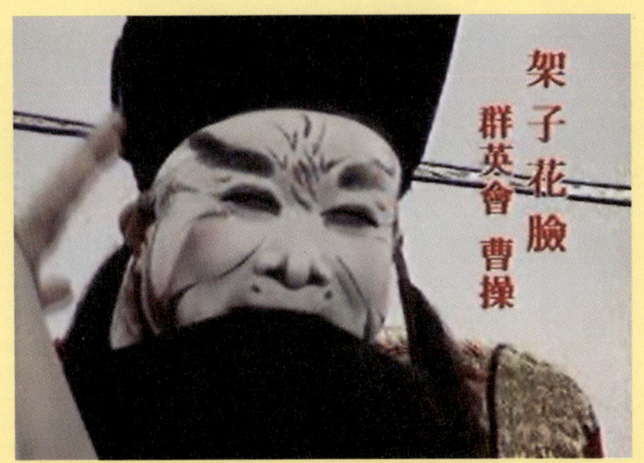

▲ 정(淨) : 조조(曹操)

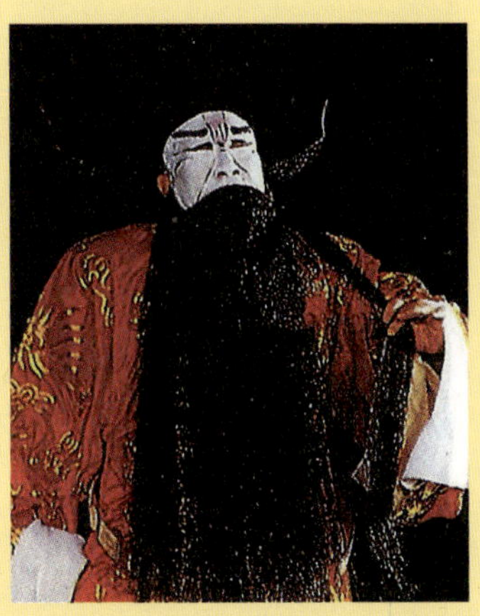

▲ 정(淨) : 화검(花臉) 조조(曹操)
순웬퍼(孫元坡) 분장

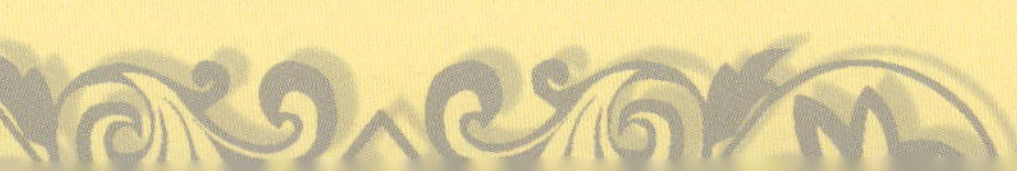

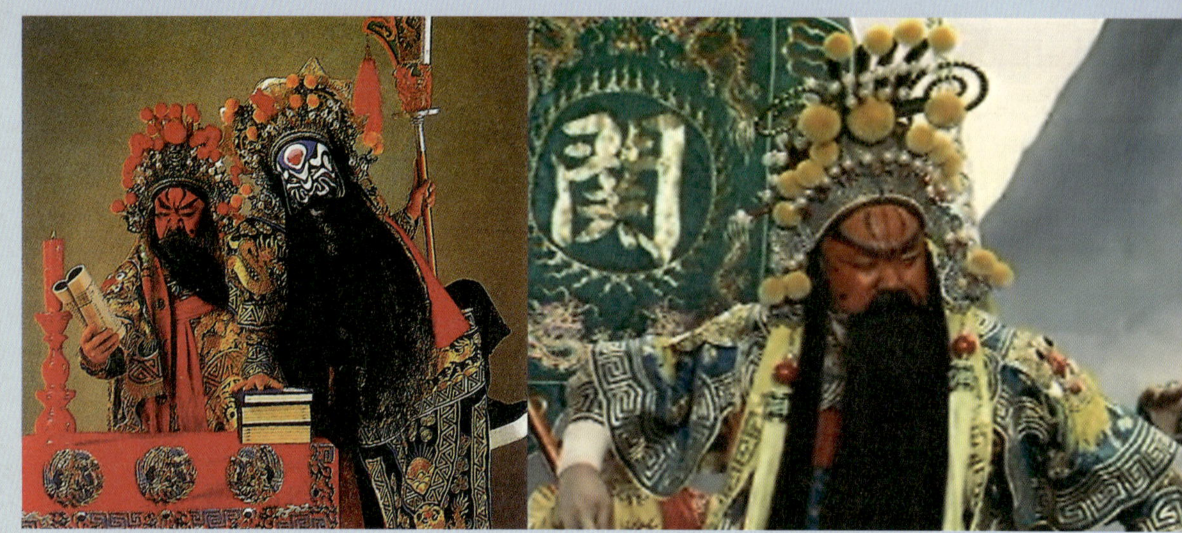

■ 정(淨) : 홍생(관우 : 左)과 정(周倉 : 右)

■ 정(淨) : 관우(關羽)

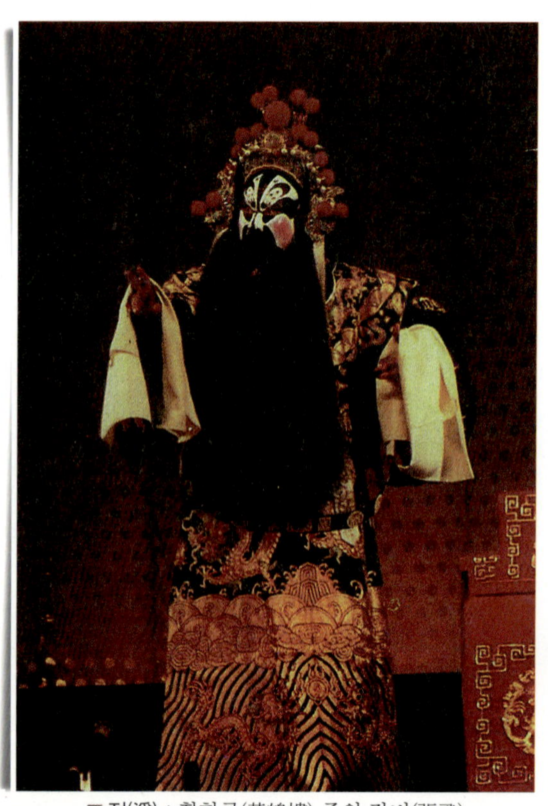

■ 정(淨) : 황학루(黃鶴樓) 중의 장비(張飛)

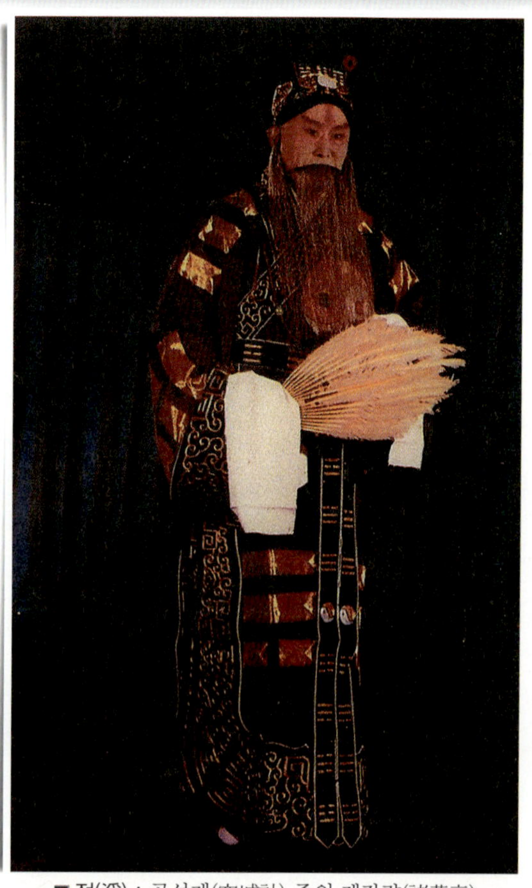

■ 정(淨) : 공성계(空城計) 중의 제갈량(諸葛亮)

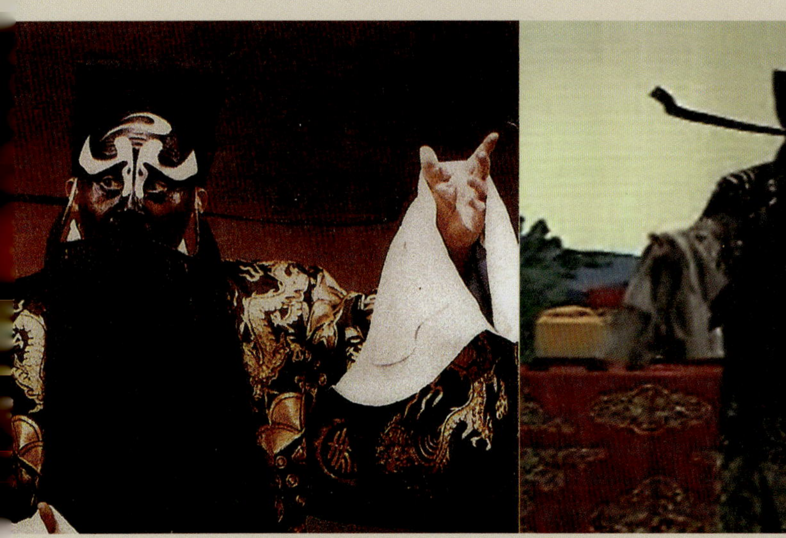

▲ 정(淨) : 찰미안(鍘美案) 중의 포공(包公)

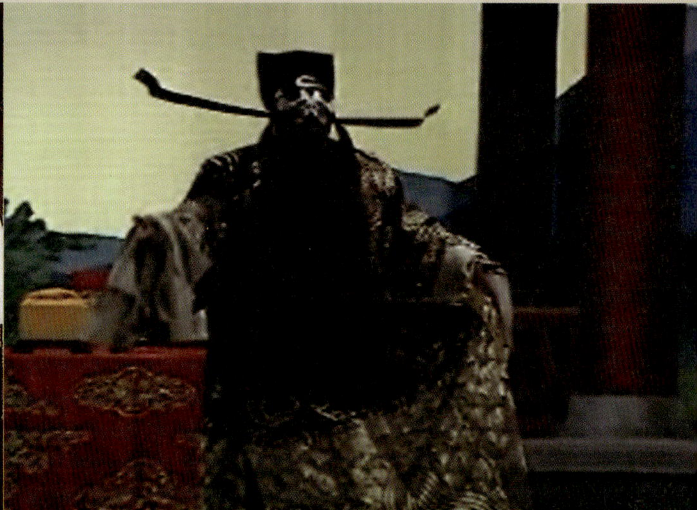

▲ 정(淨) : 포공(包公)

  '축'은 소화검(小花臉)이라고도 부르며 우스갯짓을 전문으로 하는 역할이다. 코와 눈언저리에 흰색으로 우스꽝스러운 화장을 한다. '축'은 다시 사람들을 점잖게 웃기는 문축(文丑)과 재주를 부리고 무술도 하면서 웃기는 무축(武丑)으로 나누어진다.

  배역은 등장인물의 신분이나 성격 또는 그들의 연기에 의하여 결정된다. 경극에는 여러 종류의 인물이 등장하기 때문에 이상 소개한 배역들은 다시 이루 다 설명하기 어려운 정도의 여러 가지 배역으로 나누어진다. 그러나 위의 배역만 알고 있어도 어느 정도 경극을 감상할 수가 있을 것이다. 경극에 있어서의 가장 중요한 연기로는 노래인 창과 무술 또는 잡기가 있다. 이들 배역은 모두 독특한 얼굴 화장과 복식 및 장식이 있고, 경극 배우는 그 배역에 맞는 여러 가지 연기를 할 줄 알아야 한다. 따라서 배우에 따라 자신이 가장 잘 하는 자기의 전문 배역이 있게 마련이다.

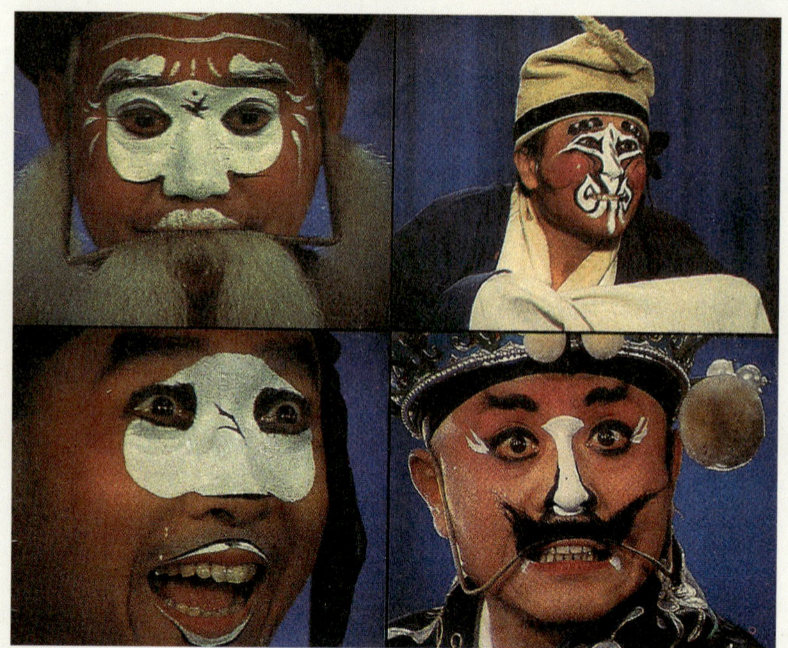

▲ 축(丑)

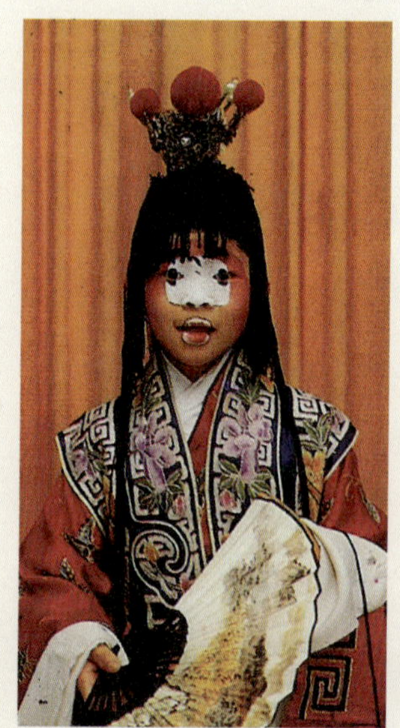

▲ 축(丑)

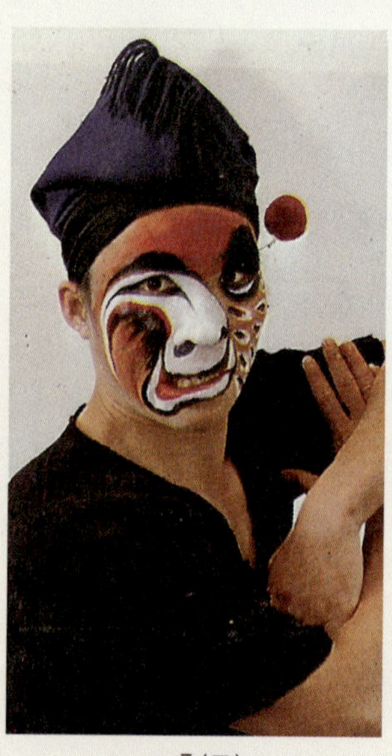

▲ 축(丑)

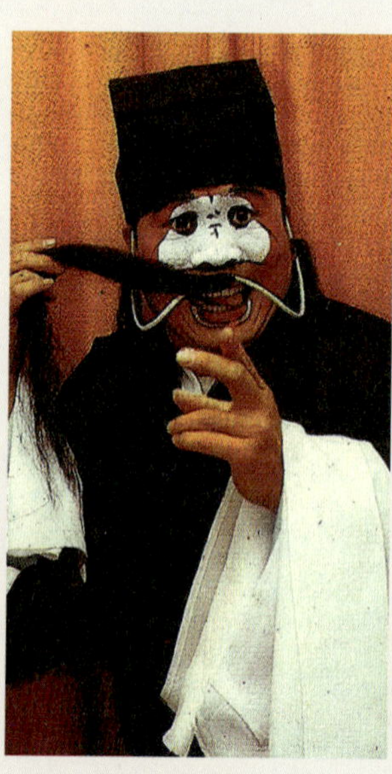

▲ 축(丑)

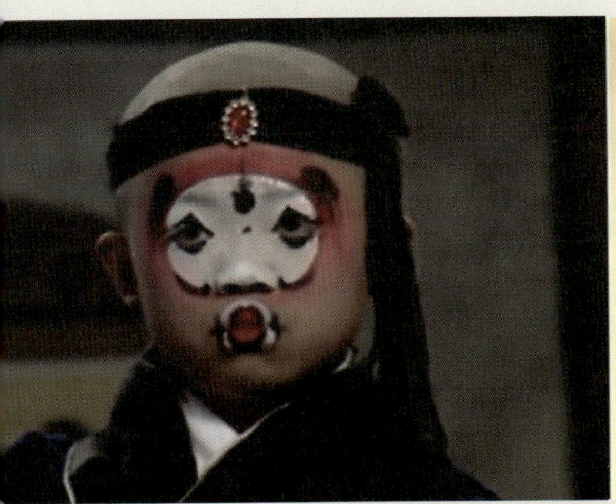

▲ 축(丑)

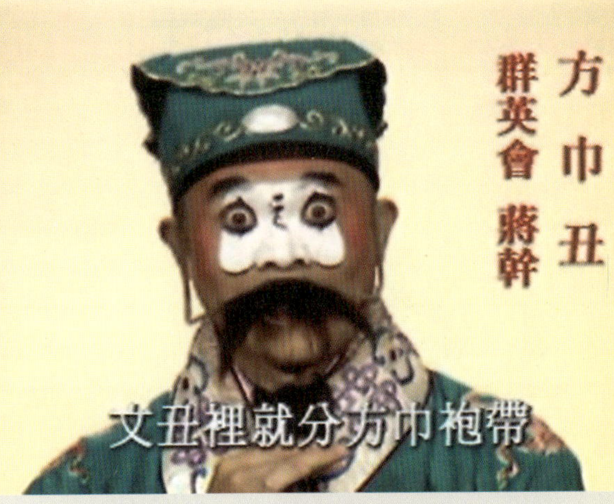

▲ 축(丑)

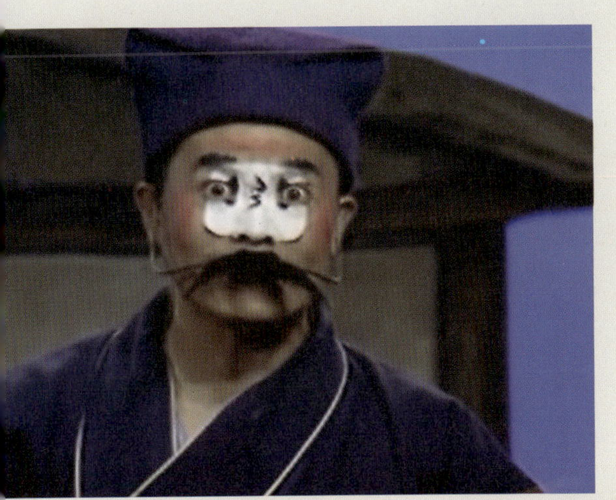

▲ 축(丑)

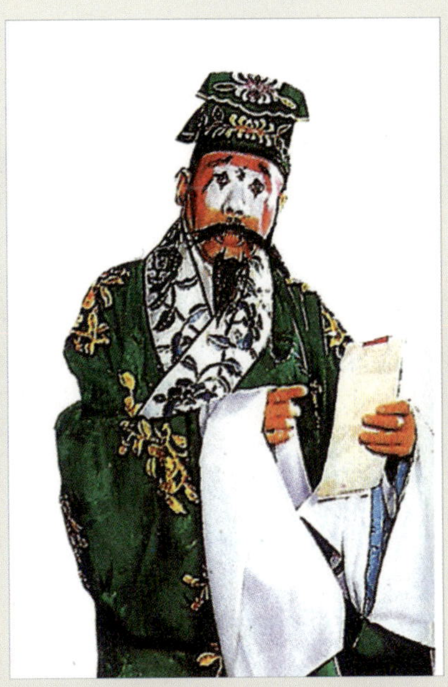

▲ 방건축(方巾丑) : 「군영회(群英會)」
에서 주진푸(周金福)가 장간(蔣幹)
으로 분장한 모습

얼굴에는 많이 쓴다.

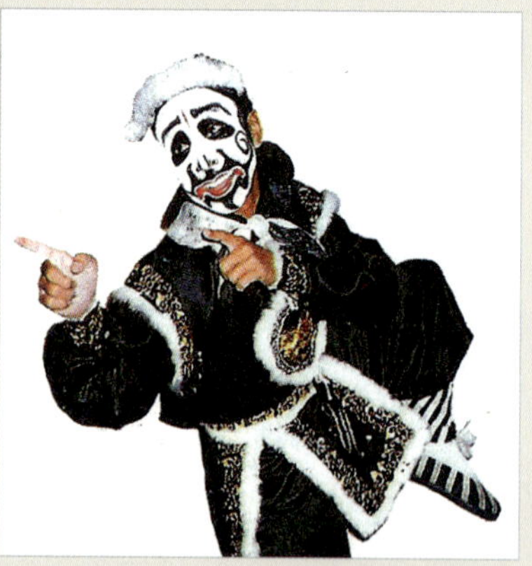

무축(武丑) :「소군출새(昭君出塞)」의
마부(馬夫)

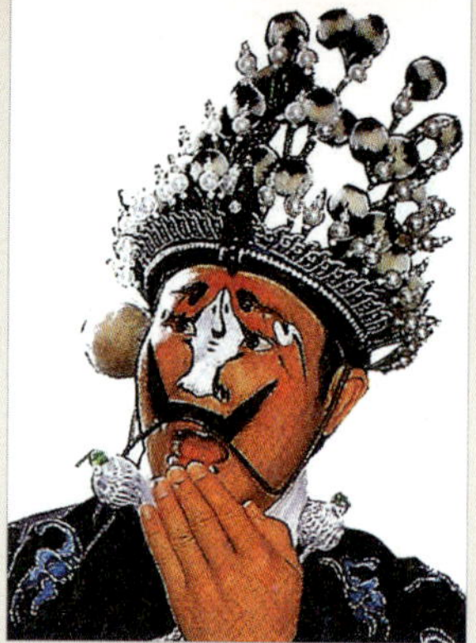

무축(武丑) :「연환투(連環套)」의
주광조(朱光祖)

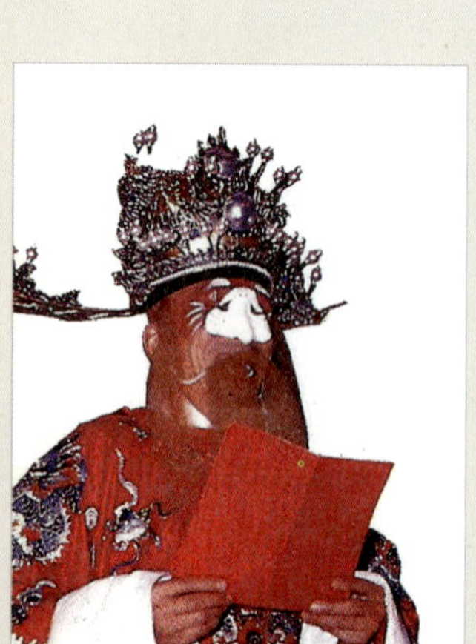

문축(文丑) :「서시(西施)」에
출연한 우젠훙(吳劍虹)

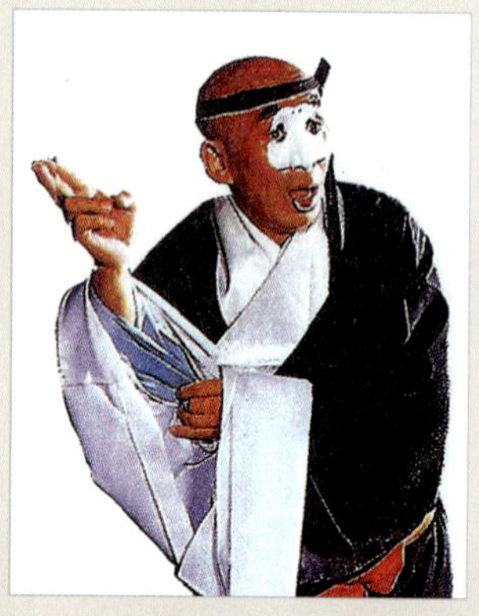

축(丑) : 소화검(小花臉) :「홍낭(紅娘)」의
금동(琴童)으로 출연한 우젠훙(吳劍虹)

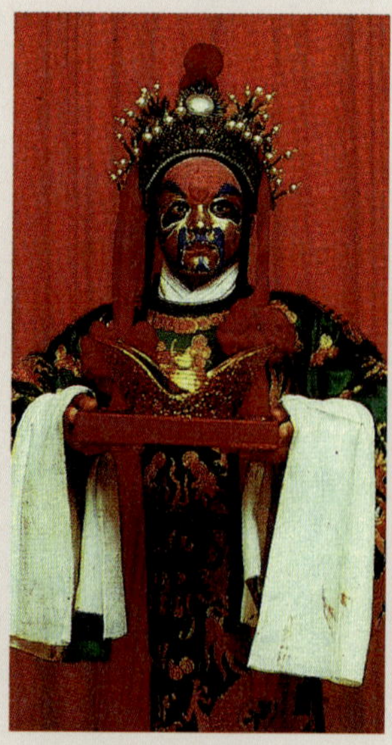

재신(財神) : 황금색을 귀신
얼굴에는 많이 쓴다.

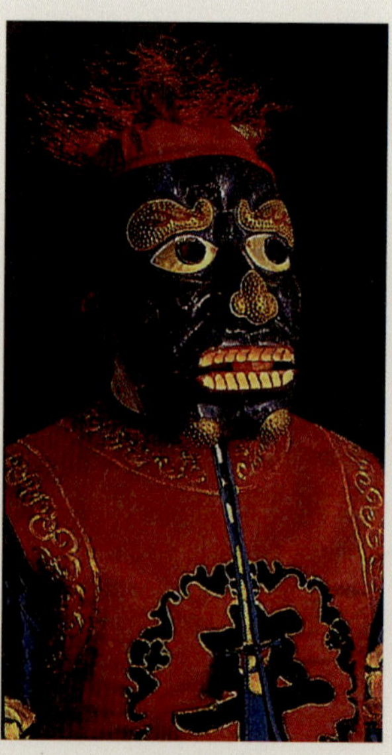

귀졸(鬼卒)

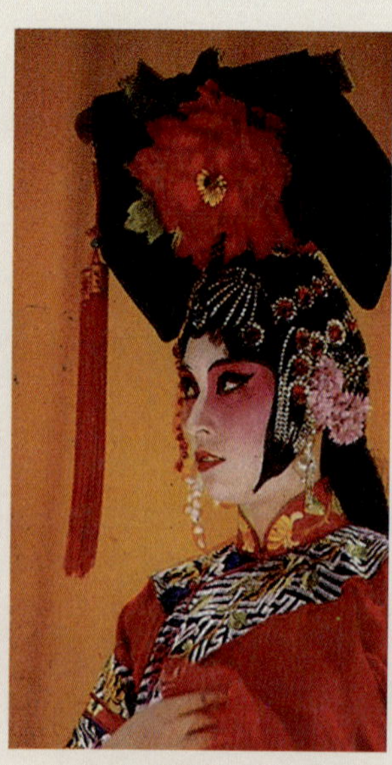

만주(滿洲) 귀부인

외국 사람들이 경극을 볼 적에 가장 먼저 놀라는 것은 등장하는 배우들의 짙은 얼굴 화장이다. 배우들 중 '생'의 일부와 '단'에 속하는 사람들은 그래도 대부분 짙기는 하지만 자기가 맡은 역할에 어울리는 사람 얼굴 모양 그대로의 화장을 하지만 '정'과 '축'에 속하는 배우들은 분장하는 인물에 따라 빨강·파랑·검정·노랑·흰색 등의 색깔을 써서 이해하기 어려운 무늬의 짙은 칠을 하여 사람의 얼굴 같지 않은 모양의 화장을 하는데 이를 검보(臉譜)라 부른다.

지금 쓰이고 있는 경극의 검보 종류는 무척 많다. 장뼈진(張伯謹)이 편찬한 『국극과 검보(國劇與臉譜)』(臺北 國立復興戲劇實驗學校 발행, 1969)에 실려 있는 경극의 검보 수가 500종 가까이 된다. 등장인물의 성격에 따라 색깔과 모양 및 그리는 방법 등이 모두 다르다. 대체로 색깔을 보기로 들면 검보 중에 붉은 색깔 계열의 검보는 관우(關羽) 같은 충성스럽고 올바른 성격을 나타낸다. 흰색 계열의 검보는 조조(曹操) 같은 간악하고 음험한 성격을 뜻한다. 검은 색깔 계열의 검보는 장비(張飛)처럼 우직한 성격의 인물을 나타낸다. 푸른 색깔 계열의 검보는 청면호(靑面虎) 같은 흉악한 성격의 인물을 나타낸다. 그 밖에도 색깔이나 모양에 따

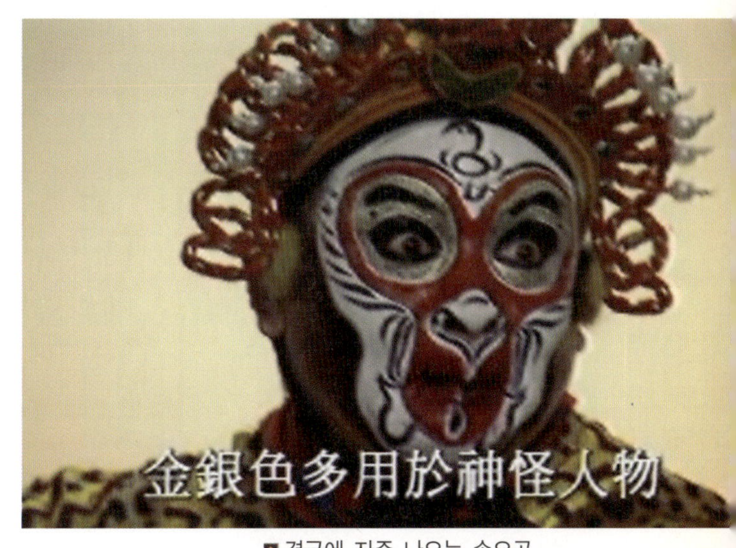

▲ 경극에 자주 나오는 손오공

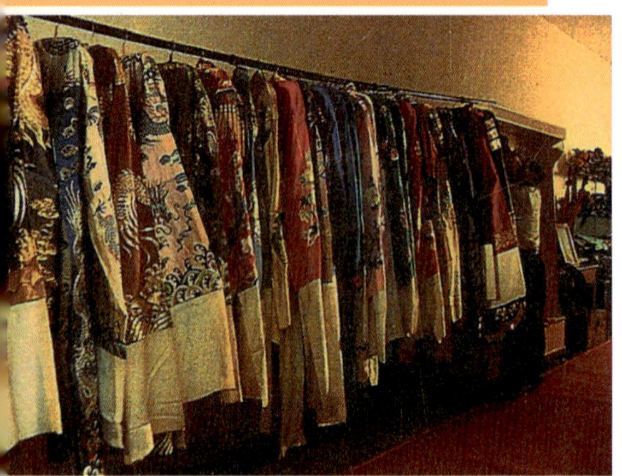

▣ 희의(戲衣) : 경극 배우들이 입는 옷

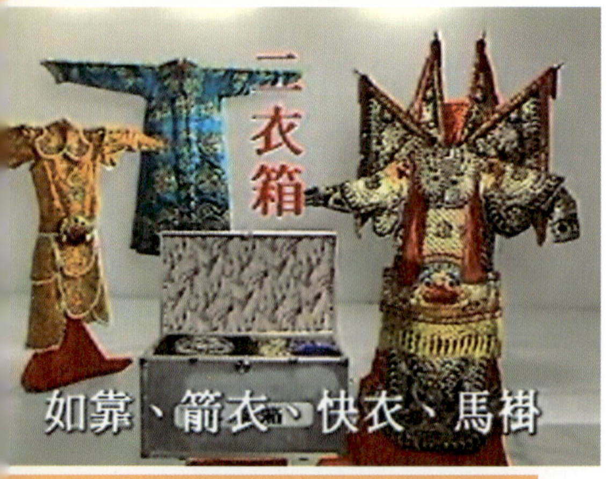

▣ 희의(戲衣)

라 복잡한 뜻이 담긴 검보는 더 이상 자세히 설명할 겨를이 없다.

그밖에도 등장인물의 성격에 따라 얼굴 화장은 눈썹을 그리는 방법이 모두 다르고, 머리에 쓰는 가발의 종류도 무척 많고 가짜 수염도 수십 종류가 된다. 경극의 얼굴과 머리치장은 무척 복잡하고도 다양하다.

경극의 옷과 치장을 아울러 싱토우(行頭)라고 한다. 희의(戲衣)라 부르는 경극 배우들이 공연할 적에 입는 옷은 서기 기원 전 10세기의 주나라 때의 인물을 분장하든 20세기의 청나라 때의 인물을 분장하든 모두 그 시대의 것이 아니며 언제나 비슷하다. 신분의 차이도 명확하지 않고 관리라 하더라도 위아래 직위가 분명치 않다. 옷은 상징적인 것이어서, 한족과 외국인 및 문무(文武)·빈부(貧富)·귀천(貴賤)의 신분의 차이 따위만을 구분해 줄 따름이다.

경극에 종사하는 사람도 정확히 '싱토우'가 몇 종류가 있는지 알지 못한다. 보기를 들면 남녀 무장(武將)이 입는 갑옷

(카오를 입고 공연하는 배우들)

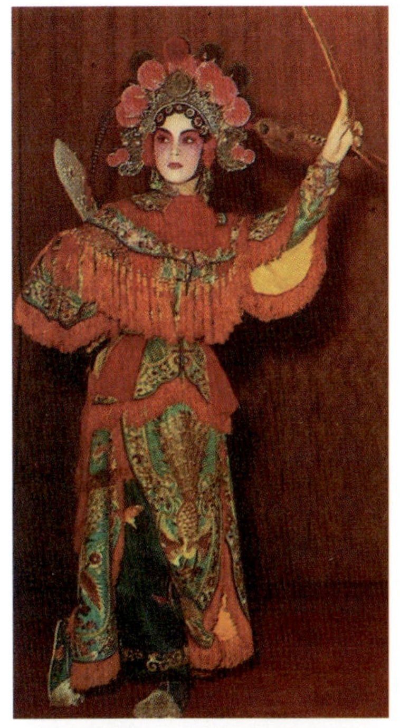

■ 연고(軟靠):「기반산(棋盤山)」에서
설금련(薛金蓮)으로 분장한 리셴(李璇)

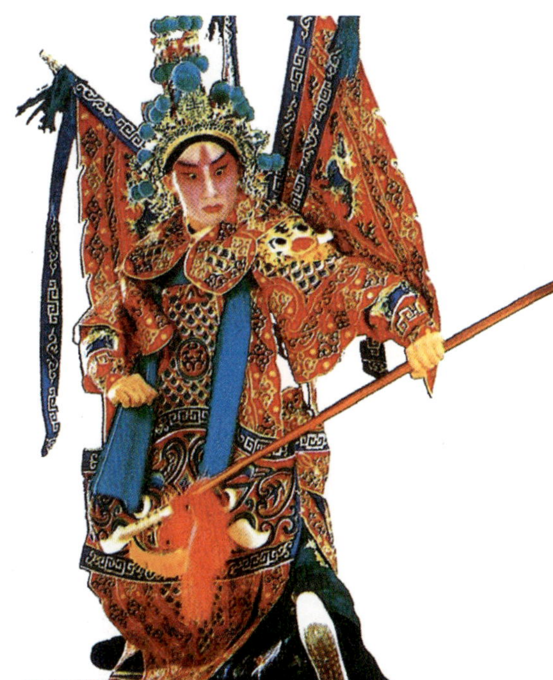

■ 갑옷(靠)을 입고 공연하는 모습
「소상하(小商河)」에 나오는 양재흥(楊再興)

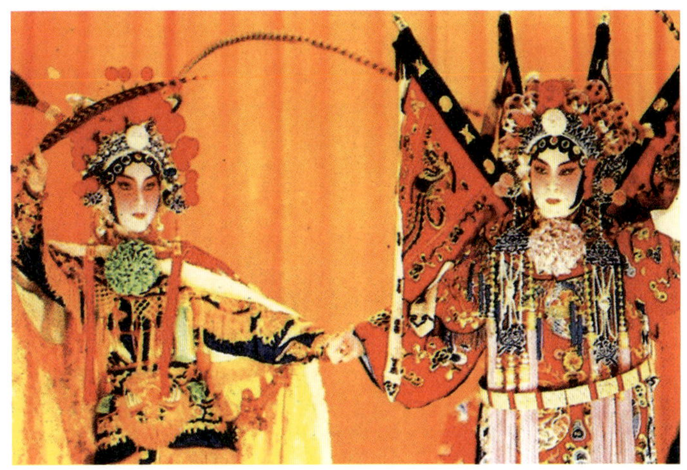

■「번강관(樊江關)」에서 쉬루(徐露)가 번리화(樊梨花)로(오른편),
꿔샤오좡(郭小莊)이 설금련(薛金蓮)으로(왼편) 분장하고 있다.

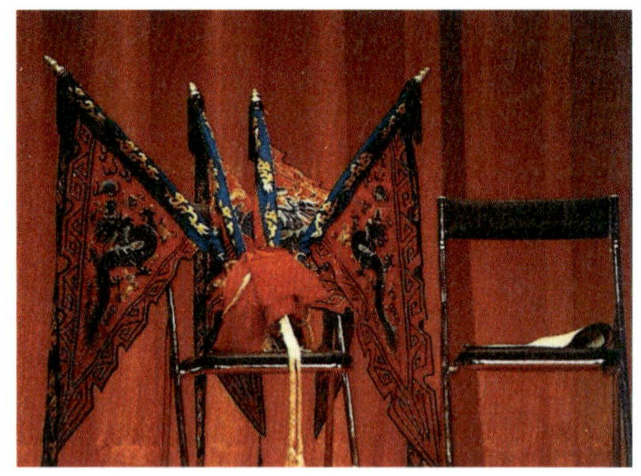

▲ 갑옷(靠) 입은 사람들이 등에 꽂는 깃발

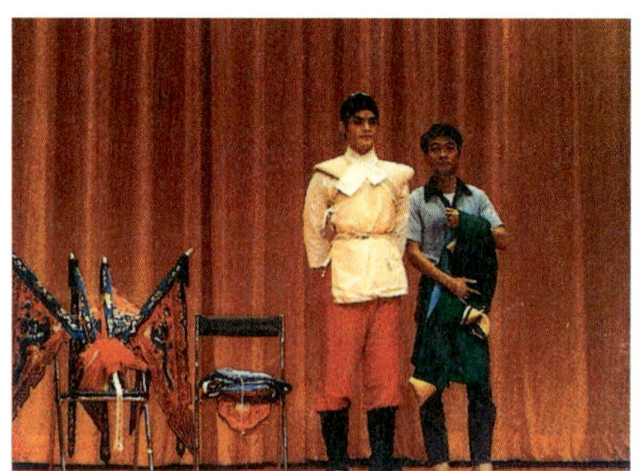

▲ 갑옷(靠)을 입기 전에 먼저 속옷을 입는다.

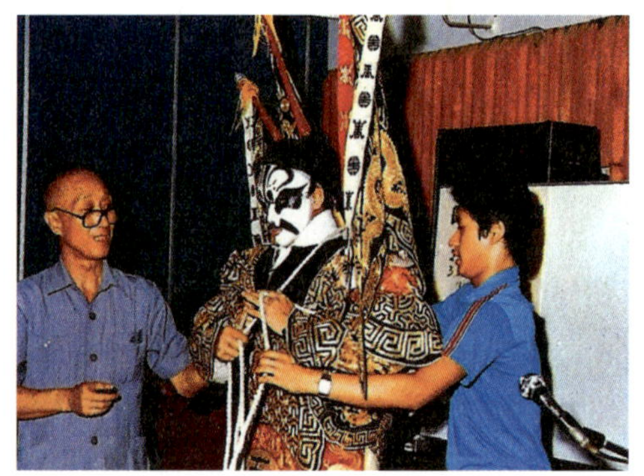

▲ 갑옷(靠) 입는 모양

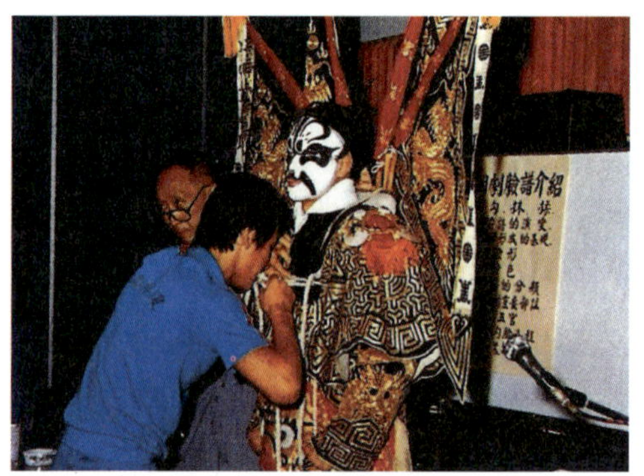

▲ 갑옷(靠) 입는 모양

을 카오(靠)라 하는데 색깔과 무늬 모양이 다른 15- 6 종류의 것들
이 있다. 중간 벼슬아치 이하의 관리들이 입는 관의(官衣)도 10종류
가까이 있고, 등장 관원들과 상류층 남녀가 일상적으로 입는 배자
(褙子) 종류의 페이(帔)도 15- 6 종류가 있다. 그러니 경극에 쓰이
는 옷의 종류는 전부 얼마나 되는지 헤아릴 수가 없다.

경극은 청나라 궁정을 중심으로 청나라의 국세가 최고조에 달했던 건륭(乾隆) 말엽에 이루어지기 시작한 것이기 때문에 옷이며 장식이 무척 화려하다. 심지어 거지가 입는 옷도 부귀의(富貴衣)라 하여 몇 가지 색깔의 천 조각을 누더기처럼 옷 위에 부치기는 하였지만 비단 옷이다. 감옥에 잡혀있는 죄수도 긴 쇠사슬을 몸에 걸치고 있지만 입은 옷은 멋진 비단으로 만든 것이고 쇠사슬도 장신구처럼 보이는 물건이다.

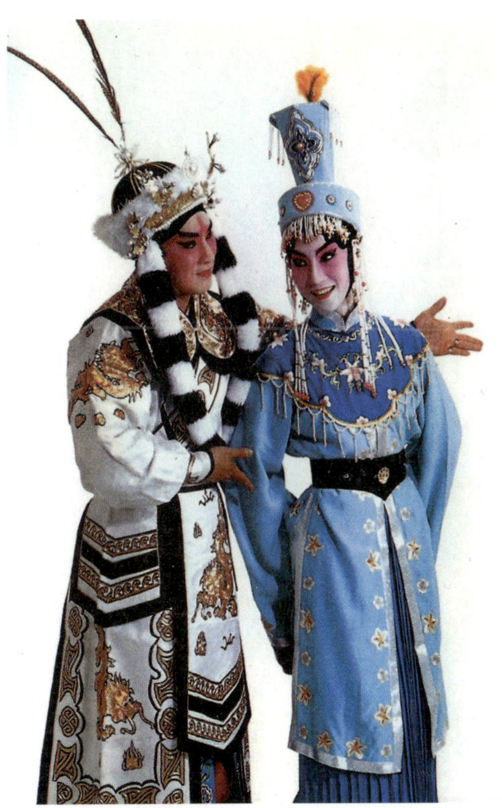

▲ 「공작담(孔雀膽)」에 출연한 몽고공주(蒙古公主)와 대리총관(大理總管)

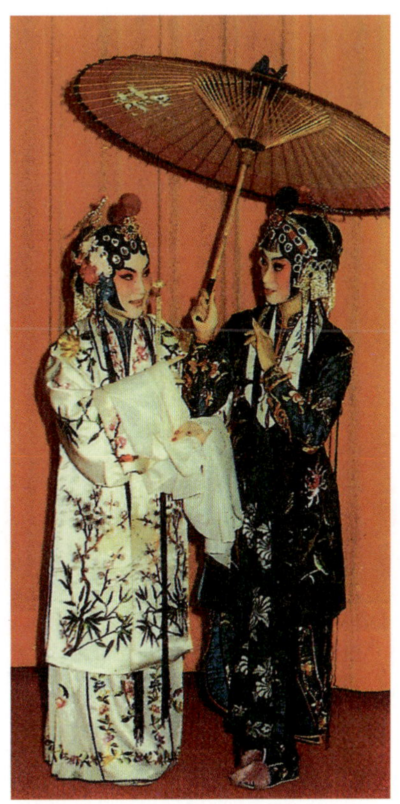

▲ 경극 「백사전(白蛇傳)」에서 백사는 흰옷, 청사는 파란 옷을 입고 극중 인물을 나타낸다.

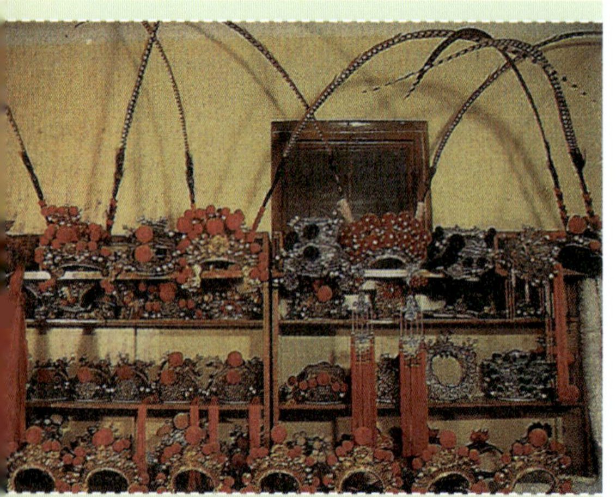

▲ 경극 배우들이 머리에 쓰는 모(帽)와 회(盔)

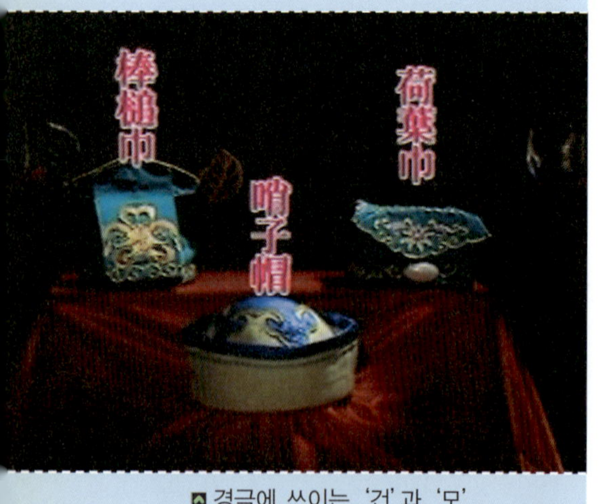

▲ 경극에 쓰이는 '건'과 '모'

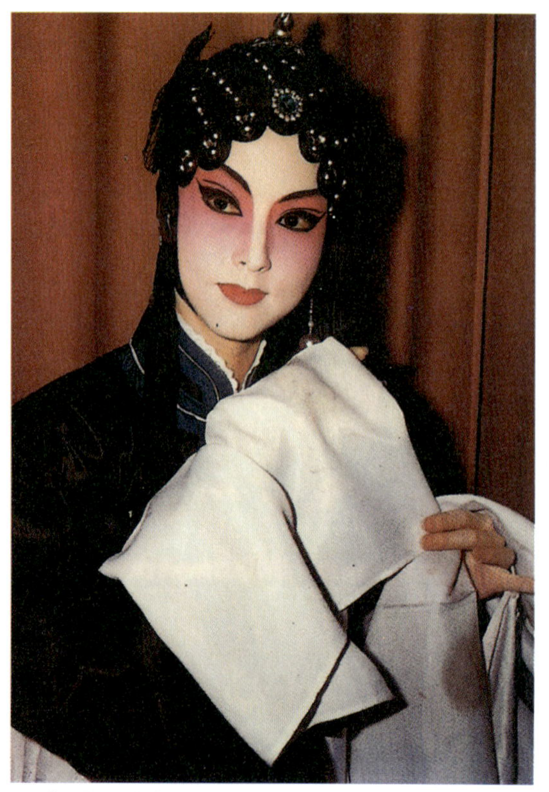

▲ 「주흔기(朱痕記)」에서 떠돌아다니며 의지할 곳도 없는 조금당(趙錦堂)으로 분장한 배우의 모습

　　머리에 쓰는 것들도 모(帽) 종류가 37종, 회(盔) 종류가 18종, 건(巾) 종류가 28종, 관(冠) 종류가 11종이나 되며,[2] 그 모양은 화려함을 다하고 있다. 신발도 남녀 모두 신분에 따라 특수한 신을 신는다.

---

2) 上同 참조.

경극에 쓰이는 소도구는 체머(砌末)라 하는데 매우 간단하면서도 크게 두 가지 종류로 나누어 볼 수가 있다. 한 가지는 연극에 쓰이는 물건이 너무 커서 무대 위에서 대신 쓰는 상징적인 물건들이다. 보기를 들면 물 위에서 배를 탈 적에는 배우가 배나 강물 대신 노 모양의 물건을 들고 등장한다. 말을 탈 적에는 채찍 모양의 물건을 들고 나온다. 가마는 두 개의 나무 막대기에 작은 깃발을 늘어뜨리면 된다. 마차는 수레바퀴가 그려진 깃발을 들고 대신한다. 나무 막대기에 두 폭의 장막을 늘어뜨리면 침실 겸 침대가 된다. 이 밖에도 특수한 곳임을 가리키는 소도구들이 여러 가지가 있다. 다른 한 가지는 실물을 그대로 쓰는 소도구들이다. 보기를 들면 탁자·의자·부채·우산·초롱불·술그릇·차그릇 등이다. 그러나 이것들도 모두 공연에 필요한 정경을 상징적으로 표현하기 위하여 쓰인다. 탁자와 의자는 쌓아놓는 방식에 따라 산도 되고 성벽도 되고 높은 단이나 지붕 위가 되기도 한다. 부채는 연기자의 동작인 춤과 어울리어 주변의 아름다운 풍경을 상징하기도 하고 주변의 화려함을 나타내기도 한다. 군졸들이 쓰는 칼이나 창 같은 무기도 중요한 경극의 소도구 중의 하나이다.

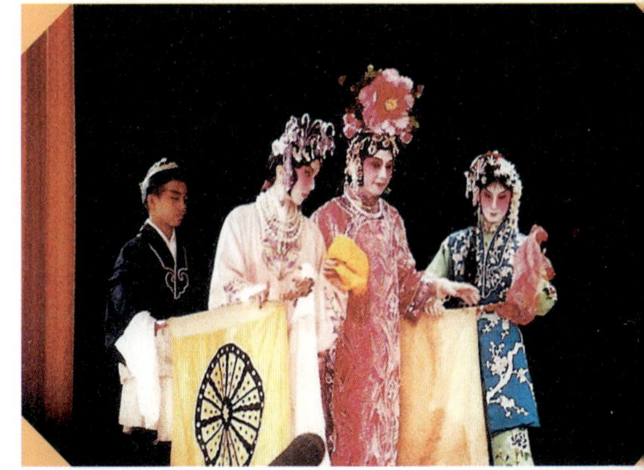

▲ 차기(車旗) : 경극에서 수레를 타고 가는 모습

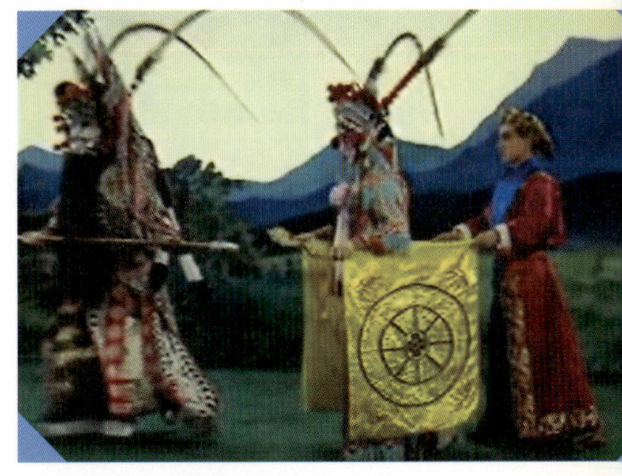

▲ 경극에서 수레를 타고 가는 모습

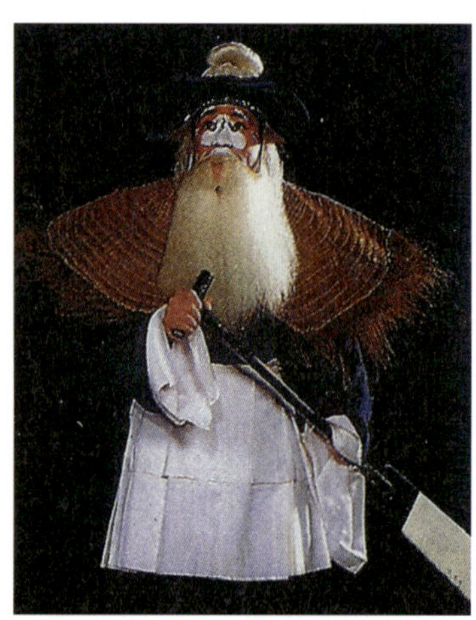

▲ 노를 들고 배를 타고 가는
연기를 하는 모습

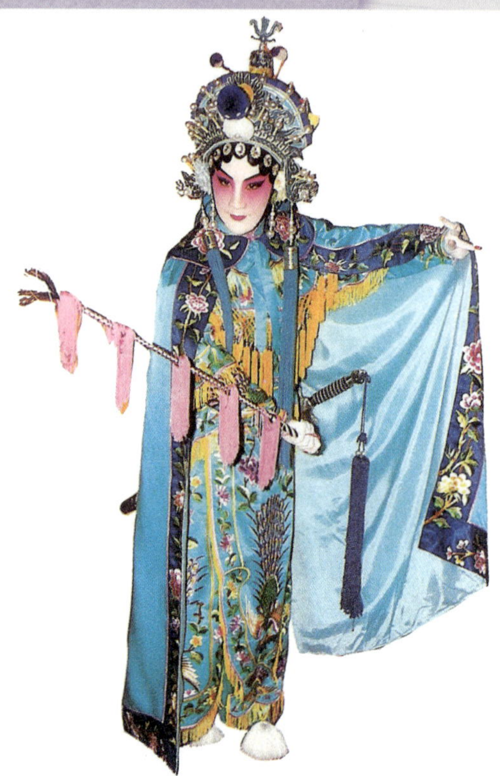

▲ 채찍을 들고 말을 타고 가는 연기를 하는 모습

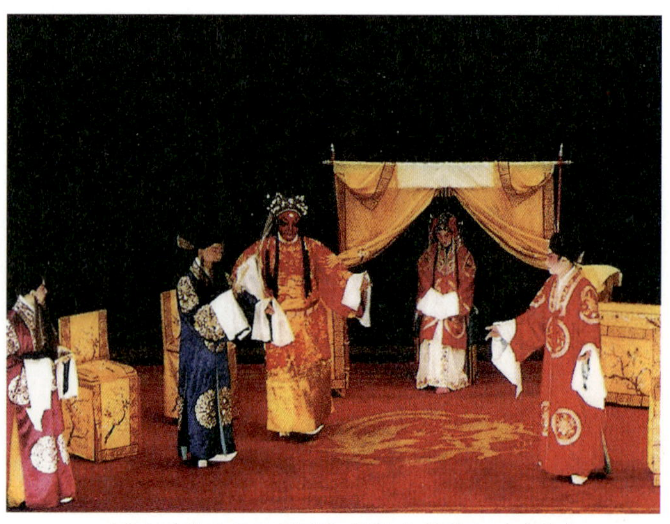

▲ 뒷면 막대기 위의 장막은 침실과 침대를 나타낸다.

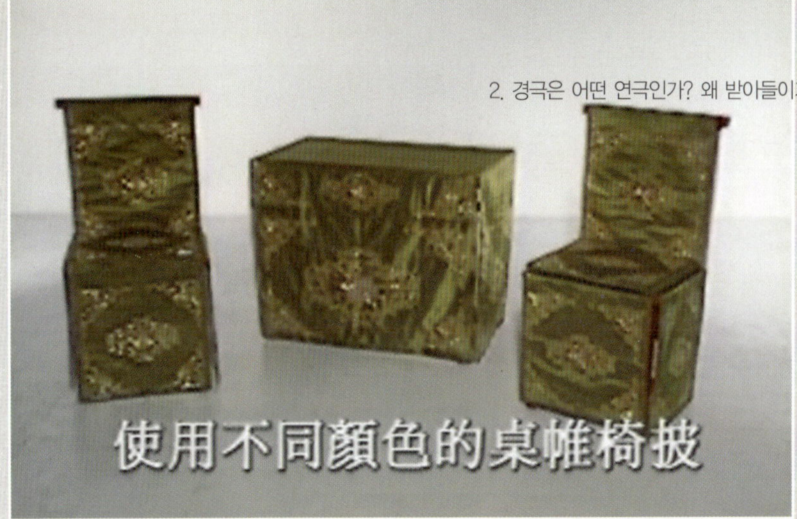

◀ 경극에 쓰이는
탁자와 의자

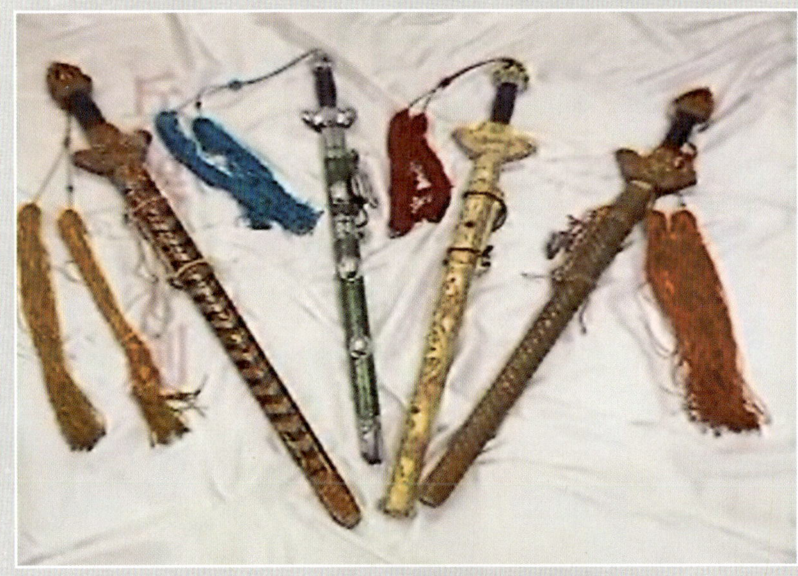

◀ 경극에 쓰이는 칼

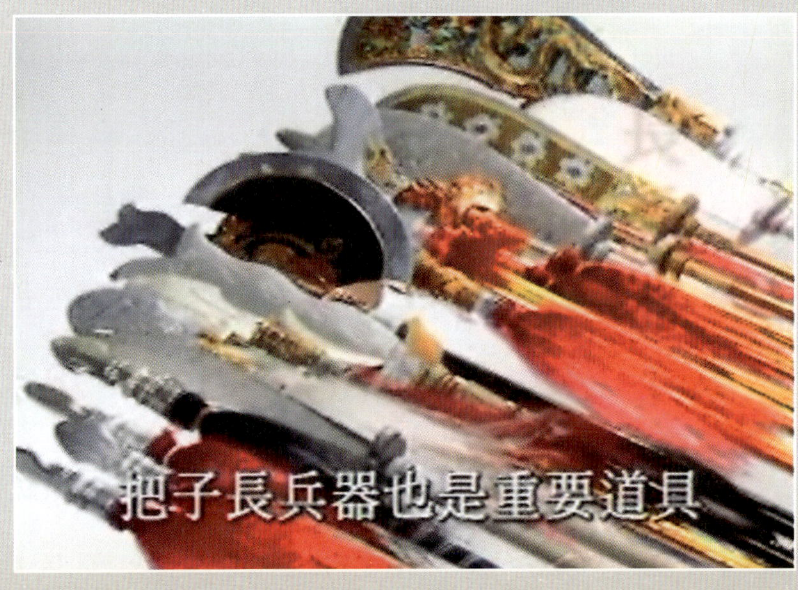

◀ 경극에 쓰이는 창

《 부채춤 》

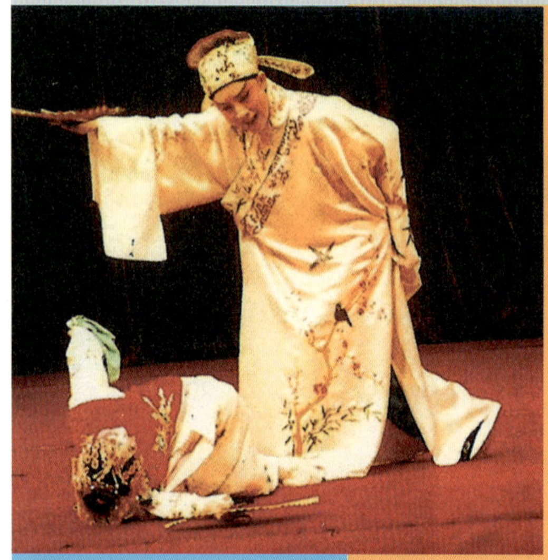

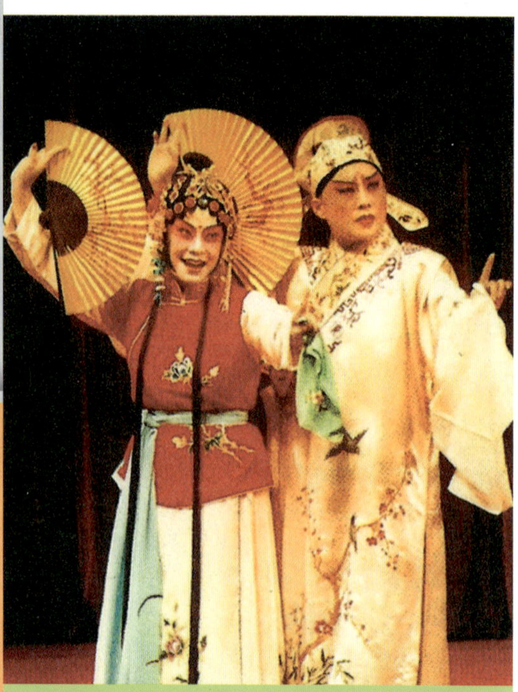

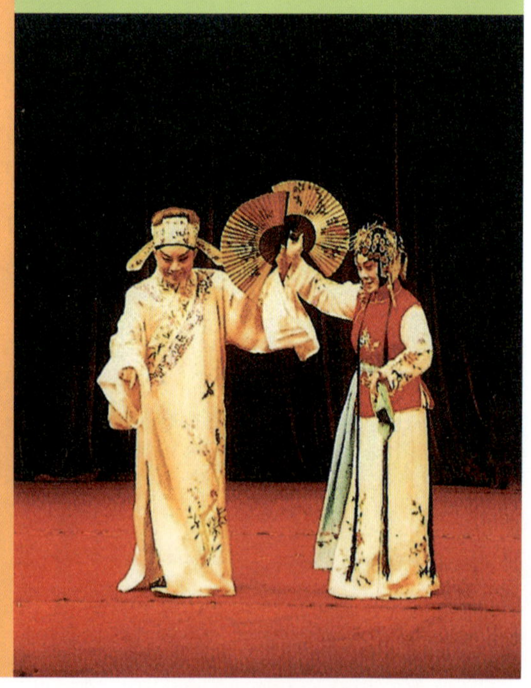

▲ 경극에서의 부채춤

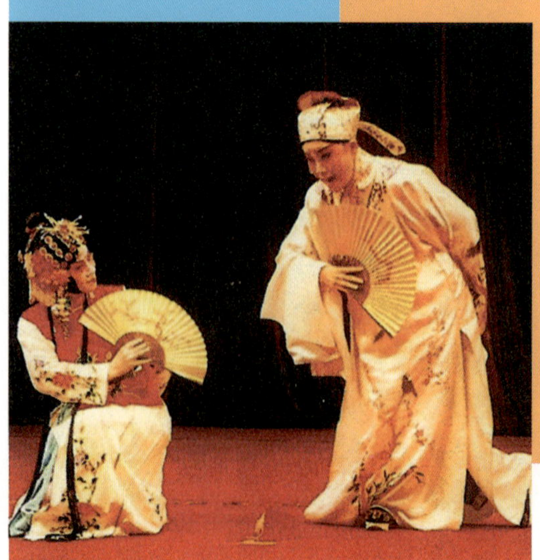

▲ 부채를 들고 여러가지 감정을 나타내고 있다.

2) 배우들의 동작과 춤(做) · 무술과 재주부리기(打) 및 창 (唱) · 대화(念)

경극에서는 배우들의 주(做) · 타(打) · 창(唱) · 념(念)의 네 가지 연기를 사공(四功)이라 한다. '사공'인 이들 네 가지가 경극에 있어 서 배우들 연기의 기본이 된다.

(경극 배우들의 옷 소매와 옷 자락은 춤의 동작을 돕는다.)

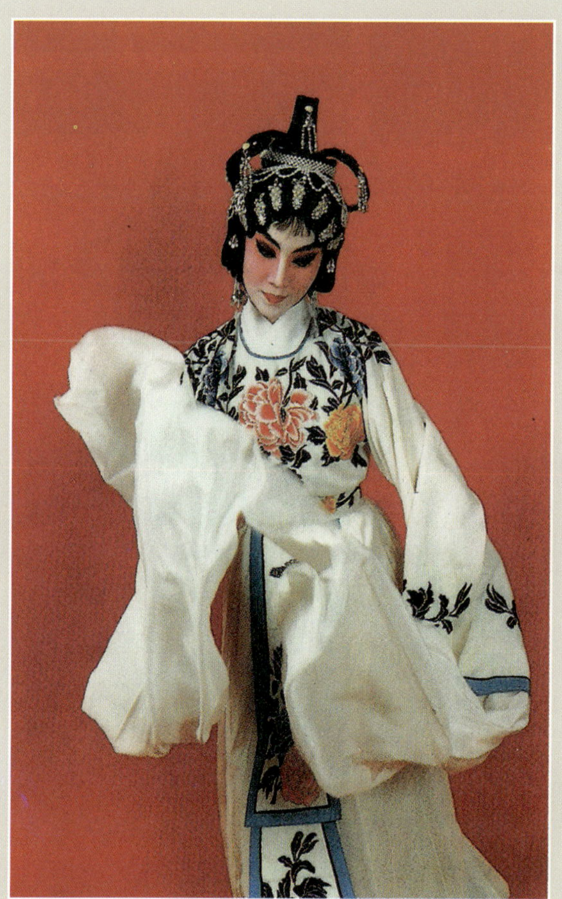

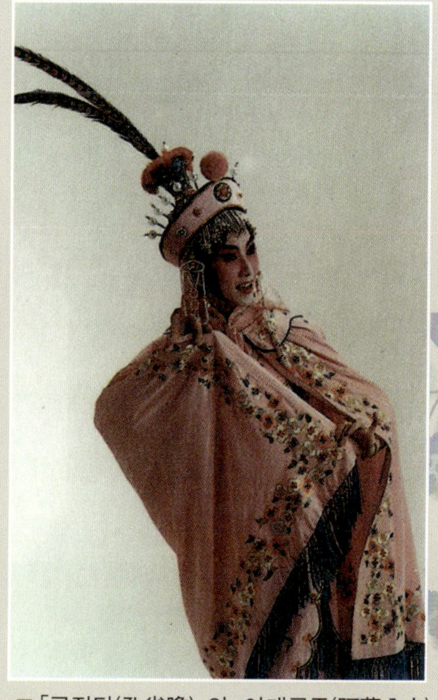

🔺 긴 옷소매로 아름다운 춤 동작을 돕고 있다. 「재생연(再生緣)」의 맹려군(孟麗君)임.

🔺 「공작담(孔雀膽)」의 아개공주(阿蓋公主) 의 모습

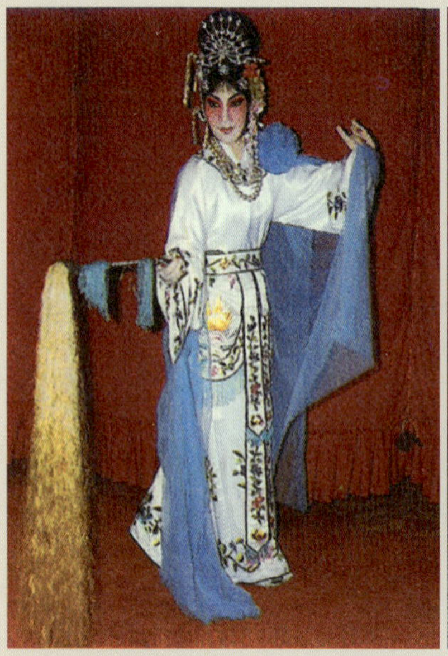

「낙신(洛神)」에서 신녀가 운추(雲帚)를 들고 춤을 추고 있다.

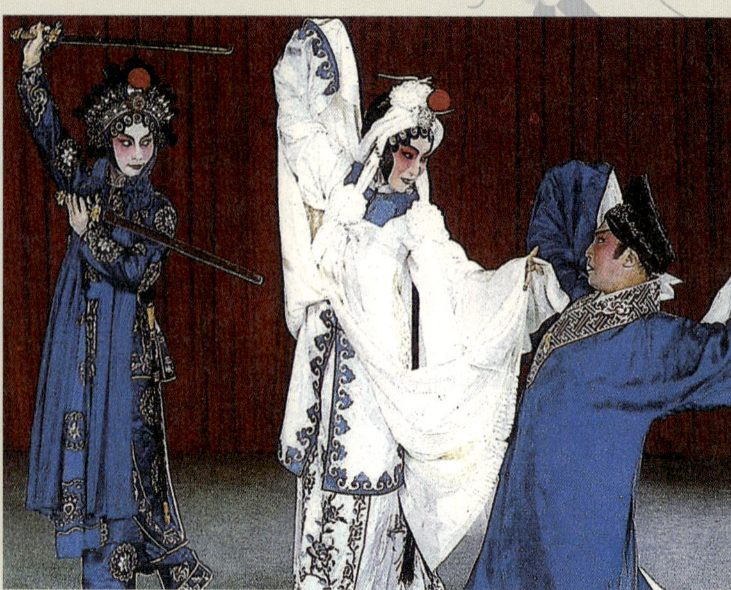

「단교(斷橋)」에서 백사(白蛇)와 청사(靑蛇)가 허선(許仙)을 상대로 몸의 동작으로 자기들의 감정을 드러내는 연기를 하고 있다.

'주'는 배우들의 동작이다. 경극 무대에서의 배우들의 모든 동작은 사소한 움직임이라 할지라도 실제 행동과 같아서는 안 된다. 언제나 무용적인 표현이어야만 한다. 흔히 "노래 아닌 소리가 없고, 춤 아닌 움직임이 없다."[3]는 말로 경극의 특징을 꼬집어 말한다. 또 경극에서는 "비슷하지 않으면 연극이 아니지만 정말로 같다면 그것은 예술이 아니다."[4]라고도 말하고 있다. 이처럼 미묘한 경극 배우

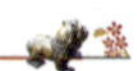

3) 無聲不歌, 無動不舞.
4) 不像不是戲, 眞像不是藝.

들의 모든 동작과 노래 및 대화 등은 모두가 춤이며 창이어서 언제
나 일정하고 엄격한 규칙인 정식(程式)을 따라서 이루어진다. 그들
은 이 까다롭고 엄격한 정식에 의하여 사람들의 일상 행동과는 다
르면서도 사람들의 생활보다 훨씬 더 아름다운 예술을 창조하려 하
였다. 그러나 그러한 노력이 정식을 모르는 많은 사람들의 눈에는
무척 부자연스럽게 느껴지는 것이다.

〔 경극 배우들의 독특한 손짓 발짓에는 모두 뜻이 있다. 〕

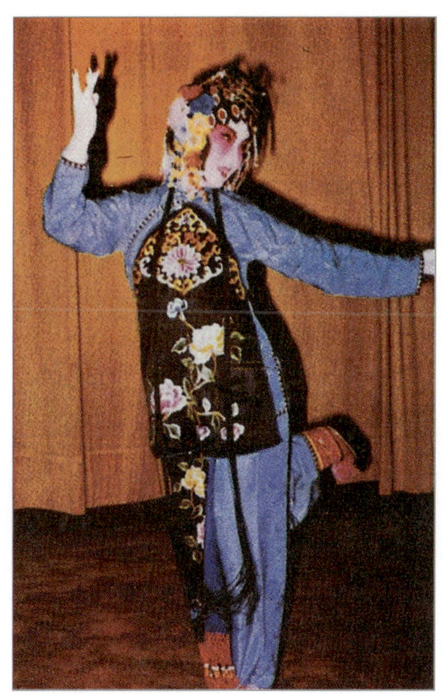

△ 경극 배우의 손짓 · 발짓 연기

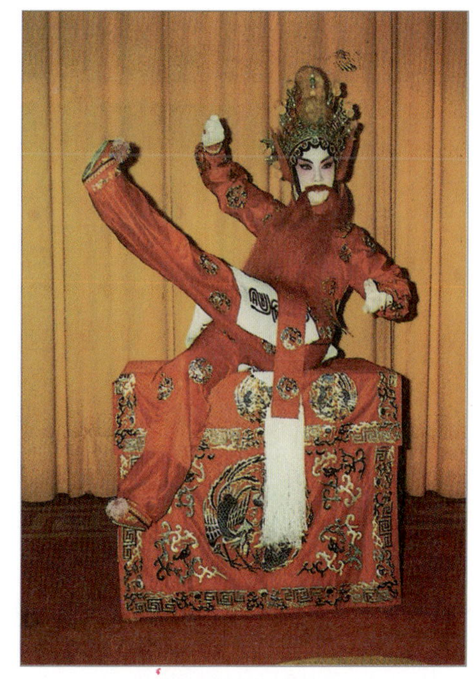

△ 경극 배우의 발짓 연기

우선 무대에서의 걸음걸이만 하더라도 이를 대보(臺步)라 하는데 한 걸음도 보통 걷듯이 걸어서는 안 된다. 생·단·정·축의 배역에 따라 인물의 연령 성격에 따라 그리고 그때의 연극 정황에 따라 걷는 모양이 모두 다르다. 언제나 춤처럼 그때의 정황을 나타내는 움직임이어야 하고 늘 음악 반주에 박자가 맞아야 한다. 걸음걸이의 종류만도 정보(正步)·포보(跑步)·추보(趨步) 등 모두 53종류가 있다고 한다.[5] 심지어는 한 걸음 가는 것이 경우에 따라서는 천리 길을 가는 것이 되기도 하고, 한 번 무대로부터 퇴장하는 것이 100년의 세월이 지나간 것이 되기도 한다.

손놀림 한 가지도 간단치 않다. 손가락질을 하는 방법만도 외부를 향하여 손가락질 할 적에는 26종의 방법, 자기 얼굴이나 몸의 코·입·배를 손가락질 하는 방법에는 14종이 있다. 그리고 양편 옷소매를 흔드는 방법에는 72종류가 있다.[6]

'타' 는 경극에서의 무술과 재주부리기이다. 경극은 크게 서정적인 장면을 연출하는 문장(文場)과 싸움을 연출하는 무장(武場)으로 나누어진다. 경극에서 특히 발달한 것은 등장인물들이 싸움을 하거나 전쟁을 하는 무장이다. 수십 수백 명은 말할 것도 없고 수십만의 군대가 맞붙어 싸우는 장면도 좁은 무대 위에 상징적으로 연출된다. 무기는 칼이고 창이고 모두 실제 무기와 비슷한 것을 들고 있지만 싸움은 실지와는 달리 재주부리기에 가까운 동작이다. 수없이

---

5) 齊如山『國劇藝術彙考』第4章 動作 참조.
6) 上同

〔 손가락 연기 〕

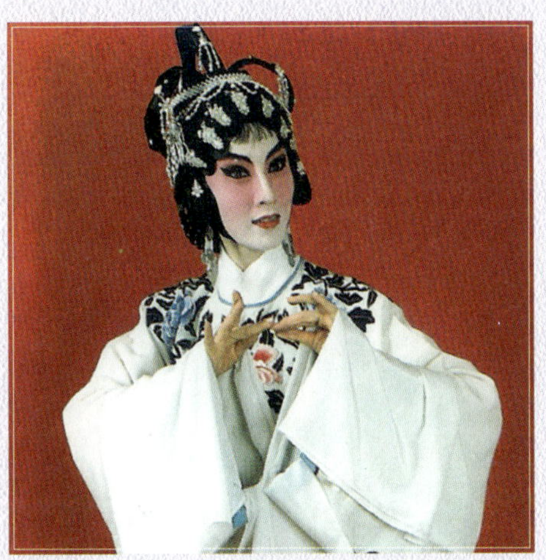

◨ 이러한 손가락 움직임은 상대방에 대한 존경의 뜻을 나타낸다.

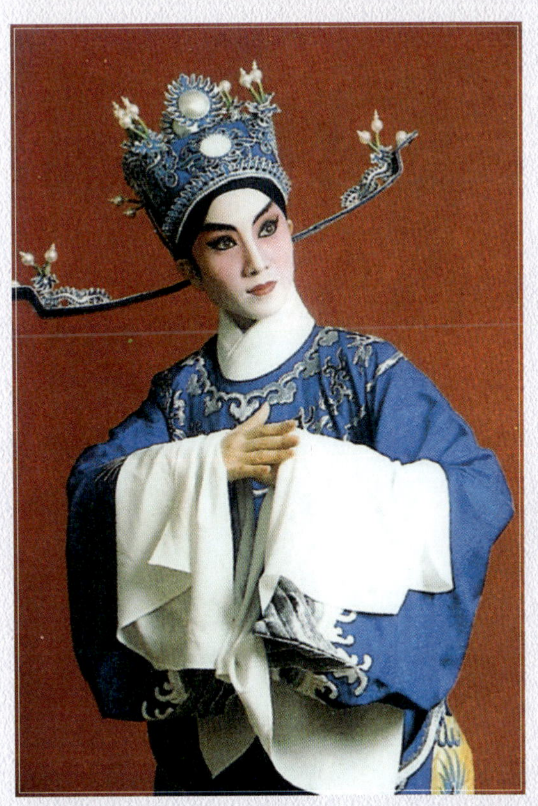

◨ 이러한 손의 움직임도 상대방에 대한 존경의 마음을 나타낸다.

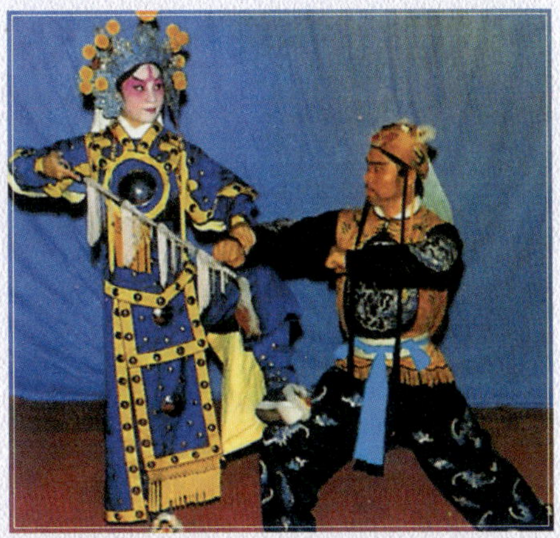

◨ 연기자가 마부의 도움을 받으며 말을 타는 모습

(무술(武術))

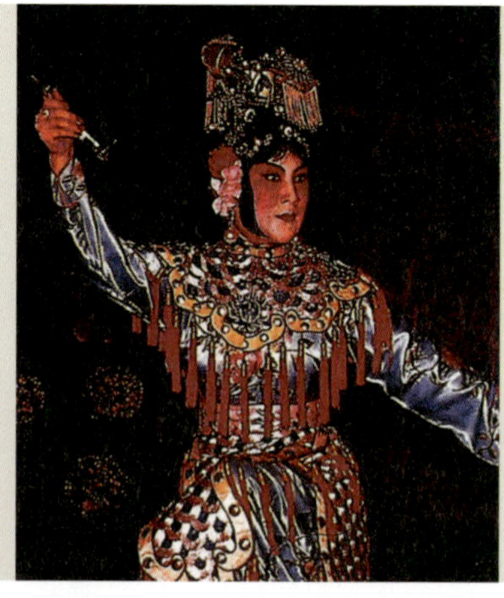

■ 여인이 옛날 무기의
일종인 편(鞭)으로
무장한 모습

■ 「패왕별희(覇王別姬)」에서 우희(虞姬)가 자결하기에 앞서 칼춤을 추는 모습

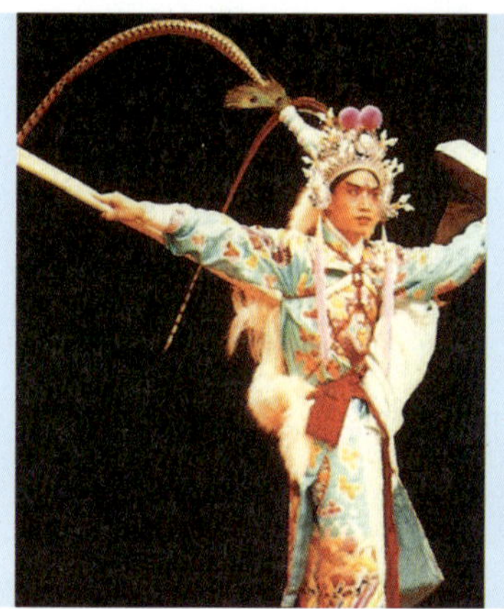

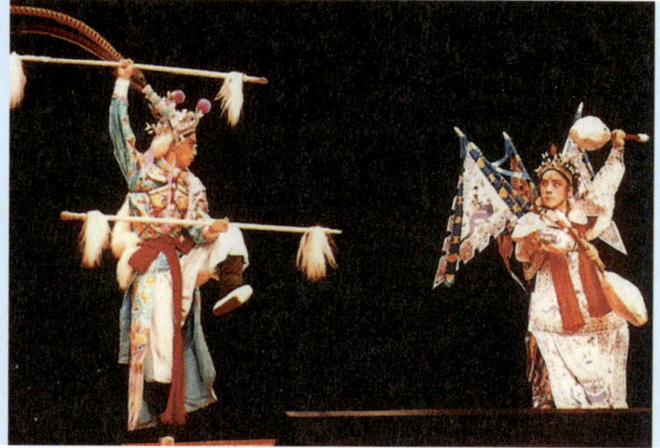

■ 경극에서 창을 들고 싸우는 모습

■ 경극에서 창을 든 사람(왼편)과 추(鎚)를 든 사람(오른편)이
싸우는 모습

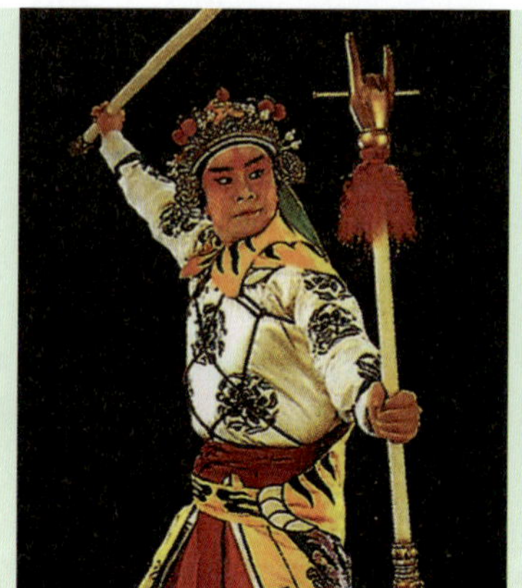

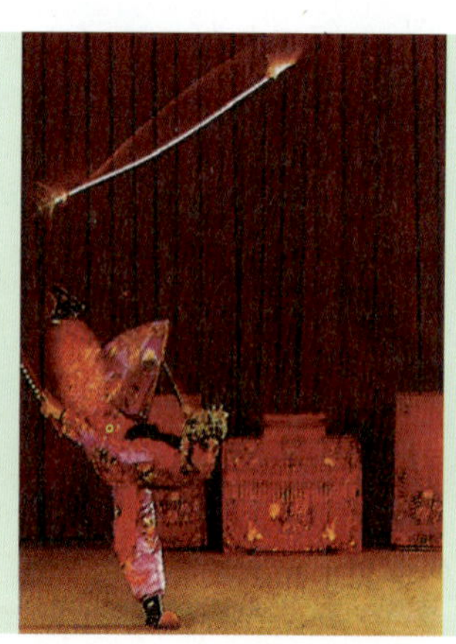

■ 경극에서 특수한 무기를 들고 싸우는 모습

■ 창 싸움을 하다 창을 손으로 던지고
받거나 발로 차고 받기도 한다.

〈타 : 무술과 재주 부리기〉

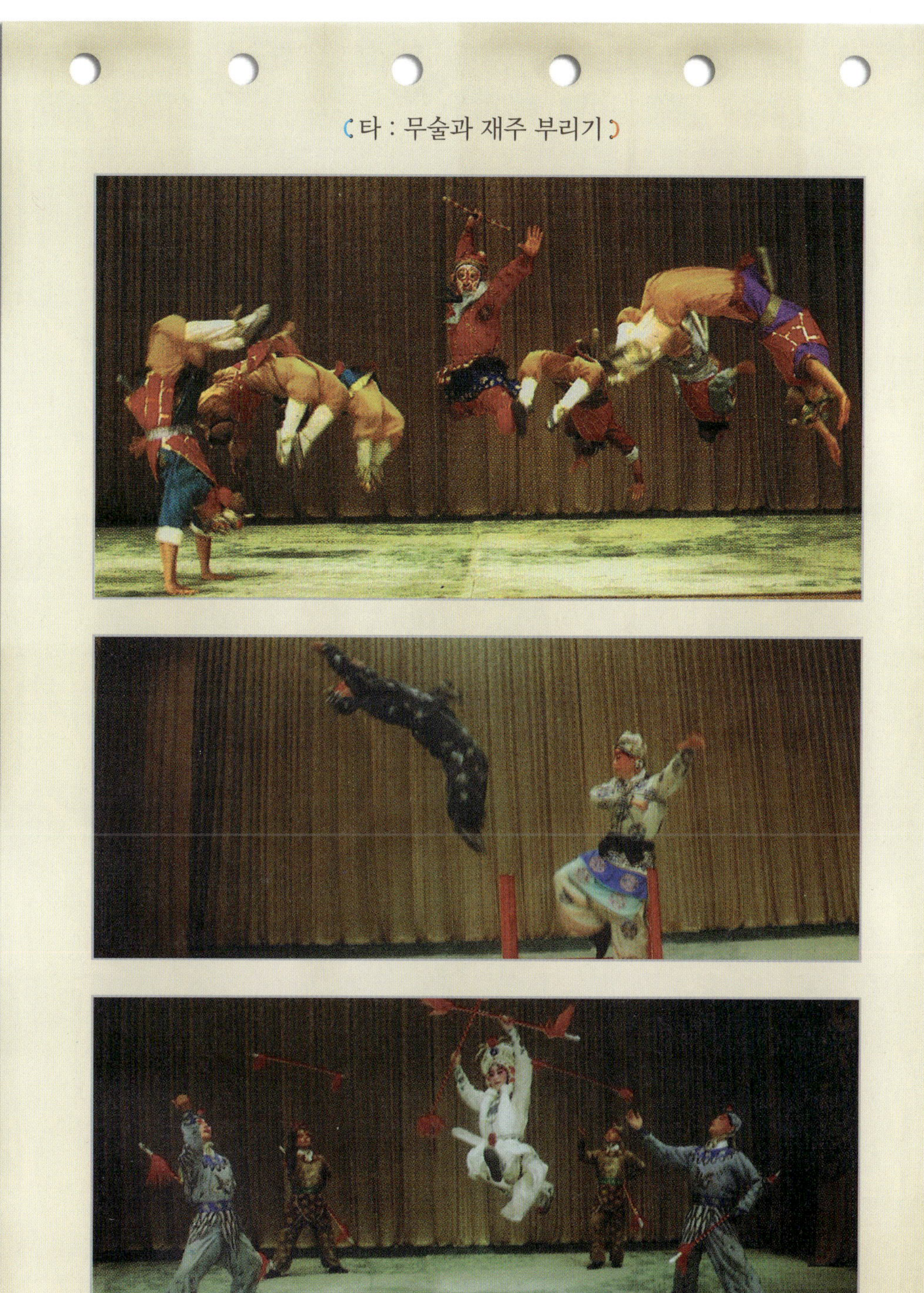

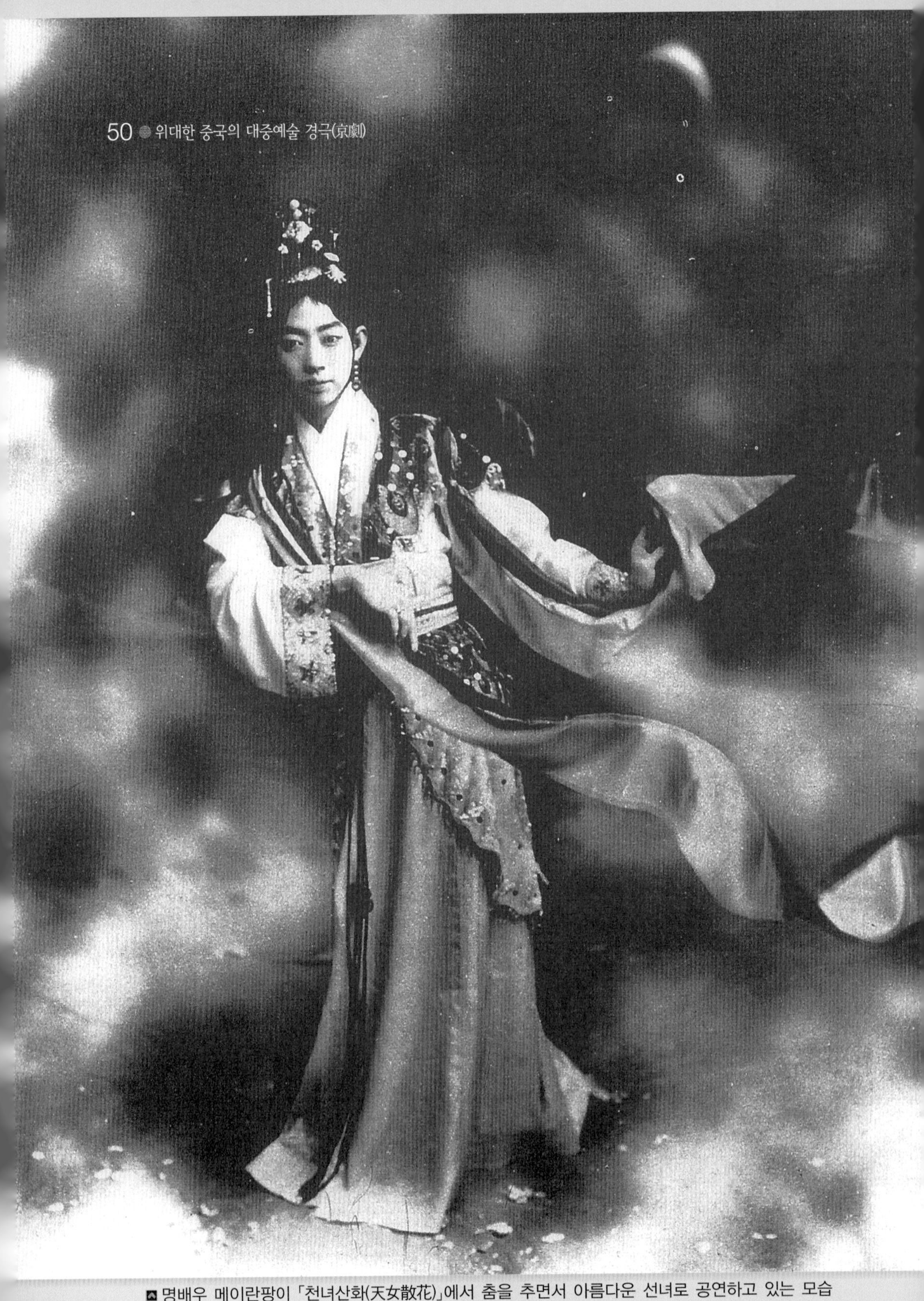

▲ 명배우 메이란팡이 「천녀산화(天女散花)」에서 춤을 추면서 아름다운 선녀로 공연하고 있는 모습

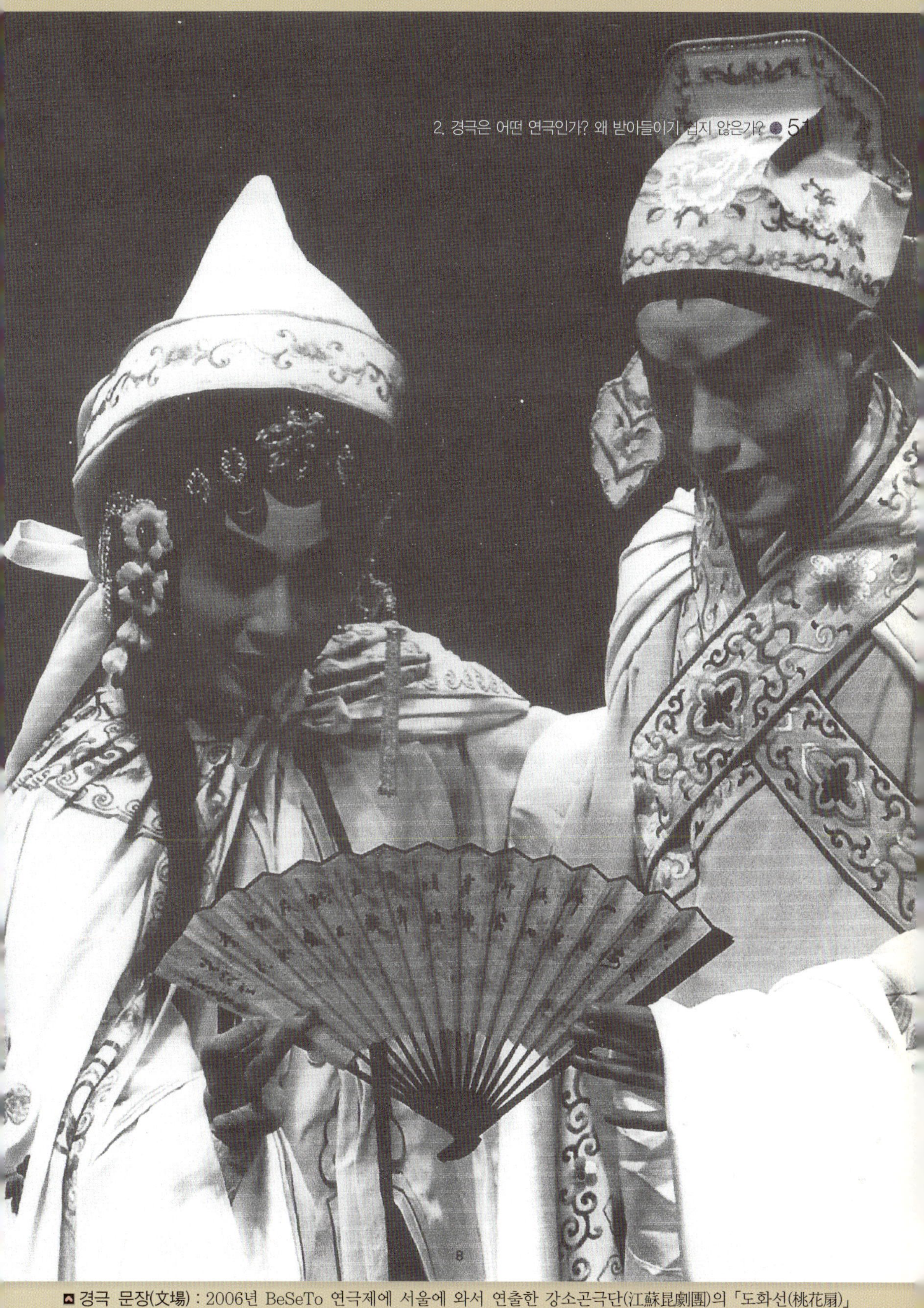

▲ 경극 문장(文場) : 2006년 BeSeTo 연극제에 서울에 와서 연출한 강소곤극단(江蘇崑劇團)의 「도화선(桃花扇)」
에서 스샤오메이(石小梅 : 侯方域)과 후진팡(胡錦芳 : 이반군(李香君)으로 분장)이 열연하는 모습

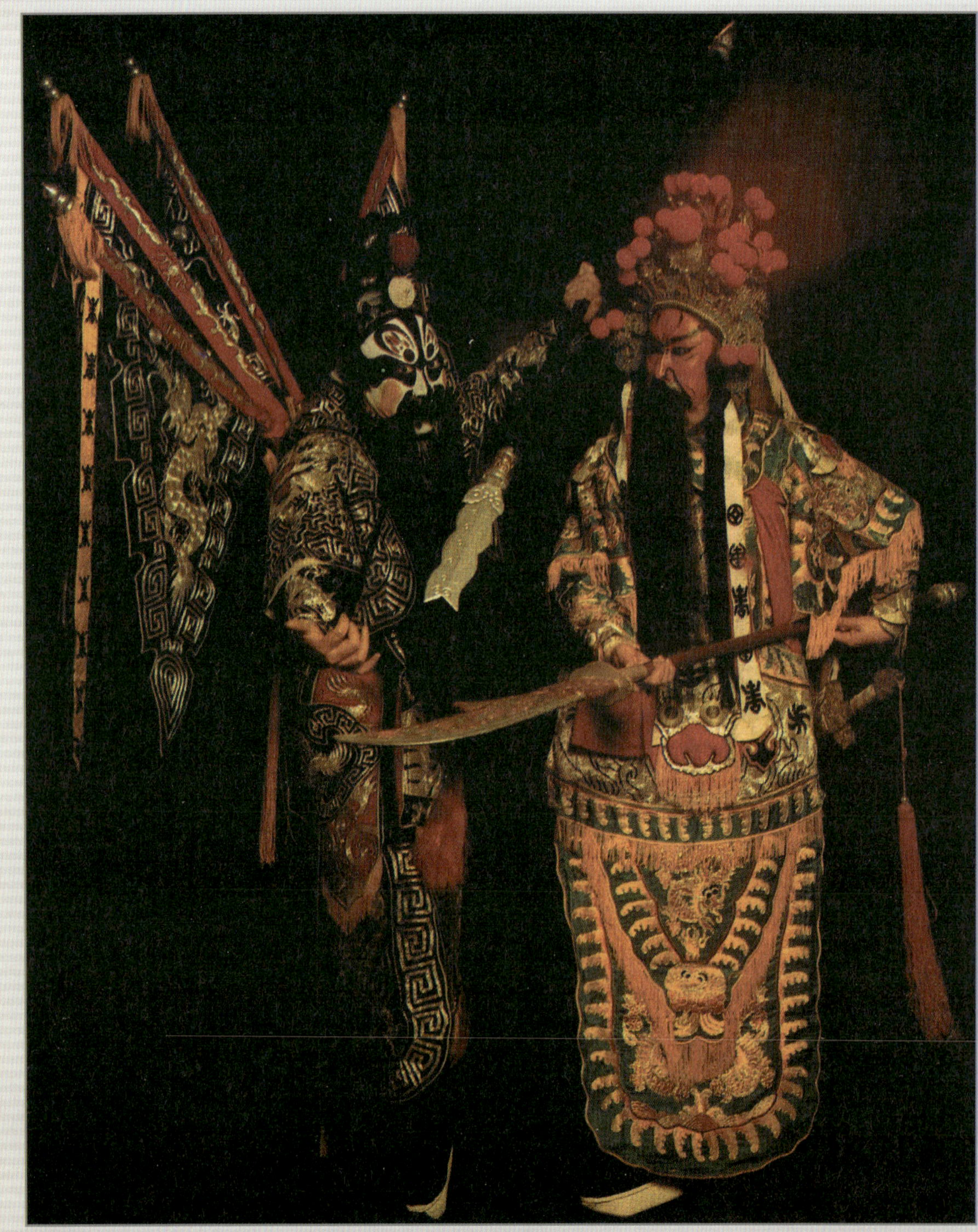

🔼 경극 무장(武場)

땅재주를 넘기도 하고 칼이나 창을 서로 던지며
주고받기도 하는데 발로 걷어차 보내거나 발로
상대방이 던진 것을 받기도 한다. 이 '무장'에는
대체로 징과 북을 비롯한 타악기의 반주만이 있
는 것도 특색 중의 하나이다.

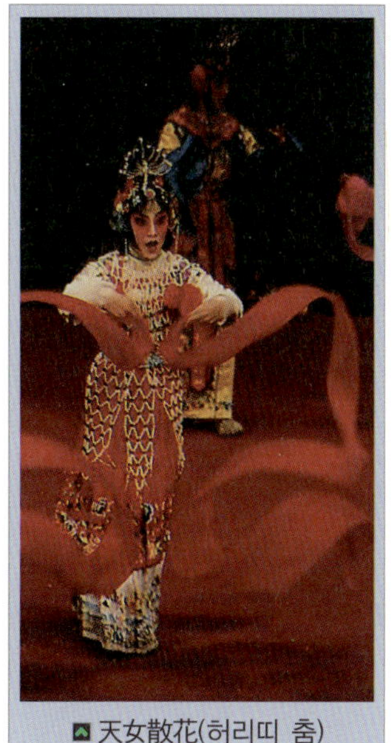

■ 天女散花(허리띠 춤)

경극에는 실제로 춤도 응용된다. 연기자는 사
랑·슬픔·기쁨·노여움·두려움 등의 심사를
표현하기 위하여 음악의 반주와 함께 춤을 춘다.
전쟁을 앞둔 장수나 사태가 여의치 않아 자결을
하는 사람도 춤으로 그런 자신의 처지와 심경을
표현한다.

'창'은 노래이지만, 경극에 있어서는 무성불가(舞聲不歌)라 했으
니 대화며 독백이며 기침소리 웃음소리까지도 배우들의 입을 통해
서 나오는 소리는 모두가 노래의 성격을 지닌 것이라고 한다. '념'
은 대화나 독백이나 앞에서 말한 바와 같이 넓은 뜻에서는 '창' 속
에 포함된다. 대화나 독백을 막론하고 한 음을 길게 빼어 늘이기도
하면서 창과 같지는 않지만 독특한 고저장단이 보태어진다. 말의
한 음 한 음을 길게 늘여 발음하고 소리를 올렸다 내렸다 힘을 주었
다 뺐었다 하면서 그 당시 출연자의 심사를 표현한다.

3) 음악과 악기

경극의 음악은 서피조(西皮調)와 이황조(二黃調)를 중심으로 하고 곤강(崑腔)·익양강(弋陽腔)·방자강(梆子腔) 등 음악의 장점을 흡수하여 발전한 것이다. 경극에서는 음악을 보통 강조(腔調)라고 한다. '강'은 음계에 따른 높고 낮은 변화와 빠르고 느린 음절 같은 것을 뜻한다. 그리고 '조'는 창을 하는 강조의 높고 낮은 등급을 말한다.

경극의 무대는 일상적이고 서정적인 일을 공연하는 문장(文場)과 싸우고 전쟁하는 장면을 연출하는 무장(武場)으로 크게 나누어지는

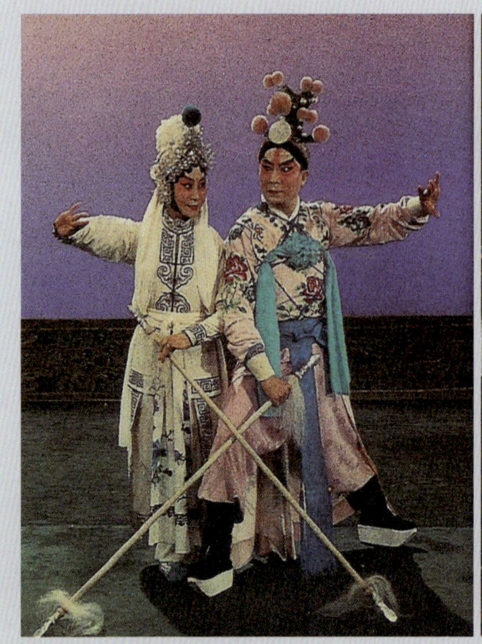

▣ 무장(武場)

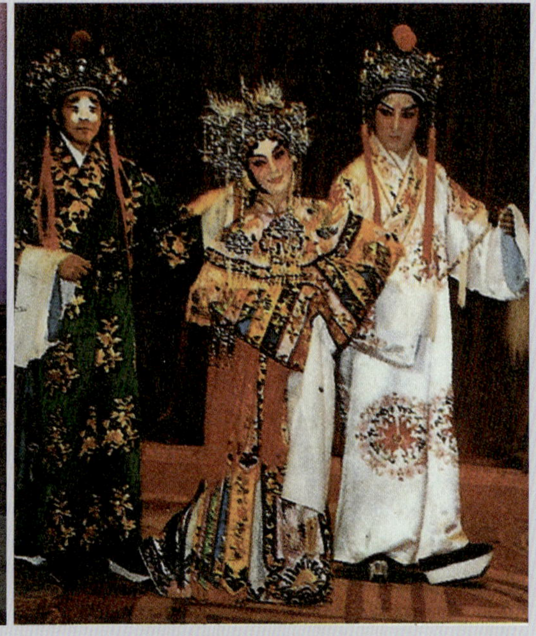

▣ 문장(文場) : 「귀비취주(貴妃醉酒)」

데, 음악연주도 이에 따라 크게 달라진다. '문장'에서는 이호(二胡)를 중심으로 하고 호금(胡琴)·삼현(三弦)·월금(月琴) 등을 보조로 하는 현악기 위주의 반주로 공연이 진행된다. '무장'에서는 북과 징을 중심으로 하고 박판·꽹가리 같은 타악기로 음악 반주가 이루어진다. 대체로 전체 악단의 지휘 책임자는 북을 치는 사람이다. 북을 치는 사람은 북뿐만이 아니라 박판도 들고 전체 음악의 박자를 이끌어 가는데 그를 고로(鼓老)라 부른다.

경극 음악의 가장 두드러진 특징은 창의 반주를 주로 호금이 맡는다는 것이다. 지금은 호금 중에서도 '이호'가 가장 주요한 악기로 쓰이고 있다. '이호'의 특징은 음이 높고 소리가 굴곡을 이룬다는 것이다. 여기에 맞는 목소리를 내자니 앞뒤의 구별 없이 음정이 높아지고 창의 소리는 늘 굴곡을 이

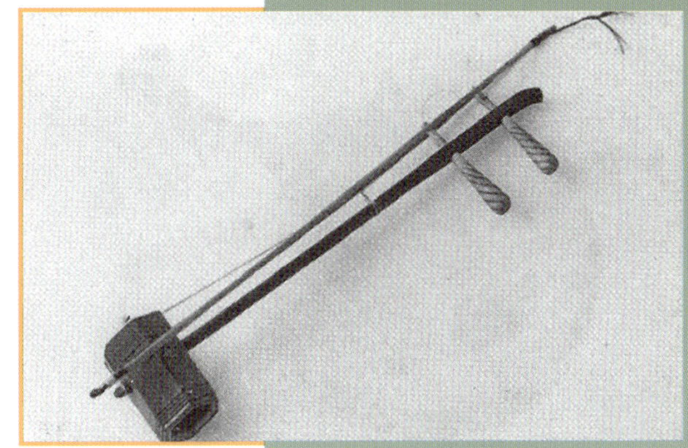

▲ 이호(二胡)

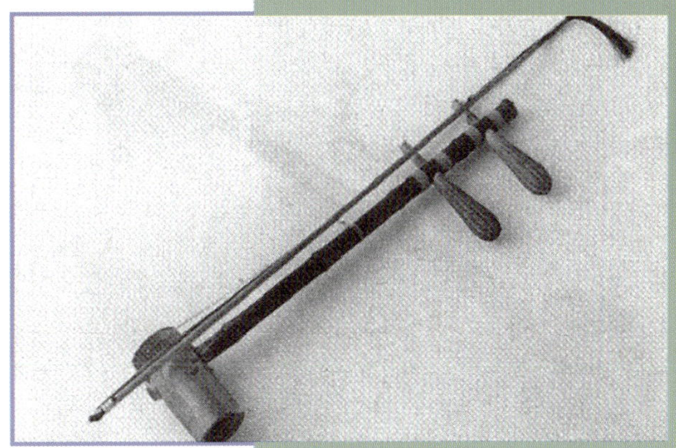

▲ 경호(京胡)

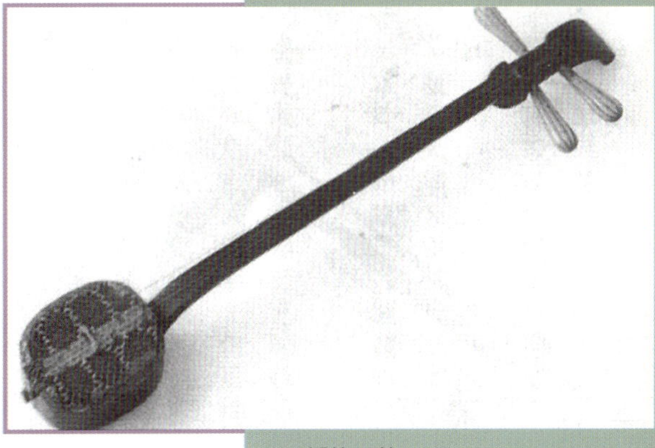

▲ 삼현(三弦)

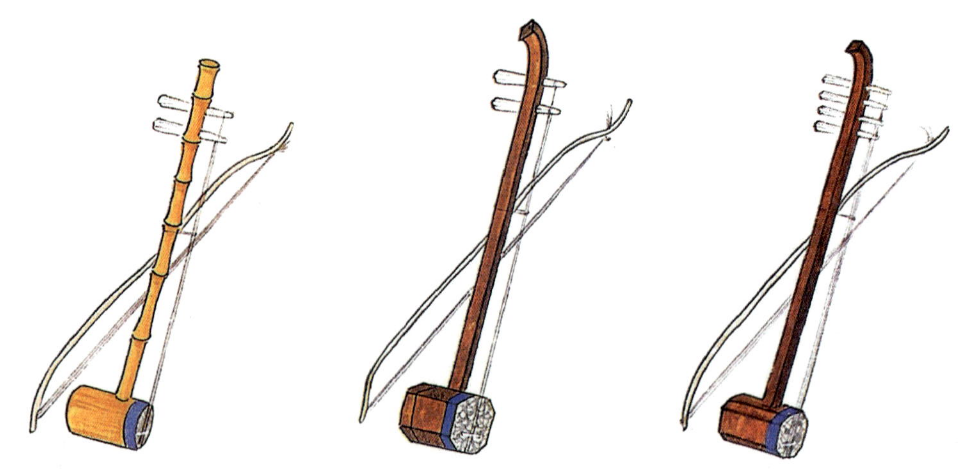

■ 호금 : 경호(京胡) · 이호(二胡) · 사호(四胡)
곡의 주요 반주악기로 쓰임

루어 듣기에 무척이나 부자연스럽게 느껴진다. 그리고 북과 징은
나고(鑼鼓)라 하여 경극 악기 중에서 가장 중시되며, 경극이 정식으
로 공연되기 전부터 이 소리 큰 악기를 두드려대기 시작하여 이를
요대(鬧臺)라 부르고, 싸움을 하거나 재주를 부리는 '무장'은 말할
것도 없고, 배우들의 모든 동작과 창 및 대화에도 간간히 이 악기
소리가 끼어든다. 지금 와서는 경극에서 싸움을 하거나 무술을 겨
루고 재주를 부리는 '무장'을 관객들이 즐기는 경향이어서 시끄러
운 북과 징은 더욱 중시되고 있다.

　경극에는 여러 가지 악기가 쓰이고 있으나 이들의 합주는 소리가
맞지 않아 거의 불가능하다. 그리고 이들 악기 중에는 송(宋)나라
이전에 쓰이던 중국의 전통 악기는 하나도 없다. 모두 외국으로부
터 들어와 대부분이 금 · 원대 이후에 유행한 것이다. 타악기에는
당고(堂鼓) · 소고(小鼓) · 대라(大鑼, 징) · 소라(小鑼, 꽹가리) · 요

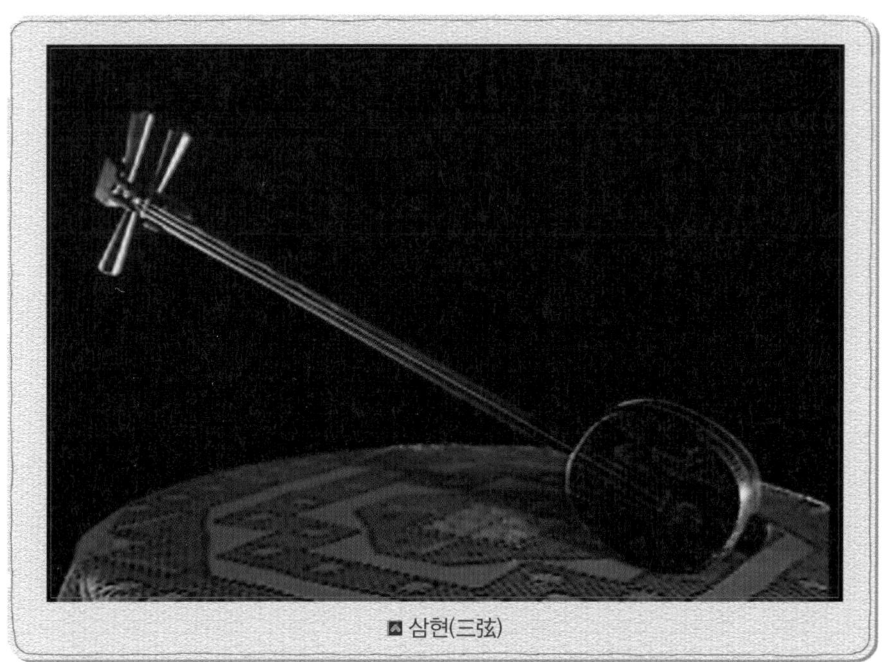

▲ 삼현(三弦)

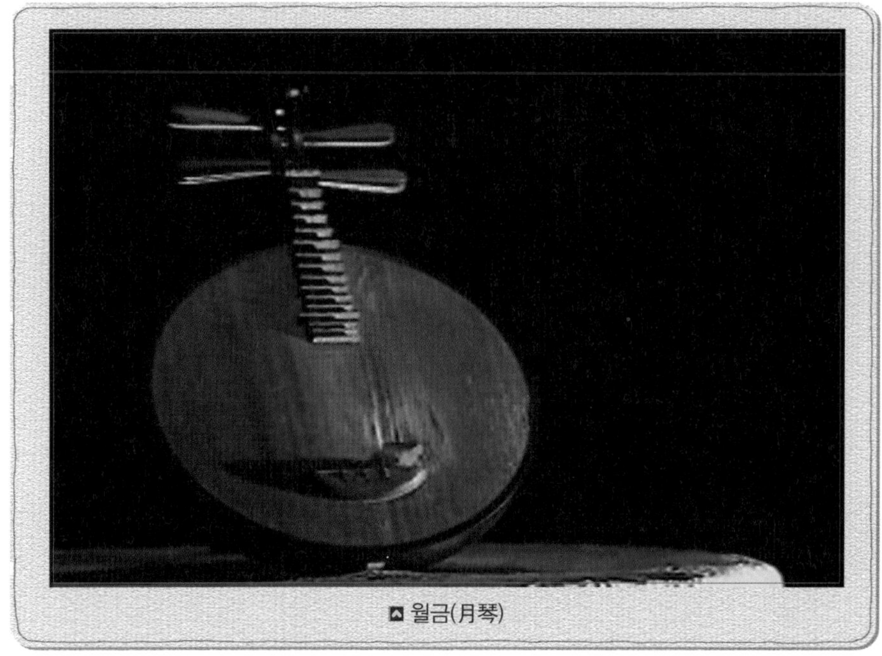

▲ 월금(月琴)

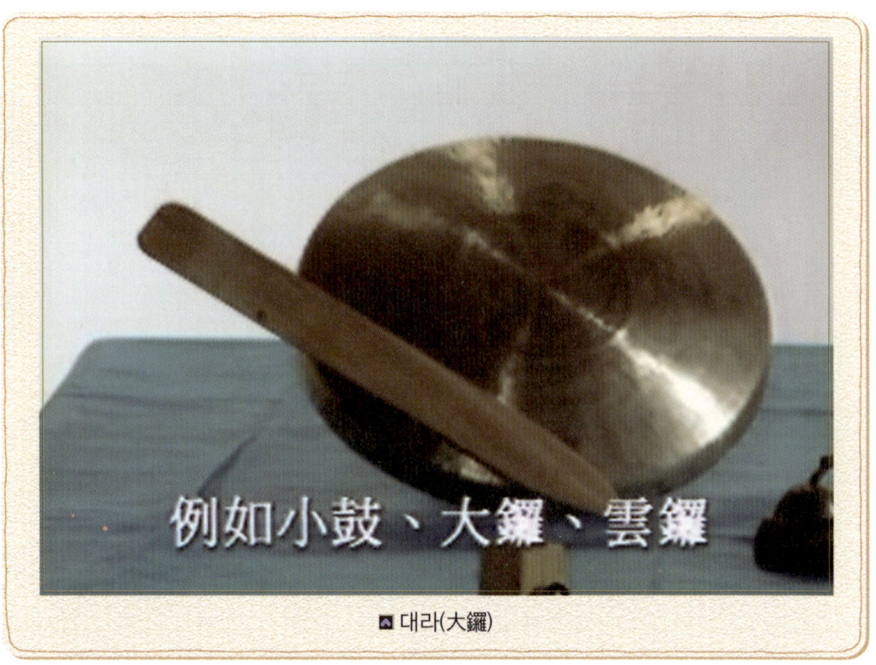

▲ 대라(大鑼)

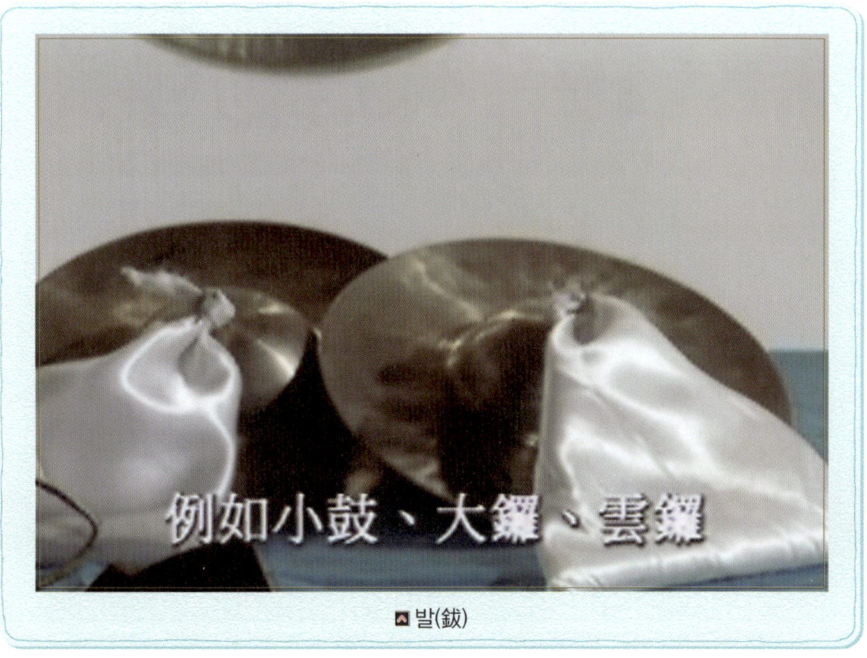

▲ 발(鈸)

(鐃)·발(鈸)·성(星) 등이 있고, 현악기에는 이호·호금·사호(四胡)와 삼현(三弦)·월금(月琴)·비파(琵琶)가 있다. 취주악기에는 쇄납(嗩吶)·적(笛)·소(簫)·생(笙) 등이 있는데 현악 연주의 보조용으로 쓰인다.

이처럼 경극의 창이며 음악은 우리의 전통 음악이나 우리나라에 전해진 중국음악과는 악기도 전혀 다르고 그 가락도 전혀 다르다. 때문에 우리로서는 그 음악에 공감하고 그것을 이해하기가 쉽지 않은 것이다.

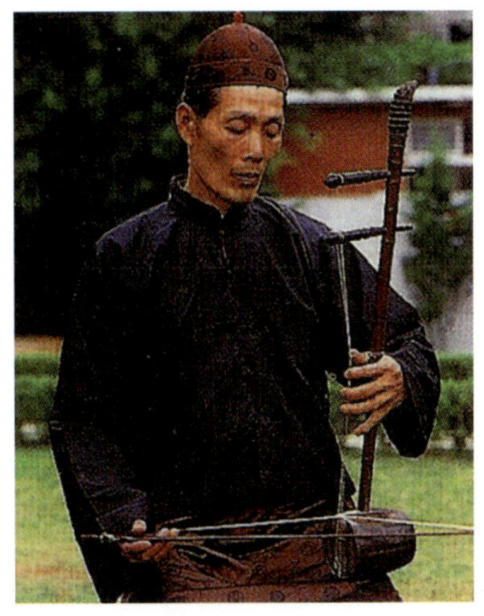

▲ 호금을 연주하는 모양

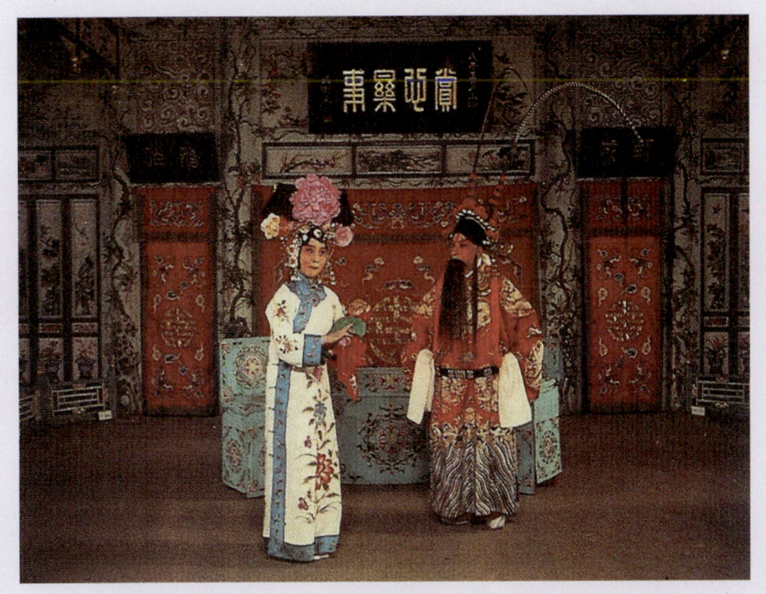

▲ 「사랑탐모(四郎探母)」 공연 장면

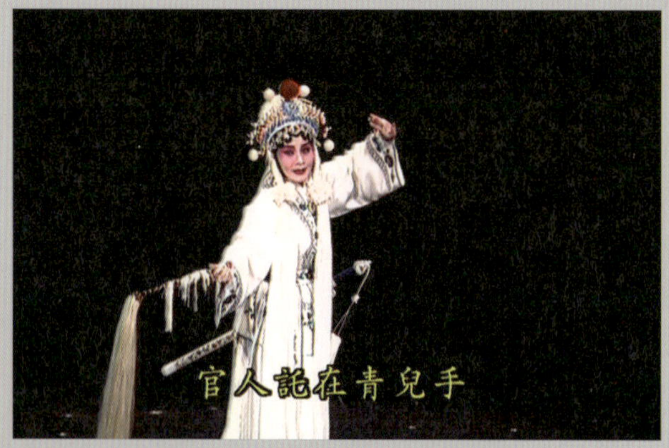
官人詫在青兒手

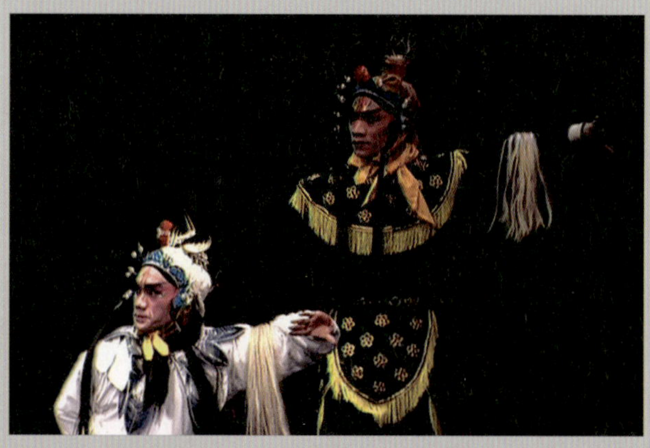

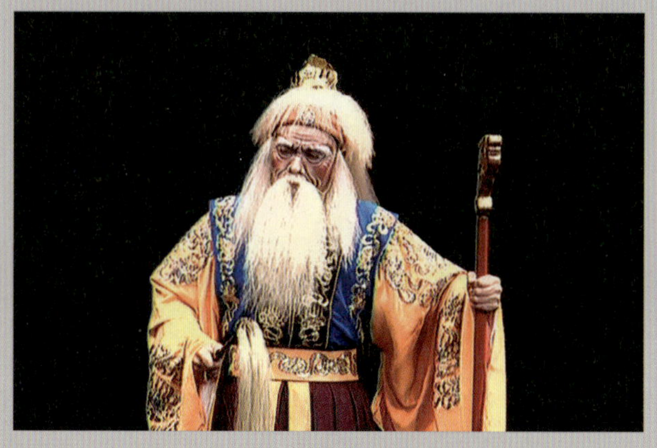

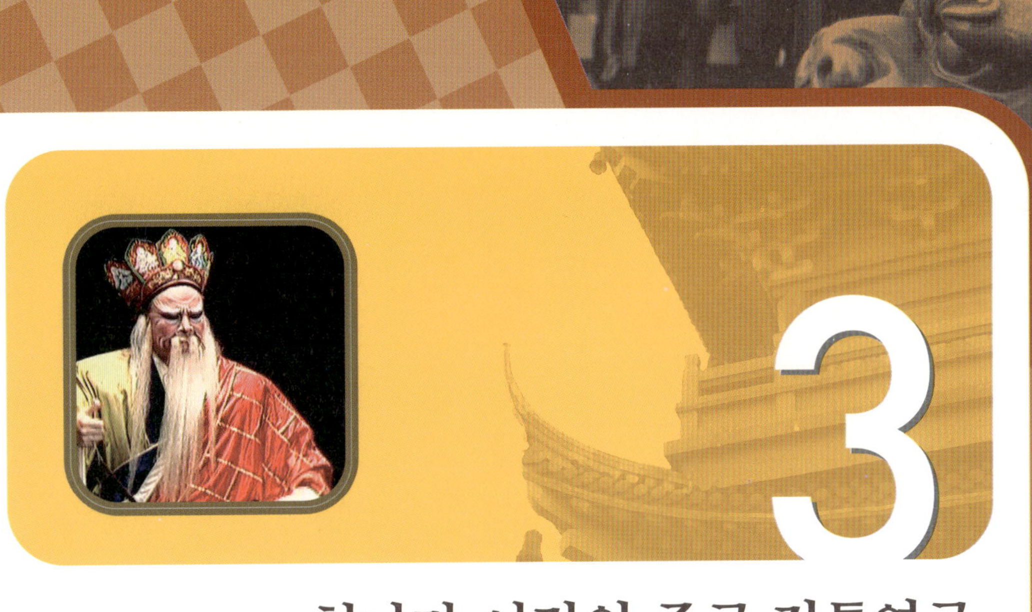

3

청나라 이전의 중국 전통연극

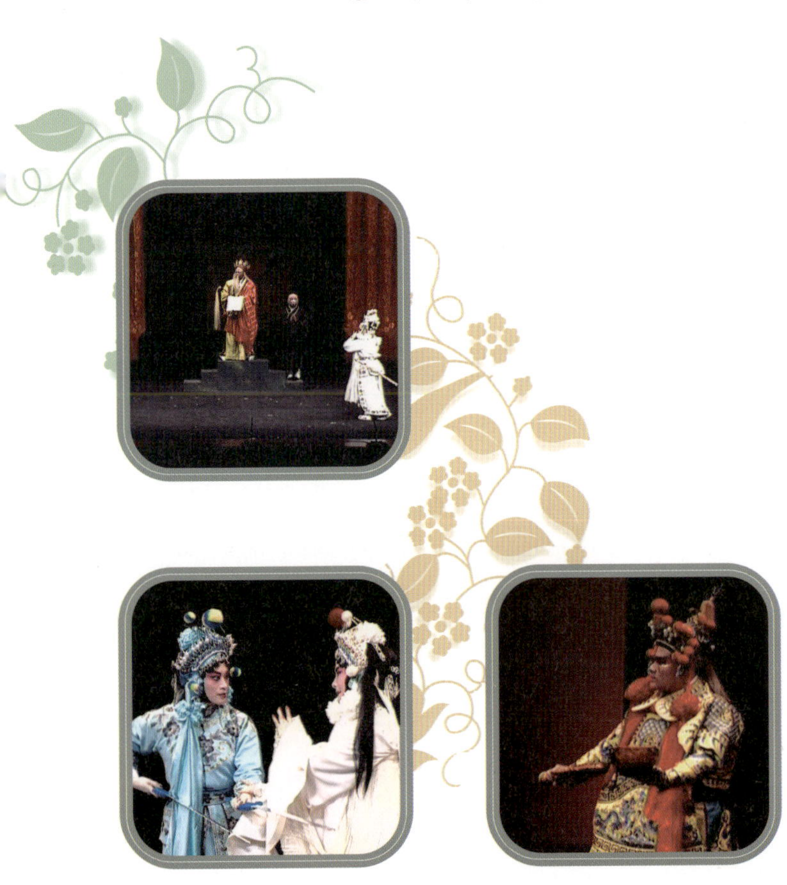

3. 청나라 이전의 중국 전통연극

1) 중국 전통 연극의 미학적인 특징

우리는 경극의 특징을 이해하기 위하여 중국의 독특한 연극이 옛 날부터 발전하게 된 문화적인 배경을 이해할 필요가 있다. 중국문 화는 한자문화라고 할 수 있다. 한자를 바탕으로 하여 그 문화와 역 사는 전개되어 왔기 때문이다. 따라서 중국 연극도 한자의 특성에 따라 이루어지고 독특한 그 미학적인 특징을 지니게 되었던 것이다.

우선 중국의 전통문학을 보더라도 그것은 한자의 특성에 따라 시 를 중심으로 발전하여왔다. 한자는 처음부터 말을 기록하기 위하여 만든 글자가 아니라 뜻글자이다. 쓰기도 어렵거니와 읽기도 간단치 않은 글자이다. 본시는 글씨를 쓰는 용구도 아주 불편하였고 글을 나무쪽이나 대쪽 또는 뼈 조각 같은 데 새겨야만 하였다. 따라서 한 자로 쓴 글은 되도록 간략한 형식에 많은 뜻을 담아야 하였기 때문 에 처음부터 산문이기보다는 시의 형식에 가까운 글이었다. 한자로

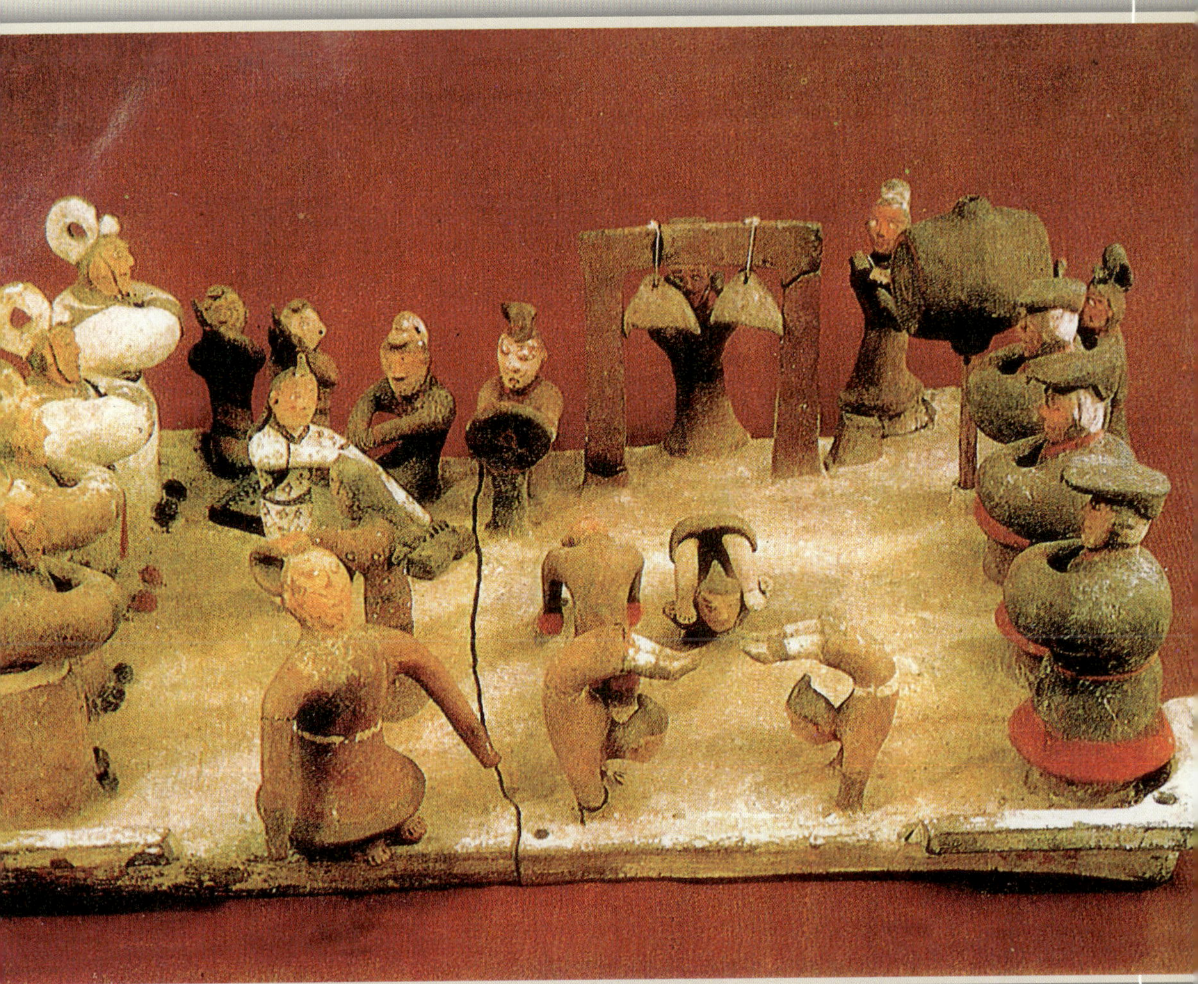

▣ 서한(西漢) 때의 백희를 공연하는 도합 21명으로 이루어진 흙 인형 : 샨둥 지난(濟南)시 무영산(無影山) 옛 묘에서 1964년 발굴하였음.

쓰인 모든 글이 시의 형식에 가까운 글이었다.

　역사얘기나 전설을 한자로 쓴 글도 원칙적으로 시의 모양으로 모두 이루어졌다. 서기 기원 전 10세기 전후에 이루어지기 시작한 중국 최초의 책인 『시경(詩經)』뿐만이 아니라 『서경(書經)』이나 『역경(易經)』 같은 경전의 글도 산문이 아니라 운문이라고 해야 옳은 글이다. 시는 노래의 가사임으로 본시 이것들은 읽을 때 창을 하는 형식으로 노래 불렀을 것이다. 따라서 민간에 전하여진 전설이나 영웅 얘기 같은 것도 모두 한자 기록을 바탕으로 하여 노래로 전하여졌을 것이다. 민간에서는 모든 얘기가 얘기꾼에 의하여 후세의 설서(說書)나 강창(講唱)[7]의 형식으로 연출되었다는 것이다. 한편 연기자들이 두세 명 어울리어 노래와 춤으로 간단한 얘기를 연출하는 가무희(歌舞戲)도 발전하였다.[8] 중국의 연극도 한자의 특성에 따라 독특한 형식으로 발전한 것이다.

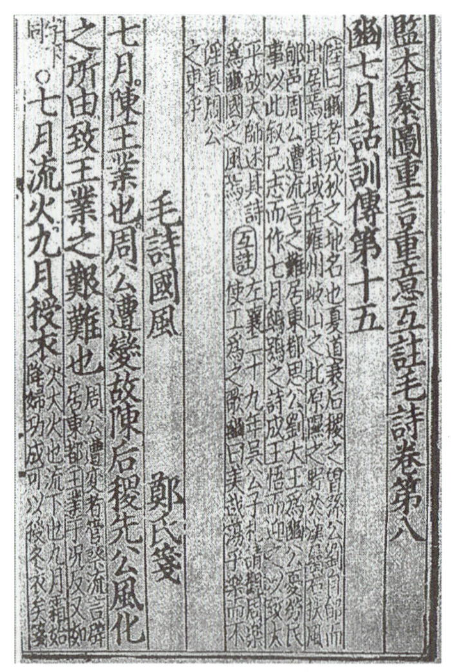

■ 『시경(詩經)』: 빈풍(豳風) 칠월(七月)시의 시작 쪽. 모시(毛詩)에서는 빈풍의 시 모두를 주공(周公)의 업적과 관계가 있는 시라고 풀이하고 있다.

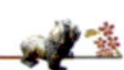

7) 說書와 講唱은 옛날 중국의 민간에서 얘기꾼이 노래와 말을 엇섞어 사람들에게 얘기를 들려주던 공연 형식이다.
8) 김학주 지음 『중국 고대의 가무희』(명문당, 2001 증보판) 참고 바람.

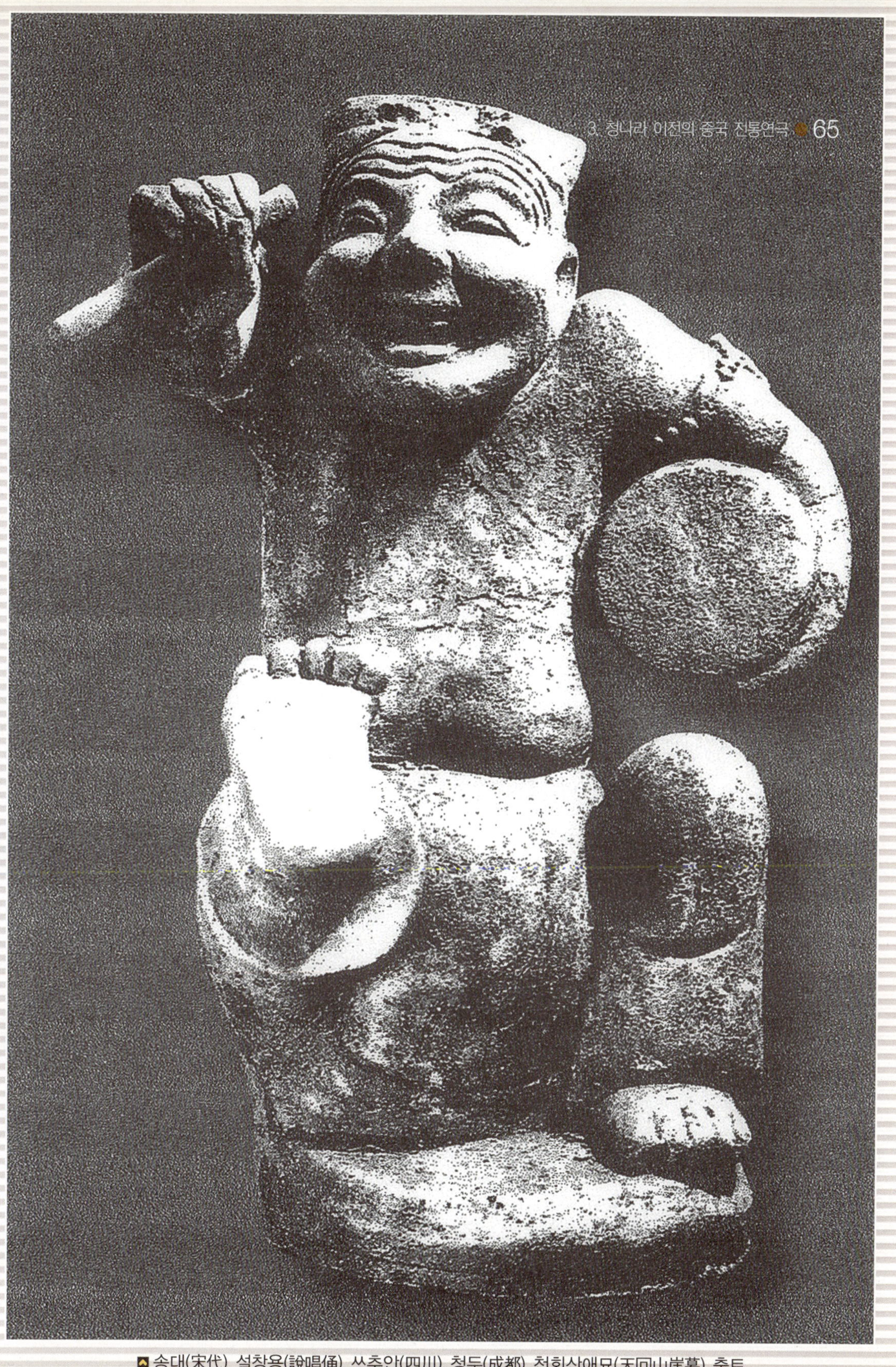

송대(宋代) 설창용(說唱俑) 쓰촨(四川) 청두(成都) 천회산애묘(天回山崖墓) 출토

왕꿔웨이(王國維, 1877-1927)는 『희곡고원(戲曲考原)』에서 "희곡이란 노래와 춤으로 얘기를 연출하는 것을 말한다."[9]고 중국의 전통희곡을 정의하였다. 경극 연구의 대가인 치루샨(齊如山, 1875-1962)은 『국극예술고(國劇藝術考)』 제1장 전언(前言)에서 경극의 특징을 "모든 소리는 반드시 노래여야 하고, 움직임은 춤 아닌 것이 없어야 한다."[10]고 하였다. 이는 중국의 전통연극은 옛날부터 청대 이후에 이르기까지 노래와 춤으로 연출하는 가무희 또는 가무극이었음을 뜻한다. 그리고 경극은 이 가무희의 기법을 바탕으로 발전한 것임을 뜻한다.

노래와 춤은 얘기를 무대 위에 연출하기에 매우 불편한 수단이다. 따라서 그런 수단으로 연출하는 연극은 사람들 생활을 그대로 무대 위에 재현하는데 목적을 둘 수 없음이 분명하다. 중국학자들은 흔히 중국 연극의 특징을 사의(寫意)라는 말로 표현하고 있다.[11] 이는 서양 연극의 특징을 나타내는 사람들의 일을 무대 위에 재현하는 사사(寫事)란 말과 대비가 되는 표현이다. 그리고 많은 학자들이 중국 연극의 미학적인 지표는 전신(傳神)에 있다고도 말하고 있는데,[12] '신'이란 말은 그 뜻이 단순하지 않다.

중국의 전통문학은 시를 중심으로 하여 발전하여 왔다. 그리고 그 시는 서정시가 중심을 이루어왔다. 운이뒤(聞一多, 1899-1946)가

---

9) 戲曲者, 謂以歌舞演故事也.
10) 有聲必歌, 無動不舞.
11) 보기로 陳多 『戲曲美學』 第六章 一. 등이 있음.
12) 夏寫時 『論中國戲劇批評』 第1輯 四. 論傳神美 등.

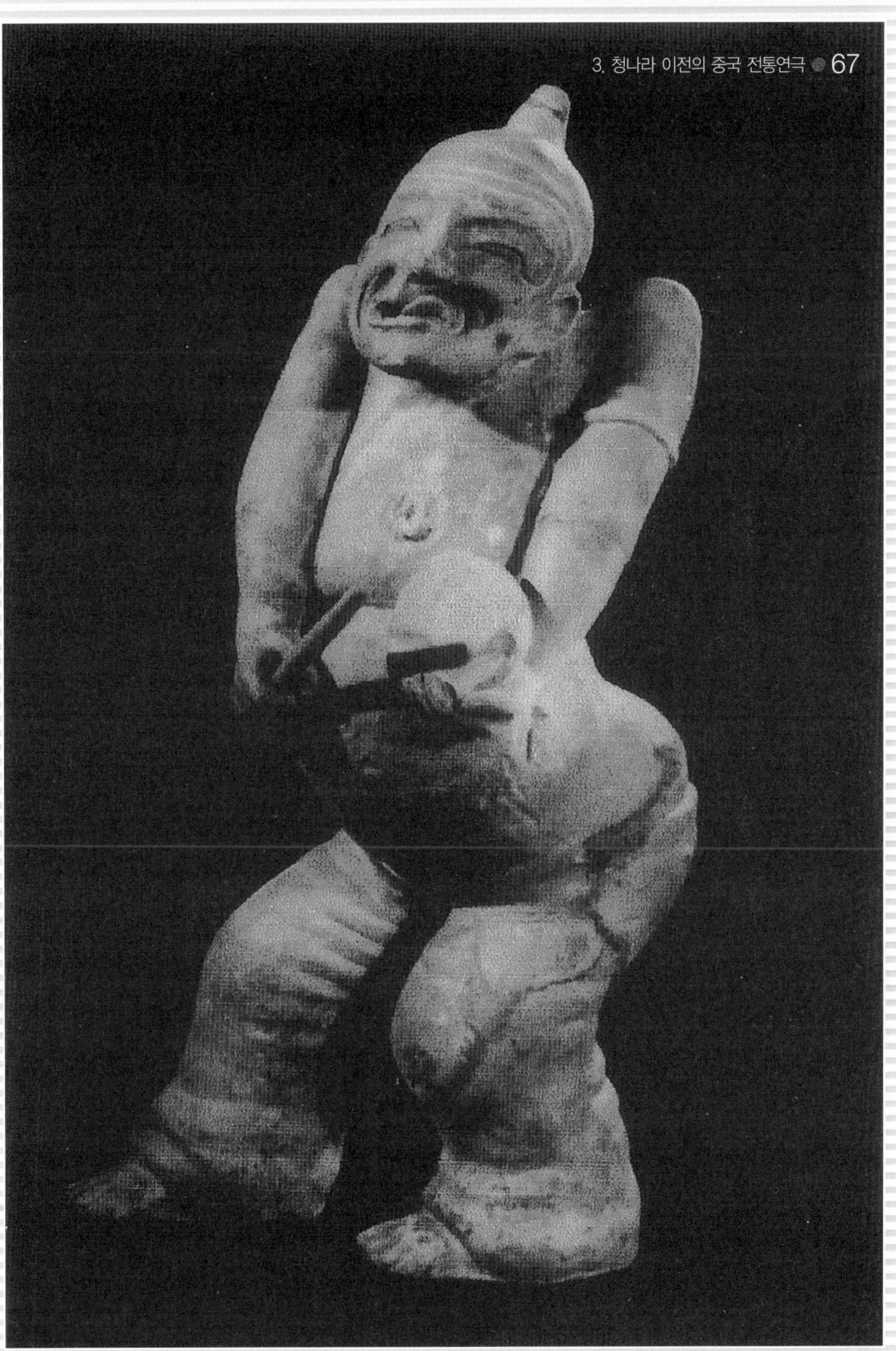

▲ 설창을 하는 흙 인형, 한 대 묘에서 나옴.

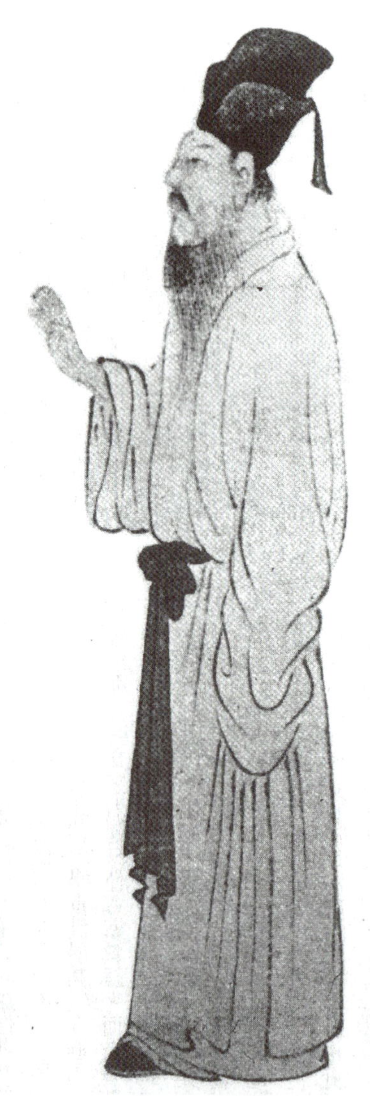

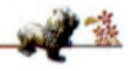

▲청 왕림(王霖)이 옛 그림을 바탕으로 그린 소식의 초상화

"중국의 문학사는 실질적으로는 시사(詩史)"라고 하면서 "시의 발전은 북송에 이르러 끝나고 있다."[13]고 한 말을 이어받아 샤시에시(夏寫時)는 중국문학은 남송 이후로는 소설과 희곡의 시대로 들어갔는데 "시의 기조를 이루는 서정성은 소설과 희곡 속에서 더욱 심각한 표현을 하게 되었다."[14]고 주장하고 있다. 이것은 중국 전통 연극이 전통문학과 함께 서사적이기 보다도 서정적인 특성을 지니고 발전하여왔음을 뜻하는 말도 된다.

중국 연극의 지표가 '전신'에 있다고 한 말과 함께, 유협(劉勰, 464?-520)의 『문심조룡(文心雕龍)』 신사(神思)편 등의 시의 개념, 엄우(嚴羽, 1200 전후)의 『창랑시화(滄浪詩話)』의 시의 극치를 논한 입신(入神), 왕사정(王士禎, 1634-1711)의 신운설(神韻說) 등을 아울러 생각할 때, '신'의 개념을 바탕으로 한 시의 미학이 희곡의 '전신'과 서로 통함을 알게 한다.

---

13) 「文學的歷史動向」(『神話與詩』 甲集, 中華書局, 1933).
14) 『論中國戲劇批評』(齊魯書社) 第一輯 「中國戲曲評論之背景」 二.

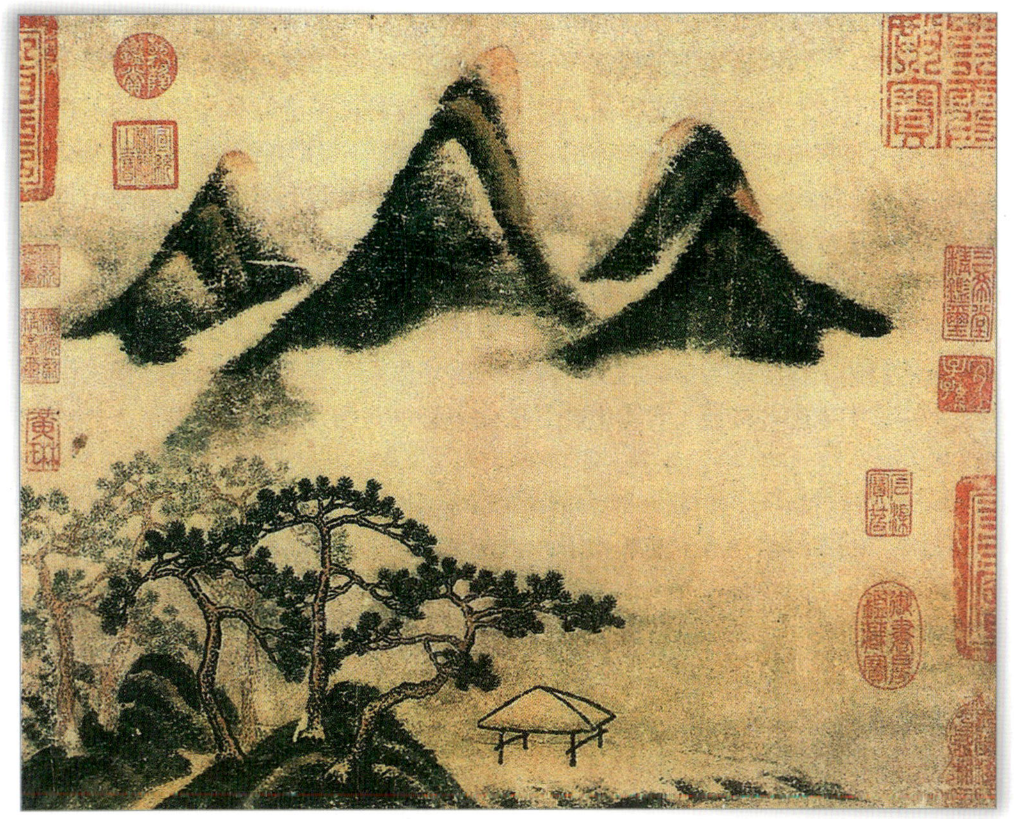

▲ 남송 미불(米芾)의 산수화

　송대 심괄(沈括, 1030-1093)은 그의 『몽계필담(夢溪筆談)』에서 당대의 장언원(張彦遠)이 "왕유(王維)의 그림은 대부분 사철도 따지지 않고, 꽃을 그릴 적에 복숭아·살구·부용(芙蓉)·연꽃을 한 풍경 속에 그려 넣기도 한다."는 비평을 한데 대하여 다음과 같이 말하고 있다. "우리 집에는 왕유가 그린 「원안고와도(袁安高臥圖)」가 있는데 눈이 내린 속에 파초가 있다. 이것은 곧 마음에 터득되는 게 있으면 손이 그에 따라 뜻이 가는 대로 이루어지기 때문이다. 그러므로 이(理)를 바탕으로 입신(入神)하여 고원한 자연의 뜻을 구현하는 것이다. 이것은 속인들과 애기하기 어려운 경지이다.”[15]

화론에서 말하고 있는 ‘입신’의 개념도 희곡론이나 시론에도 적용될 수가 있는 것이다. 소식(蘇軾, 1036-1101)이 왕유의 시를 평하여 “시 속에 그림이 있고, 그림 속에 시가 있다.”[16]고 한 말도 이를 뒷받침 한다. 따라서 중국의 예술론은 종류의 구분 없이 동일한 미학적인 바탕 위에 발전하고 있음을 알 수 있다. 때문에 당대 이후로는 그림의 여백에 시도 써 넣는 제화시(題畵詩)도 발전하게 된다.

‘신’의 개념을 바탕으로 한 중국 예술의 창조는 모두 일정한 공간만 있으면 그뿐이지 아무런 설치물이나 보조물 또는 배경 같은 것이 전혀 필요치 않다. 희극 연기자는 노래와 춤을 바탕으로 한 자신의 연기로 인간 세계의 모든 현상을 아무것도 없는 일정한 공간 위에 그 자리에서 만들어낸다. 공간뿐만이 아니라 시간이나 어떤 물건의 제약도 모두 초극하여 작품을 무대 위에 만들어 놓는다. 그러기에 중국의 연극 전문가들은 무대는 “있는 것은 하나도 없지만 어떤 곳이든 있지 않은 것도 없다.”[17]고 흔히 말하고 있다.

아무것도 없는 흰 종이 위에 시인이 여러 가지 시를 쓰고, 화가가 깨끗한 캔버스 위에 그림을 그리는 것과 같다. 한 장의 종이 위에 두 왕조의 흥망성쇠와 그 속에서 사람들이 경험하고 느끼는 여러

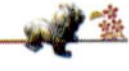

---

15) “子家藏摩詰畵袁安高臥圖, 有雪中芭蕉. 此乃得心應手, 意到便成. 故造理入神, 迥得天意. 此難可與俗人道也.”

16) 『苕溪漁隱叢話』前集 卷15 ; “蘇軾曰 ; 詩中有畵, --- 畵中有詩.”

17) 一無所有, 無所不有.

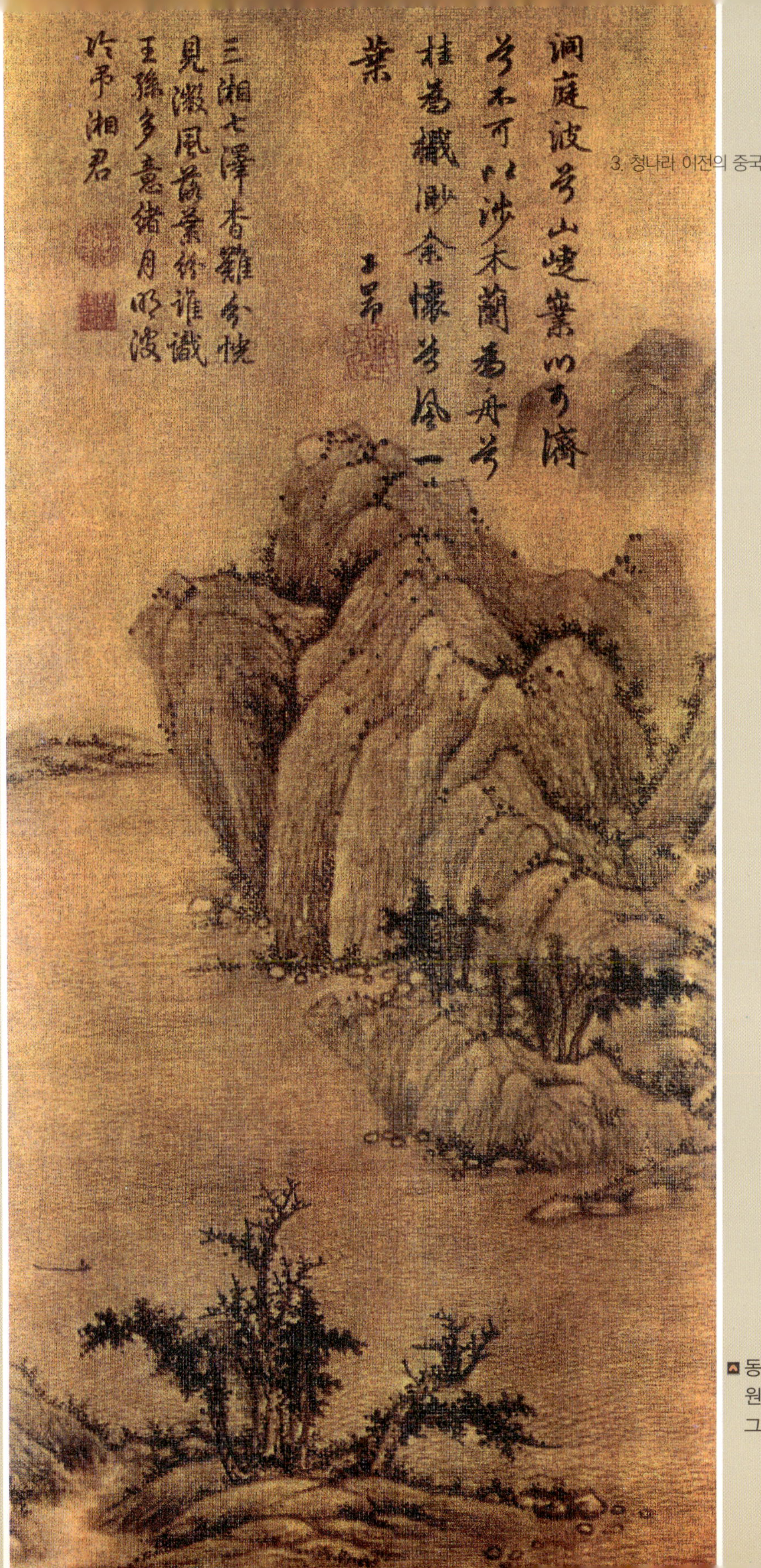

▲ 동정동산도(洞庭東山圖)
원나라 조맹부(趙孟頫)
그림

가지 실상들을 시로 읊을 수가 있다. 작은 캔버스 안에 한없이 넓은 하늘과 땅과 바다를 담을 수 있다. 희곡도 그러하다. 경극은 이러한 중국의 특성을 바탕으로 발전하고 있는 연극인 것이다.

이상의 경극의 미학은 경극의 연출을 어렵게 하지만 관객이 듣고 보면서 극의 내용을 이해하기도 어렵게 한다. 특히 우리 한국은 역사적으로 중국과 같은 문화권에서 살아왔다고 하는데 중국 전통문화를 대표하고 중국의 위아래 계층 사람들 모두가 좋아하는 경극에 대한 이해가 아주 부족하다. 경극에 대하여 다른 어떤 나라 사람들보다도 좋아하지 않고 관심조차도 갖고 있지 않다. 그래가지고는 중국문화는 물론 중국 사람이나 중국이란 나라를 제대로 이해할 수가 없다. 경극은 자기네 예술전통 위에 발전한 민족극 같은 것이기 때문에 경극을 모르고는 중국문화나 중국 사람들을 제대로 이해할 수가 없다.

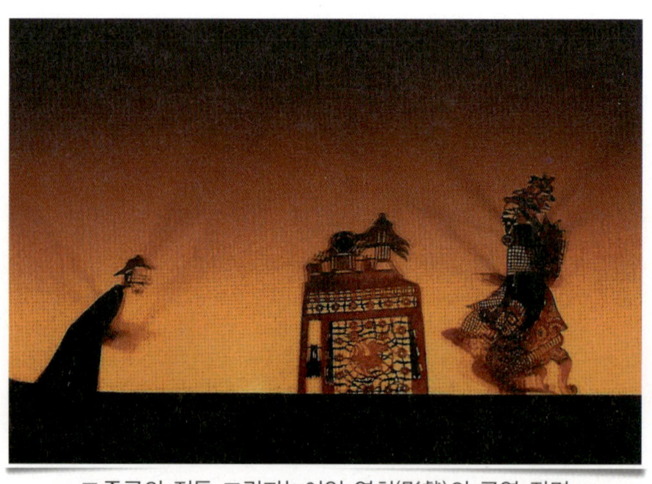
▲ 중국의 전통 그림자놀이인 영희(影戲)의 공연 장면

2) 중국 전통 연극의 생성과 발전

중국 고대에는 일찍부터 노래와 춤으로 일정한 고사를 연출하는 가무희와 함께 강창(講唱)·괴뢰희(傀儡戲)[18]·잡희(雜戲)[19] 등의 여러 가지 공연예술이 발전하였다. 중국 전통문화의 바탕은 주(周)나라 초기 주공(周公)에 의하여 이루어진다. 주나라 무왕(武王)은 은(殷)나라를 쳐부수고(B.C 1027) 황하 유역의 중원(中原)을 통일한 뒤 2년 만에 죽는다. 뒤를 이은 어린 성왕(成王)을 도와 나랏일을

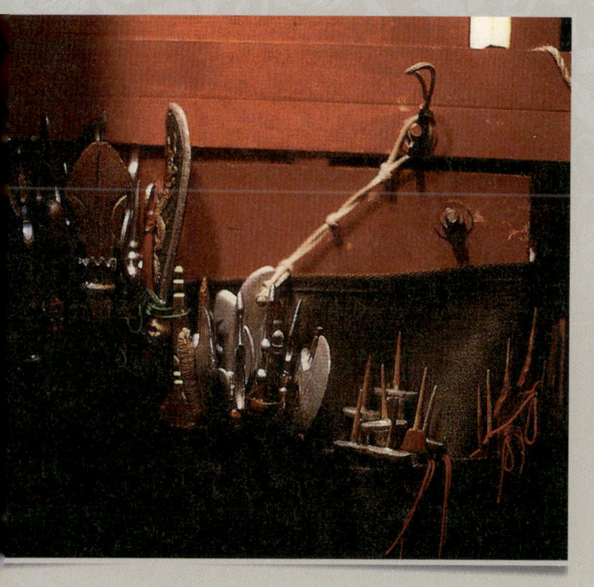
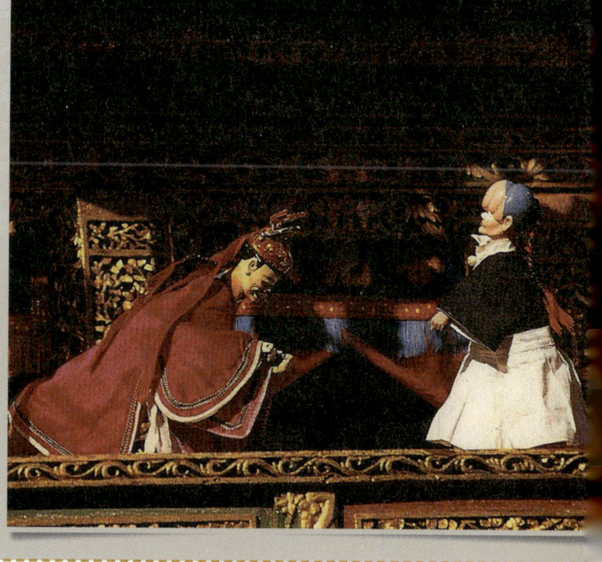

〈 중국 전통 인형극을 공연하는 장면 〉

18) 꼭뚜각시 놀음과 같은 인형극을 가리킨다.
19) 노래와 춤뿐만이 아니라 여러 가지 재주부리기를 모두 포함하는 말이다.

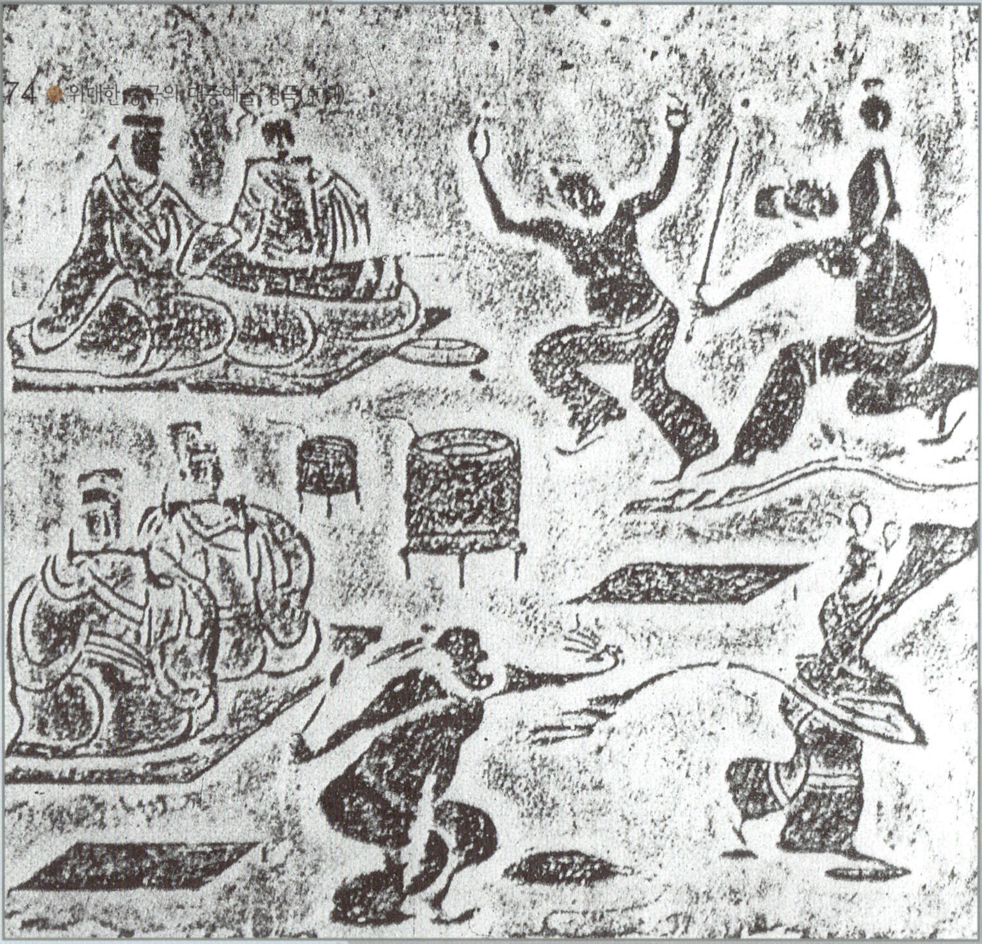

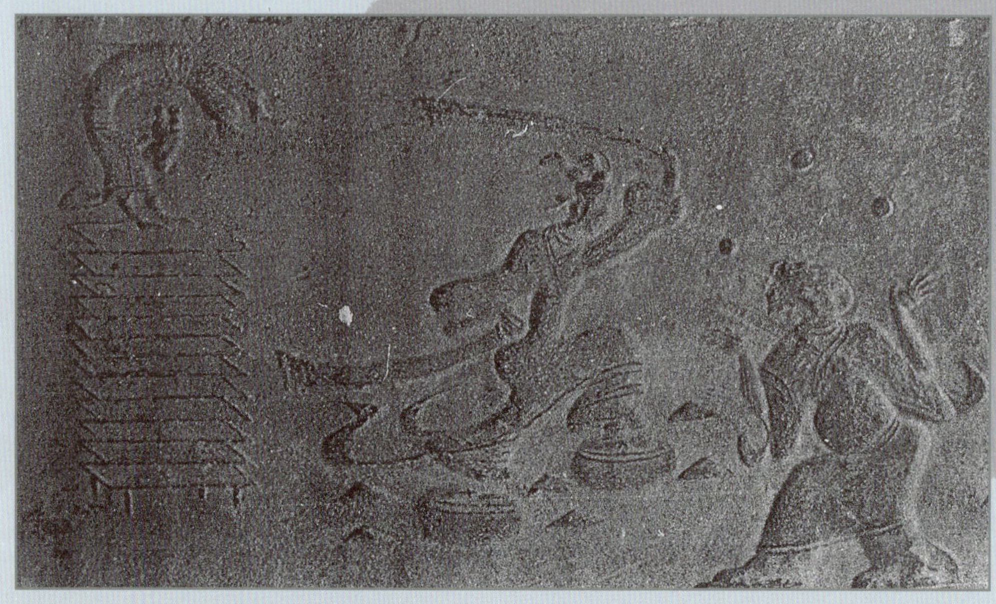

▲ 쓰추안 펑시엔(彭縣)에 있는 한대의 전(磚)에 새겨진 잡기화상

▲ 쓰추안 펑시엔(彭縣)에 있는 한대의 전(磚)에 새겨진 잡기화상

처리하던 주공(周公)은 다시 반란을 일으킨 동쪽의 은나라 주변의
지역을 정벌하고 은나라의 문화와 그들이 쓰던 한자를 가져다가 새
로운 자기네 예악제도를 마련한다. 중국 전통문화의 바탕이 여기에
서 이루어졌다.

　주공이 이룩해 놓은 업적을 바탕으로 이루어진 『시경(詩經)』[20] ·
『예기(禮記)』와 『초사(楚辭)』[21] 등에는 고대에 이미 가무희가 행해

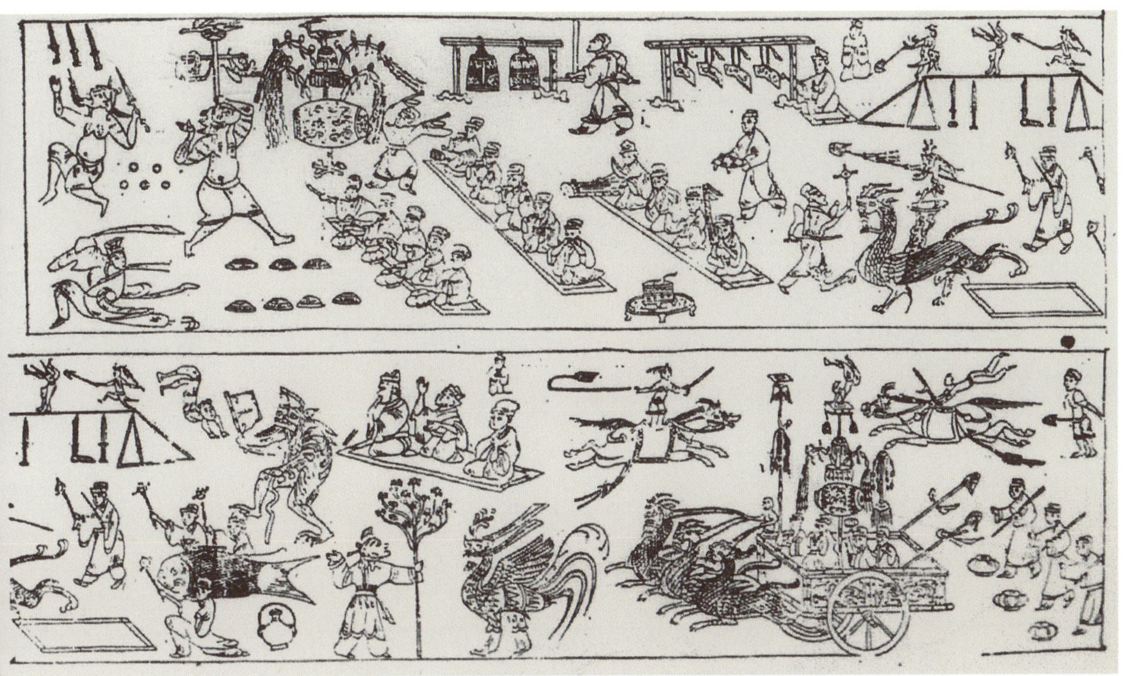

■ 한(漢)대 화상석(畵像石) 악무백희도(樂舞百戲圖) ; 샨둥(山東) 이난(沂南) 출토

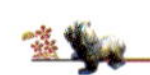

20) 졸저 「3. 서한(西漢) 학자들의 『시경』 해설에 대한 새로운 이해」(『중국문학사론』
　　서울대학교 출판부) 참고 바람.
21) 일본 청목정아(靑木正兒)「초사 구가(九歌)의 무곡적(舞曲的) 결구(結構)」, 문일다
　　(聞一多)「구가신편(九歌新編)」참조.

졌음을 알려주는 기록들이 있다. 그리고 기원 전 3세기로부터 기원 후 6세기에 이르는 한(漢)·위(魏)·남북조(南北朝) 시대에는 가무희가 여러 가지 잡희와 함께 연출되었고, 각저희(角觝戲)[22]와 골계희(滑稽戲)·우희(優戲)[23]·괴뢰희 등이 공연예술로 함께 유행하였다. 그리고 한대에 평악관(平樂觀)에서 연출되던 여러 가지 놀이 중의 동해황공(東海黃公),[24] 『삼국지(三國志)』『위서(魏書)』 배송지(裴松之) 주에 보이는 요동요부(遼東妖婦), 남북조 시대의 상운악(上雲樂) 등이 그 시대의 대표적인 가무희의 종목이다.

보기로 아래에 양(梁)나라 주사(周捨, 469-524)가 쓴 「상운악(上雲樂)」시[25]의 내용을 살펴보기로 한다. 공연이 시작되면 늙은 오랑캐 문강(文康)이 신선 같은 모습으로 등장하여 춤과 노래로 가무희의 막을 연다. 곧 이어 천지 사방을 노닐면서 여러 신선들과 어울리어 춤추며 노래한다. 곤륜산(崑崙山)에 가서 서왕모(西王母)와 잔치를 벌이기도 한다. 다음에는 파란 눈에 코는 높고 머리는 흰 문강이 종자들을 데리고 나와 술 마시고 노래하는데 곧 사자와 봉황새까지 나와 함께 춤을 추면서 양나라의 태평성세를 축송한다. 그리고 끝으로 여러 가지 오랑캐 춤과 노래로 양나라 황제가 천수를 누리기

---

22) 角抵戲는 본시 두 사람이 재주를 겨루는 놀이에서 시작되었으나 漢대에 와서는 歌舞戲와 雜戲도 모두 角抵戲 속에 포함되었다.

23) 滑稽戲는 우스갯짓을 중심으로 하던 놀이이고, 優戲는 난쟁이 같은 優伶들이 나와 말과 몸짓으로 어떤 일을 풍자하고 사람들을 웃기는 놀이였다.

24) 張衡 「西京賦」에는 平樂觀에서 東海黃公이라는 歌舞戲를 중심으로 하여 여러 가지 雜戲와 雜技를 공연하는 角抵戲의 모습을 읊은 대목이 있다.

25) 郭茂倩 『樂府詩集』 淸商曲辭 소재.

를 빈다. 상당한 정절이 갖추어진 가무희임을 알 수 있다.

서기 7-9세기 당나라 때에는 가무희가 더욱 성행하여 난릉왕(蘭陵王)·답요낭(踏搖娘)·서량기(西凉伎)·소막차(蘇莫遮)·번쾌배군난(樊噲排君難) 등 무수한 가무희가 연출되었다.[26] 보기로 최령흠(崔令欽, 749 전후)의 『교방기(敎坊記)』의 '답요낭'의 기록 줄거리를 다음에 옮겨 본다.

답요낭(踏謠娘)에는 북제(北齊) 사람으로 성은 소(蘇)가이고 주먹코를 달고 있는 자가 주인공으로 등장한다. 그는 벼슬을 하고 있지도 않으면서 스스로 낭중(郎中)이라 부른다. 술 마시기를 좋아하여 술주정을 잘했고, 술에 취할 때마다 그의 처를 때렸다. 처는 얻어맞을 때마다 슬퍼서 이웃 사람들에게 가서 호소하였다. 놀이가 시

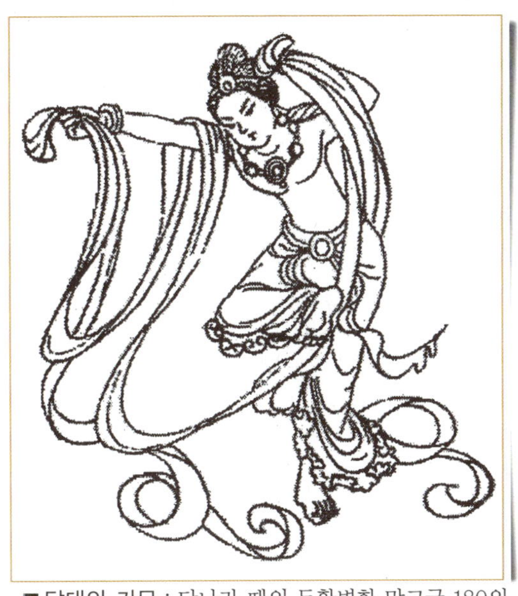

■ 당대의 가무 : 당나라 때의 돈황벽화 막고굴 180의 일부 모사

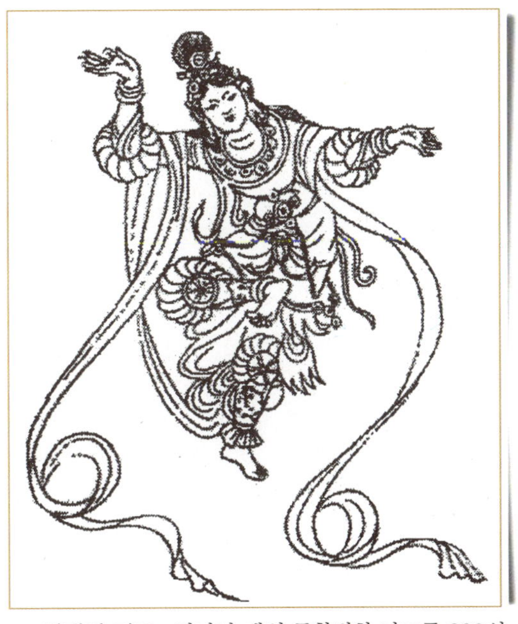

■ 당대의 가무 : 당나라 때의 돈황벽화 막고굴 320의 일부 모사

26) 임반당(任半塘)『당희롱(唐戱弄)』참조.

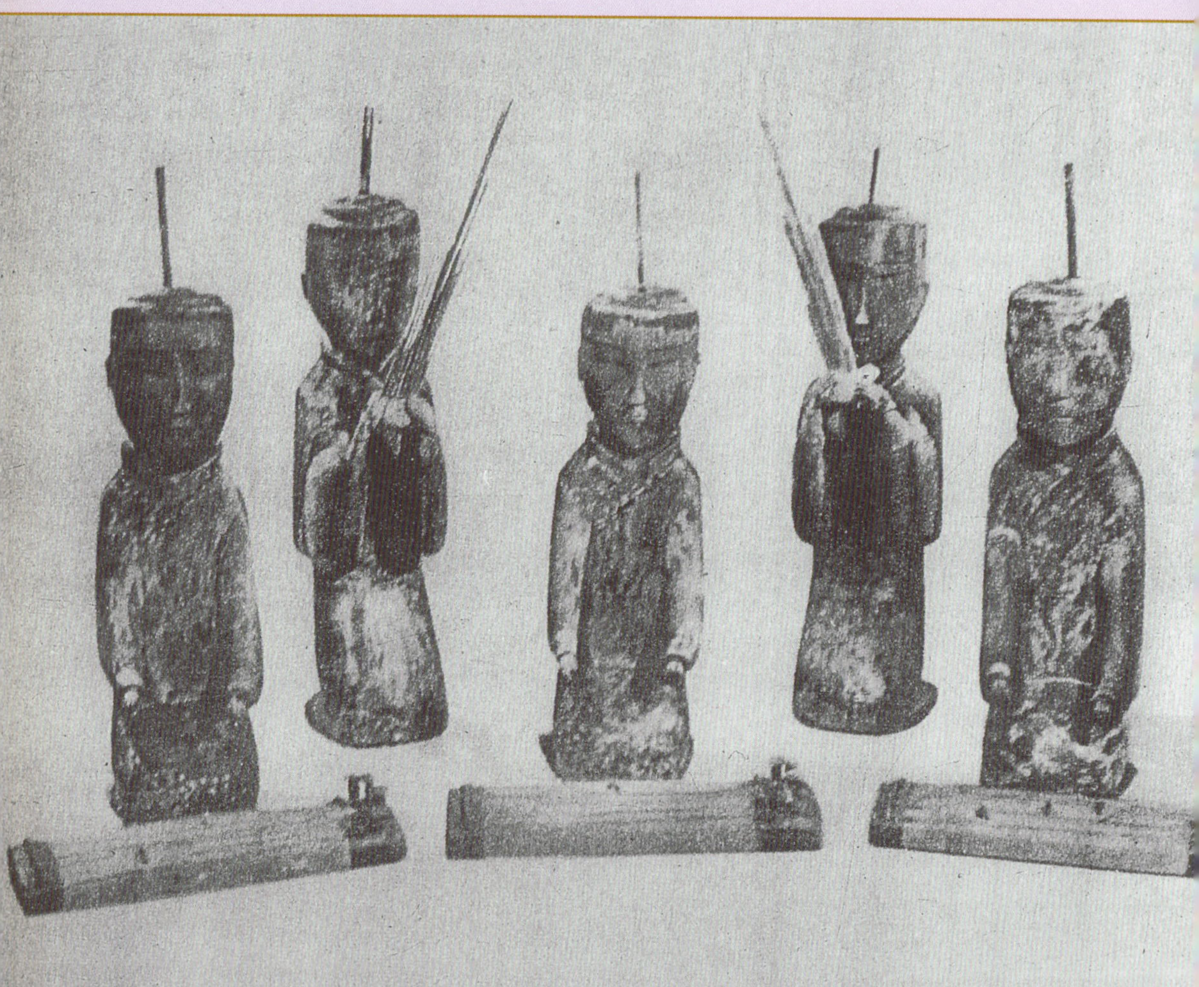

▲ 후난 창사(長沙) 서한(西漢)대의 마황퇴(馬王堆) 1호 묘에서 나온 나무로 조각한 음악을 연주하는 인형들.

작되면 먼저 남자가 여자의 옷을 입고 천천히 걸어 들어오며 노래를 한다. 노래 한 곡조가 끝날 때마다 곁의 사람들이 한 목소리로 다음과 같이 그를 따라 함께 창하였다.

"춤추며 노래하세, 함께 창하세! 춤추며 노래하는 여인 괴롭다네, 함께 창하세!"

그가 춤추면서 노래를 부르기 때문에 "춤추며 노래하세(踏謠)"라고 이 놀이를 부르게 된 것이고, 그가 원망을 드러내기 때문에 "괴롭다"고 말했던 것이다. 그리고 그의 남편이 와서 때리고 싸우는 모습을 함으로써 웃고 즐겼다. 지금은 여자가 그 역할을 하고, 마침내 그를 낭중이라 부르지 않고 아숙자(阿叔子)라고만 부르게 되었다. 놀이하는 중에 전당포가 보태어지는 경우도 있는데, 본래의 뜻을 완전히 잃은 것이다. 간혹 담용낭(談容娘)이라고도 부르는데 역시 잘못된 호칭이다.

이 기록은 답요낭이라는 가무희의 공연 내용뿐만이 아니라 가무희가 같은 종류의 것이라도 때나 곳에 따라 여러 가지로 다르게 공연되기도 하였음을 알게 한다.

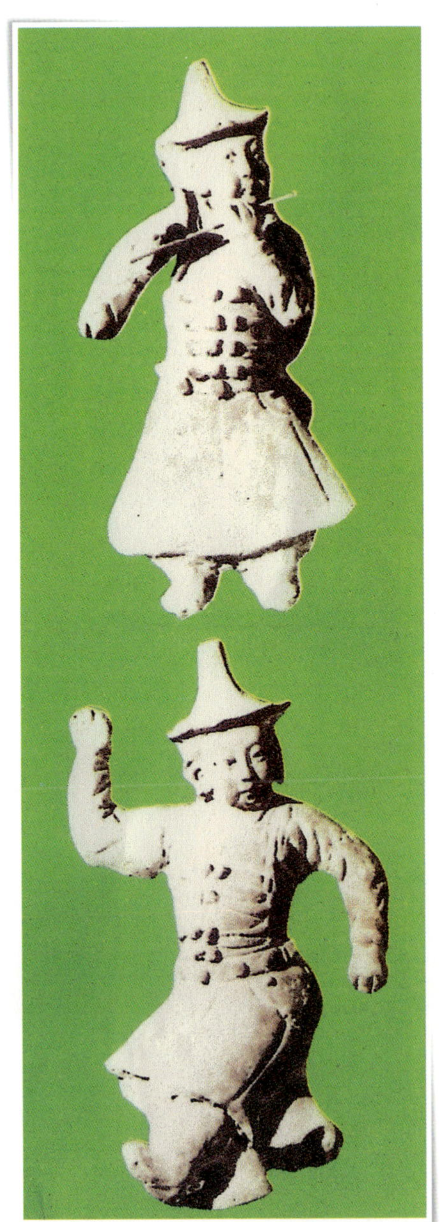

■ 원대 배우인 듯한 토용(土俑)

　‘서량기’는 앞의 ‘상운악’과 비슷한 놀이이고, ‘번쾌배군난’은 홍문연(鴻門宴) 모임이 열렸을 때 항우(項羽) 편에서 한나라의 유방(劉邦)을 죽이려 하자 이를 눈치 챈 한나라 장수 번쾌(樊噲)가 용기로 이를 막아내는 얘기를 가무로 연출한 것이다.

　10세기부터 12세기에 이르는 북송(北宋)시대에는 공연예술이 공전의 대 발전을 이룩하였는데, 이 시기의 가무희는 송나라의 잡극

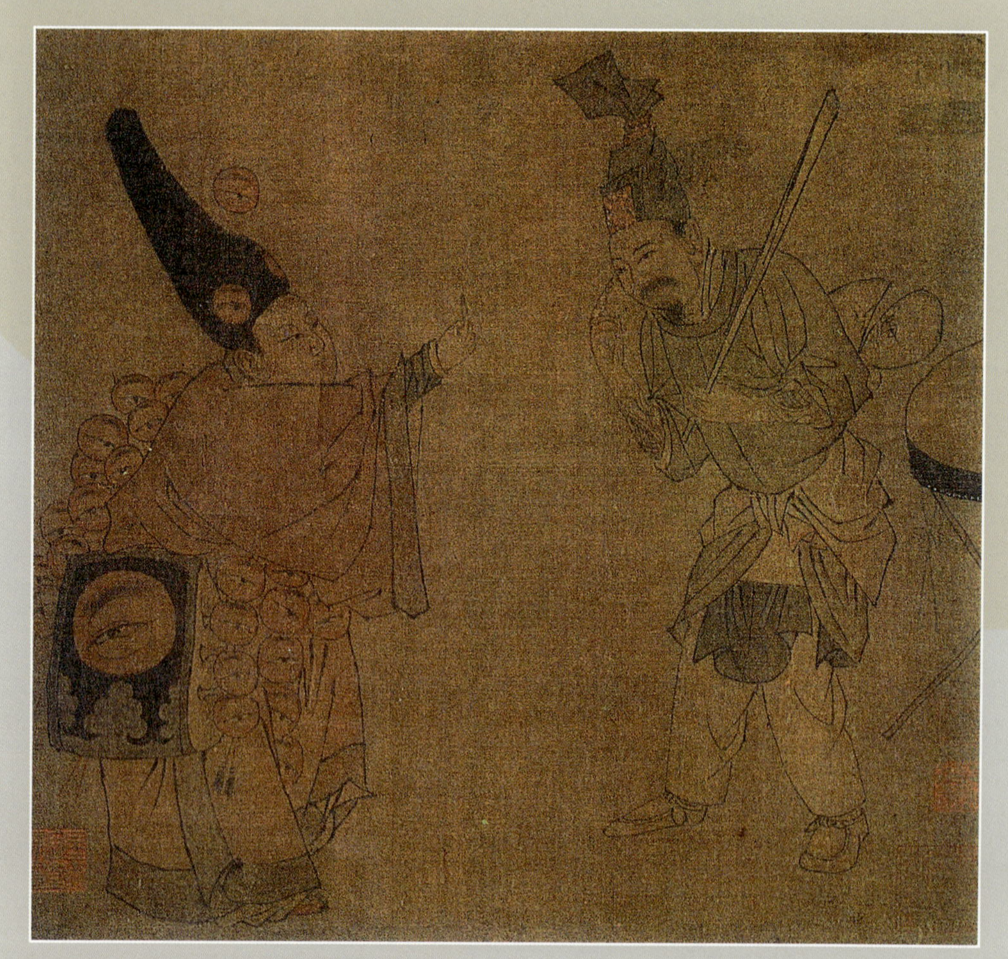

🔺 비단에 그린 송대 「잡극」의 연출 장면 그림

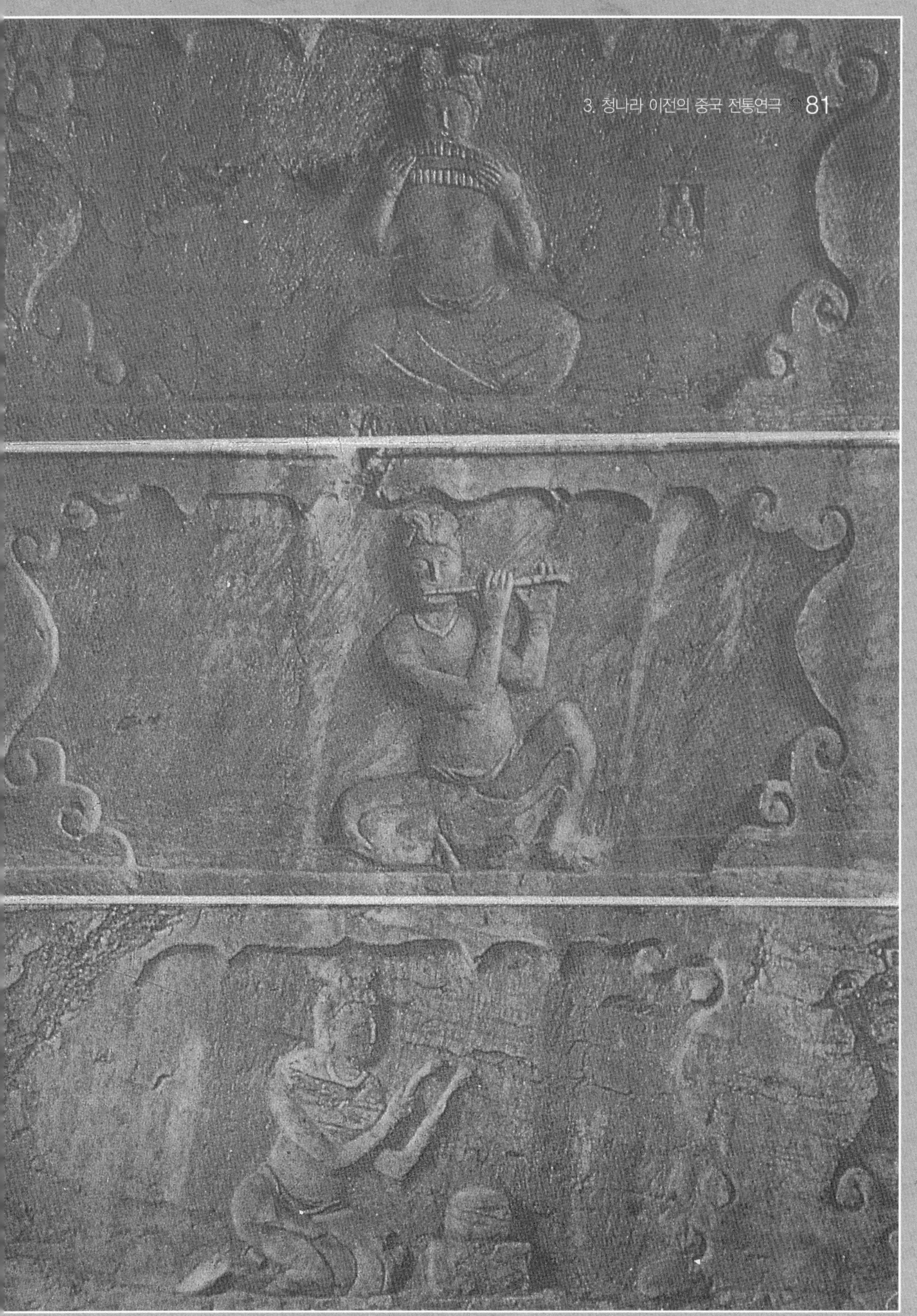

▲ 용문의 석굴에 있는 기악인(伎樂人) 조각

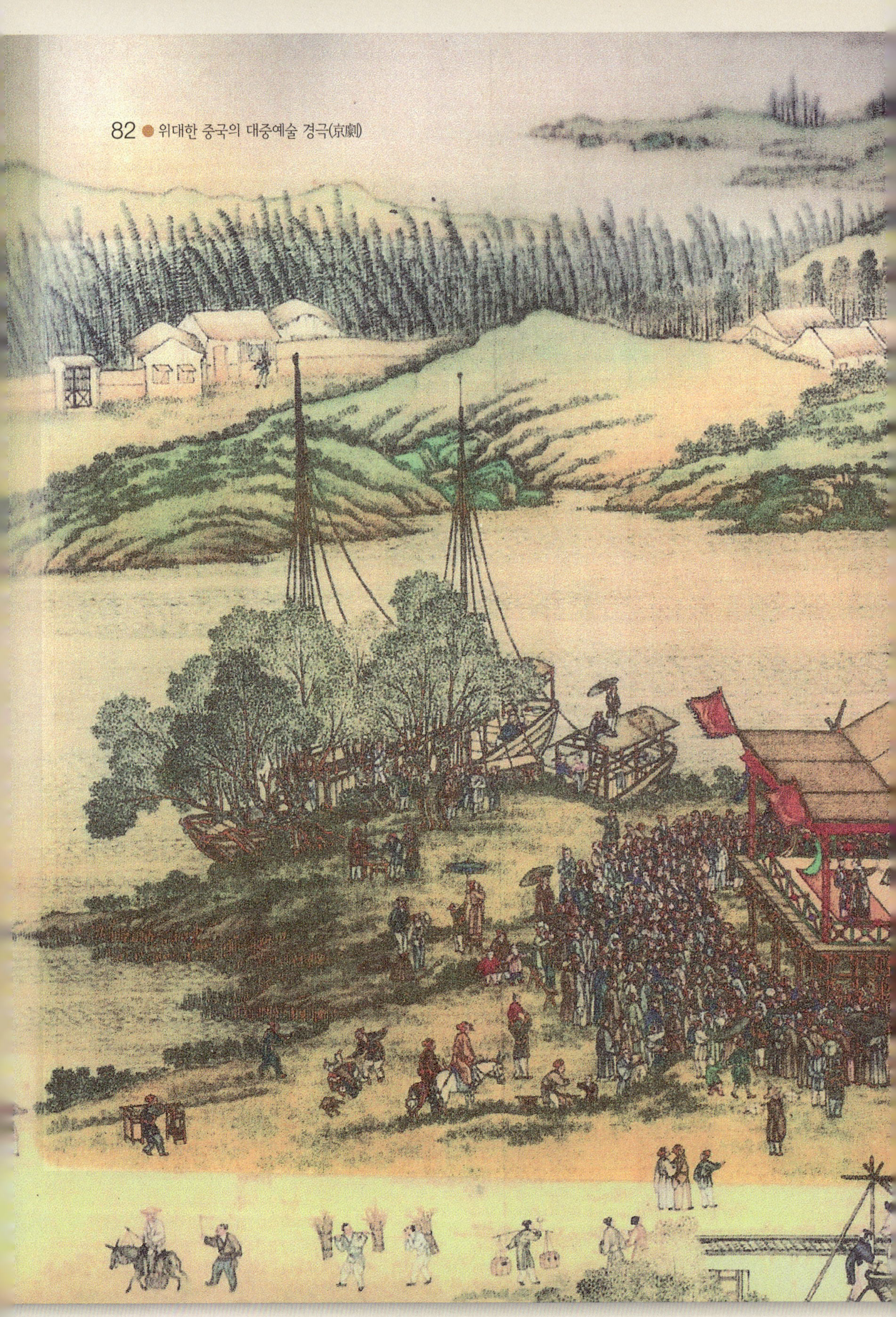

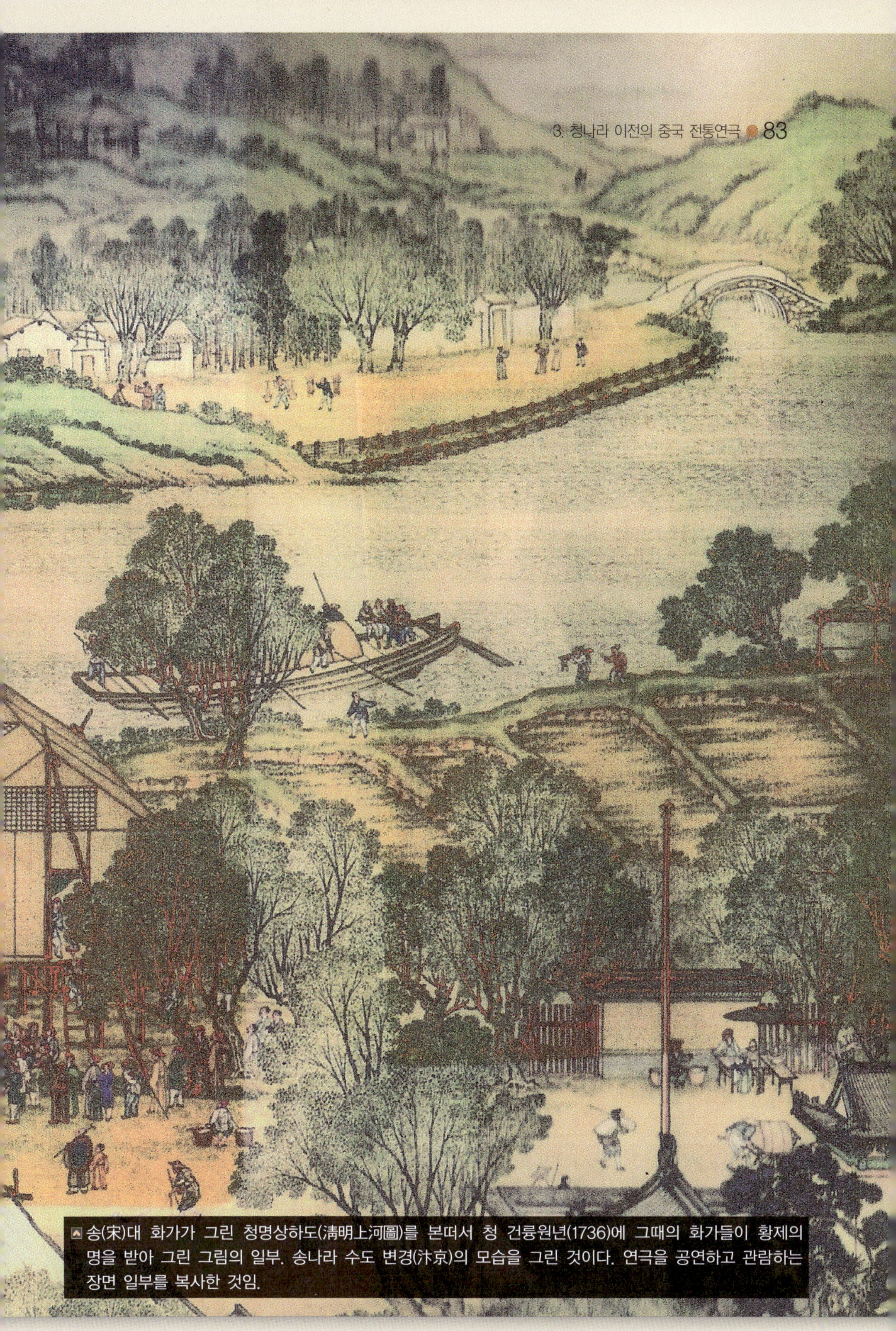

▲ 송(宋)대 화가가 그린 청명상하도(淸明上河圖)를 본떠서 청 건륭원년(1736)에 그때의 화가들이 황제의
명을 받아 그린 그림의 일부. 송나라 수도 변경(汴京)의 모습을 그린 것이다. 연극을 공연하고 관람하는
장면 일부를 복사한 것임.

(雜劇)과 금나라의 원본(院本)[27]이 가장 대표적인 극종으로 떠오른다. 송 잡극과 금 원본은 가무희로서의 체재가 잘 갖추어지고 연출 내용도 여러 가지로 발전한 것이다. 전하여지는 잡극과 원본의 제목으로 보아 그 내용은 무척 여러 가지이고 상당히 길고 복잡한 얘기를 연출하는 것들이 있는가 하면 간단한 익살을 주로 하는 작품들도 있었던 듯하다. 특히 '원본'은 다음에 얘기할 대희(大戲) 발전에 직접적인 영향을 주었다.

북송 말 남송(南宋) 초(1127)에는 중국 연극사에 일대 변혁이 일어난다. 남쪽 온주(溫州) 지방에 처음으로 규모가 큰 대희인 희문(戲文)이라 부르는 연극이 발생한다. 이전의 가무희는 얘기 줄거리가 간단하고 전체 규모가 작아서 대희와 대비시켜 소희(小戲)라 부르기도 한다. 희문은 널리 유행하지 못하고 곧 만주족의 금(金)나라와 몽고족의 원(元)나라가 흥성하며 북쪽 중원 땅을 정복하면서 잡극(雜劇)이라는 북방의 음악을 바탕으로 한 새로운 연극을 성행케 하여 소희는 차차 자취를 감추게 된다. 이 '잡극'은 앞의 송나라 '잡극'과는 전혀 다른 것이다. 원나라의 '잡극'은 한 작품이 4절(折), 곧 4막으로 이루어진 형식이 잘 갖추어진 가무극이었다. 몽고족의 지배 아래 할 일 없는 한족의 문인들이 잡극 각본을 쓰는데 손을 대어 좋은 작품이 많이 남아 전하고 있다. 따라서 문학 면에서는 원나라 잡극이 중국 전통 희곡 중에서 가장 빼어난 작품을 많이 전

---

27) 周密(1232-1308)의 『武林舊事』 권10에는 官本雜劇段數라 하여 280本의 宋雜劇 名目이 실려 있고, 陶宗儀(1360 전후)의 『轍耕錄』 권25에는 院本名目이라 하여 690種에 달하는 金院本 名目과 전체적인 解題가 실려 있다.

하고 있다. 잡극은 원나라 때 성행하지만 이러한 편폭이 길어진 대
희는 금나라에서 원본을 바탕으로 발전시킨 것임이 분명하다.

　원나라 중엽에는 잡극도 점차 남쪽지방이 유행의 중심지로 변한
다. 그리고 북방의 음악을 쓰는 잡극이 점차 세력을 잃고 다시 남방
의 음악을 응용한 연극이 성행한다. 명(明)대에 와서 이 새로운 연

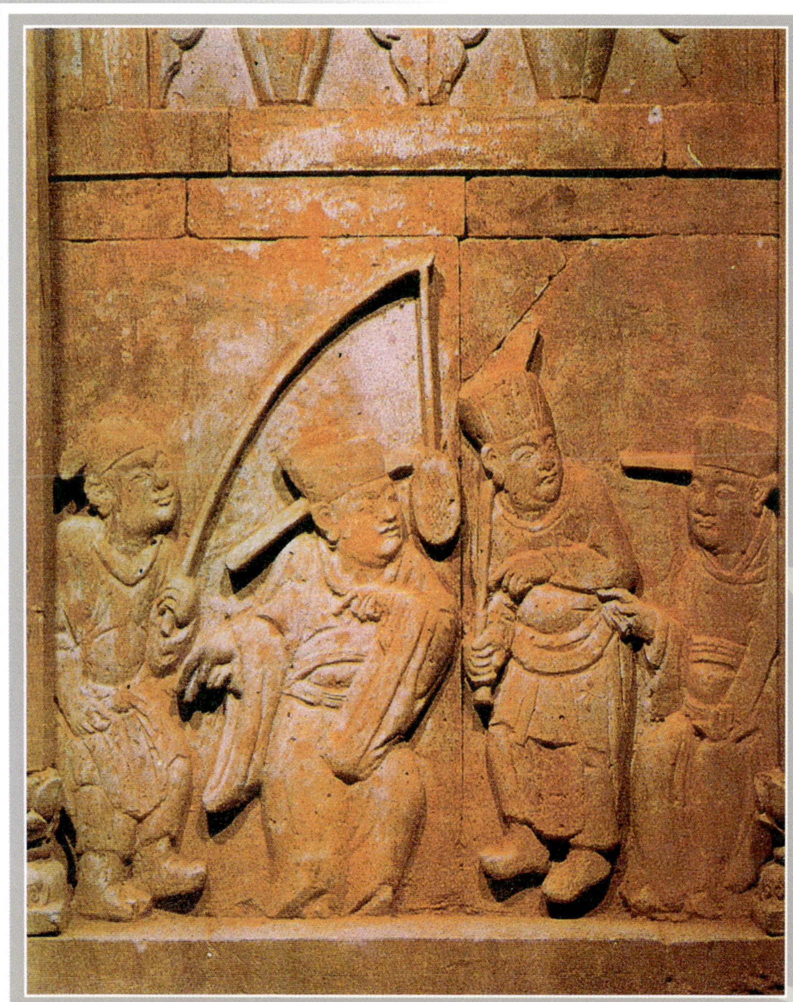

■ 샨시 지산현(稷山縣) : 금나라 때 묘 안에 있는 전(磚)에 조각한 잡극을 하는 사
람들 모습

〔 지샨현(稷山縣) 금나라 시대 묘 안의 잡극을 하는 사람들을 전(磚)에 조각한 모습 〕

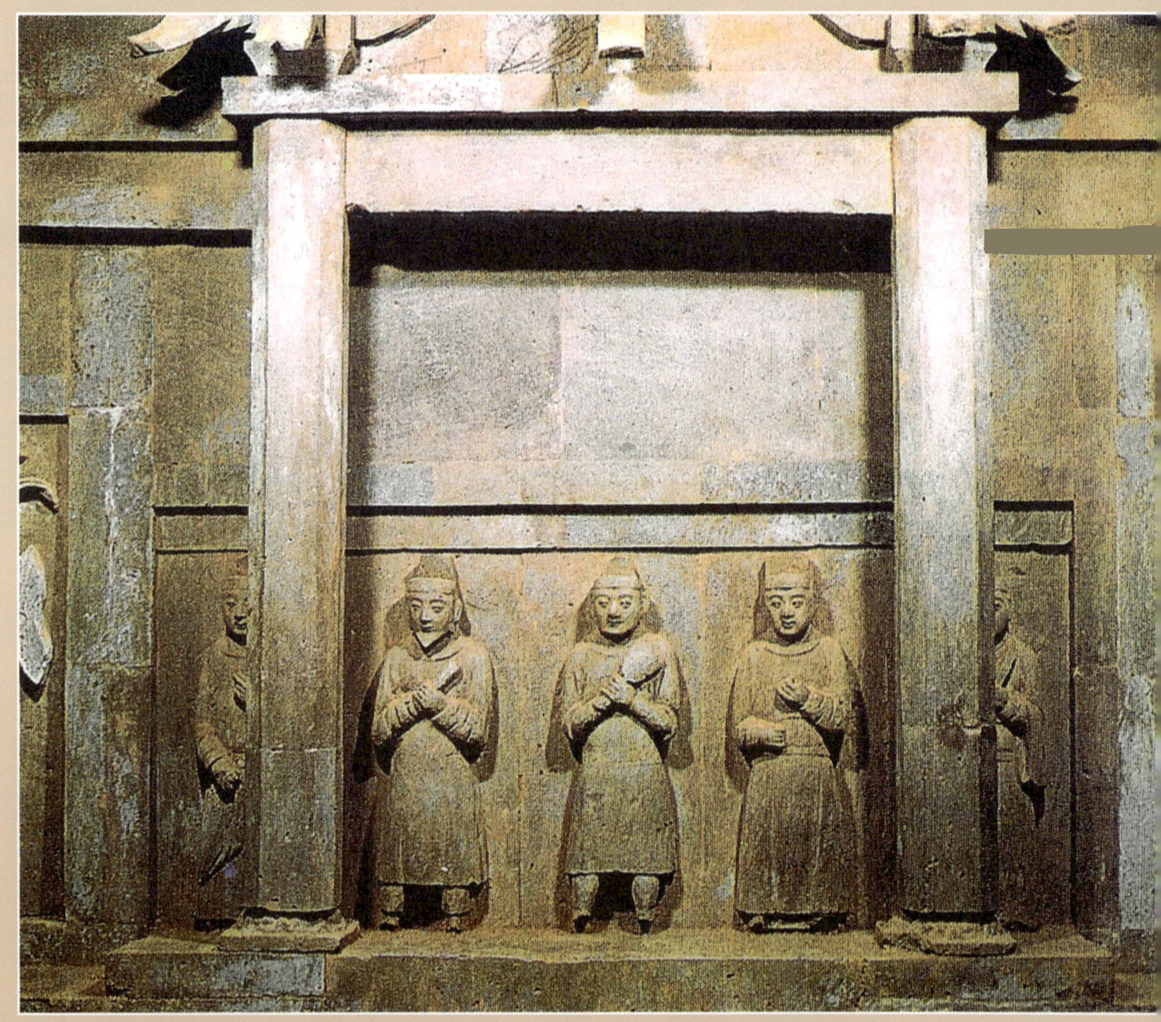

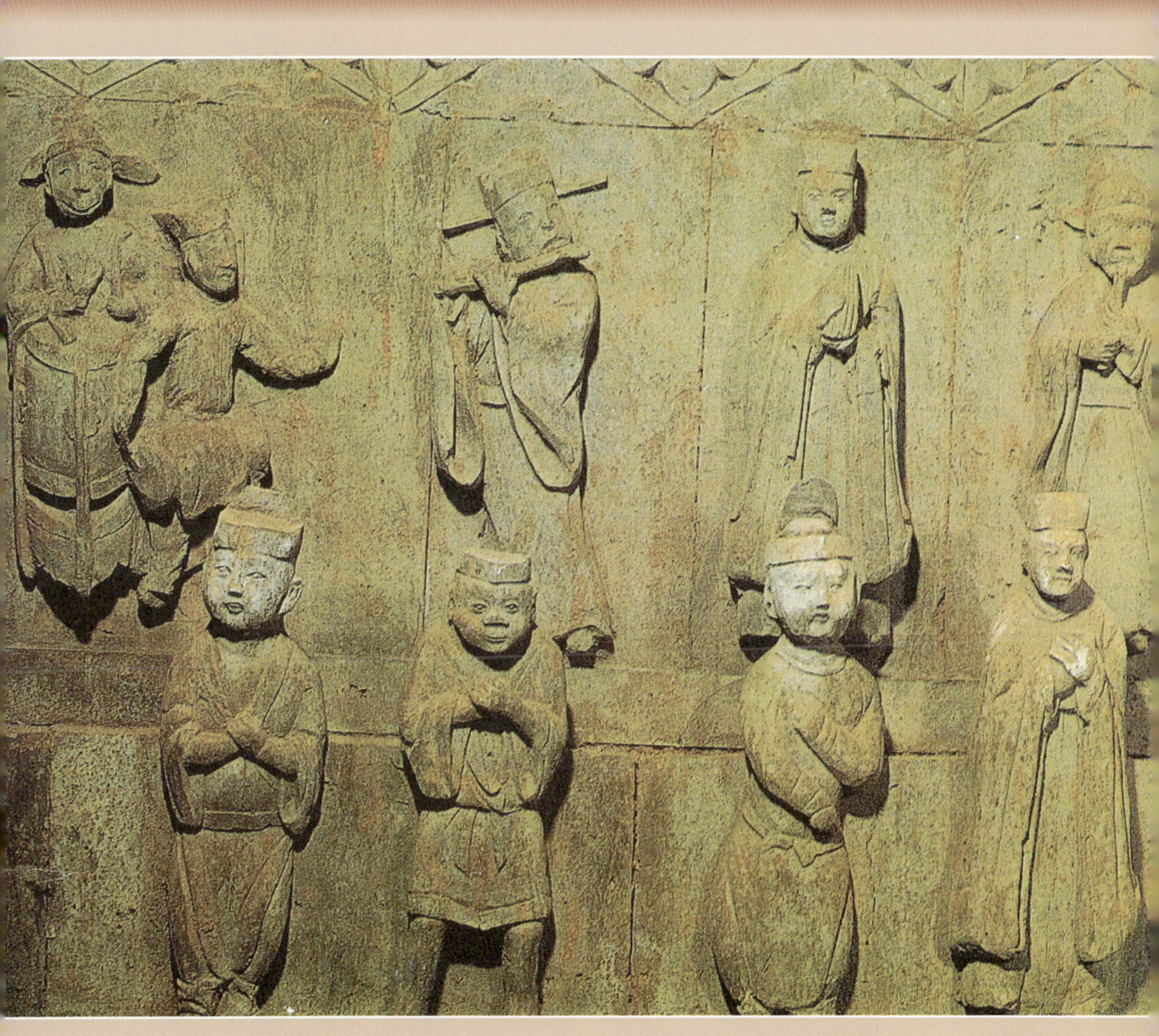

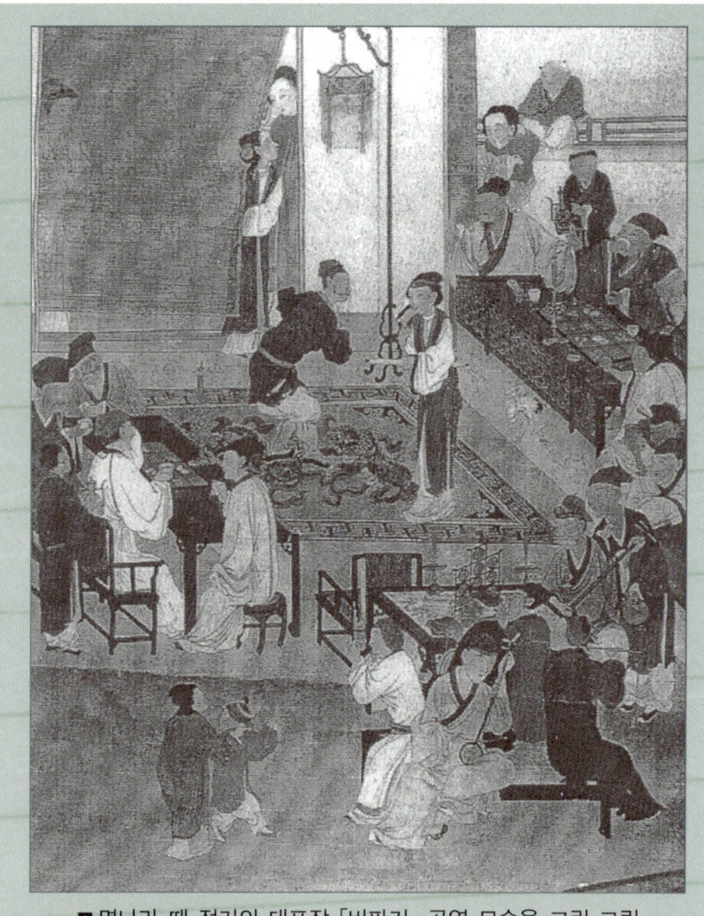

▲ 명나라 때 전기의 대표작 「비파기」 공연 모습을 그린 그림

극을 전기(傳奇)라 부른다. 전기는 대부분이 한 작품이 수십 척(齣)에 이르는 장편의 연극이다. 보기를 들면 명나라 초기 전기의 대표작인 고명(高明, 1305~?)의 『비파기(琵琶記)』는 42척으로 이루어져 있다. 한편 명나라로 들어와서는 지역에 따라 여러 가지 서로 다른 희곡음악인 강조(腔調)가 발전하여 명대 중엽인 15·16세기에는 여러 가지 강조와 함께 수 많은 전기 작가들이 나와 전기를 성행시

킨다. 16세기 말엽에 와서는 쨩수(江蘇)
성 쿤샨(崑山)에서 곤산강(崑山腔)이 발전
하여 특히 그 가락이 우아해서 사대부들
이 좋아하여 이후 청나라를 거쳐 지금까
지도 명맥을 유지하며 가장 오래된 중국
의 전통희곡으로 존중을 받고 있다.

　본시 중국 초기의 대희인 원잡극은 만
주족인 금나라 사람들이 발전시킨 것이
다. 만주족은 본래부터 노래와 춤을 좋아
하는 민족이었음으로, 청나라 황제들은
첫 번째 순치 황제로부터 끝머리 광서(光
緖) 황제에 이르기까지 모두가 연극을 무
척 좋아하였다. 따라서 청대에 와서는 황
제의 기호를 따라 사대부와 서민들도 연
극을 좋아하게 되어 연극이 사회 전반에
걸쳐 크게 성행하였다. 그리고 지방에 따
라 그곳의 토속음악과 결합하여 서로 다
른 희곡음악이 더욱 여러 가지 생겨나 더

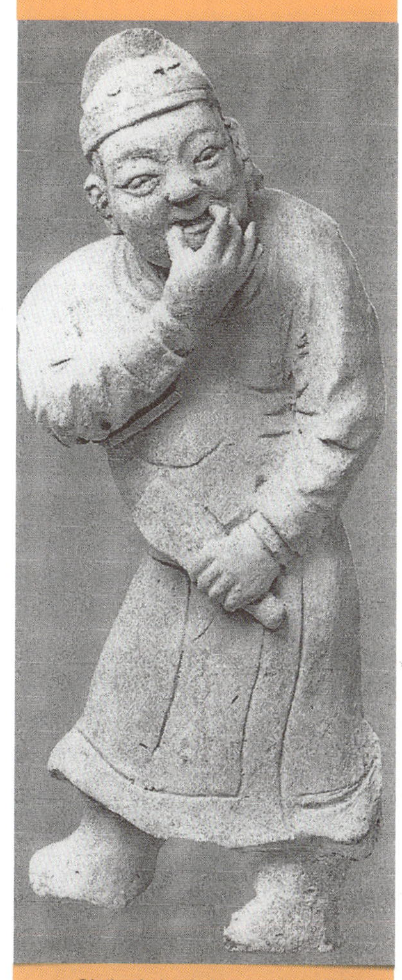

▲ 원대 민간 연예인 모습의 토용

욱 많은 새로운 강조가 이루어지게 된다. 보기를 들면 명대에 남쪽
을 중심으로 유행하던 익양강(弋陽腔)은 고강(高腔)이라 불리면서
쩌쨩(浙江) · 쨩시(江西) · 후난(湖南) · 후베이(湖北) · 쓰추안(四川)
등 여러 지역에 수많은 서로 다른 강조를 새로 이룩한다. 심지어 북
쪽 지역에도 고강의 영향을 받아 발전한 지방희들이 있다. 이러한

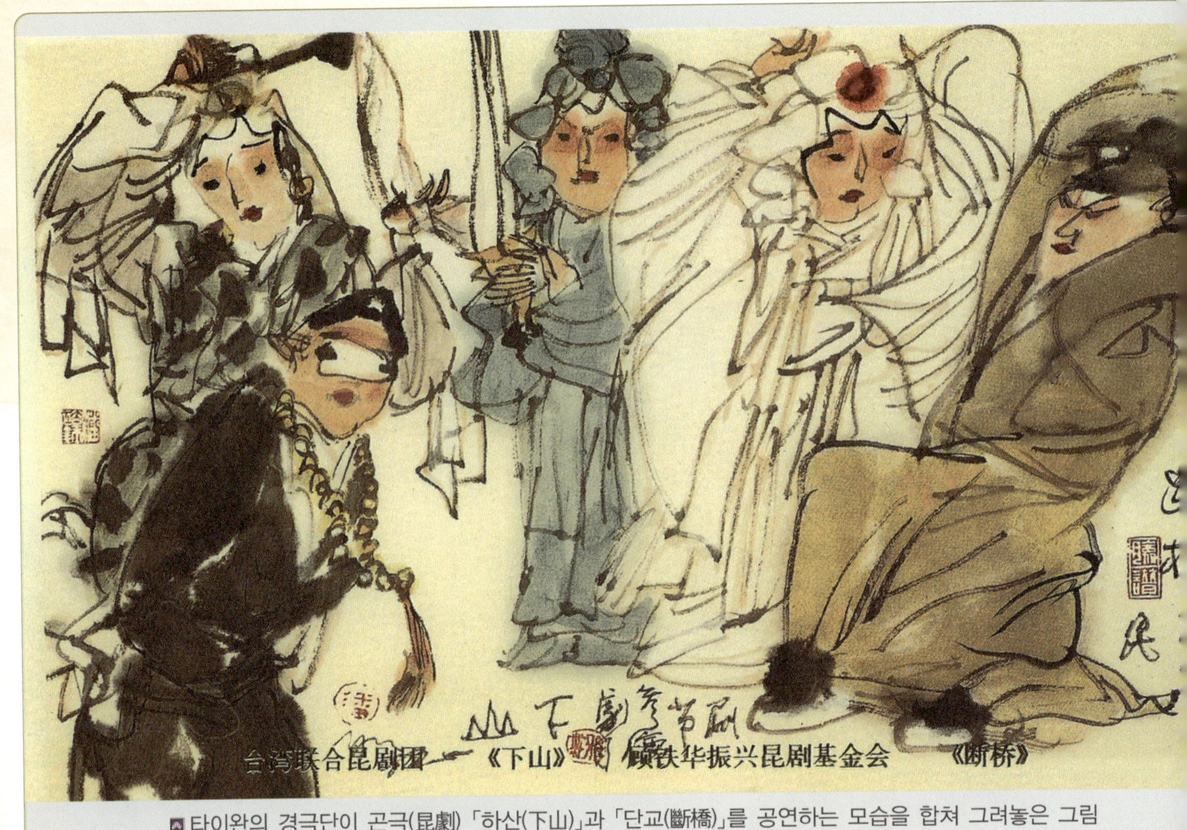

🔺 타이완의 경극단이 곤극(昆劇) 「하산(下山)」과 「단교(斷橋)」를 공연하는 모습을 합쳐 그려놓은 그림

새로운 희곡음악을 바탕으로 지방마다 서로 다른 여러 가지 지방희가 발전한다.

한편 여러 지방의 민간에 유행하던 가무(歌舞)와 강창(講唱) 등도 청대에 와서는 모두 간단한 지방의 작은 연극으로 발전하기 시작하였다. 모심기 노래로부터 발전한 앙가희(秧歌戲), 찻잎을 따면서 부르던 노래로부터 발전한 채차희(采茶戲), 거지의 장타령으로부터 발전한 도정(道情)과 연화락(蓮花落), 여러 가지 놀이로부터 발전한

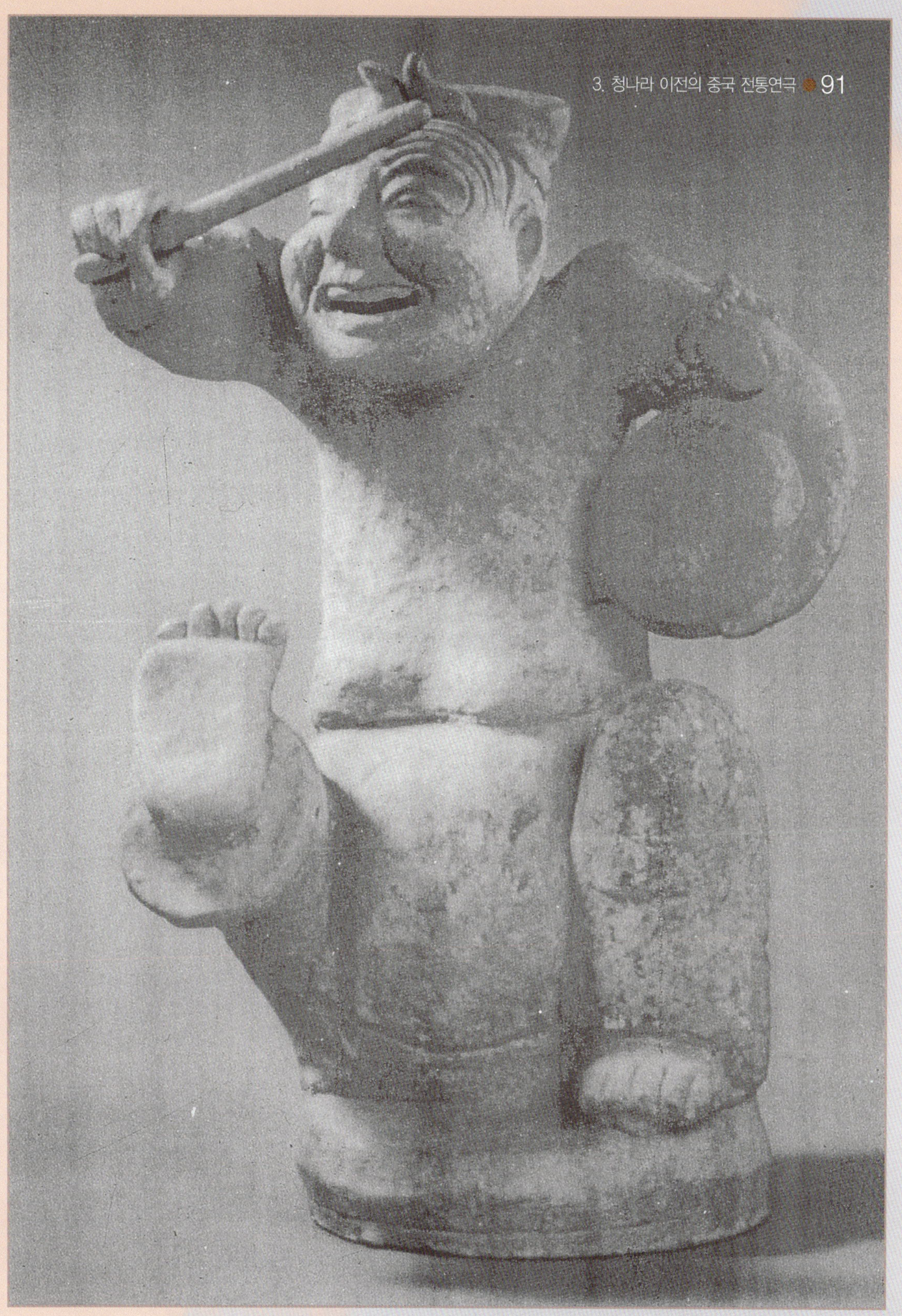

쓰추안 청두 천회산(天回山) 기슭의 묘에서 나온 설창용(說唱俑)

화고희(花鼓戲)·등희(燈戲) 등이 그것이다. 이들은 대부분이 생(生)·단(旦)·축(丑) 등 두세 명의 출연자에 의하여 연출되는 규모가 작은 연극이다. 그래서 앞에서 이미 말한 것처럼 지금까지도 중국에는 전국에 300 수십 종류의 서로 다른 지방희가 있게 된 것이다. 청대에는 경극이 생겨나기 이전부터 이미 연극이 대단히 성행하였다.

이런 분위기를 바탕으로 건륭 말년 무렵에는 경극이 이루어지기 시작하여 결국은 이후로 경극이 크게 성행하게 되는 것이다.

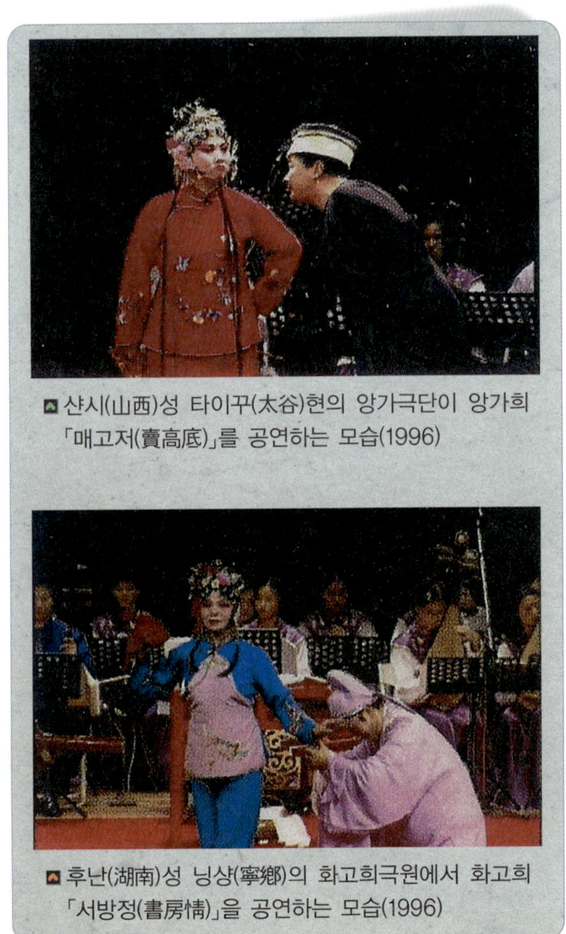

■ 산시(山西)성 타이꾸(太谷)현의 앙가극단이 앙가희 「매고저(賣高底)」를 공연하는 모습(1996)

■ 후난(湖南)성 닝상(寧鄕)의 화고희극원에서 화고희 「서방정(書房情)」을 공연하는 모습(1996)

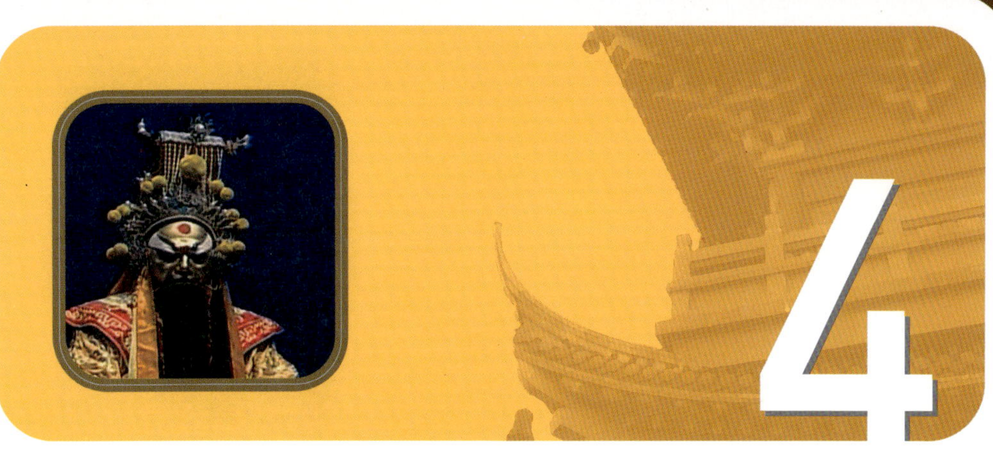

4

청나라 때에 경극은 어떤 환경 속에서
이루어지고 어떻게 성행하였는가?

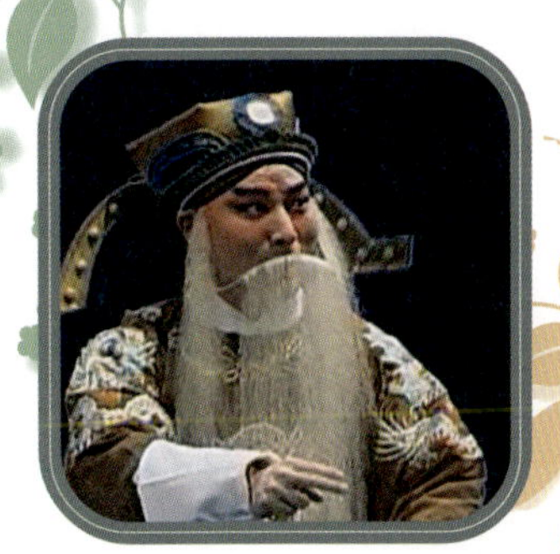

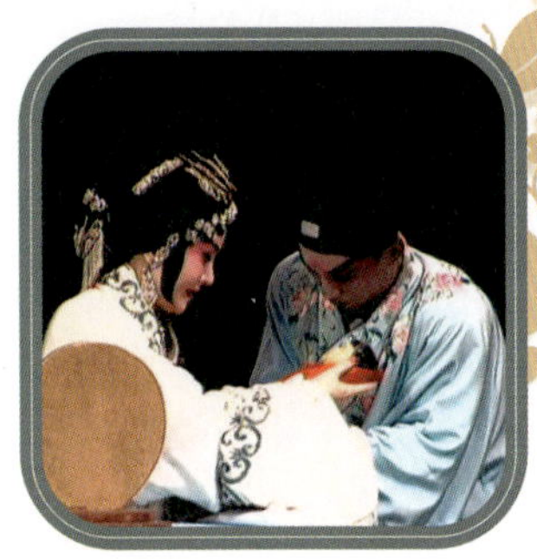

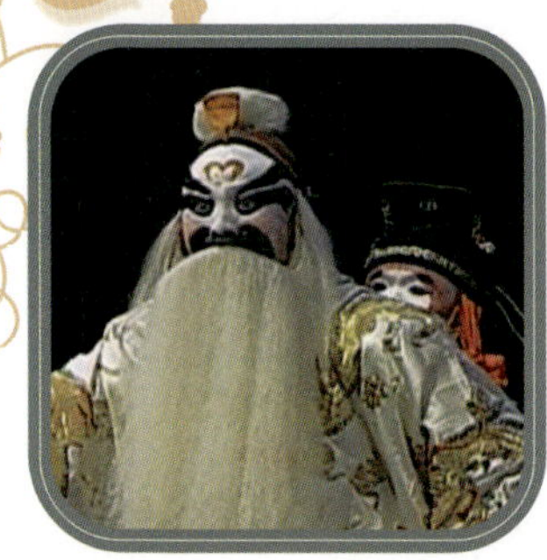

4. 청나라 때에 경극은 어떤 환경 속에서 이루어지고 어떻게 성행하였는가?

1) 경극이 이루어지기 이전 시기의 연극 실황(順治-康熙-雍正-乾隆, 1644-1789)

경극은 청나라 중엽 건륭 만년(1790)에 가서야 이루어지기 시작한다. 그런데 청나라를 세운 만주족은 본시 노래와 춤을 좋아하여 처음 나라를 연 순치 연간부터 왕실을 중심으로 온 나라 백성들이 연극을 좋아하였다. 그리고 이 연극을 좋아하는 기풍도 청나라가 안정되고 나라가 발전함에 따라 더욱 성해져, 청나라 세력이 가장 강하였던 건륭 말엽에 가서는 마침내 경극이라는 연극을 이룩하게 되는 것이다. 경극이 이루어지기 전부터 청나라에서는 왕실을 중심으로 사대부며 서민들 모두가 연극에 빠진 듯이 연극을 즐겼다.

순치 연간은 아직도 청나라가 제자리를 잡지 못한 불안한 상황이었으나 만주족의 황실 귀족과 공신 및 벼슬을 하며 부귀를 누린 일부 한족들은 모두 연극을 즐기었다. 사대부들 사이에는 자기 집안에 극단인 희반(戱班)을 거느리며 손님을 초대하여 집안에서 연극을 즐기는 사람들도 많았다. 청나라 초기 자기 집안에서 연극을 즐겼던 사람은 이어(李漁, 1611-1680)[28] · 모양(冒襄, 1611-1693)[29] ·

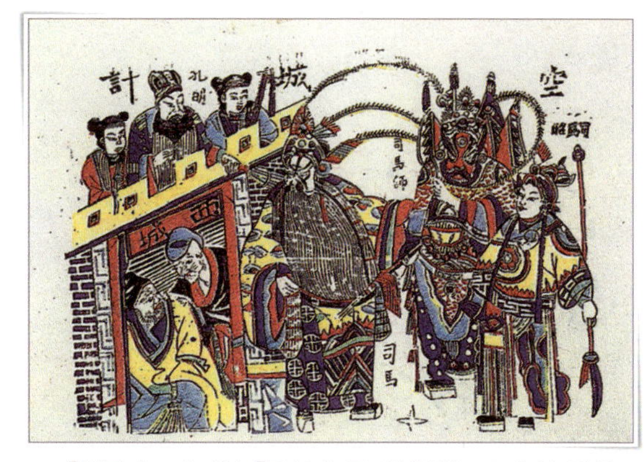

『삼국지』 얘기인 「공성계」를 연출하는 모습의 판화. 왼편 성 위에 제갈공명, 아래 편에 사마의, 사마소가 보인다.

사계좌(査繼佐, 1601-1676)[30] · 교채(喬菜, 1642-1694)[31] · 송락(宋犖, 1634-1713)[32] 등 일일이 보기를 들 수가 없을

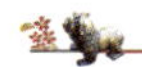

28) 『笠翁一家言全集』 卷7에는 「端陽前五日, 尤展成 · 余淡心 · 宋淡仙諸子集姑蘇寓中, 觀小鬟演劇, 淡心首唱八絕, 依韻和之, 中逸其二」및 「端陽後七日, 諸君子重集寓齋, 備觀新劇, 淡心又疊前韻, 卽席和之」라는 시가 있다. 자기 집 戱臺에서 얼마나 손님들을 불러 자기 戱班의 공연을 즐겼는가 알 수 있다.

29) 陳確庵 『得全堂夜飮後記』;"起一日, 復開尊于得全堂, 伶人歌邯鄲夢. 伶人者卽巢民所敎之童子也. 徐郞善歌, 楊枝善舞, 有秦簫者解作哀音, 每一發喉, 必緩其聲以激之, 悲凉倉况, 一座欷歔." 여기의 巢民은 冒襄의 호이며, 徐郞은 그의 家班의 명배우 徐紫雲이고 조금 뒤에는 金菊 · 金二菊 같은 명배우들도 있었다.

30) 鈕琇 『觚賸』 卷7 雪遊;"盡出其囊中裝, 買美鬟十二, 敎之歌舞. 每于長宵開宴, 垂帘張燈, 珠聲花貌, 艶徹帘外, 觀者醉心. 孝廉夫人亦妙解音律, 親爲家妓拍板, 正其曲誤. 以此查氏女樂遂爲浙中名部." 여기의 查氏는 査繼佐이다.

31) 査愼行 『敬業堂集』;"白全喬侍讀有家伶六郎, 以姿技稱. 乙巳(康熙4年, 1665)春, 車駕南巡, 召至行在, 曾蒙天賜, 自此盖矜寵." 여기의 喬侍讀은 喬菜이며 六郎은 管六이란 才色을 모두 갖춘 배우로, 이때 황제는 금 목걸이를 선물로 주어 이때부터 戱班을 賜金班이라 불렀다 한다.

32) 吳陳琰은 『桃花扇』 앞머리에 "侯生仙去宋公存, 同是梁園社里人."이란 題詩를 하고 거기에 "往余客宋中丞幕, 每有宴會輒演此劇."이라 注를 달고 있다.

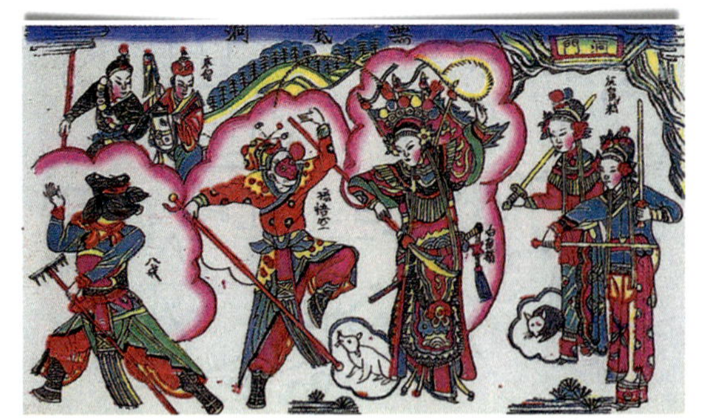

■ 『서유기』 얘기인 「무저동(無底洞)」을 연출하는 모습의 판화. 저팔계, 손오공 등이 보인다.

정도로 많다. 그리고 그들 집안의 희반에는 한두 명의 이름을 떨치는 명배우들이 있었다. 그리고 일반 백성들까지도 연극을 좋아하게 되어 수조우(蘇州) · 베이징 · 양조우(揚州) · 난징 · 상하이 등의 도시에는 많은 직업희반이 활약하였다. 왕재양(王載揚)의 『서진우사(書陳優事)』에는 "연극 공연이 가장 활발하였던 곳은 수조우 지방이다. 수조우에는 극단이 1,000개 가까이 있었는데, 한향(寒香) · 묘관(妙觀)과 응벽(凝碧) · 아존(雅存)의 네 극단이 가장 유명하였다."[33]고 쓰고 있다.

본시 명대로부터 이어져 온 희곡은 청나라 초기에는 곤강(崑腔)과 고강(高腔, 익양강의 발전) · 서진강(西秦腔) · 현색강(弦色腔)이라는 사대성강(四大聲腔)이 주류를 이루고 있었다. 그러나 강희 이전부터 이미 지방에는 여러 가지 서로 다른 음악을 바탕으로 한 지방희가 발전하기 시작하였다. 청 초의 수연하사(隨緣下士)가 지었다는 소설 『임난향(林蘭香)』 제27회에는 경(耿)씨 집안에서 추석 날 밤에 잔치를 하면서 시녀(侍女) 기방(箕芳)이 '익양강'을 창하는 대목이 있는데, 그 위에 기려산인(寄旅散人)의 다음과 같은 비평이 붙어 있다.

---

33) 焦循 『劇說』 卷6 引 史承謙 『菊莊新話』.

"곤산강 · 익양강 이외에 이른바 방자강(梆子腔) · 유자강(柳子腔) · 나라강(羅羅腔) 등의 파별이 있다."[34]

'사대성강' 중 곤강과 고강은 남쪽을 중심으로 유행하며 여러 가지 지방희를 발전시키고, 서진강과 현색강은 북방을 중심으로 발전한 것이나 많은 경우 서로 뒤섞이게 된다. 위의 방자강은 서진강이 발전한 것이며 유자강과 나라강은 현색강에서 발전한 것이다. 청나라 초기에 얼마나 많은 어떤 종류의 희곡 강조가 새로 생겨났는지 확실히 알 수가 없을 정도이다.

청나라 초기에 이미 명배우로 젊고 아름다운 왕자가(王紫稼)가 이름을 날렸다. 그때의 시인 오위업(吳偉業, 1609-1671)은 「왕랑곡(王郎曲)」을 지어 왕자가라는 명배우가 15세 때에는 수조우(蘇州)에서,[35] 30세에 이르러는 남쪽뿐만이 아니라 베이징 사람들까지도[36] 그의 창과 연기에 미쳐들게 하였던 정황을 읊고 있다. 고경성(顧景星, 1621-1687)도 「오위업의 '왕랑곡'을 읽은 뒤에 생각나는 대로 절구를 지어 감상을 읊음(閱梅村王郎曲雜書絕句志感)」이란 왕자가에 관한 시 12수를 짓고 있다. 순치 16년(1659)에는 왕실에서 강남으로 사람을 보내어 연기가 뛰어난 여배우들을 찾아 궁중으로 데려왔다는 기록도 있다.[37]

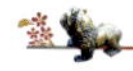

---

34) 崑山弋腔之外, 有所謂梆子腔柳子腔羅羅腔等派別.
35) "王郎十五吳趨坊, 覆額青絲白晳長. 孝穆園亭常置酒, 風流前輩醉人狂."
36) "王郎三十長安城, 老大傷心故園曲. 誰知顏色更美好, 瞳神剪水清如玉. 五陵俠少豪華子, 甘心欲爲王郎死. 寧失尙書期, 恐見王郎遲."
37) 尤侗 「詠史」시.

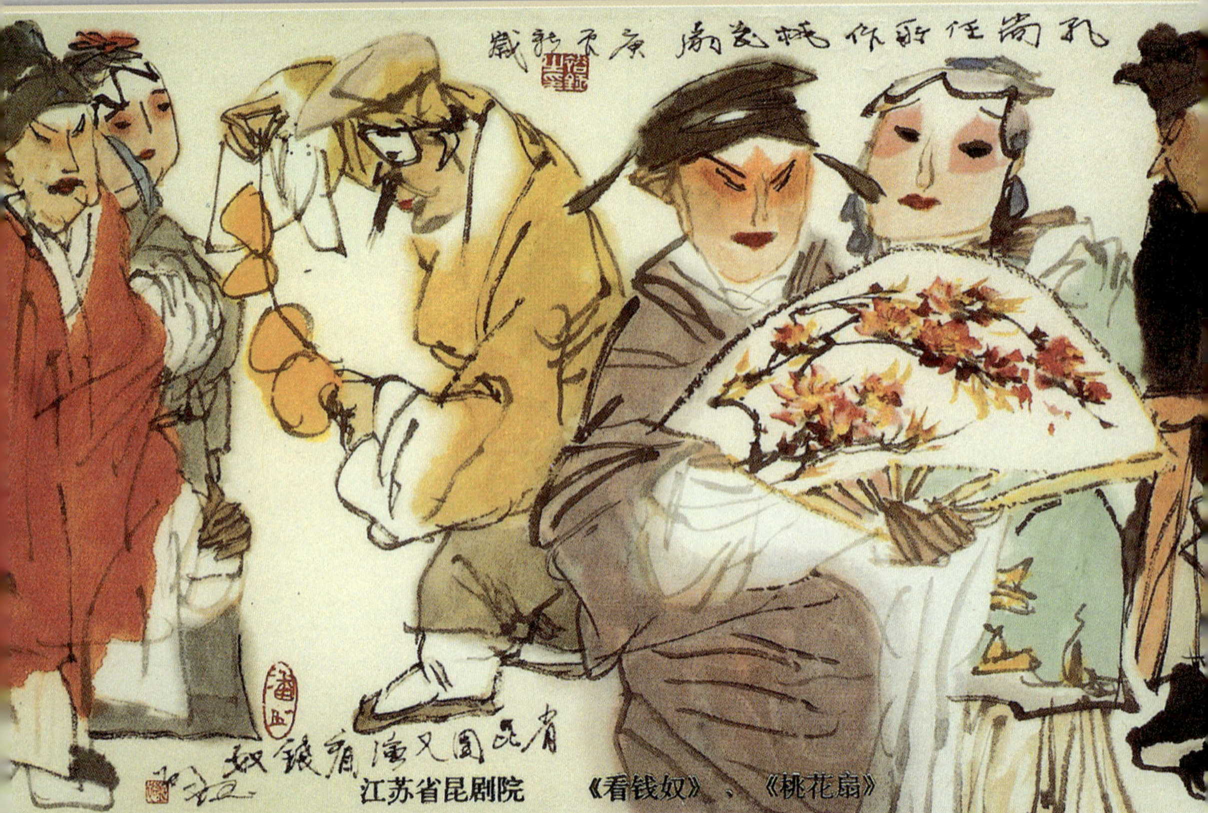

■ 강소성곤극원(江蘇省昆劇院)에서 곤극 「간전노(看錢奴)」와 「도화선(桃花扇)」을 공연하는 것을 합쳐 그려 놓은 그림

　　순치 연간에 궁중의 교방사(敎坊司)에서 우동(尤侗)이 지은 잡극 「독이소(讀離騷)」가 연출되기도 하였고,[38] 순치 9년(1652)의 진사인 양몽리(楊夢鯉)의 『의산당집(意山堂集)』에는 청나라 초기에 푸쩬(福建)성 싱화(興化)에서 연출된 연극 제목 36종[39]을 기록하고 있다. 그러니 청나라로 들어와 민간에도 연극이 매우 성행되었음을

---

38) 尤侗『西堂曲腋』；"子所作「讀離騷」, 曾進御覽, 命敎坊內人裝演供奉."
39) 『拜月亭』·『薛仁貴』·『劉智遠』·『王十朋』·『蔡伯喈』 등. "康熙二十年"이란 글귀가 보인다니 康熙 20年(1681) 무렵에 편극된 것이다.

짐작하게 된다.

 강희 연간에 와서는 지방희가 더욱 발전하여 청희(淸戱)[40]·현색(弦索)·판강(板腔)[41]·오강(吳腔)·진강(秦腔)[42]·무낭강(巫娘腔)[43]·사평강(四平腔)[44] 등 여러 종류의 연극 강조가 기록에 보인다. 그중에서도 명대부터 성행하던 곤곡은 특히 귀족과 사대부들 사이에 좋아하는 사람들이 많아 청나라 초기에는 연극 공연의 중심을 이루었다. 이 시기에 청 일대를 대표할만한 홍승(洪昇, 1645-1704)의 『장생전(長生殿)』과 공상임(孔尙任, 1648-1718)의 『도화선(桃花扇)』 같은 전기의 불후의 명작이 나와 곤곡의 유행을 뒷받침하였다. 뒤에 다시 얘기할 궁중대희(宮中大戱)인 『권선금과(勸善金科)』는 장조(張照)란 사람이 뒤에 손을 대기 전에 이미 10본(本) 237척(齣)의 작품이 만들어져 연출되고 있었다.[45] 강희 22년(1683) 중국 서남부의 청나라에 대항하려던 세력을 모두 소탕하고 국토를 안정시킨 것을 축하하기 위하여 대규모의 공식 연회를 열었는데 그 중에는 연극 공연도 들어 있다. 강희 연간 초본인 『남곡지보(南曲指

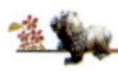

40) 康熙 29年 重修 『上蔡縣志』 卷1에 실린 知縣 楊廷望의 「禁戱詳文」; "力禁一切淸戱羅戱, 盡行驅逐."
41) 康熙 10年 『保定府祁州束鹿縣志』 卷8 ; "俗喜俳優, 正月人日後, 淫祠設會, 高搭戱場, 遍于閭里, 以多爲勝. 弦索板腔, 魁鑼桀鼓, 恒聲聞十里外."
42) 顧彩 『容美紀遊』(康熙 42年 3月6日) "女優皆十七八好女郎, 聲色皆佳. 初學吳腔, 終帶楚調. 男優皆秦腔, 反可聽, 所謂梆子腔是也."
43) 劉廷璣 『在園雜志』(康熙 54年 刊行)에 보임.
44) 李漁 『閒情偶記』 권2 音律 第3에 보임.
45) 北京首都圖書館에는 雍正抄本이 所藏되어 있고, 第 10本 第 23齣에는 "幸逢大淸康熙二十年"이란 글귀가 보인다니 康熙 20年(1681)에 編劇된 것이다.

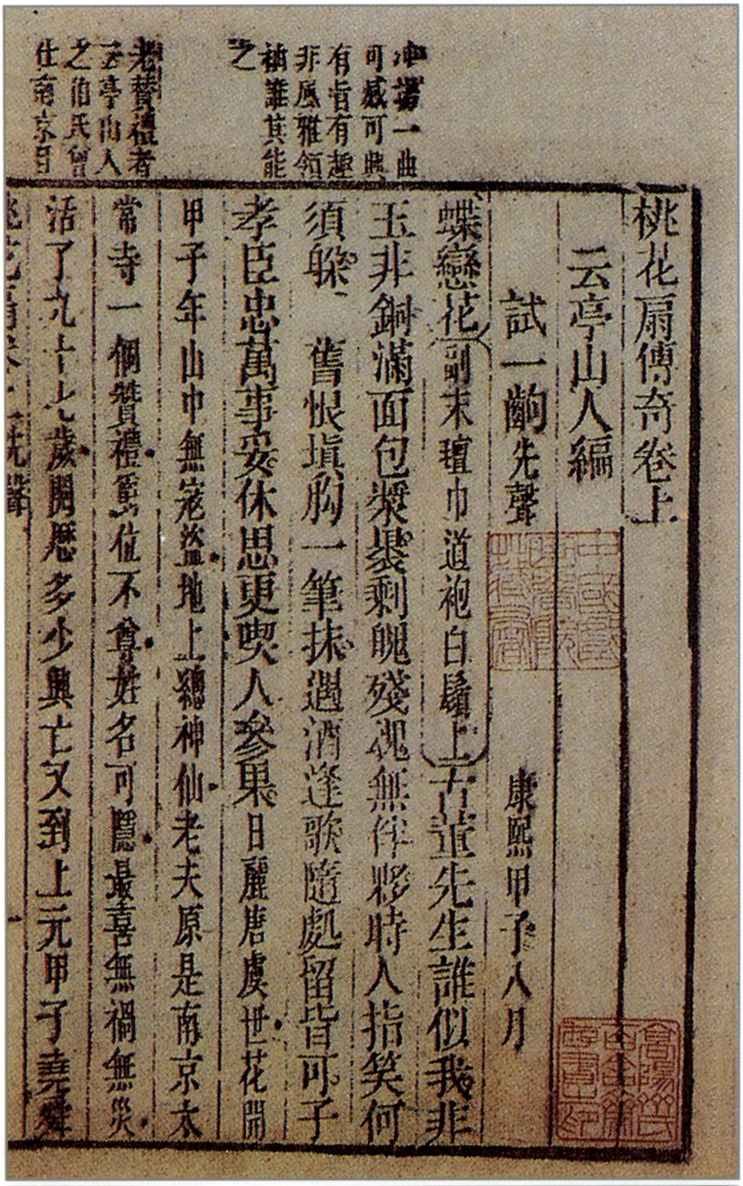

桃花扇傳奇卷上

云亭山人編

試一齣先聲

康熙甲子八月

『도화선(桃花扇)』의 각본

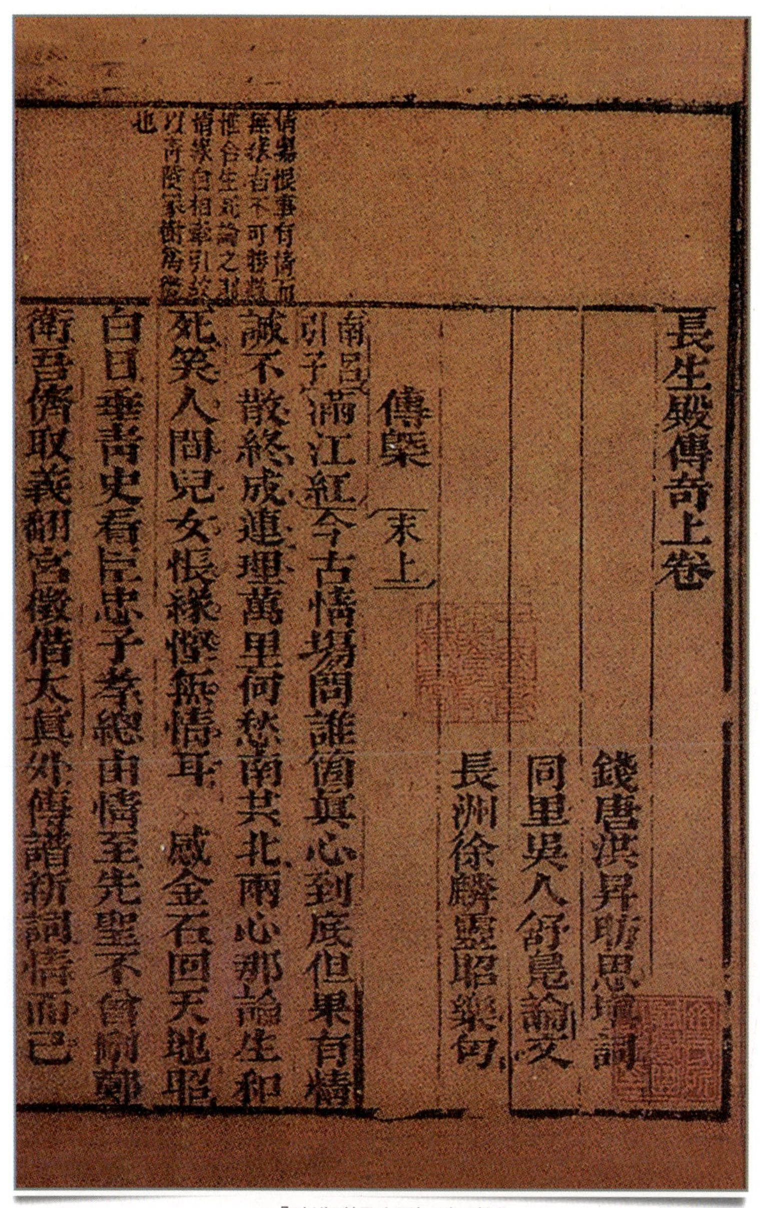

長生殿傳奇上卷

錢唐洪昇昉思填詞
同里吳人舒鳬論文
長洲徐麟靈昭正字

傳槩　〔末上〕

〔南呂滿江紅〕今古情場問誰個真心到底但果有精誠不散終成連理萬里何愁南共北兩心那論生和死笑人間兒女悵緣慳無情耳　感金石回天地昭白日垂青史看臣忠子孝總由情至先聖不曾刪鄭衛吾儕取義翻宮徵借太真外傳譜新詞情而已

▲ 『장생전(長生殿)』의 각본

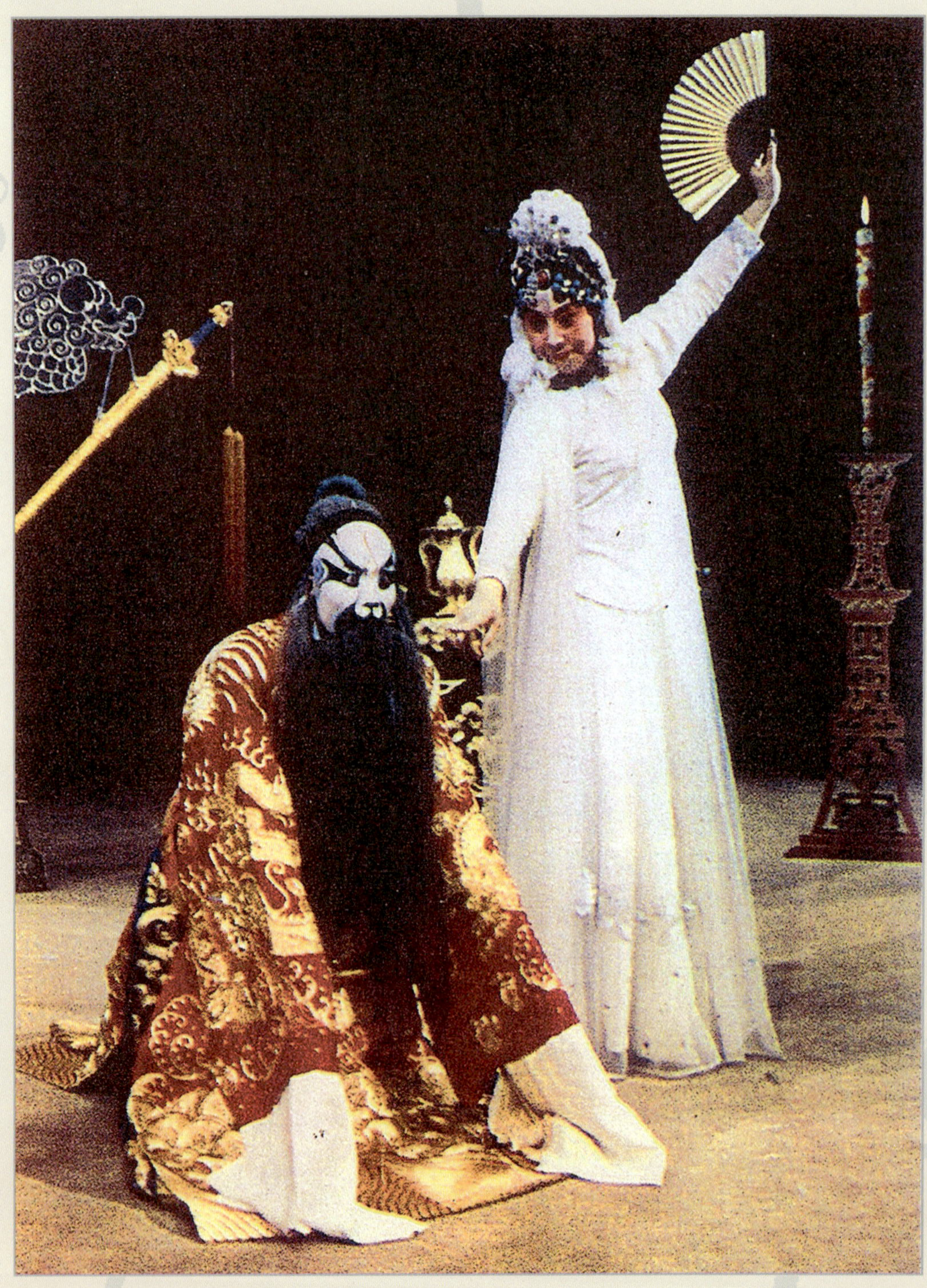

▲ 곤극 「이혜낭(李慧娘)」의 공연 장면

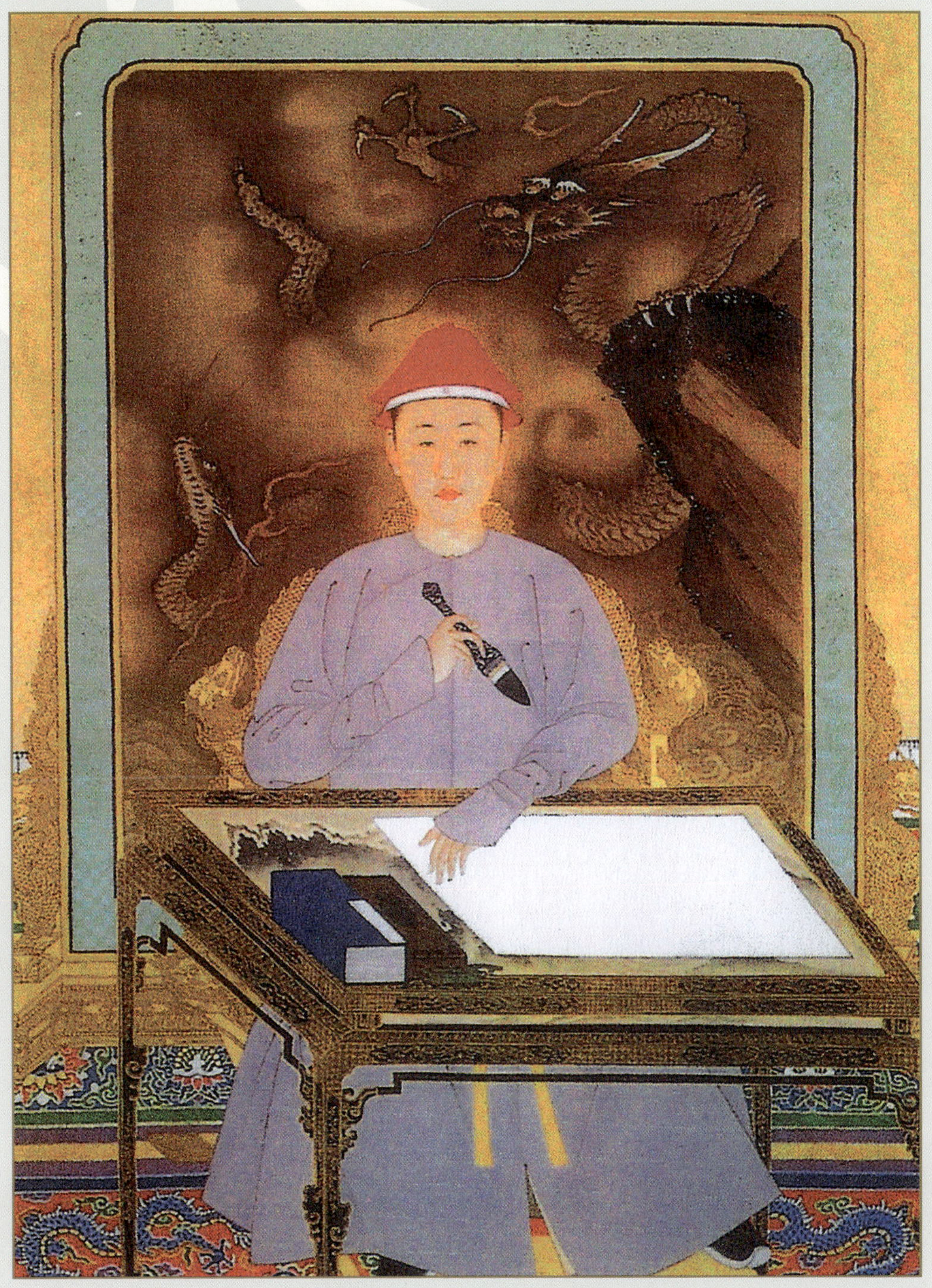

학문에 열중하는 젊은 날의 강희제 초상

譜)』에는 민남(閩南)지방 칠자반(七子班)이 연출한 극종 25종의 곡사가 실려 있다. [46]

강희 23년(1684)에는 황제가 남쪽 지방을 순행하였는데 수조우의 직조서(織造署)에서는 황제를 모시고 극단인 한향부(寒香部)·묘관부(妙觀部) 등을 동원하여 연극을 공연하면서 접대하였다. 황제는 연극을 즐기고 난 뒤에 여러 명의 빼어난 연예인들을 뽑아 궁중으로 데려가 일하게 하였다. [47] 이 뒤로 수조우의 직조부는 조정에서 쓰는 직물을 공급하는 역할 못지않게 궁중에 배우들을 공급하는 역할도 담당하게 되었다.

강희 61년(1722) 양사응(楊士凝)이 지은 「착영인(捉伶人)」 시[48]를 든다.

강남의 직조서에서는 연극 일도 관할하게 되어
아름다운 재녀(才女)들을 찾아 골라서 조정에 바치는데,
길을 찾아 뇌물을 쓰며 영화와 이익을 바라고
스스로 손을 써서 직조서 관원을 찾아오네.
미녀를 찾아다니던 관원은 잠시 수레를 세우기만 하면 되니
관권으로 직접 잡아드리는 수고는 할 필요도 없네.

江南營造轄百戲, 搜春摘豔供天家.
賄通捷徑冀寵利, 自媒勾致姑蘇差.
采香中使暫停轂, 不勞官府親擒拿

---

46) 『司馬相如』·『王魁』·『劉智遠』·『王昭君』·『杜牧』 등.
47) 焦循 『劇說』 권6 인용 『菊莊新話』 참조.
48) 『芙航詩襯』 권11.

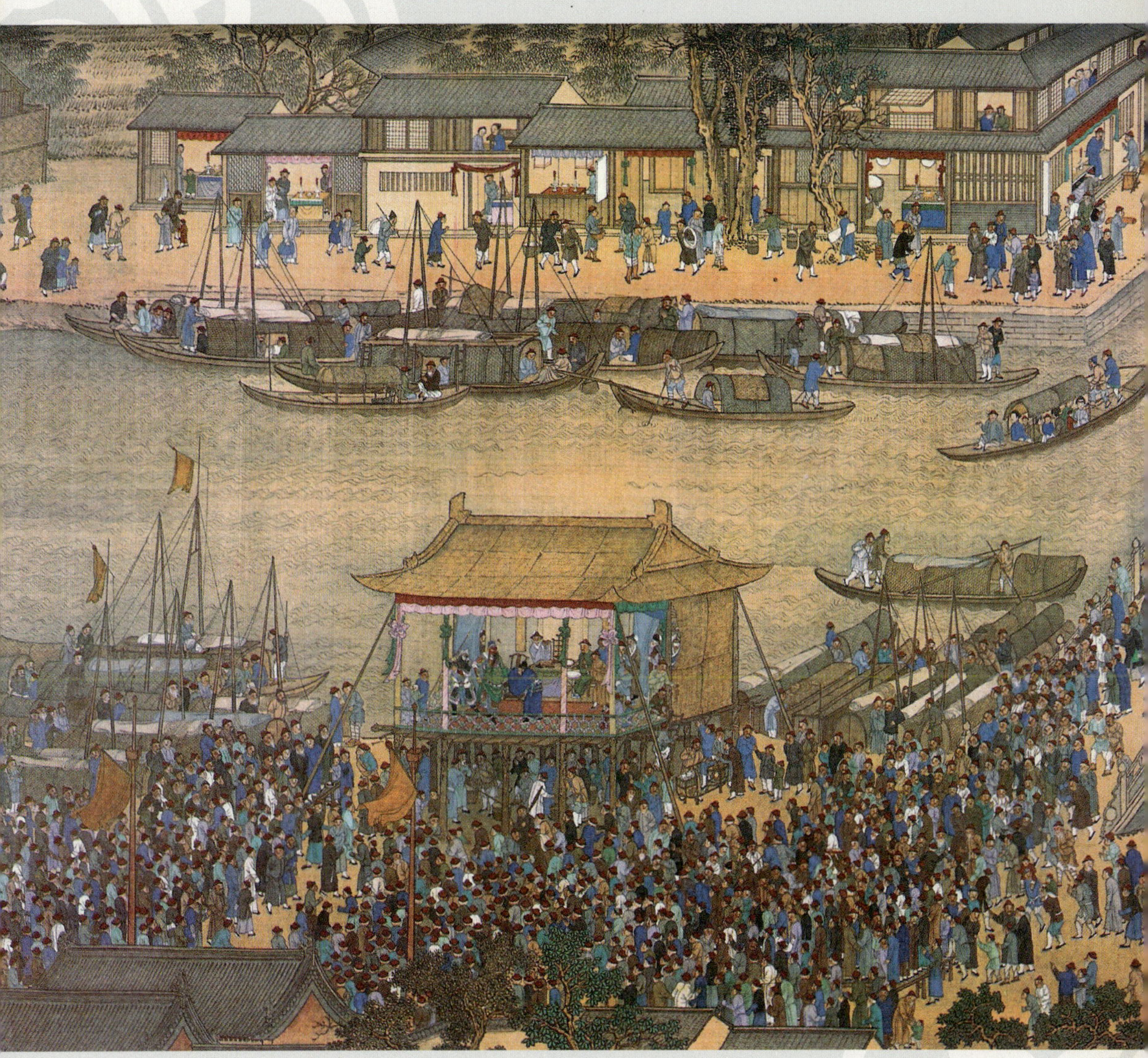

🔺 강희 황제가 남쪽지방을 순행하는 모습을 그린 그림

강희 연간에 배우로는 육구(陸九)·이수랑(李修郞) 같은 이가 알려졌고,[49] 정(淨) 역으로 극단 한향반(寒香班)에서 활약하다가 내정공봉(內廷供奉)을 20년이나 하고 칠품관복(七品官服)을 하사 받고 물러나와 여생을 보낸 진명지(陳明智)란 배우도 유명하였다.[50]

강희 황제는 북경 시내의 당시 연극을 공연하던 월명루(月明樓)로 몰래 나가 연극을 구경하였다는 얘기도 세상에 널리 전해지고 있었다.[51] 그리고 이 시기에 강희 황제가 연극을 구경하러 나가서 지었다는 유명한 다음과 같은 희련(戲聯)도 전해지고 있다.

해와 달은 등불, 강과 바다는 기름, 바람과 우레는 북과 박판(拍板)이니, 하늘과 땅 사이는 한바탕 희장(戲場)이오,

요임금·순임금은 단(旦) 각색, 문왕·무왕은 말(末) 각색, 왕망(王莽)·조조(曹操)는 축(丑)과 정(淨) 각색이니, 고금을 통하여 많은 각색들이 있었네.

日月燈江海油風雷鼓板天地間一番戲場,
堯舜旦文武末莽操丑淨古今來許多脚色.

강희 연간에 베이징에 있던 희곡을 전문으로 연출하는 극장만도

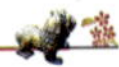

49) 孔尙任「燕京雜興」其六首 및 其九首의 注 참조.
50) 焦循의 『劇說』 권6에 인용된 『菊莊新話』 속에 실린 王載揚의 『書陳優事』에는 陳明智가 『千金記』에서 楚覇王을 분장하고 연기하는 모습이 자세히 기록되어 있다.
51) 楊懋建 『夢華瑣簿』; 世俗相傳, 有康熙私訪月明樓之語, 編爲歌謠, 刻爲畵圖. 雖婦人孺子皆能言其事.

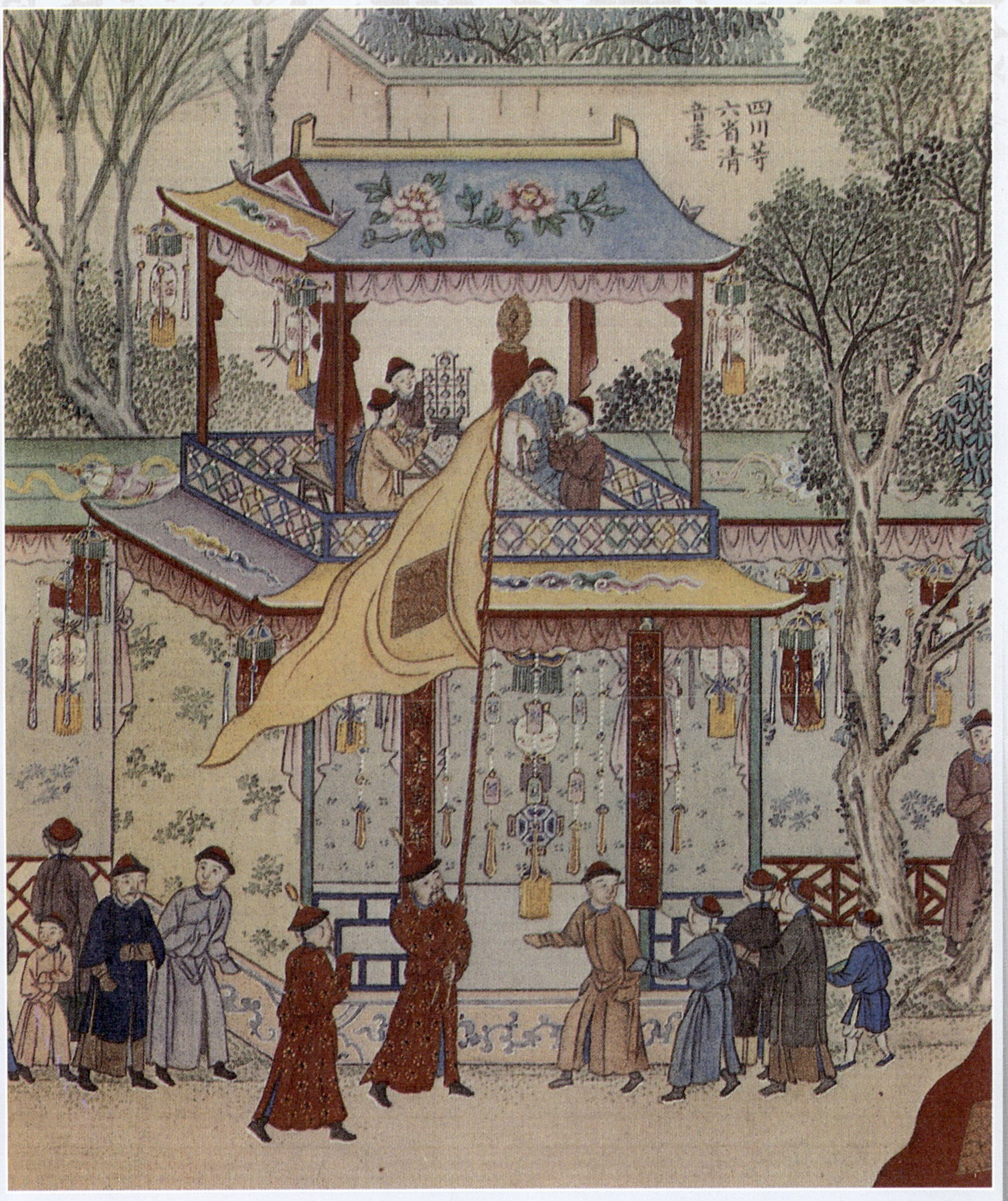

▲ 청대 강희황제의 생일을 축하하기 위하여 쓰촨(四川) 등의 지방에서 도시 길거리에 희대를 세워놓고 음악연주와 각 지방희를 공연하는 모습(1717년에 그린 그림의 일부)

태평원(太平園) · 벽산당(碧山堂) · 백운루(白雲樓) · 사가루(査家樓) · 사의원(四宜園) · 월명루(月明樓) 등의 기록이 보인다.[52] 당시는 극장이 술집을 겸하고 있어서 주장(酒莊) · 주관(酒館)이라 불렀다. 도광 연간(1821-1850) 이후에야 찻집을 겸하는 차원(茶園)이 늘어나기 시작하였고, 희장(戲莊) · 희원(戲園)이란 말은 훨씬 뒤에 쓰이게 된 것이다. 사가루는 개축을 한 다음 광화루(廣和樓)라고 이름을 고쳤다.

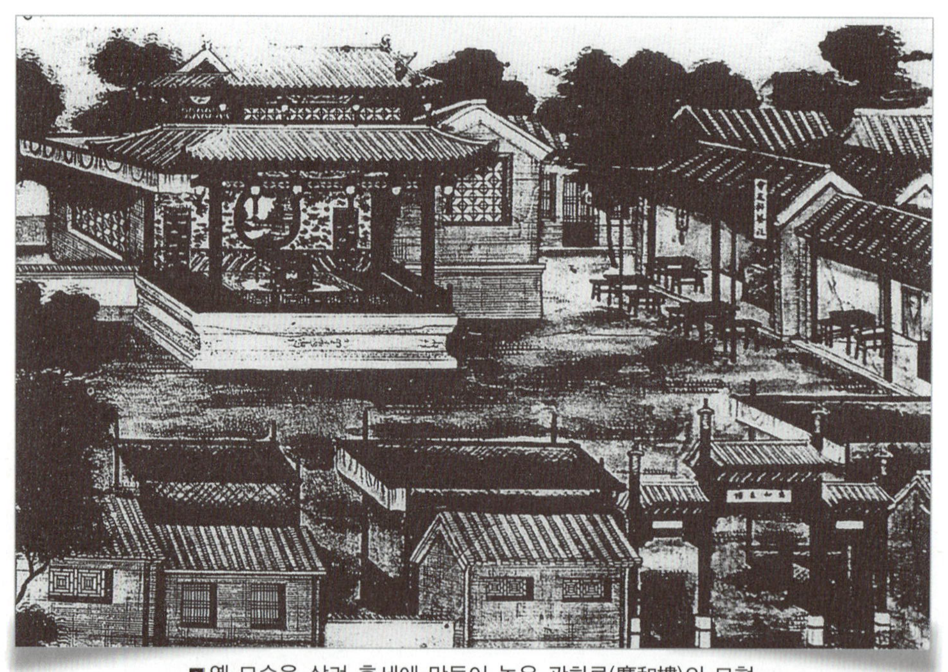

▲ 옛 모습을 살려 후세에 만들어 놓은 광화루(廣和樓)의 모형

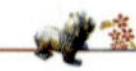

52) 앞 3개는 孔尚任「燕臺雜興 四十首」에, 다음 2개 및 太平園은 戴璐의 「藤陰雜記」에, 끝의 月明樓는 楊懋建의 「夢華瑣簿」에 보임.

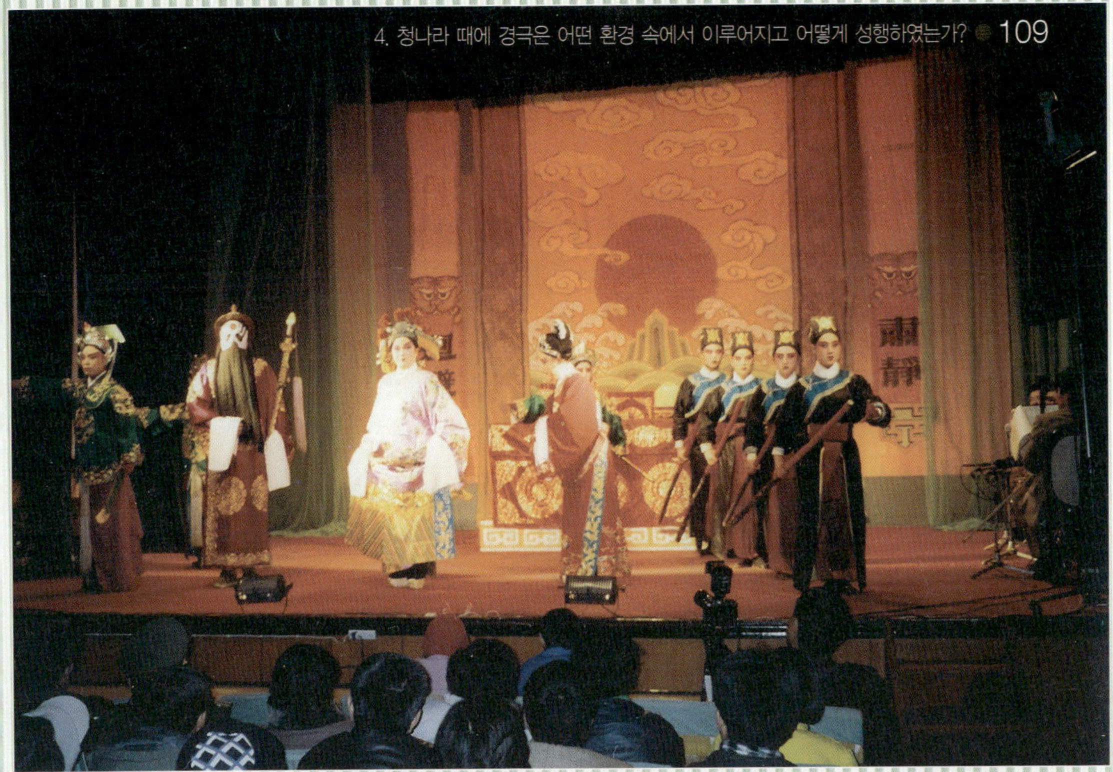

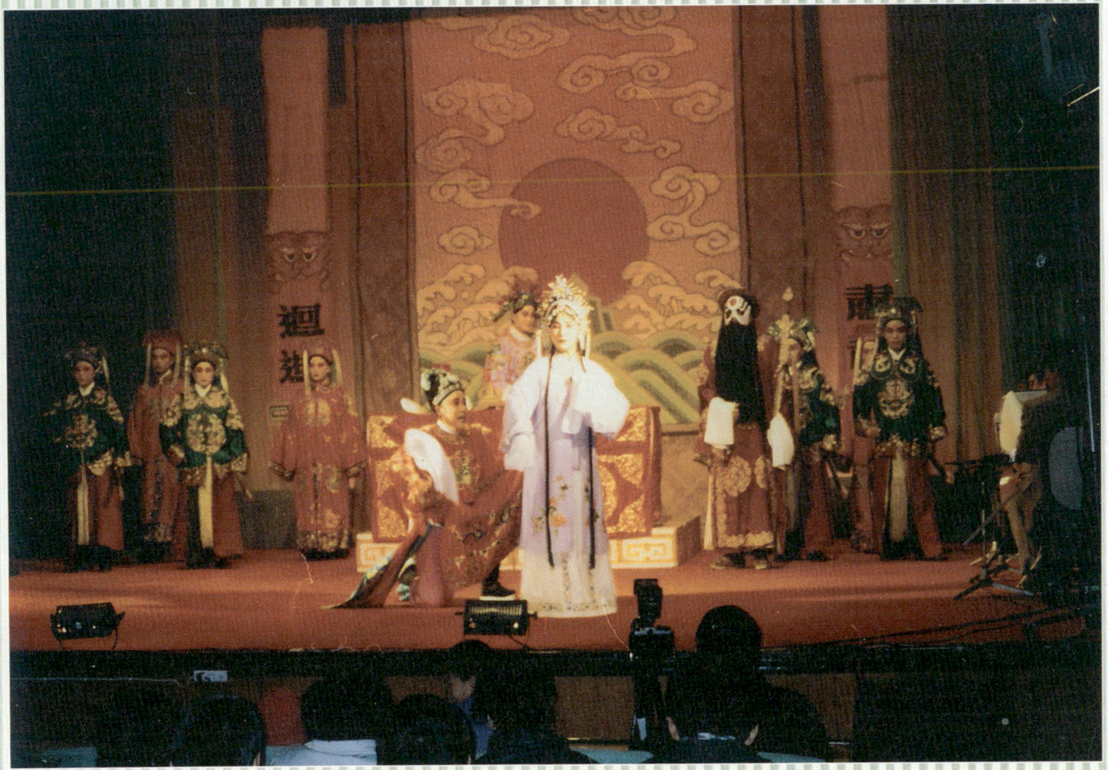

▲ 허난성의 지방희인 예극(豫劇) 「진삼량(陳三兩)」의 공연 모습

강희 연간에 베이징에서 활약한 극단은 홍승의 『장생전』을 공연
하여 강희황제의 칭찬을 받은 취화반(聚和班, 일명 內聚班)[53]과 공
상임의 『소홀뢰(小忽雷)』를 공연하였다는 경운반(景雲班) · 삼야반
(三也班) · 가오반(可娛班)[54] 및 남아소반(南雅小班)[55] · 난홍소반(蘭
紅小班)[56] 등이 활약하였다. 청나라 초기 작자를 알 수 없는 『도올

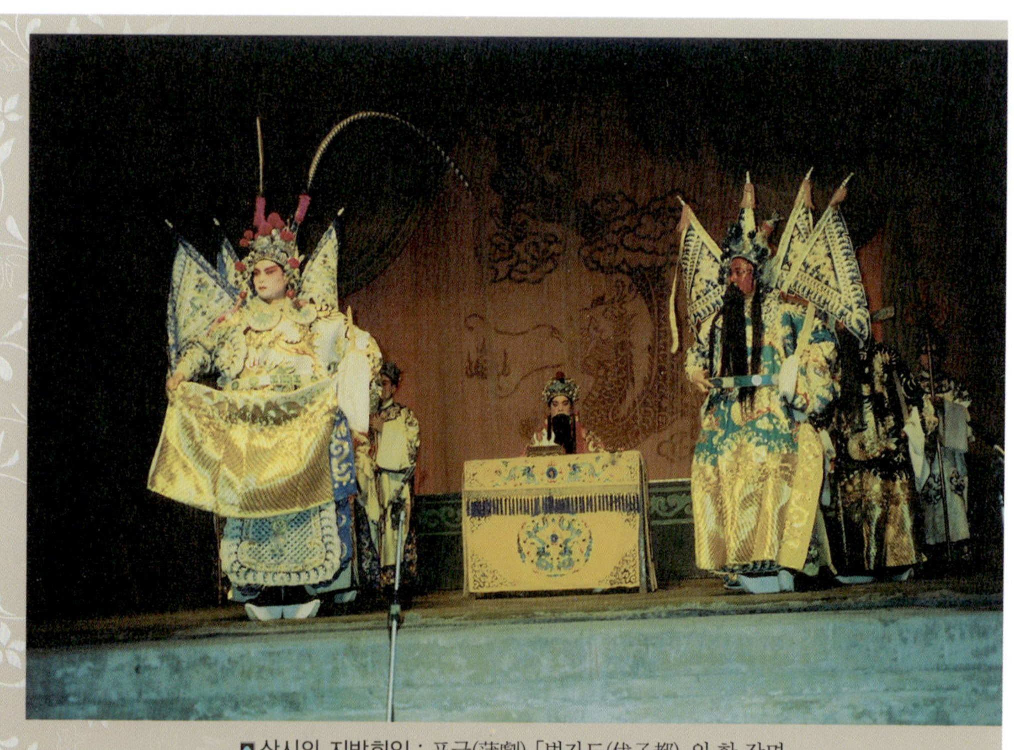

■ 산시의 지방희인 : 포극(蒲劇) 「벌자도(伐子都)」의 한 장면

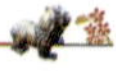

53) 王應奎 『柳南隨筆』 권6 의거.
54) 『孔尚任說文集』 권5 참조.
55) 孔尚任 『燕臺雜興』 其十七首 注 참조.
56) 孔尚任 「蘭紅小部」 시 참조.

한평(檐杌閒評)』 권7에는 베이징의 춘수호동(椿樹胡同)에는 "50개의 소절강 극단이 있다."[57]고 적고 있다.

이 시대 수조우지방 연극 공연 실황을 알려주는 기록으로, 저인확(褚人穫)의 『견호집(堅瓠集)』에는 이런 말이 보인다.

"강희 계유년(강희 32, 1693) 봄 수조우에서는 무대를 가설하고 연극을 하는데 거의 빈자리가 없을 정도였다."[58]

청대 탕빈(湯斌)의 『탕자유서(湯子遺書)』 권9 소송고유(蘇淞告諭)에는 다음과 같은 말이 보인다.

"오나라 지역 풍속에---신에게 제사를 올릴 때가 되면 무대를 가설하고 연극을 하였다.---밭 사이 텅 빈 넓은 땅에 높이 무대를 가설하고 원근 남녀들을 들썩이게 하여 무리를 지어 구경을 하러 오는 데 온 나라가 미쳐버린 듯 철도 잊고 할 일도 팽개쳐서 밭의 보리와 채소는 짓밟히어 남아나는 것이 없었다."[59]

청 육문형(陸文衡)의 『색암수필(嗇庵隨筆)』 권4 풍속(風俗)에도 이런 말이 보인다.

"우리 수조우 사람들은---4, 5월 사이가 되면 언제나 넓은 무대를 높다랗게 세우고 신을 모시고 연극을 하는데 반드시 연예계의 빼

---

57) 五十班蘇浙腔.
58) "康熙癸酉春, 蘇城搭臺演戲, 幾無隙地."
59) "吳下風俗 --- 如遇迎神賽會, 搭臺演戲, --- 于田間空曠之地, 高搭戲臺, 哄動遠近男婦, 群聚往觀, 擧國若狂, 廢時失業, 田疇菜麥, 蹂躪無遺."

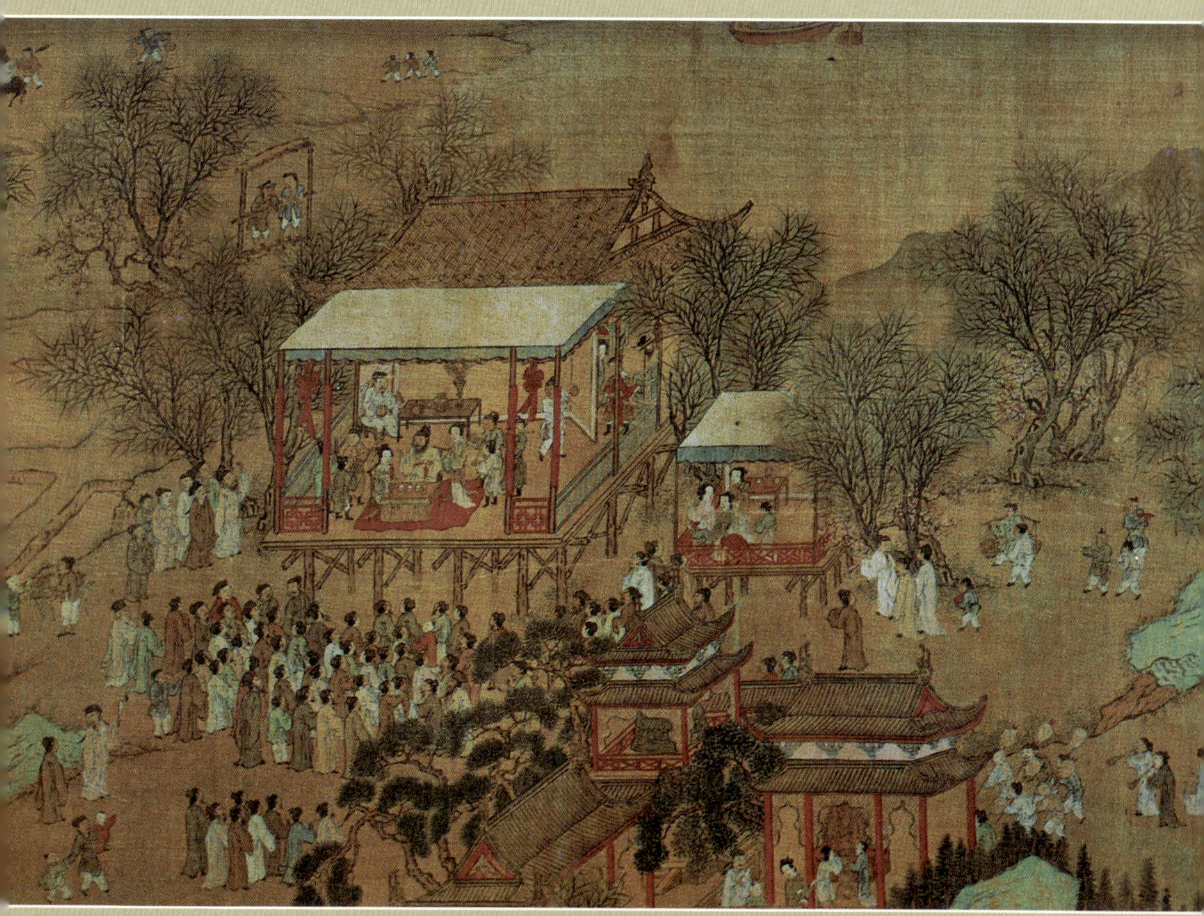

명대 수조우 지방을 그린 그림의 일부. 수조우 지방은 옛날부터 연극이 성행하였다.

어난 배우들을 골라 하여 모여드는 구경꾼들이 온 나라가 미친 것 같
았다. 부녀들도 곱게 단장을 하고 이쁜 옷을 입고 손을 마주잡고 모
여들어 앞뒤로 밀리어 무대가 기울어져 팔다리를 부러뜨리고 부상
을 당하는 일도 있었다.”[60)]

청대에 와서는 민간의 백성들도 연극을 공연하기만 하면 할 일도
잊고 온 나라 사람들이 모두가 연극에 미친 듯이 빠져들었던 것이
다. 조선의 김창업(金昌業)의 『노가재연행일기(老稼齋燕行日記)』에
의하면 사은부사로 윤지인(尹趾仁)을 김창업과 함께 따라갔던 군관
최덕중(崔德中)의 기록에도 강희 52년(1713) 영평부(永平府)에 도
착하여 『수호전』 얘기를 공연하는 연극을 구경한 대목이 있다.

옹정 연간에도 연극은 그대로 성행하였다. 옹정 10년(1732) 베이
징 도연정(陶然亭)에 세운 「이원관비기(梨園館碑記)」에는 여기에
돈을 낸 극단인 희반(戲班) 19개의 이름을 적고 있다.

청나라 초기부터 궁중의 연극은 교방사(教坊司)의 여자 배우들이
맡아 공연하였다. 강희 연간에 와서는 기구를 확장하고 남부(南府)
라 불렀다. 교방사나 남부를 막론하고 궁중에서 필요한 인원은 모
두 민간에서 잡아갔다. 강희황제가 남쪽 지방을 순행할 적에도 수
조우 지방에서 공연하는 희반 중에서 각각 2·3명씩 골라 궁정으
로 데려가 연극 일을 하게 하였다고 한다.[61)] 다시 뒤의 도광 7년

---

60) “我蘇民, --- 每至四五月間, 高搭廣臺, 迎神演劇, 必妙選梨園, 聚觀者通國若狂. 婦
　　女亦靚妝袨服, 相携而集, 前擠後擁, 臺傾傷折手足.”
61) 焦循 『劇說』 引 『菊莊新話』.

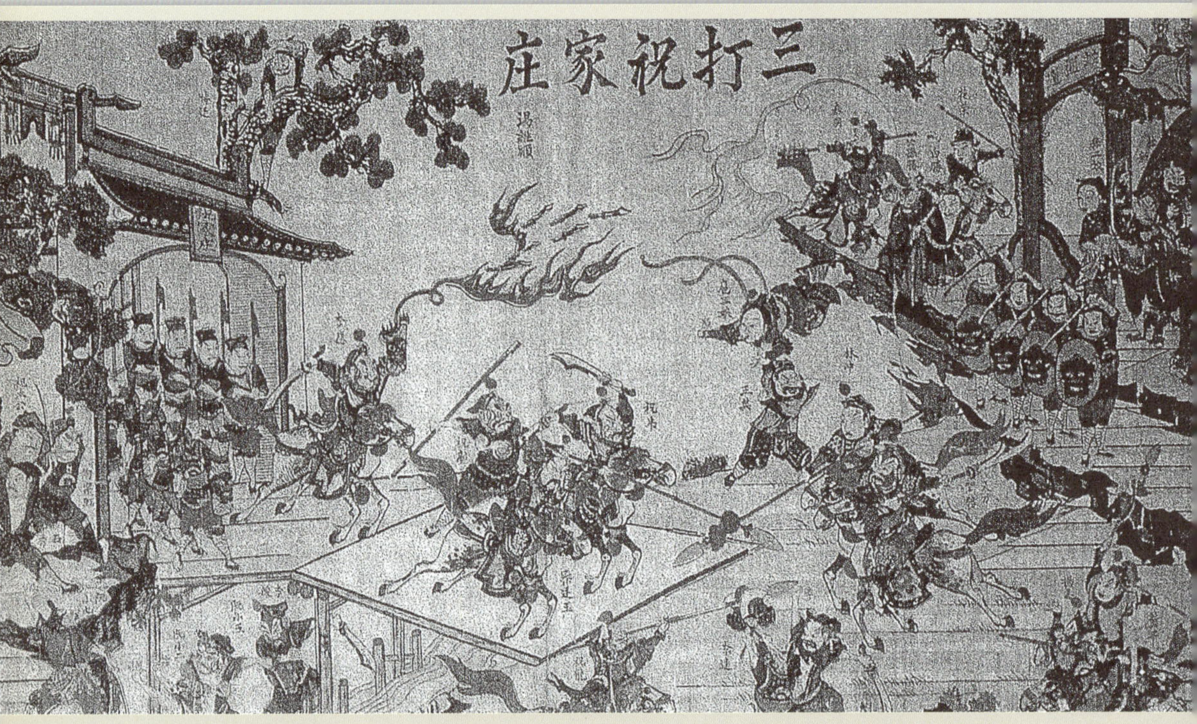

▲「수호전」의 얘기인「삼타축가장(三打祝家庄)」의 공연모습을 그린 수조우지방의 연화(年畵)

(1827)에는 남부를 승평서(昇平署)로 바꾸었는데, 이후 궁중 경극 공연의 주관 기관으로 존속하였다.

건륭 연간(1736-1795)에 이르자 황제가 더욱 희곡을 좋아하여 연극은 크게 성행하게 된다. 그리고 당시에는 희곡을 곤곡은 우아한 성격의 것이라 하여 아부(雅部), 그 밖의 여러 가지 지방 연극은 저속하다 하여 화부(花部)[62] 또는 난탄(亂彈)이라 부르며 흥행을 서

62) 花部의 '花' 는 '너절하다', '요란하다' 는 뜻을 지니고 있다.

로 다투게 된다. 사대부와 지식인들은 화부의 연극을 천박하다고 무시하였으나 일반 백성들은 아부는 음악이며 창사와 대화가 너무 고상하고 우아하여 어렵고 재미가 적다하며 좋아하지 않았다. 이전에는 황실에서 곤곡을 숭상하였으나 건륭 이후부터는 화부의 연극을 자주 공연하여 시간이 흐를수록 사대부들도 화부 쪽으로 취향이 기울어지게 된다.

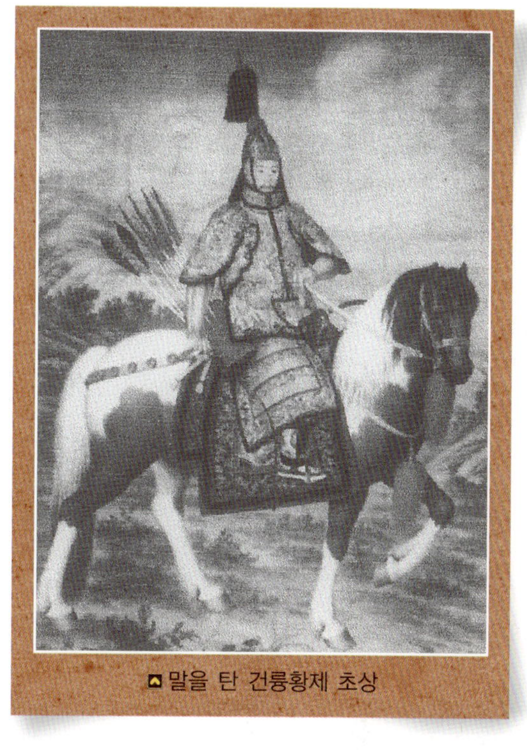

▲ 말을 탄 건륭황제 초상

특히 건륭황제는 연극을 좋아하여 지방을 순행할 때마다 늘 뛰어난 여러 지방의 극단인 희반을 불러 공연케 하면서 연극을 즐겼다. 특히 양조우(揚州)의 순행은 희곡과의 관계로써 무척 유명하다. 양조우는 대운하와 장강이 교차하는 곳이어서 돈 많은 소금장사와 곡식장사들의 본거지로 화부희가 무척 성행하던 지방이다. 많은 부자들이 개인의 희대와 희반을 갖고 있었다. 이때 양조우에는 곤곡을 비롯하여 베이징에 유행한 경강(京腔) 및 진강(秦腔)과 난탄(亂彈)이 모두 공연되고 있었고, 극단도 개인이 운영하는 춘대반(春臺班)을 비롯하여 덕음반(德音班)·노서반(老徐班)·의릉반(宜陵班) 등과 밖의 지방으로부터 와서 공연하는 희반 등 20여 개가 활동하고 있었고 많은 명배우도 있었다. 뒤에 소개할 명우 위장생(魏長生)도 한때

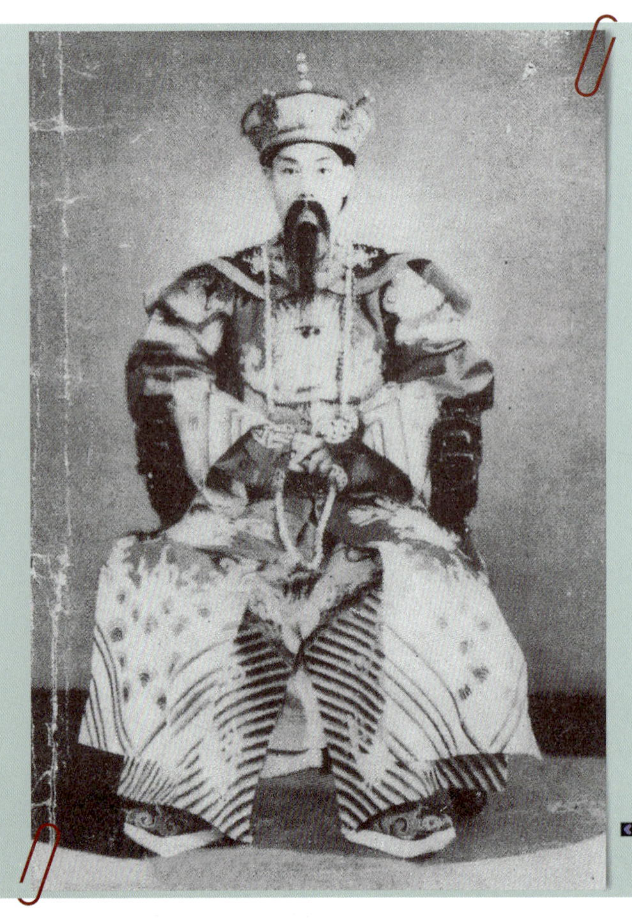

■ 경극에서 명배우 조우신팡이
건륭황제로 분장한 모습

여기에서 활약하였다. 건륭황제는 건륭 11년(1746)에 시작하여 여섯 번 양조우를 찾았는데 그곳에서의 연극 관람은 여러 가지 일화를 남기고 있다. 첫 번째 양조우를 찾아왔을 때부터 연극을 구경한 뒤에는 극단의 뛰어난 배우들을 골라 궁중으로 데려와 연극을 공연케 하고 그들을 신소반(新小班)이라 불렀다.[63]

63) 『南府沿革』 의거.

건륭 연간 중기에는 경극은 아니지만 경강(京腔)이라 부르던 익양강(弋陽腔)을 주로 연출하던 극단으로 의경(宜慶)·췌경(萃慶)·집경(集慶) 등의 육대명반(六大名班)이 있었고 경강의 명배우로 곽륙(霍六)·왕삼독자(王三禿子)·개태(開泰) 등 십삼절(十三絕)[64]의 이름이 전해지고 있다. 오장원(吳長元)의 『연란소보(燕蘭小譜)』 같은 데에도 또 다른 64명의 배우 이름이 보인다. 그 밖에도 위장생을 비롯한 수많은 진강(秦腔)의 배우와 학천수(郝天秀) 등 난탄(亂彈)의

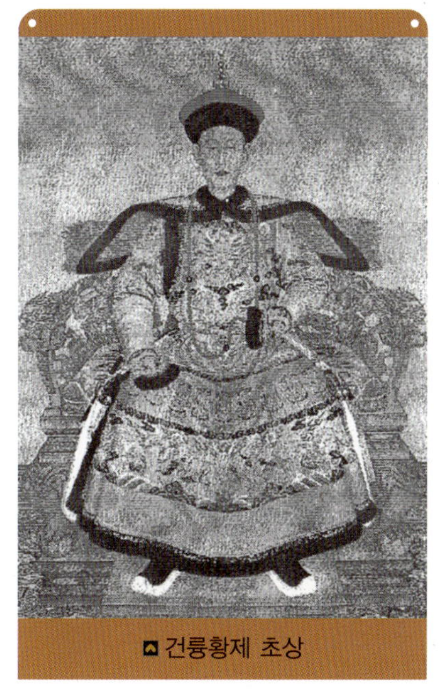

▲ 건륭황제 초상

배우들 이름이 알려지고 있다. 이두(李斗)의 『양주화방록(揚州畫舫錄)』 권5에는 이 시기 양주에서 활약한 연예인 이름이 103명이나 보인다. 건륭시대에 와서는 연극공연이 극성했음을 알게 된다. 귀족과 부자들도 모두 황제를 따라서 연극을 좋아하게 되어 자기 집안에 희대를 지어놓고 개인의 희반을 거느리는 사람들이 더욱 늘어났다. 베이징에도 더욱 많은 극장이 생겨났다. 건륭 32년(1767) 베이징의 정충묘(精忠廟)에 세운 『중수희신조사묘비지(重修戲神祖師廟碑志)』에는 거기에 돈을 낸 희반의 이름 35개가 기록되어 있다.[65]

---

64) 淸 楊靜亭 『都門紀略』 詞場序에 인용된 北京의 誠一齋字畫舖 匾額으로 걸려있던 賀世魁가 그린 十三絕圖 기록 의거. 梨園十三絕圖도 따로 있었다 한다.

65) 張次溪 編 『淸代燕都梨園史料』 下册(中國戲劇出版社 刊) 참조.

그리고 수조우에는 41개,[66] 양조우에는 20여개,[67] 광조우(廣州)에는 13개 또는 35개 정도,[68] 카이펑(開封)에는 12개[69]의 상업희반이 활동하고 있었음을 알려주는 기록이 있다.

시인이며 극작가인 장사전(蔣士銓, 1726-1785)은 그 시대 베이징의 연극 연출실황을 주제로 한 「경사악부사(京師樂府詞)」 16수를 짓고 있는데, 제7수를 보면 베이징의 극장인 주루(酒樓)의 성황을 묘사한 뒤 술집에서 연극을 공연하게 된 사실을 노래한 끝에 이런 구절로 끝을 맺고 있다.

관계 관청에서는 백성들을 옛날 법도 따라 잘 다스려 주어야지
온 나라 사람들 모두가 미친 듯이 빠져들게 두어서는 안 되네.[70]

이미 건륭 시대에 와서는 더욱 심하게 중국의 "온 나라 사람들 모두가 연극에 미친 듯이 빠져드는" 경향이 있었음을 알게 한다.

건륭 44년(1779)에는 배우 위장생(魏長生, 1744-1802)이 중국 서쪽 지방의 지방희인 진강(秦腔)을 갖고 베이징으로 들어와 큰 인기를 누리어 지방희인 화부희가 곤곡인 아부희를 압도하게 되는 계기를 마련한다. 특히 위장생은 여자 주인공 역할인 단역(旦役)의 뛰

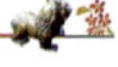

66) 蘇州『重修老郎廟碑文』(乾隆48年) 의거.
67) 李斗『揚州畫舫錄』권5 新城北錄下 참조.
68) 廣州『外江梨園會館碑記』(乾隆45年,1780)에 13개,『梨園會館上會碑記』(乾隆 56年)에 35개가 기록되어 있음.
69) 乾隆 때 李綠園의 소설『歧路燈』제95回 의거.
70) 有司張弛之道宜以古爲法, 毋令一國之人皆若狂.

어난 연기를 지닌 배우여서 각별한 인기를 누렸을 것이다. 그리고 그를 따라 쓰추안으로부터 여러 명의 배우들이 베이징으로 들어와 그와 함께 공연을 하면서 그곳의 연극을 발전시켰다.

건륭 48년(1783)에는 수조우의 노랑묘(老郞廟)를 수리하고 직조부(織造府)에서 배우들과 연극을 총괄하는 이원총국(梨園總局)을 거기에 두었으며, 조정의 연극부서인 남부(南府)

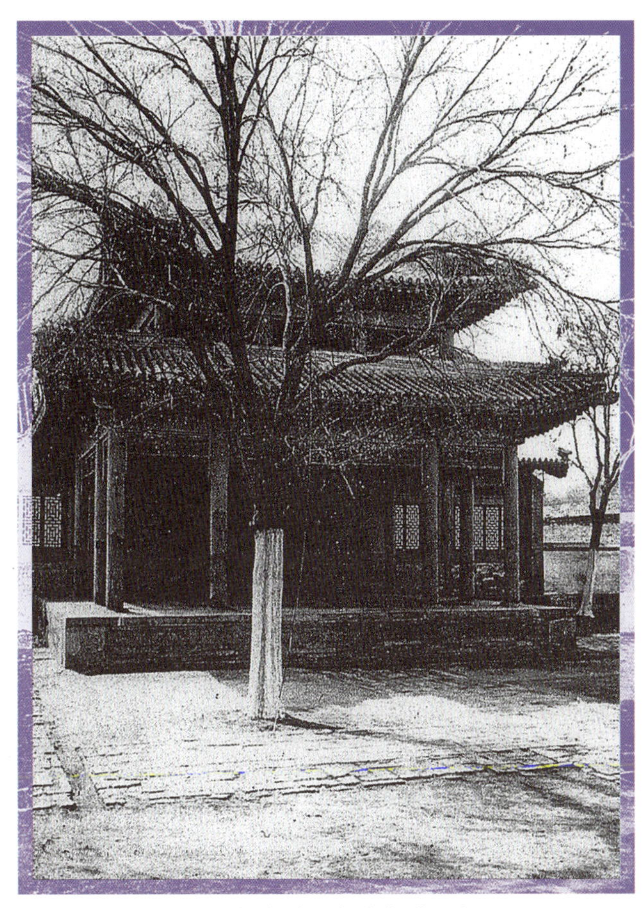

▲ 궁전 안 남부의 희대 옛 모습

에 필요한 배우를 비롯한 연예인들을 공급토록 하였다.[71] 이 무렵 수조우에는 "극장이 수십 개나 있었고 매일 연극이 공연되었으며",[72] 수조우를 비롯하여 양조우와 항조우에는 모두 합치면 유명

---

71) 顧鐵卿 『淸嘉錄』 靑龍戱 조목 ; "老郞廟, 梨園總局也. 凡隷樂籍, 必先署名於老郞廟, 廟屬織造府所轄. 以南府供奉需人, 必由織造府選取故也."

72) 顧公燮 『消夏閑記』.

한 희반만도 수백 개가 활약하고 있었다.[73] 그리고 건륭 50년에 연극을 담당하는 남부의 연예 인원이 도합 천 수백 명이었다고 한다.[74] 이처럼 이 시대에는 경극이 이루어질 여건이 무르익고 있었다.

2) 경극은 언제 어떻게 이루어지는가?(乾隆－嘉慶, 1790－1820)

경극이 이루어지는 것은 건륭 55년(1790) 건륭황제의 80세 생일과 밀접한 관련이 있다. 청나라 왕실에서는 황제의 생신을 축하하는 공연을 성대히 진행하기 위하여 각별히 안후이(安徽)의 극단인 삼경반(三慶班)을 뽑아 궁중으로 데려와 연극을 공연케 하였다. 이들의 평판에 힘입어 뒤이어서 같은 안후이의 극단인 춘대반(春臺班)·사희반(四喜班)·화춘반(和春班)의 세 극단도 베이징으로 와 공연을 시작하였다. 이들을 모두 아울러 사대휘반(四大徽班)이라 부른다.

이때 삼경반에는 고랑정(高朗亭)이라는 여자 주인공인 단(旦) 역할을 맡은 명배우가 있어 안후이 희반의 인기를 크게 끌어올렸다.

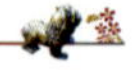

73) 龔自珍 『定庵續集』 卷4 書金伶 의거.
74) 王芷章 『清升平署志略』 의거.

그들은 계속 그대로 베이징에 남아 민간 극장에서 공연을 하였는데 베이징 연극계의 인기를 독차지하게 되어 그들의 지방 창조(唱調)가 베이징 연극의 주류 음악이 되었다. 이들 중 춘대반과 화춘반은 1900년 '의화단(義和團)의 난'이 일어날 때까지 계속 남아서 활동하였다. 안후이의 극단들은 곤곡도 공연하였으나 그들의 주된 창조는 안후이에서 발전한 이황조(二黃調)였다. 이것이 곧 다른 창조들을 제치고 베이징 사람들의 인기를 독차지하게 되어 뒤에 '경극'으로 발전하는 바탕이 된다. 이 때문에 베이징 사람들은 경극을 이황희(二黃戲)라고도 불렀다. 고랑정이란 배우는 남자이면서도 특히 여자 주인공 역을 맡아 매혹적인 연기로 이황희를 성행시킨 공로자라고 알려져 있다.

그 뒤로도 안후이의 극단들은 베이징에 들어와 있던 다른 여러 지방의 희곡음악도 받아들여 이황조를 개량하여 더욱 발전시켰다. 특히 가경 연간(1796-1820)에는 후베이(湖北)의 창조인 서피조(西皮調)를 받아들여 이황조와 융합시킴으로써 독특한 베이징의 지방희인 경극을 완성시킨다. 이에 경극은 이황조와 서피조의 결합이라 하여 이황서피(二黃西皮)라고도 부르게 된다. 이후에도 계속 경극은 쉴 사이 없이 개량 발전하여 지금과 같은 연극으로 이루어지는 것이다.

건륭황제는 특히 수조우의 직조서에서 관할하는 노랑묘(老郞廟)에 명하여 연극할 때에 입는 옷과 장식 및 물건들을 만들어 올리게 하였다. 따라서 이들이 만들어 올리는 연극 옷은 모두 수놓은 비단에 금박(金箔)으로 장식한 화려함을 극한 것이었다. 이에 경극의

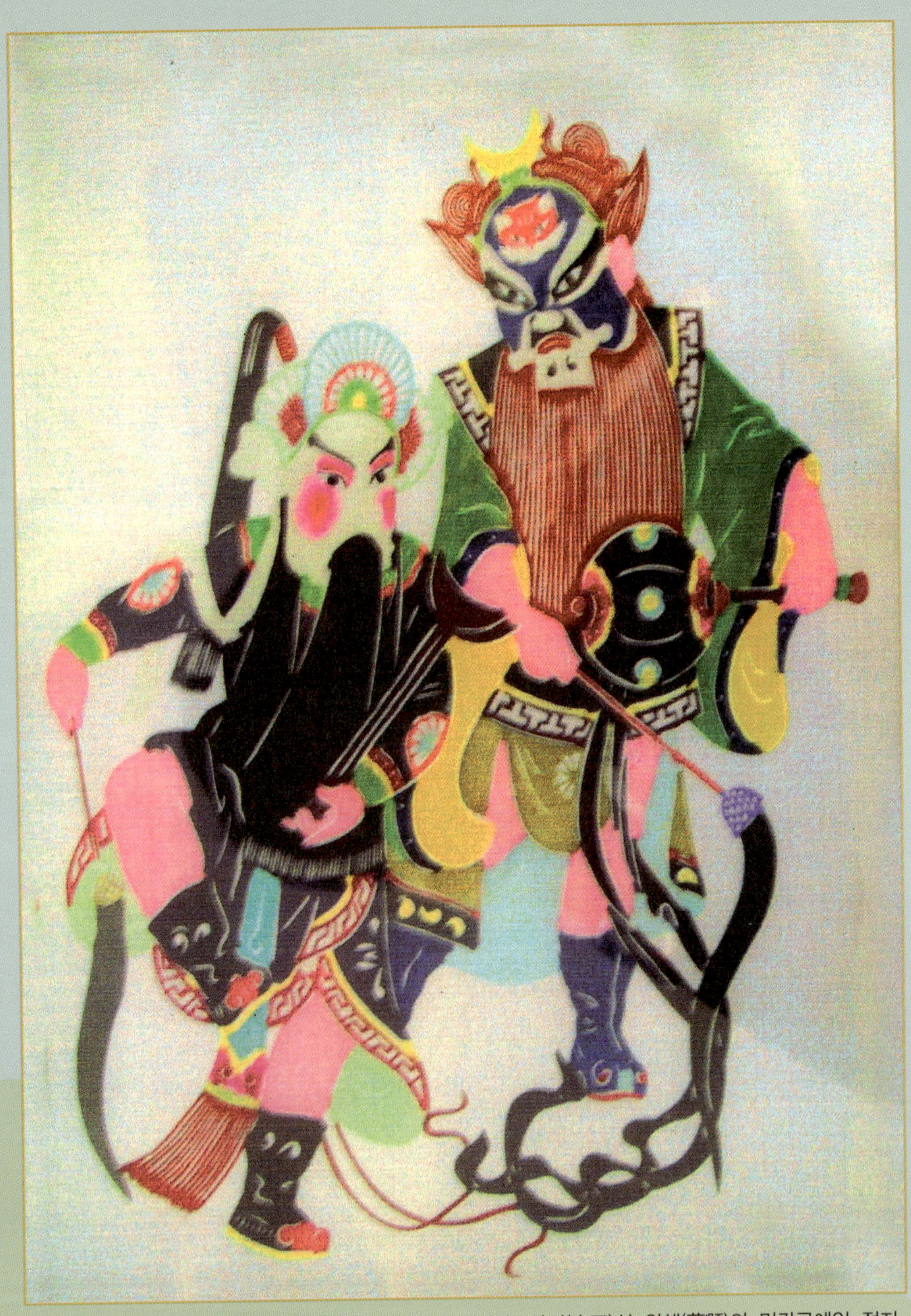

■ 색종이를 가위로 잘라서 경극공연 모습을 표현하였다. 산시(山西)성 위셴(蔚縣)의 민간공예인 전지(剪紙)이다. 이 전지는 중국 여러 지방 민간에 독특한 양식으로 유행하고 있다.

복장과 장식은 때와 장소를 가리지 않고 모두 호사를 극하게 되었다.

그리고 안후이의 극단들이 베이징으로 갖고 들어온 '이황조'는 특히 연극의 반주악기로 호금(胡琴)을 개량하여 씀으로서 새로운 경희의 가락을 발전시키어 그 음악을 호금강(胡琴腔)이라고도 불렀다. 건륭 40년(1775) 전후에 쓴 이조원(李調元, 1734- ?)의 『우촌극화(雨村劇話)』 권上에는 이런 글이 보인다.

"호금 가락은 안후이 남쪽에서 생겨나 지금은 세상에 그 음악이 굉장히 전해지고 있다. 오로지 호금으로 절주를 하는데 음탕하고도 요사하여 원망을 하는 것도 같고 호소를 하는 것도 같아서, 음악 중 가

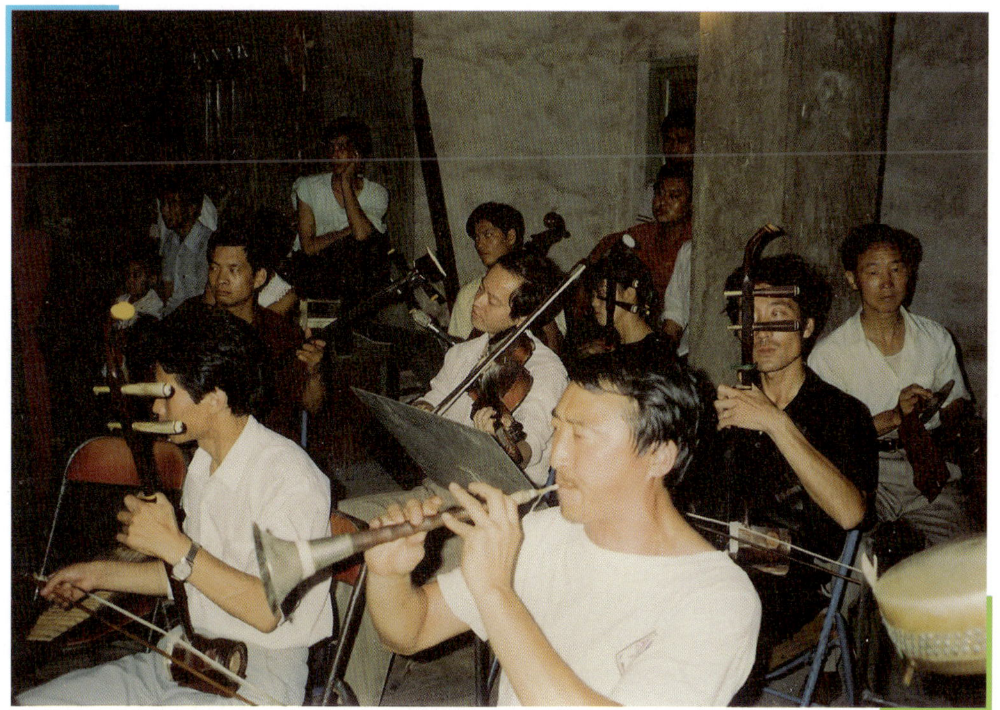

경극안단의 연주 모습, 좌우로 두 명의 호금 연주자가 보인다.

장 음탕한 것인데 또 그것을 '이황조'라고도 부른다."[75]

대체로 경극의 형성에 따라 호금인 얼후(二胡)가 희곡반주를 이끄는 주요 현악기로 자리를 잡게 된다. 경극은 베이징뿐만이 아니라 차차 전국에 가장 성행하는 중국의 전통희곡으로 발전한다. 경극은 경희(京戲)라고도 하고, 한때 베이징을 베이핑(北平)이라 불렀기 때문에 평희(平戲)라고도 하였고 나라의 전통희곡을 대표하는 연극이라 하여 국극(國劇)이라고도 불렀다. 그리고 궁중 경극의 화려한 복장과 장식 및 소도구, 얼후와 소리 큰 악기 반주로 말미암은 독특한 음악 가락은 경극의 특징으로 굳어지게 된다. 그리고 그것은 각 지방의 지방희는 말할 것도 없고 탄사(彈詞)·고사(鼓詞) 계열의 민간 연예의 음악과 연출기법에까지도 전체적인 영향을 끼쳐 중국 전통 음악의 가락을 완전히 바꾸어 놓게 된다.

가경 3년(1798)에는 곤강(崑腔)과 익강(弋腔) 이외의 연극은 공연을 하지 못하도록 하는 명령이 내려지기도 하였으나[76] 모두가 좋아하기 시작한 '이황서피'의 유행은 막을 수가 없었다. 가경 연간에 와서도 궁정의 연극 예인들이 1000명 가까이 되었다 하니 경희 발전의 흐름은 그대로 유지되었다고 보아야 한다.[77] 경극이 이루어져 그 성행이 준비되고 있었음을 알 수 있다.

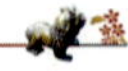

75) 胡琴腔起于江右, 今世盛傳其音, 專以胡琴爲節奏, 淫冶妖邪, 如怨如訴, 蓋聲之最淫者. 又名二簧腔.
76) 『江蘇省明淸以來碑刻資料選集』 蘇州老郎廟碑記 의거.
77) 道光元年(1827) 『恩賞日記檔』；"今現在南府, 景山外邊學生等, 雖有三百餘名, 較比嘉慶四年之數, 不及其半." 嘉慶4年 南府 外邊學生의 수가 700명 정도였으니 內邊學生을 합치면 1000명이 넘었음이 확실하다.

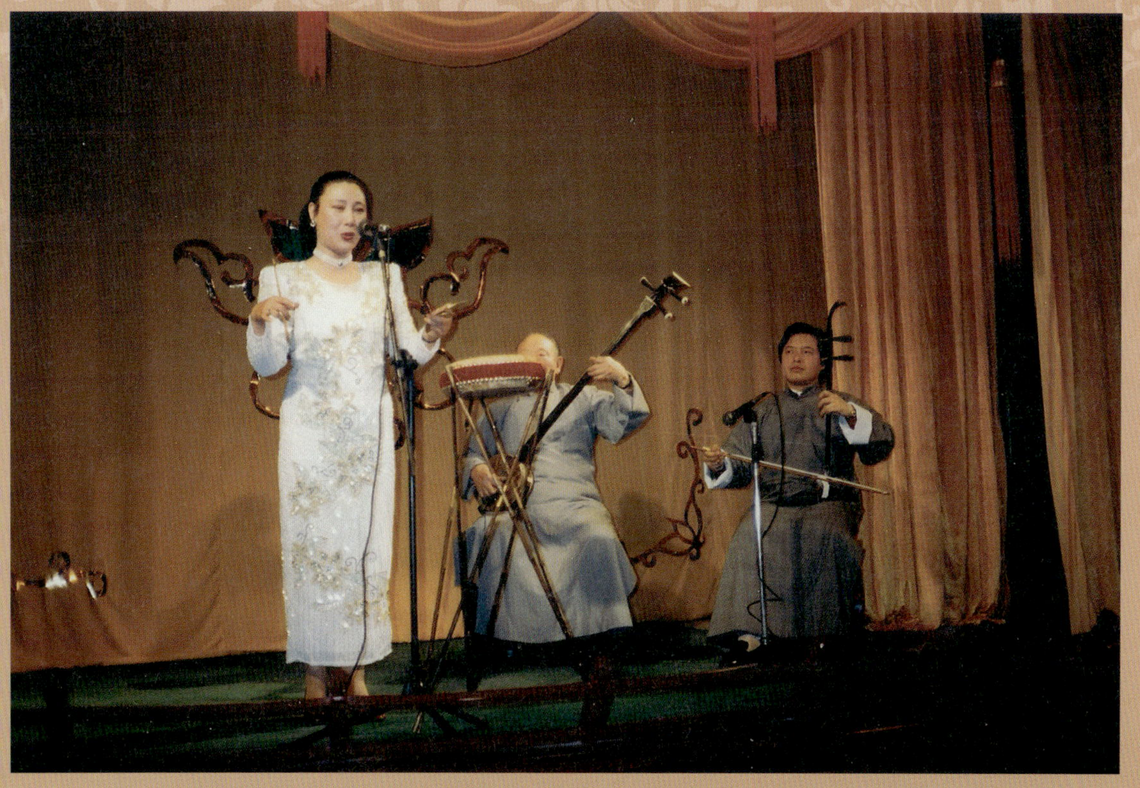

■「고사」의 일종인 서하대고(西河大鼓)를 창하는 모습. 창하는 이는 샨둥의 예인 왕쪈화(王振華).

3) 경극이 크게 성행한 실황(道光-咸豊-同治-光緒-宣統, 1821-1911)

도광 연간(1821-1850)에 들어와서는 도광 20년(1840)에는 '아편전쟁'이 일어나고, 도광 30년(1850)에는 '태평천국의 난'이 일어나 청나라를 큰 혼란 속으로 몰아넣는다. 태평천국의 난은 함풍 연간을 지나 동치 3년(1864)에 끝난다. 도광 7년(1827)에는 궁중의 연극부서인 남부를 승평서(昇平署)로 바꾸어 공연 내용을 약간 정비하기도 한다. 여러 가지 기록을 종합하면 이 무렵 베이징에는 수십 개 이상의 희반이 활약하고 있었다. 중국 사람들 스스로 이 무렵으로부터 청나라가 제국주의자들의 침략을 당하여 이후 '100년 국치'라는 말을 하였을 정도로 나라가 외국의 세력 앞에 치욕을 당하였지만 경극은 아랑곳하지 않고 성행을 거듭하게 된다. 이미 청나라 황제와 귀족들뿐만이 아니라 온 백성들도 새로 발전하고 있는 경극의 매력에 더욱 끌리어 나라는 망할 지경임에도 연극 취미는 버릴 수가 없게 되었던 것 같다.

도광 원년 이후 대략 10년 동안의 베이징 연극계의 큰 변화는 후베이(湖北)성의 초조(楚調)를 전문으로 하는 배우들이 몰려들어와 경극의 발전을 자극하였다는 것이다. 초조에도 이황(二黃)과 서피(西皮)의 강조가 들어와 그들 음악의 주조를 이루고 있어서 베이징의 새로 이루어지고 있는 경극과 서로 통하는 점이 많았던 것 같다. 후베이의 배우들은 자기들이 희반을 조직하여 베이징으로 들어온 것이 아니라 개별적으로 들어와 휘반(徽班)에 몸을 담고 연기생활을 하였다. 그들 중에는 뛰어난 배우들도 적지 않았음으로 자연스럽게 초조의 장점을 이미 이루어진 경극에 보태어 경극을 더욱 성행케 하였다.

이전까지는 유명 배우의 절대 다수가 여자 주인공인 단(旦)역의 배우였으나 이 시기에 와서는 남자 주인공 역할인 노생(老生)을 전문으로 하는 배우들이 가장 중시를 받게 된다. '노생'이란 수생(鬚生)이라고도 하는 중년이 넘은 남자 주인공으로 올바른 인물의 역할을 맡는 배우의 배역 호칭이다. 경극의 성행은 배우들의 여러 배역 중에서도 '노생'의 가장 높은 인기와 함께 진행된다.

도광 · 함풍 연간(1851–1861)에 경극의 '노생삼정갑(老生三鼎甲)'이라 일컬어지는 정장경(程長庚) · 장이규(張二奎) · 여삼승(余三勝) 등 세 명의 명우가 나왔다. '삼정갑'이란 과거에 급제한 앞자리 3명인 장원(狀元) · 방안(榜眼) · 탐화(探花)를 이르는 말인데 이들을 칭송하는 뜻에서 그렇게 부른 것이다. 이들을 경극의 제1대 명배우라 할 수 있을 것이다.

정장경(1811–1879)은 안후이 사람이며, 어릴 때부터 연극을 좋아하여 일찍이 건륭 연간의 명배우 미희자(米喜子)에게 사사하여 명성을 날리게 되었다 한다. 그의 창은 뇌후음(腦後音)이라 부르는 좋은 목소리로 약간 격한 것 같으면서도 강조에 들어맞고 연기와 합치되어 경극의 기반을 굳건히 하는데 공헌하였다.

한편 '사대휘반' 중의 하나인 삼경반(三慶班)을 맡아 이끌었는데, 사람됨이 바르고 덕이 있어 밑의 사람들이 모두 잘 따랐

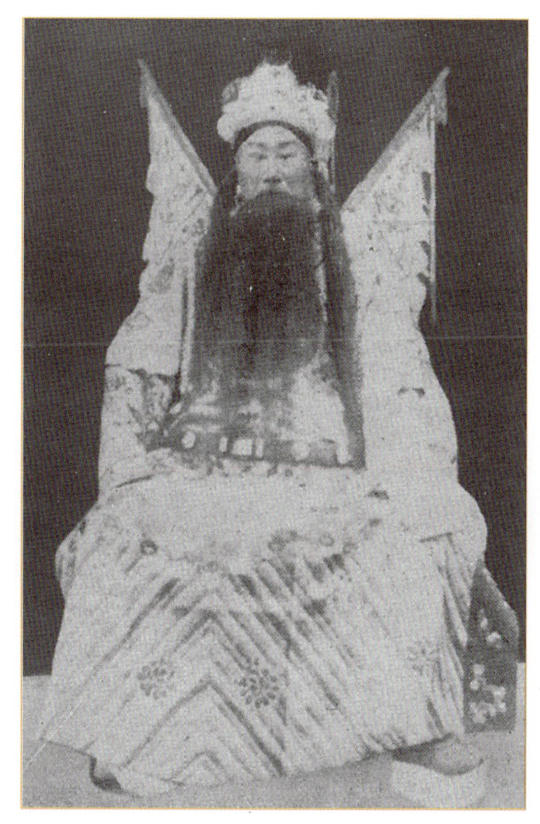

▣ 정장경이 송대의 장수 악비(岳飛)로 분장한 모습

다. 간혹 희반의 어떤 각색에 병이 나거나 사고가 생기어 자리가 비게 되면 바로 정장경이 스스로 그 역을 맡아 공연을 무난히 이끌었다 한다. 그것은 정장경이 만능의 배우였음을 뜻한다.

그리고 사잠당(四箴堂)이라는 배우를 기르는 과반(科班)을 창설하여 60여 명의 학생들을 교육함으로서 수많은 경극의 명배우들을 길러내었다. 유명한 청의(靑衣) 진덕림(陳德霖)·무생(武生) 장기림(張淇林)·무정(武淨) 전금복(錢金福, 1862-1942) 등이 모두 그 과반 출신이며, 바로 뒤에 노생 삼걸(三傑)이란 칭송을 받은 손국선(孫菊仙)은 그의 수제자이고, 담흠배(譚鑫培)는 그의 수양아들이다. 그 때문에 연극계에서는 그를 따라오빠(大老板)[78]이라 불렀고, '휘반(徽班)의 영수'이며 '경극의 개척자'라는 칭송도 받았다. 손자 정계선(程繼仙)이 소생(小生) 역의 명우로 활약하였다.

여삼승(1802-1866)은 후베이(湖北) 사람이며 그 시대의 대희반인 춘대반(春臺班)의 노생 역을 맡은 간판 배우였다. 특히 창의 가락에 변화가 많고 표현력이 뛰어나, 서피조(西皮調)에 이황조(二黃調) 가락을 융합시켜 경극을 발전시키는데 누구보다도 큰 공헌을 하였다고 일컬어지고 있다.

다음에 얘기할 제2대 노생으로 이름을 날린 담흠배는 그를 스승으로 모셨다. 그의 아들 여자운(余紫雲, 1855-1899)은 청의로 이름을 떨친 배우였고, 손자 여숙암(余叔岩, 1890-1943)도 청말 민

---

78) 老板은 중국말로 主人영감의 뜻임.

국 초에 노생으로 활약한 명배우이다.

장이규(1814-1864)는 베이징 출신으로 벼슬살이를 하다가 연극을 좋아하여 '사대희반'의 하나인 화춘반(和春班)에 들어가 연기를 닦았다. 뒤에는 사희반(四喜班)으로 옮겨 그 희반의 대표적인 노생의 배우로 발전하였다. 그는 용모가 뛰어나고 거동이 우아한 위에 목소리가 탁 틔어 관중들의 마음을 사로잡았다. 특히 제왕 같은 역할을 맡아 창을 할 적에는 극장 지붕의 기와가 들썩거릴 정도였다 한다. 관중들은 이러한 그의 창의 특징을 높이 사 그와 비슷한 창법으로 연기를 하는 배우들을 규파(奎派) 또는 경파(京派)라 불렀다. 함풍 연간에는 '정'각색의 유만의(劉萬義)와 쌍규반(雙奎班)을 조직하여 운영하였다.

이들 '삼정갑' 이외에도 '노생'으로 노승규(盧勝奎, 1822-1889) · 왕구령(王九齡) · 설인헌(薛印軒)이 빼어난 연기로 유명하였고, 소생(小生) 역으로 서소향(徐小香)이 활약하였다. 이 시기에

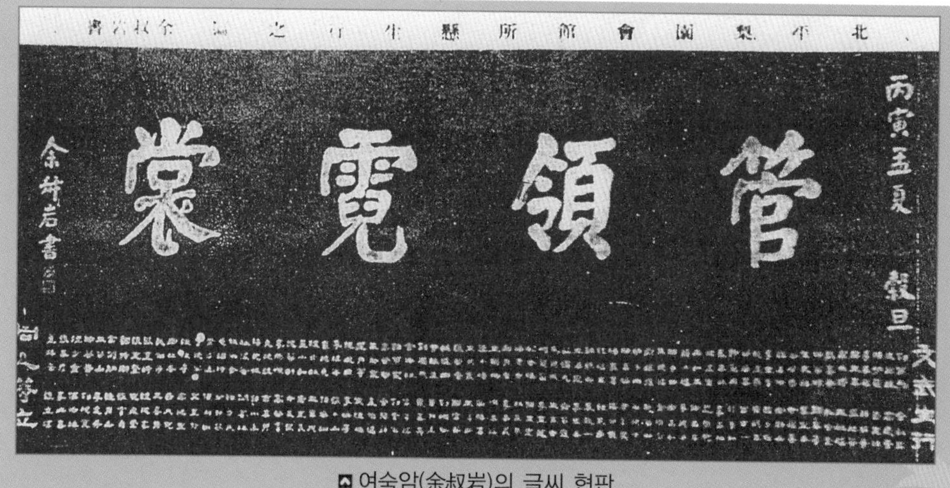

▲ 여숙암(余叔岩)의 글씨 현판

도 호희록(胡喜祿, 1827-1890)은 '단' 역할인 청의(靑衣)로 이름을 날렸고, 그밖에 단 배역으로 나교복(羅巧福)·담지도(譚志道)·학난전(郝蘭田) 등이 활약하였다. 다시 '정' 역할 배우로는 경춘포(慶春圃)·서보성(徐寶成)·주대마자(朱大麻子) 같은 사람들이 있었다. 사람들을 웃기는 역할의 '축' 으로는 유간삼(劉趕三, 1816-1894)·황삼웅(黃三雄)·양명옥(楊鳴玉, 1815=1879?) 등이 유명하였다. '노생삼정갑' 이라 칭송되는 배우들이 나왔던 이 시기에는 베이징에서 경극이 완전히 이루어져 성행되기 시작하였고 그 밖의 각색의 배우들도 무척 많이 나와 활약하였음을 알 수 있다.

함풍황제(1851-1861)는 특히 경희를 좋아하여 배우들의 잘못된 연기를 지적해 줄 수 있을 정도의 전문가였다 한다.[79] 그는 자주 원명원(圓明園)으로 삼대휘반(三大徽班)이라 불리던 삼경(三慶)·춘대(春臺)·사희(四喜)의 세 극단을 번갈아 불러들이어 경희를 공연케 하였다. 기록에 의하면 함풍황제는 함풍 10년(1860) 6월 달 5일에서 14일에 이르는 10일 동안 7·8·9·10의 4일 동안은 궁중 승평서에서 연출하는 연극을 구경하고 나머지 6일 동안은 매일 외부의 영업을 하는 희반을 불러들여 경희 공연을 관람하고 있다. 그때 6일에는 삼경반(三慶班), 11일에는 사희반(四喜班), 12일에는 쌍규반(雙奎班)이라는 유명한 극단을 불러들이고 있다. 얼마나 연극에 미쳐 있었는가 짐작이 갈 것이다.[80]

---

79) 徐珂『淸稗類鈔』卷78 戲劇類「文宗提倡二黃」참조.
80) 升平署『恩賞日記檔』의거.

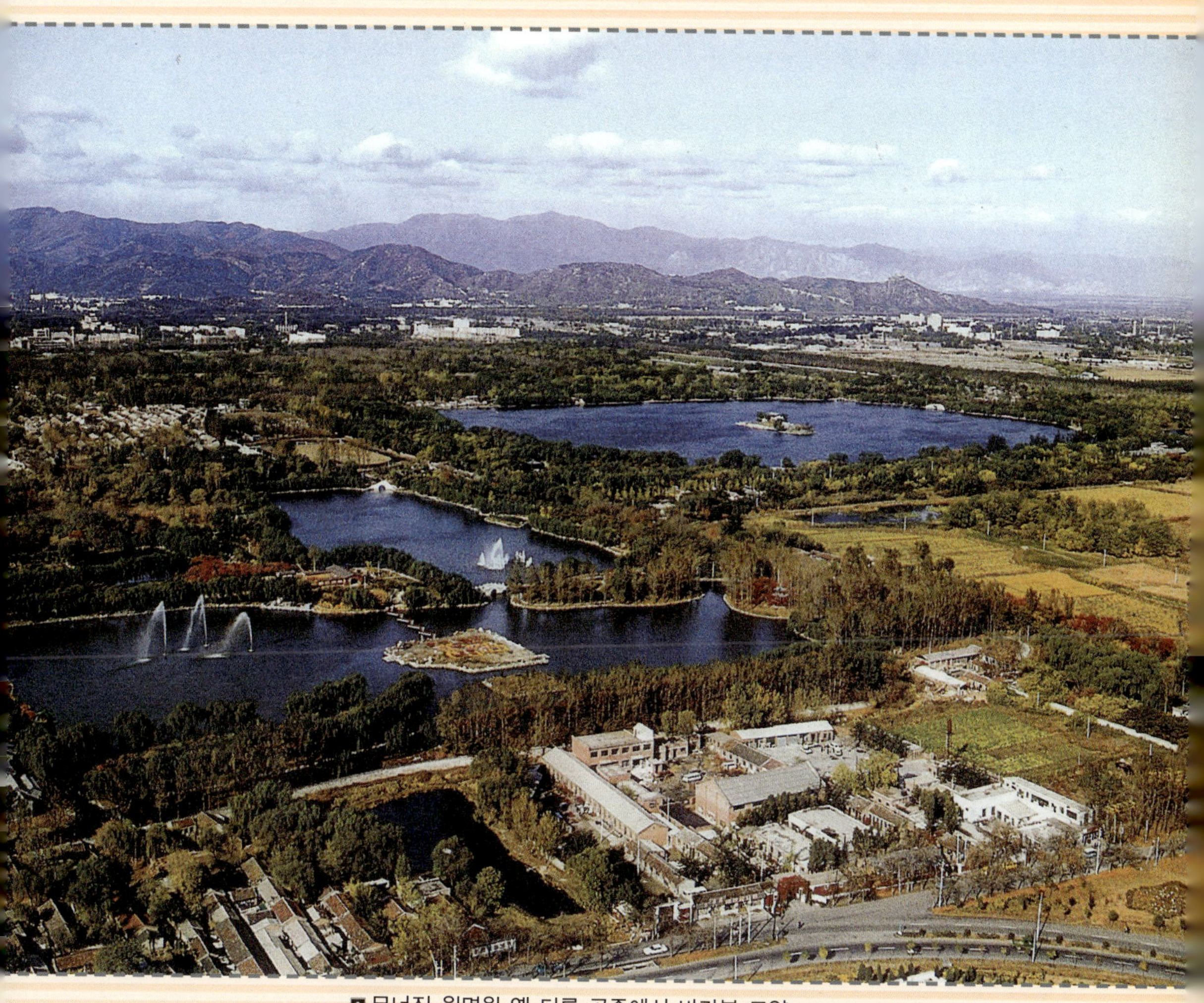

▲ 무너진 원명원 옛 터를 공중에서 바라본 모양

이 시기는 1850년에 일어난 태평천국의 난이 계속되고 있었고, 1856년 아로우호 사건이 일어난 뒤 1857년에는 영불연합군이 쳐들어와 광둥(廣東)을 점령하고, 1858년에는 따꾸(大沽)의 포대(砲臺)를 점령한 뒤 텐진(天津)까지 진출하고, 1860년에는 다시 영불 두 나라가 2만의 병력을 파견하여 텐진을 거쳐 베이징을 향해 진격하려는 때였다. 같은 해 8월에는 결국 영불연합군이 베이징으로 쳐들어와 9월 22일 함풍황제는 시녀와 내시 몇 명만 데리고 아무런 준비도 없이 원명원에서 도망쳐 나와 어려움을 겪으며 열하의 별궁으로 피신하고 다음 해에 병으로 죽고 만다.

함풍황제는 정장경과 대규관(大奎官) 두 배우에게 오품(五品)의 관함(官銜)을 내리는 특전까지도 베풀었다. 이전에 배우들이 천대를 받던 시대를 생각하면 이는 경극 성행에 따른 배우에 대한 인식의 굉장히 큰 변화를 뜻하는 일이다.

동치(1862-1874) 연간에서 광서(1875-1908) 연간에 이르는 기간은 경극이 크게 성행한 시기이다. 이 시절에는 베이징에만도 40여 군데에 희원이 있었고 50여 개의 직업 희반이 활약하였다 한다. 이들 이외에 전문적으로 농촌을 돌면서 공연을 하는 희반도 여러 개 있었다 한다. 이 무렵 유명한 경극 배우가 956명이었는데 그 중 출신이

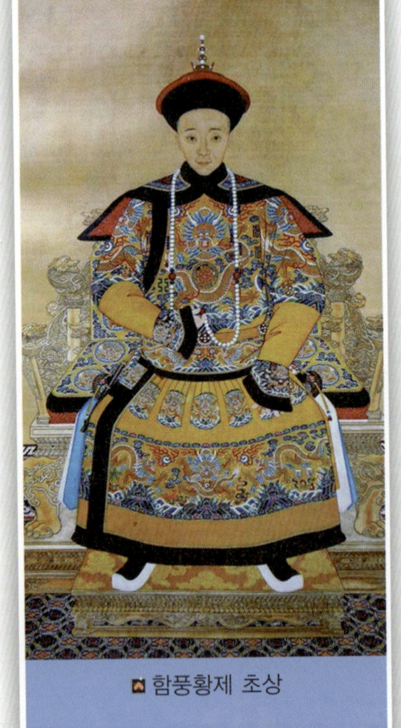

함풍황제 초상

확실한 자만도 233명이 있었다 한다.[81]
이 시기에는 정장경 같은 노배우도
활약하였지만 경극의 노생삼걸
(老生三傑)이라 일컬어지는
담흠배(譚鑫培)·손국선(孫菊
仙)·왕계분(汪桂芬) 등 새로
운 명배우들이 나와 경극의
발전과 성행을 이끈다. 이 시
기에 대체로 경희의 음악이
나 사용 언어와 연출방식 등
여러 가지 특징이 확정되고 대
표적인 경희의 작품들이 이루어
지기 시작한다. 경극은 이 시기에
와서는 황제들의 기호를 따라 베이
징을 중심으로 크게 성행하고 다시

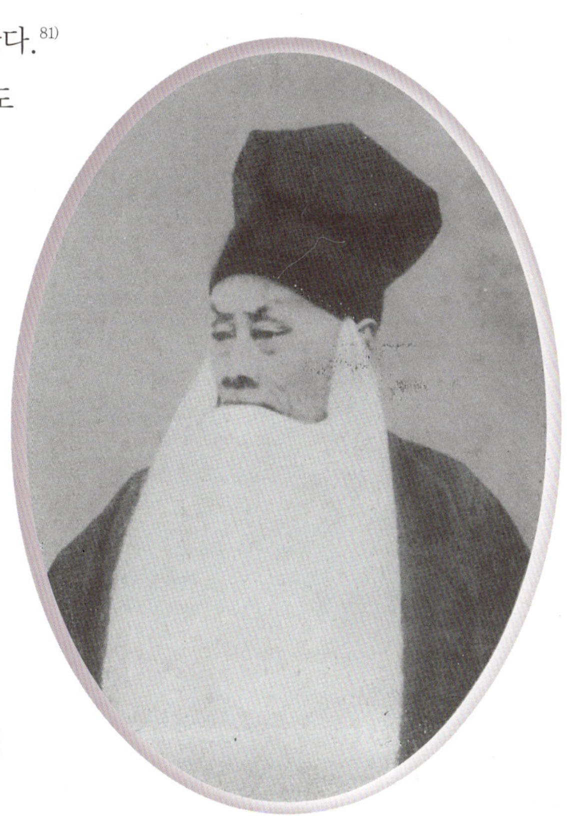

▲ 담흠배가 조복(曹福)으로 분장한 모습

대도시를 거쳐 전국적으로 유행하면서 공전의 성황을 이루게 된다.

담흠배(1847-1917)는 후베이(湖北) 사람이다. 그의 아버지 담지
도(譚志道)도 노단(老旦) 역할 전문의 배우로 창하는 목소리가 고음
이어서 규천자(叫天子)[82]라는 별명으로 유명하였다. 그 때문에 담흠
배는 뒤에 배우가 된 다음 예명을 소규천(小叫天)이라 하였다. 그가

---

81) 『道光以來梨園繫年小錄』 의거.
82) 叫天子는 높이 날아다니며 높은 소리로 울음소리를 내는 새의 이름.

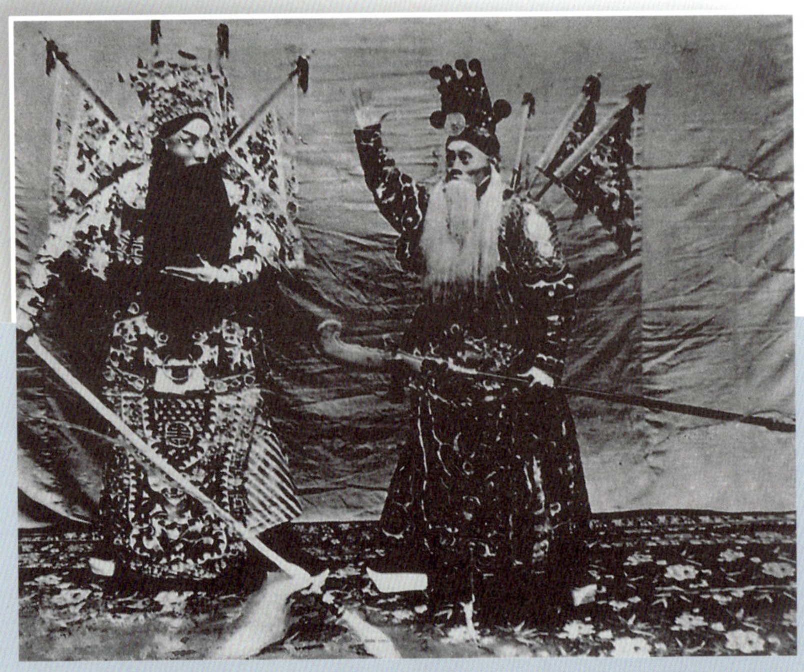

▲ 경극 「양평관(陽平關)」에서 담흠배는 황충(黃忠), 양소루는 조운(趙雲)으로 분장
하여 열연하고 있다.

처음 궁중에 불려가 공연을 할 적에 서태후가 그의 이름의 흠(鑫)자
를 보고 알 수가 없는 글자라 "이름의 글자가 너무 괴상하다. 읽기
도 어려우니 흠(鑫)자를 금(金)자로 바꾸어라."고 말하여 궁중에서
는 담금배(譚金培)라 불렀다 한다.

변성기에는 목소리 관리를 잘 못하여 노생의 창을 할 수가 없어
'무생'과 '무축' 역할을 하였다. 동치 9년(1870) 24세 때 목소리가
회복되어 다시 '노생' 역할을 맡게 되었다. 처음에는 정장경을 스승
으로 모시면서 여삼승·장이규의 창법까지도 공부하여 그들의 장
점을 모두 흡수 새로운 자신의 창강(唱腔)을 이루어냈다. 광서 6년

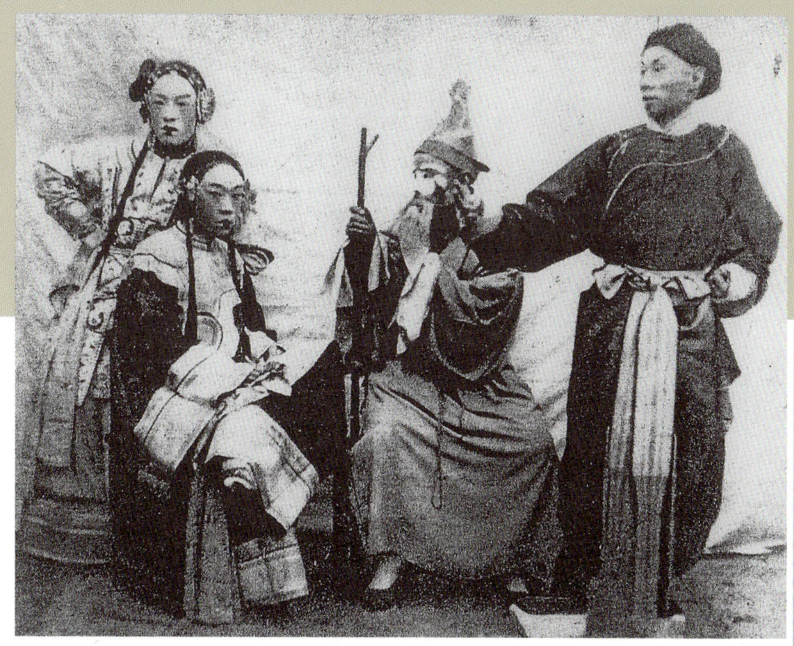

▲ 경극 「취병산」에서 담흠배(가장 오른편)가 전계봉(가장 왼편) 등과 공연하고 있다.

(1880)에는 다시 여삼승을 스승으로 모시고 수련에 정진하여 그의
연기는 크게 발전하여 명배우가 되었다. 담흠배는 한동안 '무생' 역
할도 한 덕분에 창을 위주로 하는 '노생' 역할 뿐만이 아니라 빼어
난 무술과 몸동작을 필요로 하는 '무노생' 역할도 무난히 할 수 있
어서 문무겸전의 배우라는 칭송을 받았다.

 광서 13년(1887)에 그는 동경반(同景班)이라는 희반을 조직하였
는데, 그 희반에는 '단' 각색으로 전계봉(田桂鳳), '무생' 각색으로
양소루(楊小樓, 1878-1938), '화검'으로 황윤보(黃潤甫) 같은 명배
우들이 들어와 활약하였고 베이징에서 가장 유명한 희반 중의 하나
로 발전하였다.

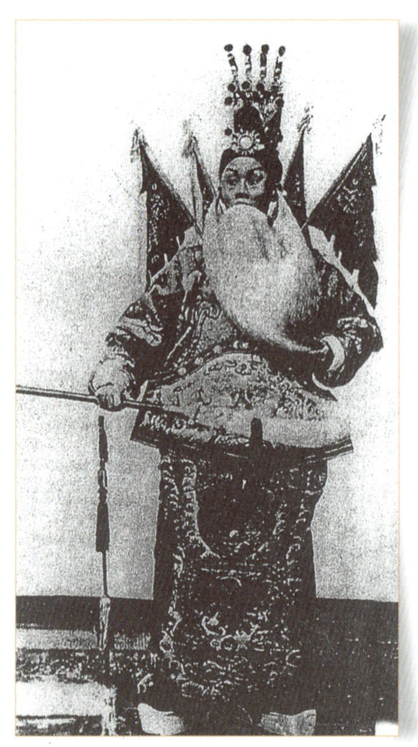

■ 경극 「정군산(定軍山)」에서 담흠배가
황충(黃忠)으로 분장한 모습

광서 16년(1890)에는 '노단' 손수화(孫秀華), '청의' 진덕림(陳德霖, 1862-1930), '소축' 나수산(羅壽山) 등과 함께 궁중의 승평서로 불려 들어가 내정공봉(內廷供奉)이 되었고 4품의 관함을 제수 받았다. 특히 서태후의 칭찬으로 명성을 더욱 떨쳤다. 죽기 직전까지 활동을 하다가 갑자기 병으로 죽자 발인 날에는 1000여 명이 장례 행렬에 참가하였다 한다.

왕계분(1860-1906)은 안후이 사람이며 '삼경반'에서 노생으로 특히 정장경의 침통하고도 비장한 창법을 계승하여 뇌후음(腦後音)을 낸다고 알려졌다. 그는 춘대반(春臺班)을 이끌었고, 동치 연간부터 궁중에 불려 들어가 공연을 하였으며, 서태후에게 불려 들어가 내정공봉이 되었고 4품의 관함을 받기도 하였다. 직계 제자 중에 왕파노생(汪派老生)이라 부르는 왕봉경(汪鳳卿, 1883-1956)이 나왔다.

손국선(1841-1931)은 톈진 출신으로 무과를 급제하여 벼슬을 하다가 경극을 좋아하여 상하이에서 아마추어 배우로 공연에 참가하여 상당한 인기를 날렸다. 뒤에 베이징으로 가서 정장경을 스승으로 모시고 정식 배우 활동을 시작하여 명배우가 되었다. 타고난 목소리가 크고 우렁차서 손대상(孫大嗓)이란 별명이 있었다.

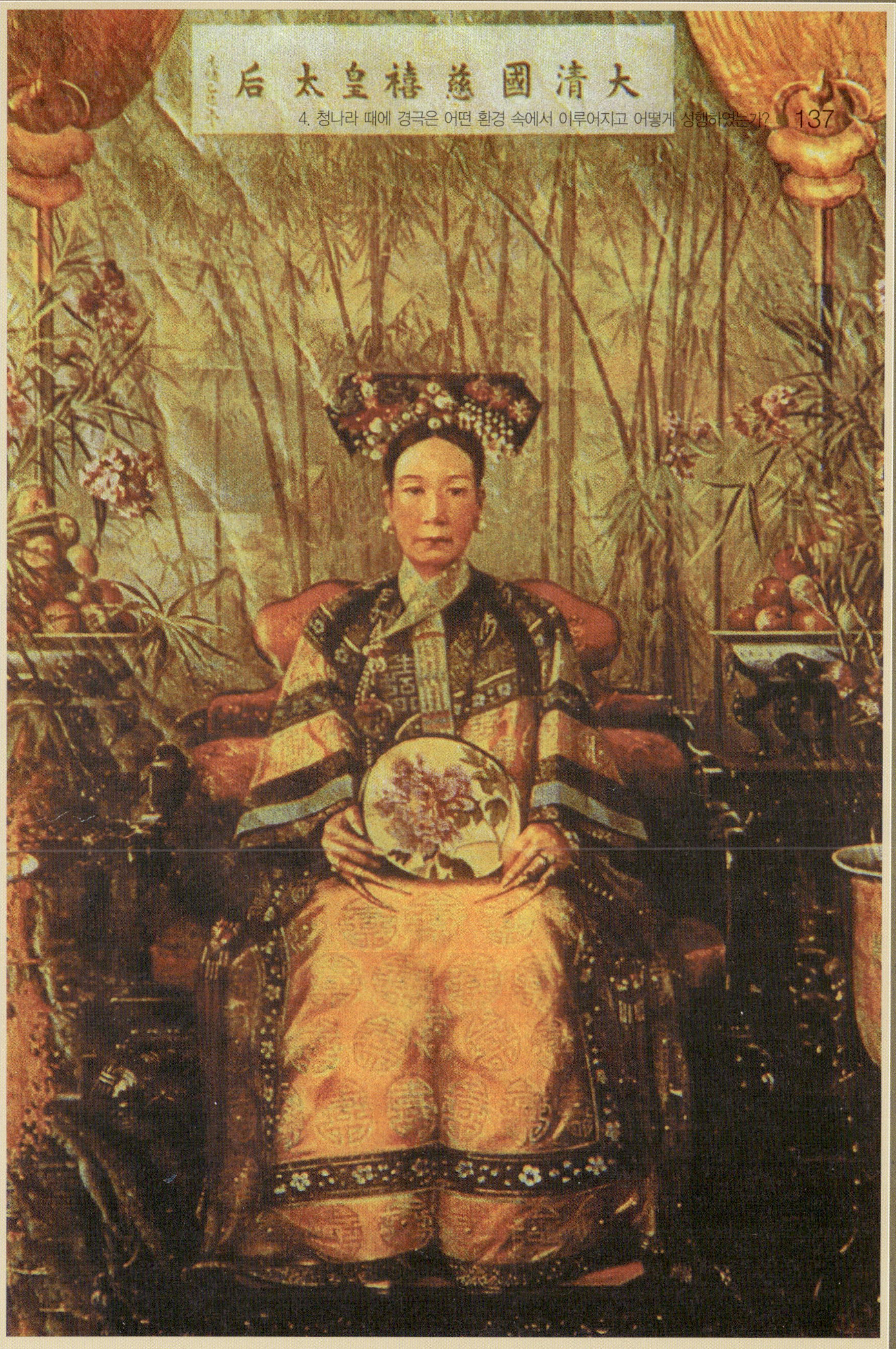

▲ 서태후(西太后)의 초상

　　치루샨의 『오십 년래의 경극(五十年來的國劇)』(臺北 正中書局, 1962)을 보면 광서 연간 초(1875) 10여 년간은 저련규(褚連奎)·장규관(張奎官)·하계산(何桂山, ?-1917) 등의 정(淨) 배역의 배우들이 인기가 있었고, 또 광서 경자(庚子, 1900) 이전 10여 년간은 유국생(俞菊笙, 1838-1914)·황월산(黃月山)·손국산(孫菊山) 등의 무생(武生)역 배우가 가장 인기가 많았다고도 말하고 있다. 그러나 '노생' 역 배우들이 계속 가장 중시되었음은 더 말할 필요도 없다.

　　광서 연간(1875-1908) 이후로 경극은 더욱 성행한다. 광서황제 자신도 연극을 좋아하였지만 실지로 정권을 쥐고 있던 서태후(西太后)는 특히 경극을 좋아하여 광서 9년(1883)으로부터 청나라가 망하는 1911년에 이르는 기간에 82명의 명배우들을 궁전으로 불러들인다. 왕계분·손국선·양월루(楊月樓, 1848-1889)·왕요경(王瑤

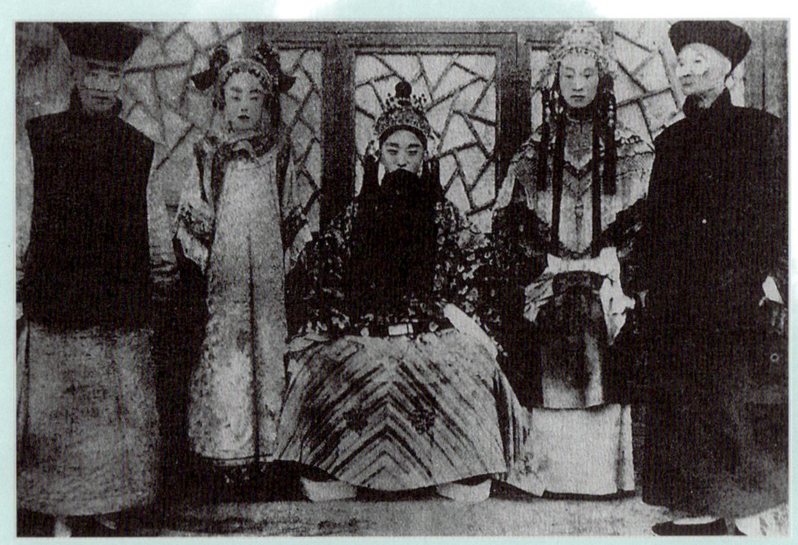

▣ 경극 「대등전(大磴殿)」에서 양월루(가운데)와 유감산(맨 오른쪽) 등이 공연하고 있다.

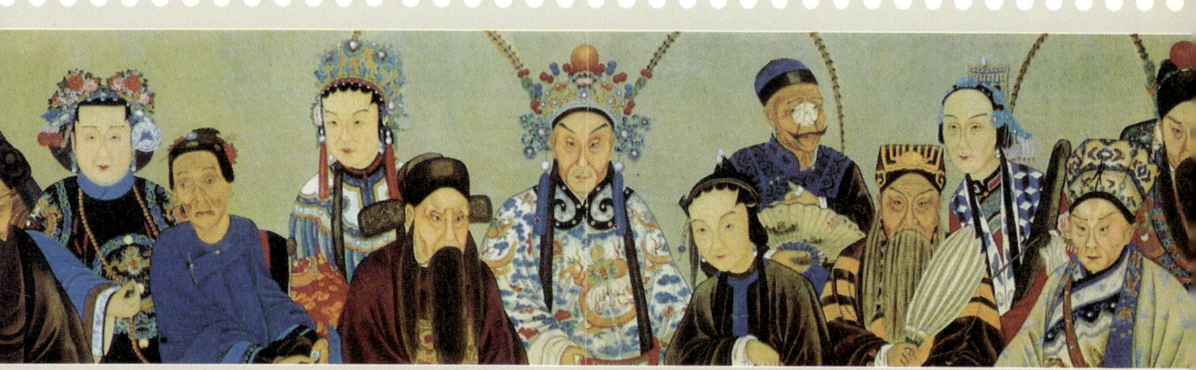

▲ 청대 화가가 그린 동치, 광서 연간의 13명의 명배우

卿, 1881-1954) 등도 이때 불리어 궁중으로 들어갔던 배우들이다.[83] 서태후는 직접 분장을 하고 배우들과 어울리어 창을 하며 춤을 추기도 하였다 한다. 이때 배우들은 극진한 대우를 받아 왕계분·담흠배·손국선 등 6명의 배우가 4품의 관함을 받고, 양월루와 유간삼(劉趕三, 1817-1894) 두 배우는 5품의 관함을 받았다. 이 시기에는 수많은 명배우들이 나왔는데 특히 동치 연간부터 이 시기까지 활약한 동광십삼절(同光十三絶)[84]이라 칭송되는 배우들이 있다. 정장경·장승규(張勝奎)·노승규(盧勝奎)·서소향(徐小香)·매교령(梅巧玲)·담흠배·시소복(時小福)·여자운(余紫雲)·주련분(朱蓮芬)·학난전(郝蘭田)·유간삼(劉趕三)·양명옥(楊鳴玉)·양월루 등 13명이다.

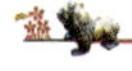

83) 上同.
84) 光緒年間에 沈蓉圃가 그린 同治·光緒 年間(1862-1908)에 활약한 13명의 京劇 명배우 그림에 보임.

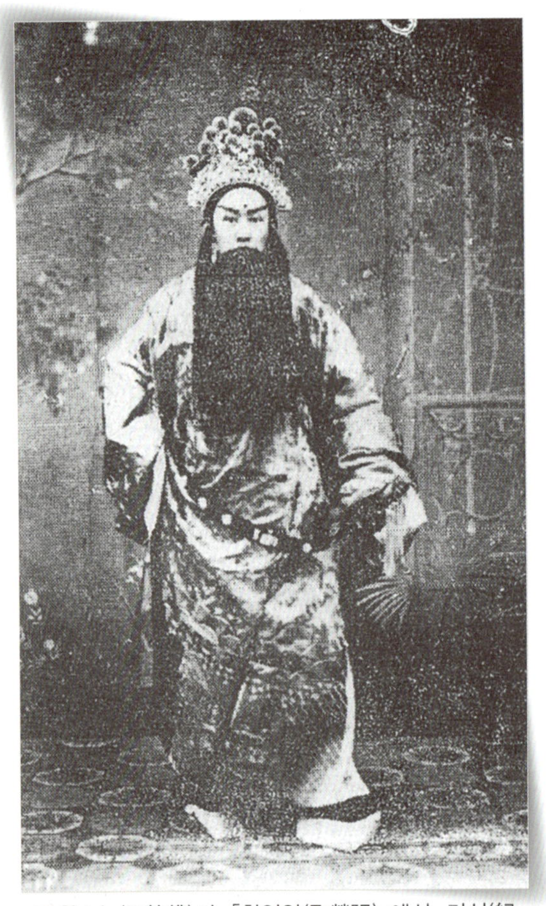

왕소농(汪笑儂)이 「취영양(取滎陽)」에서 기신(紀信)으로 분장한 모습

'노생삼걸'과 비슷한 시기에 활동한 노생을 전문으로 하는 특수한 배우로 왕소농(汪笑儂, 1855-1918)이 있었다. 그는 만주 사람으로 과거에 급제한 뒤 허난(河南) 타이캉(太康)의 지현(知縣)이 되었으나 뒤에 벼슬을 버리고 배우가 되었다. 그는 연극계로 나선 뒤 목소리에는 어느 정도 자신이 있어서 당시 노생으로 이름을 떨치고 있던 왕계분을 찾아가 그의 앞에서 창을 한 곡하고 창에 대한 의견을 물었다. 왕계분은 웃기만 하고 대답은 하지 않았다. 그는 크게 부끄러움을 느끼고 곧 '왕(汪桂芬)이 나(儂)를 비웃었다(笑)'는 뜻의 왕소농으로 이름을 바꾸고 연극 공부와 연기 수업에 몰두하였다. 그 결과 40세가 되어서는 연극계에 이름을 날리게 된 것이다.

왕소농은 어려서부터 착실히 공부를 하여 시와 글을 잘 썼을 뿐만이 아니라 그림도 잘 그렸다. 따라서 배우 노릇을 하는 한편 자신이 경극을 편극도 하고 연출도 하였다. 1957년 중국희극출판사에서 펴낸 『왕소농희곡집』에는 모두 18종의 작품이 수록되어 있는데, 이는 그가 편극한 전체 작품의 반수 정도라 한다.

장츠치(張次溪)는 『왕소농전』에서 왕소농은 "그의 학식을 발휘하여 새로운 희극을 편극하고 새로운 음악을 창출하고 수백 년 내려온 옷과 장식을 바꾸어 연극계의 새로운 기풍을 열었다."고 그의 희극 개혁운동을 평가하고 있다. 특히 『과종난인(瓜種蘭因)』이란 작품에서는 배우들이 양복을 입고 연기를 하여 상하이에 양장희(洋裝戲)와 시장희(時裝戲)를 유행케 하였고 한때 그 풍조가 전국을 휩쓸기도 하였다. 왕소농은 경극 배우 중에서도 뛰어나게 유식하였다.

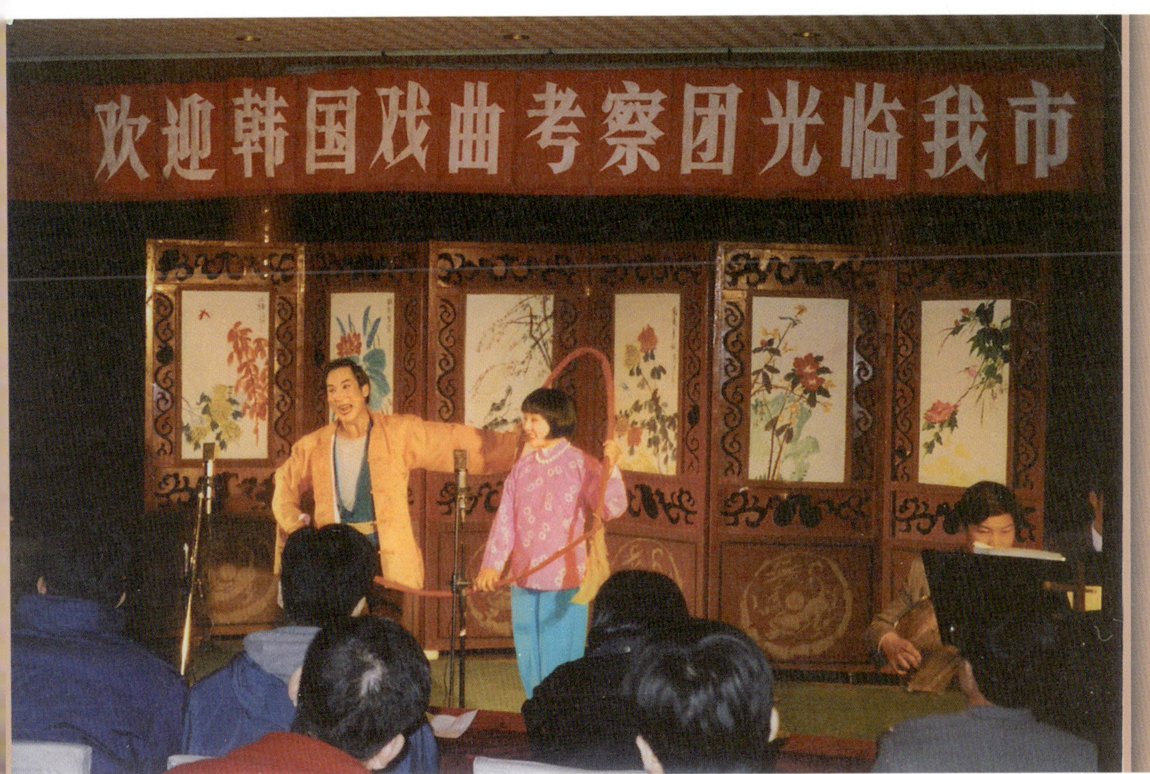

▲ 산둥 내무방자극단(萊蕪梆子劇團)이 지방희 「추식부(推媳婦)」의 현대 개량극을 공연하는 모습. 시장희(時裝戲)이다.

양계초(梁啓超, 1873-1929)의 『음빙실시화(飮冰室詩話)』에는 광서 30년(1904) 간행된 중국 최초의 희곡잡지인 『이십세기대무대(二十世紀大舞臺)』제 1호에 실린 다음과 같은 왕소농의 첫머리의 제사(題詞), 2절(絕)과 그의 사진에 붙인 자제(自題)시 2절을 인용하고 있다.

〖제사〗

사천년의 역사의
잘잘못을 눈으로 보는 듯.
모두가 연극 속의 사람들이어서
무대 위로 뛰어올라가 춤을 추네.

歷史四千年, 成敗如目睹. 同是戲中人, 跳上舞臺舞.

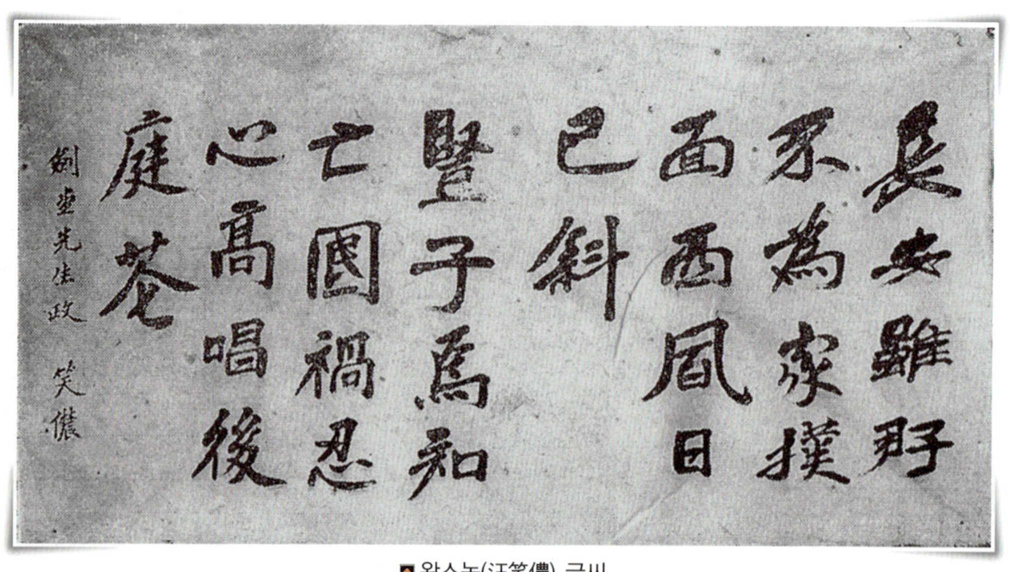

▲ 왕소농(汪笑儂) 글씨

은근히 세상 움직이는 권세 잡고서
그걸 빌미로 나라가 일어나고 망한 표를 만들었네.
세계는 하나의 연극 마당인데
무대가 작은 것만 같이 여겨지네.

　隱操敎化權，借作興亡表. 世界一戲場，猶嫌舞臺小.

〖 자제 〗

여러 가지 풍악 속에 살아가고 있으니
연극계의 작가를 어찌 알아보겠는가?
이거야말로 여산의 참된 모습 같은 것,
흥건히 화장품을 마음껏 바른다네.

銅琶鐵板當生涯，爭識梨園著作家?
此是盧山眞面目，淋漓粉墨漫相加.

손수 무너져가는 풍조를 바로잡아 크게 개량을 하니
음란한 음악과 어지러운 가락이 깨끗하게 변화하네.
천만 종류 사람으로 바라는 대로 바뀌면서
어떤 창하는 무대에나 이 몸이 끼게 되기를!

手挽頹風大改良，靡音漫調變洋洋.
化身千萬儻如願，一處歌臺一老汪.

양계초는 그리고 뒤에 "엄연한 시인의 시이니 공연히 연기로만 이름을 날리고 있는 것은 아니다."는 평을 보태고 있다. 이를 통해서도 그는 그 시대의 독특한 배우였음을 알 수 있다. 이런 특징을 바탕으로 왕소농은 이른바 해파(海派)의 경극을 이룩하고 그를 이어 뒤에 조우신팡(周信芳)이란 대배우가 나오게 하였다.

이 시기는 경극이 크게 성행한 시기라 '노생삼걸' 이외에도 수많은 명배우들이 나와 활약하였다. '노생'으로 특히 '무생' 역할에 뛰어났던 양월루(楊月樓, 1848-1889)가 있다. 그는 정장경의 뒤를 이어 극단 삼경반을 이끌기도 하였다. 특히 손오공 연기를 잘 하여 양원숭이(楊猴子)라는 별명으로 유명했다. 그 이외에도 이 시기에는 '무생' 역에 뛰어난 유국생(俞菊笙, 1839-1914)·황월산(黃月山, 1850-1900)·이춘래(李春來, 1855-1925) 등이 나와 '사대명가'라 불릴 정도로 각기 무술 연기인 무공에 뛰어난 연기를 보여주어 서로 다른 유파를 이루었다. 유홍성(劉鴻聲, 1876-1921)도 아마추어 배우로부터 시작하여 명성을 날렸던 '노생' 배우의 한 사람이다.

'단'인 '청의' 역 배우로는 만주족인 진덕림(陳德霖, 1862-1930)이 있는데 빼어난 창으로 유명하였고 특히 50세가 넘어 인기를 얻은 명배우이다. 그에 앞서 시소복(時小福, 1846-1900)과 여삼승의 아들인 여자운(余紫雲, 1855-1899) 같은 배우가 비교적 뛰어난 연기로 활약하였다. 메이란팡(梅蘭芳)의 할아버지 매교령(梅巧玲, 1842-1882)도 이 시기에 활약하면서 '단'의 역할을 발전시켰다. 이들보다 약간 늦은 청나라 말엽에 왕요경(王瑤卿, 1881-

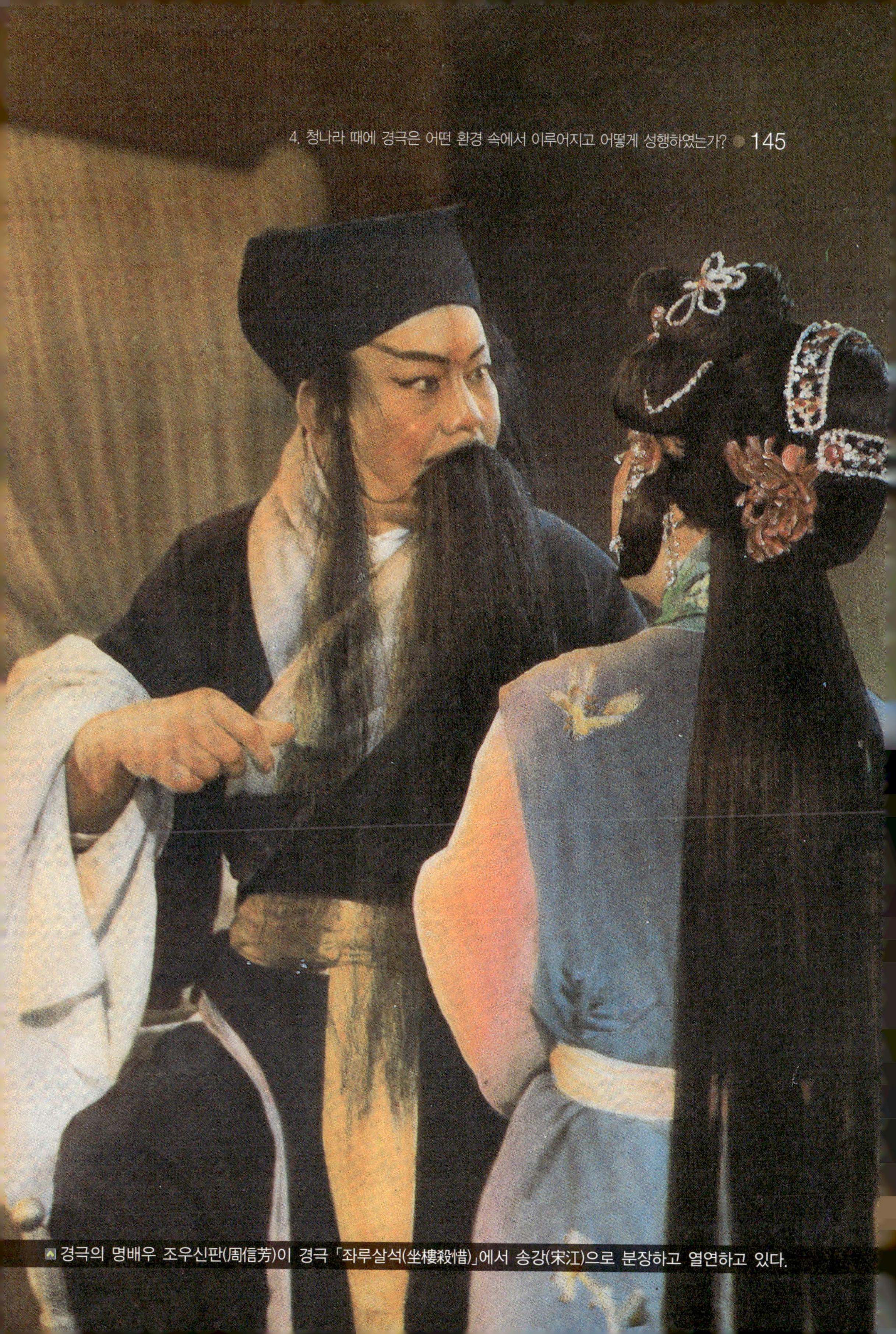

▲ 경극의 명배우 조우신판(周信芳)이 경극 「좌루살석(坐樓殺惜)」에서 송강(宋江)으로 분장하고 열연하고 있다.

1954)이 나와 우아하고 아름다운 여인의 몸짓에 빼어난 창을 겸하는 '청의'의 빼어난 연기를 개발하였다. 그는 '청의'의 연기를 개혁하였을 뿐만이 아니라 여자주인공인 '청의'가 중심을 이루는 여러 편의 극본을 편극하기도 하였다. 그에 의하여 곧 '청의'의 인기가 상승하는 터전이 마련되었던 것이다.

'화검'이라고도 하는 '정' 역할로는 전금복(錢金福, 1862-1937)이 이름을 날렸다. 그는 만주족 출신으로 일찍부터 곤곡을 중심으로 연기를 닦아 탄탄한 무공 연기로 특히 장군이나 판관(判官) 같은 역할로 명성을 날렸다. 배우의 동작과 얼굴 화장인 검보에도 새로운 방법을 도입하여 경극 발전에도 공헌을 하였다. 아들 전보삼(錢寶森, 1893-1963)도 '무정'으로 명성을 떨쳤다. 인형극을 연출할 적에 뒤에 숨어서 인형의 동작을 따라 창을 하던 인형극의 명인 김수산(金秀山, 1855-1915)이 경극으로 진출하여 '정' 역의 배우로 오랜 동안 담흠배와 공연을 하였다. 황윤보(黃潤甫, 1845-1916)는 별호가 황삼(黃三)이었고 특히 『삼국지』의 조조 역에 뛰어난 연기를 발휘하여 사람들이 그를 '살아있는 조조(活曹操)'라 불렀다 한다.

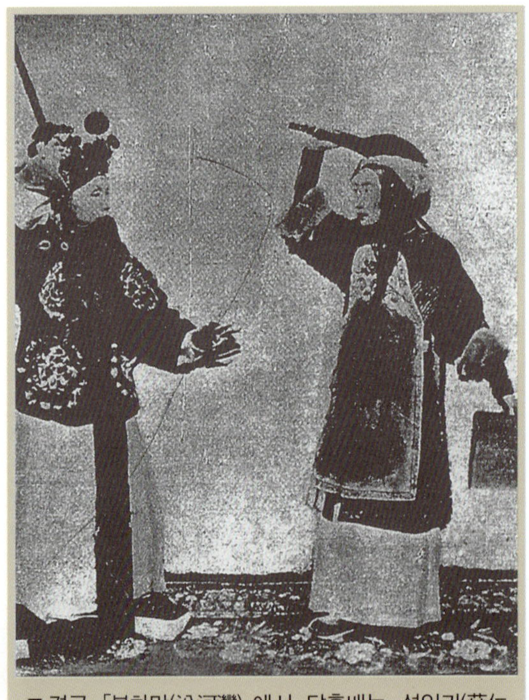

경극 「분하만(汾河灣)」에서 담흠배는 설인귀(薛仁貴), 왕요경은 유영춘(柳迎春)으로 분장하여 공연하는 모습

'축' 역의 배우에 있어서는 모두 앞 시기의 사람들보다 연기가 뒤지는 느낌이다. 다만 왕장림(王長林)이 담흠배의 보조역으로 여러 가지 연극에 출연하여 좋은 평가를 받았고, 지붕 위를 뛰어다니고 벽을 기어오르는 등의 재주가 뛰어난 장흑(張黑)이 있었고, 나백세(羅百歲)는 침착한 우스개 연기로 이름이 났었다.

담흠배를 뒤이어 왕요경·여숙암(余叔岩, 1890-1943) 같은 배우들은 적극적으로 경극을 개량하여 더욱 경극을 성행케 하였다. 『승평서당안(昇平署檔案)』에 의하면 광서 9년(1883)부터 선통 3년(1911) 사이에 궁정으로 들어와 경극을 연출하고 지도한 명배우들로 담흠배·양월루·손국선·왕요경 등등 150여 명이 있다.

중국 희곡 연구의 개척자인 오매(吳梅, 1884-1939)는 『중국희곡개론(中國戲曲槪論)』(권下)에서 청나라의 희곡 수준이 명나라보다 뒤진 까닭을 논하면서 이렇게 말하고 있다.

"광서·선통 연간에는 화부희(곧 경극)가 천하를 휩쓸어 전통적인 희곡은 거들떠보지도 않게 되었다. 민간의 연예도 이러한 토속조(土俗調)를 숭상하여, 위아래 사람들이 미치는 약을 마신 것처럼 그것을 좋아하게 되었다. 따라서 문인들의 희곡작품은 거의 없어져 버렸다. 풍조가 이쯤 되었는데 어찌 전통을 논하겠는가?
   광서·선통 연간 무렵에는 저속한 노래를 좋아하는 자들이 무수하였으니 더욱 문학과는 상관없는 일이었다."[85]

---

85) 光宣之季, 黃岡俗謳, 風靡天下, 內廷法曲, 棄若土苴. 民間聲歌, 亦尙亂彈, 上下成風, 如飮狂藥. 才士按詞, 幾成絶響, 風會所趨, 安論正始? 光宣之際, 則巴人下里, 和者千人, 益無與于文學之事矣.

다시 그의 『곡학통론(曲學通論)』에서도 이런 말을 하고 있다.

"하물며 광서·선통 연간에는 저속한 연극이 전국에 성행하고 궁정의 연회에서도 대체로 북쪽 변두리 지방의 시끄러운 음악이 연주되었으니 사곡(詞曲)의 도는 거의 없어진 셈이다."[86]

앞에서 얘기한 것처럼 청나라 초기부터 이미 중국 사람들은 미친 듯이 연극에 빠져들고 있었지만 건륭 이후로는 더욱 "미치는 약을 마신 것처럼" 위아래 사람들 모두가 경극 또는 희곡을 좋아하게 되었다. 중국 옛날 연극의 애호가인 오매가 걱정할 정도로 청나라 후기에는 중국 사람들이 더욱 저속해졌다고 여겨지는 경극에 미친 듯이 빠져 정신을 못 차리고 있었던 것이다.

광서 26년(1900)의 실정을 읊은 적초청(狄楚靑)의 「경자즉사(庚子卽事)」시를 다시 보자.

태평 시대에 노래하고 춤추는 것은 일상적인 일이지만
도처에 오색기가 바람에 날리고 있는 때일세.
나라가 망하고 흥하는 것 누가 상관 하겠는가?
온 성안이 서로 다투며 규천아 얘기일세.

太平歌舞尋常事, 到處風颭五色旗.
家國興亡誰管得? 滿城爭説叫天兒.

---

86) 況光宣間, 黃岡俗劇, 正通海內, 內廷宴集, 大率北鄙噍殺之聲, 詞曲之道, 幾幾亡失矣.

여기의 오색기는 청나라를 타도하려는 혁명군의 깃발이다. 끝머리의 '규천아'는 이 시대 경극의 명배우인 담흠배의 별호이다. 나라가 망하기 일보 전인데도 대부분의 사람들은 당시의 명배우인 담흠배의 연기에 빠져 경극에 미쳐 있었던 것이다.

그뿐 아니라 목숨을 걸고 싸움을 하는 중에도 그들은 연극을 보아야만 하였다. 명나라 말엽 션시(陝西)에서 기의하였던 대순왕(大順王) 이자성(李自成, 1606-1645)은 1644년 북경에 입성하여 명나라를 멸망케 하였는데, 그때 북경에 머물고 있던 명배우이며 명나라 장군 오삼계(吳三桂)의 애인인 원원(圓圓)[87]을 발견하고 그에게 자기 앞에서 예능을 연출케 한다. 그러자 원원은 곤곡(崑曲)의 한 토막을 창하였는데, 이를 들은 이자성은 "어찌 외모는 매우 멋있는데 창은 이 모양이냐?"고 하면서 자기가 데리고 있던 션시 지방에 유행하는 진강(秦腔) 계통의 여배우들을 불러 창하게

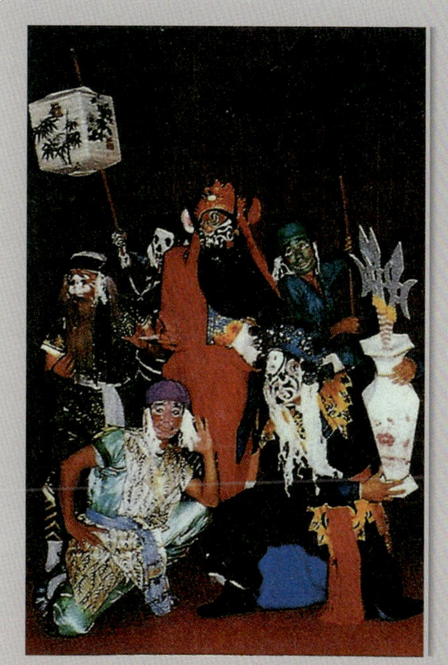

■ 「종규가매(鍾馗嫁妹)」 곤극 연출 그림

---

87) 圓圓은 蘇州 출신 배우로 吳三桂 장군의 애인이었다. 이때 吳三桂는 山海關을 지키고 있어서 淸나라 군대가 국경을 넘어 明나라로 들어오지 못하고 있었는데, 吳三桂는 자기 애인이 李自成의 손에 들어갔다는 말을 듣고는 淸나라 군대를 끌어들이어 李自成이 점령하고 있던 北京을 다시 淸나라가 점령토록 하여 淸나라가 天下를 차지하는 길을 열어주었다.

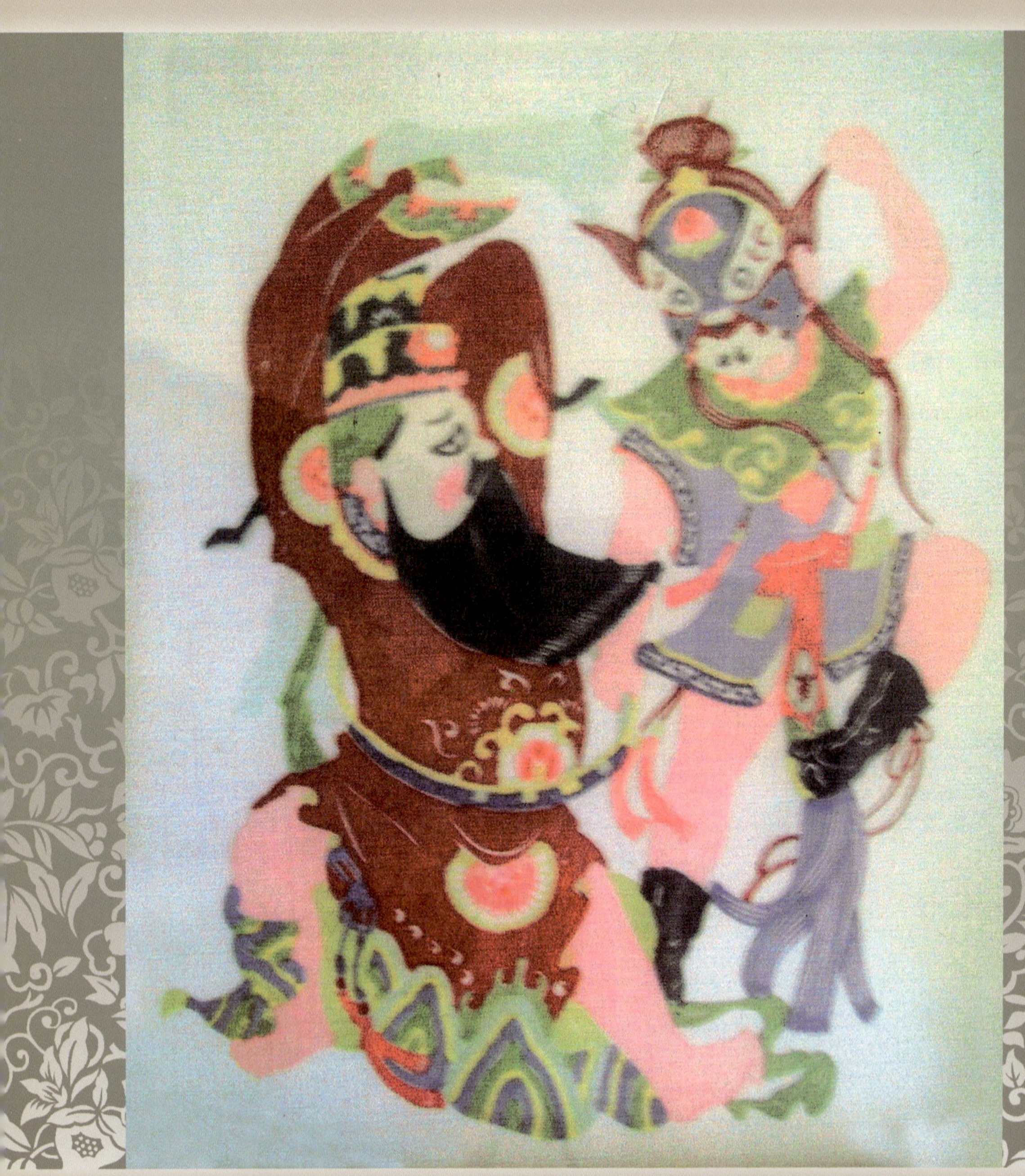

▣ 색종이를 가위로 잘라 경극 공연 모습을 만들었다. 샨시(山西)성 위셴(蔚縣)의 민간공예인 전지(剪紙)
이다. 이 전지는 중국 여러 곳 민간에 유행되고 있는데 제각기 다른 특징을 지니고 있다.

하였다 한다. 이때 이자성은 가락에 따라 박수를 치면서 창에 빠져 있다가 원원에게 "이 음악을 어떻게 생각하느냐?"하고 물었다. 그때 원원은 "이 악곡이야말로 하늘에서나 들을 수 있는 것이니, 저 같은 남쪽 변두리 사람들로서는 가까이 할 수도 없는 것입니다."하고 대답했다 한다.[88] 농민기의(農民起義)의 영웅으로 알려진 이자성도 이처럼 큰일을 하면서도 극단과 많은 배우들을 끌고 다니면서 틈이 날 적마다 연극을 즐겼음을 알 수 있다. 오삼계 때문이 아니라 반란을 일으킨 장군의 그러한 정신상태 때문에 기의는 결국 실패했는지도 모른다.

---

88) 이상 陸次雲 『圓圓傳』 의거.

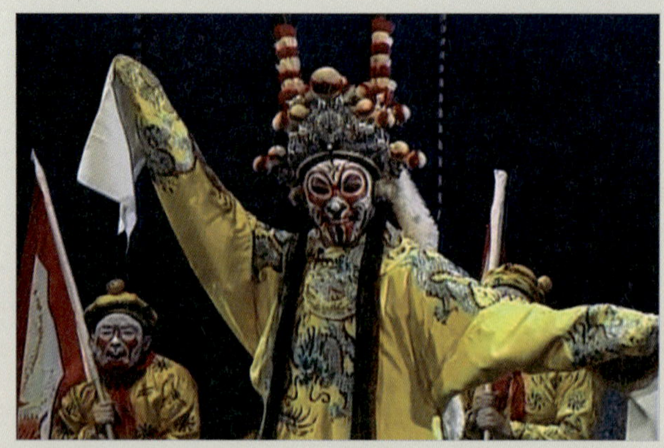

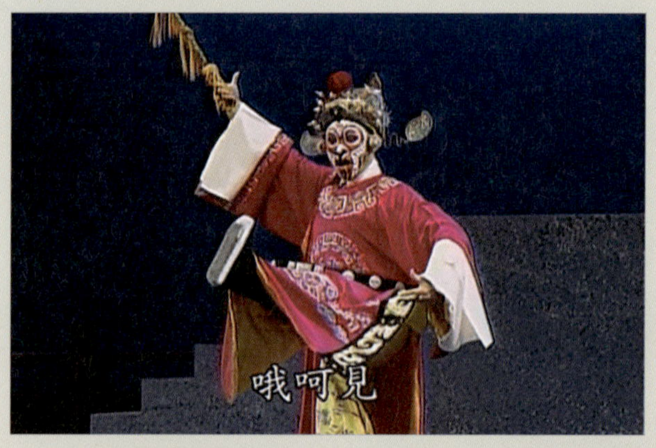
哦呵見

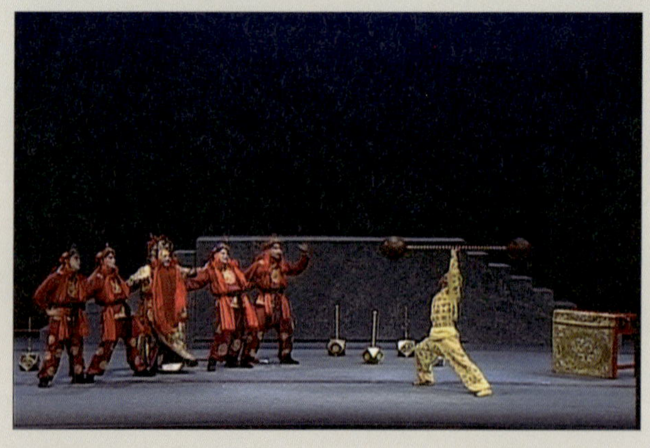

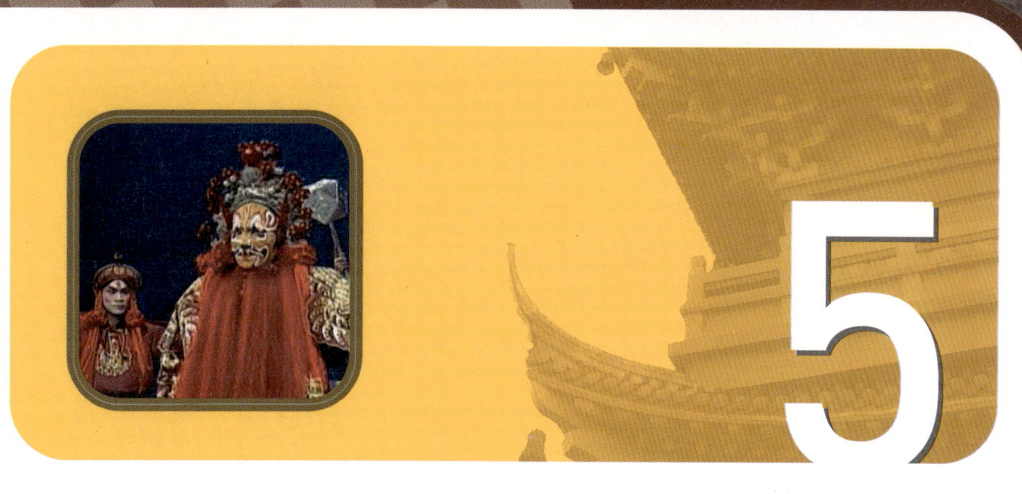

5

청나라 때 중국 사람들은 얼마나 경극에 빠져 있었나?

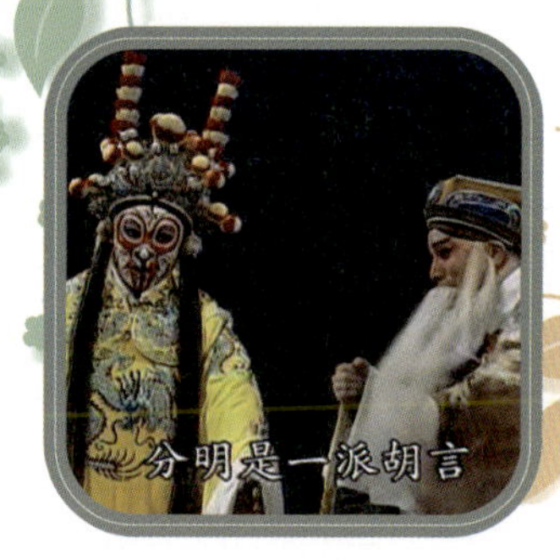

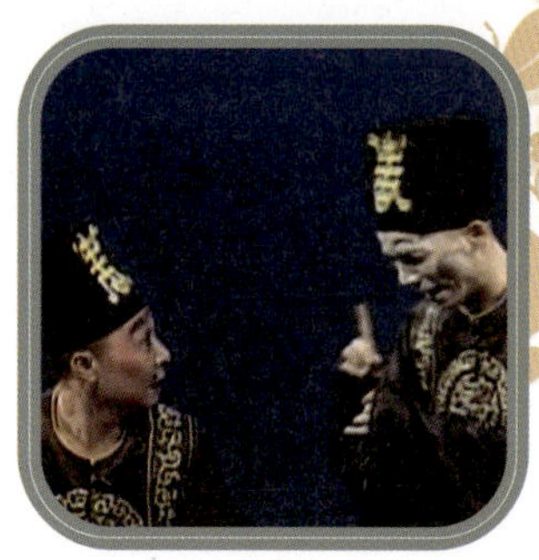

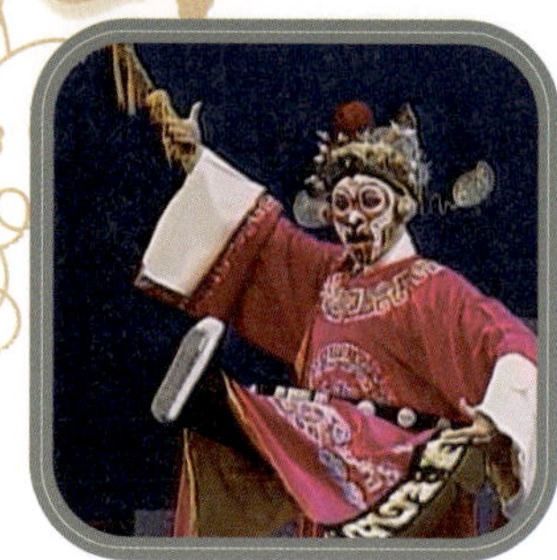

5. 청나라 때 중국 사람들은 얼마나 경극에 빠져 있었나?

1) 궁중 공연

청나라 첫째 황제인 순치황제(1644-1661)로부터 끝의 광서황제 (1875-1908)에 이르기까지 청나라 황제들은 하나도 예외 없이 연극을 무척 좋아하였다. 따라서 청나라 궁중에는 연극 공연이 거의 언제나 벌어지고 있었다. 특히 경극이 이루어진 뒤로 연극 공연이 더욱 성행하였다. 궁중의 연희는 청 초기에는 경산(景山)에 설치한 내정악부(內廷樂部)에서 맡았었고 건륭 연간에는 내부(內府)를 설치하여 그 기능을 확장하여 그곳의 인원만도 1000명이 넘었다. 도광 7년(1827)에 다시 내부를 승평서(昇平署)로 바꾸었다.

궁중에서 공식적으로 공연되는 연극 종류에는 월령승응(月令承應)·법궁아주(法宮雅奏)·구구대경(九九大慶)의 세 가지가 있다. '월령승응'은 일 년을 두고 절기에 따라 연출되는 연극인데, 원단

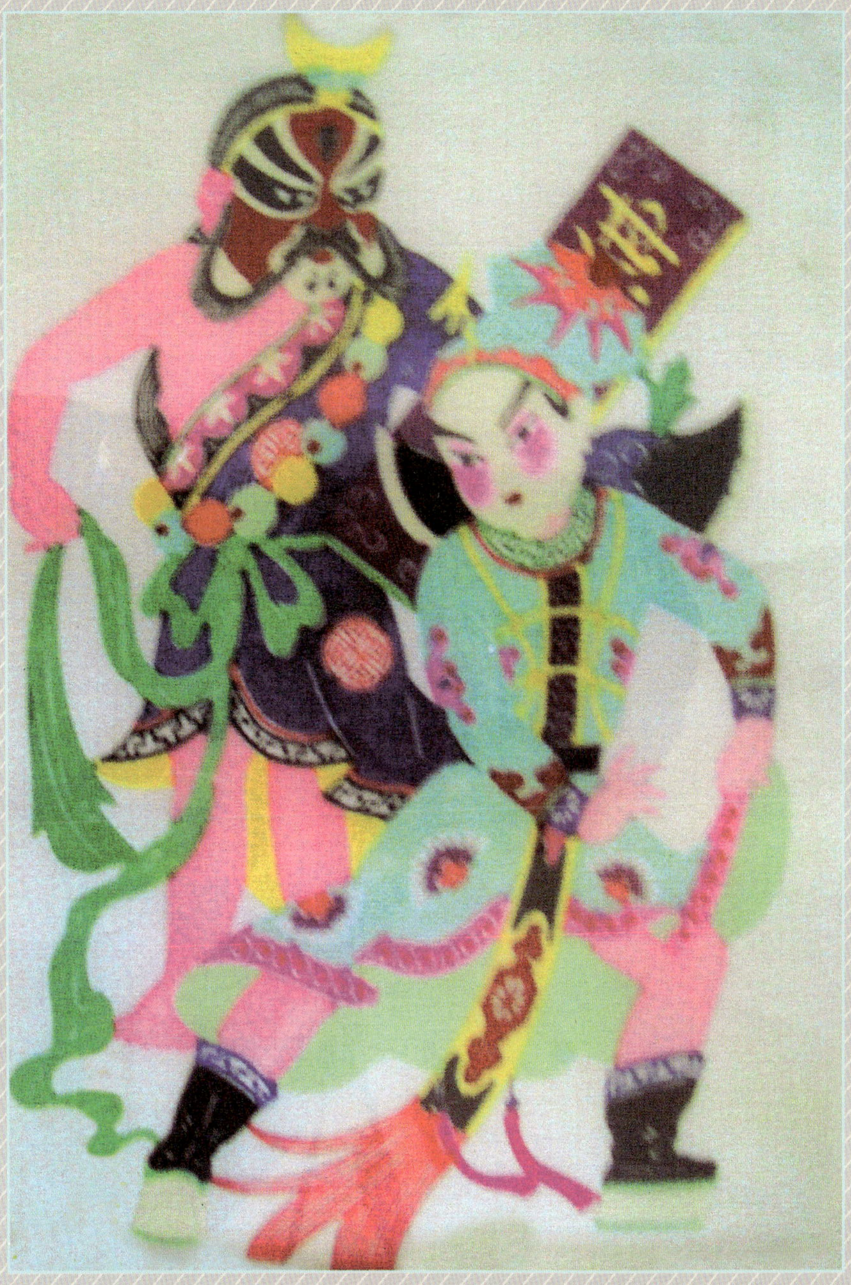

색종이를 가위로 오려서 만든 경극공연 모습. 산시성 위센(蔚縣)의 민간공예인 전지(剪紙)이다. 「전지」는 중국 여러 지방의 민간에서 만들어지고 있는데 지역에 따라 제각기 특징이 있다.

(元旦)·입춘(立春)·상원(上元)·한식(寒食) 등 이외에도 연구(燕九)[89]·욕불(浴佛)[90] 등이 있고, 5월 연꽃이 필적의 상화(賞花), 12월 눈이 내릴 적의 상설(賞雪), 매화가 필적의 상매(賞梅) 등도 있으니 모두 합치면 1년에 수십 번의 연극 공연임을 뜻한다. '법궁아주'는 황자의 탄생·돌잔치·혼례·후비 책봉·황제 출행·귀가(歸駕)·술자리 등에 공연하는 연극이다. '구구대경'은 황제·태후·황후·태비·귀비·황자·친왕(親王) 등 생일에 축수를 위해 공연하는 연극이다. 이 밖에도 황제의 뜻에 따라 언제든지 연극 공연은 이루어진다. 그러니 청나라 궁중에는 하루도 연극 공연이 없었던 날이 거의 없었을 뿐만이 아니라 하루에도 여러 곳의 다른 희대에서 서로 다른 연극이 공연되었을 것이다.

궁중에서의 경극 공연의 정황은 궁중의 연극 무대인 희대만 보아도 짐작할 수가 있다. 제왕을 위하여 연극을 공연하는 무대인 삼층으로 지어진 거창한 대희대(大戲臺)만도 베이징의 자금성과 이화원(頤和園)·원명원(圓明園) 및 열하행궁(熱河行宮)에 제각기 하나씩 있었다. 자금성에는 영수궁(寧壽宮) 안에 창음각(暢音閣) 대희대가 있다. 건륭 35년(1770)에 세웠다 한다. 희대의 기층(基層) 높이 1.2미터, 전체 높이 20.71미터, 전체 면적은 685.94평방미터나 된다. 그 남쪽에 2층 건물로 된 연극을 구경하는 장소인 열시루(閱是樓)가 따로 세워져 있다. 이 밖에도 자금성 안에는 중간 크기의 희대와

---

89) 正月十九日, 長春眞人 丘處機 생일임.
90) 4월 8일 석가모니 생일임.

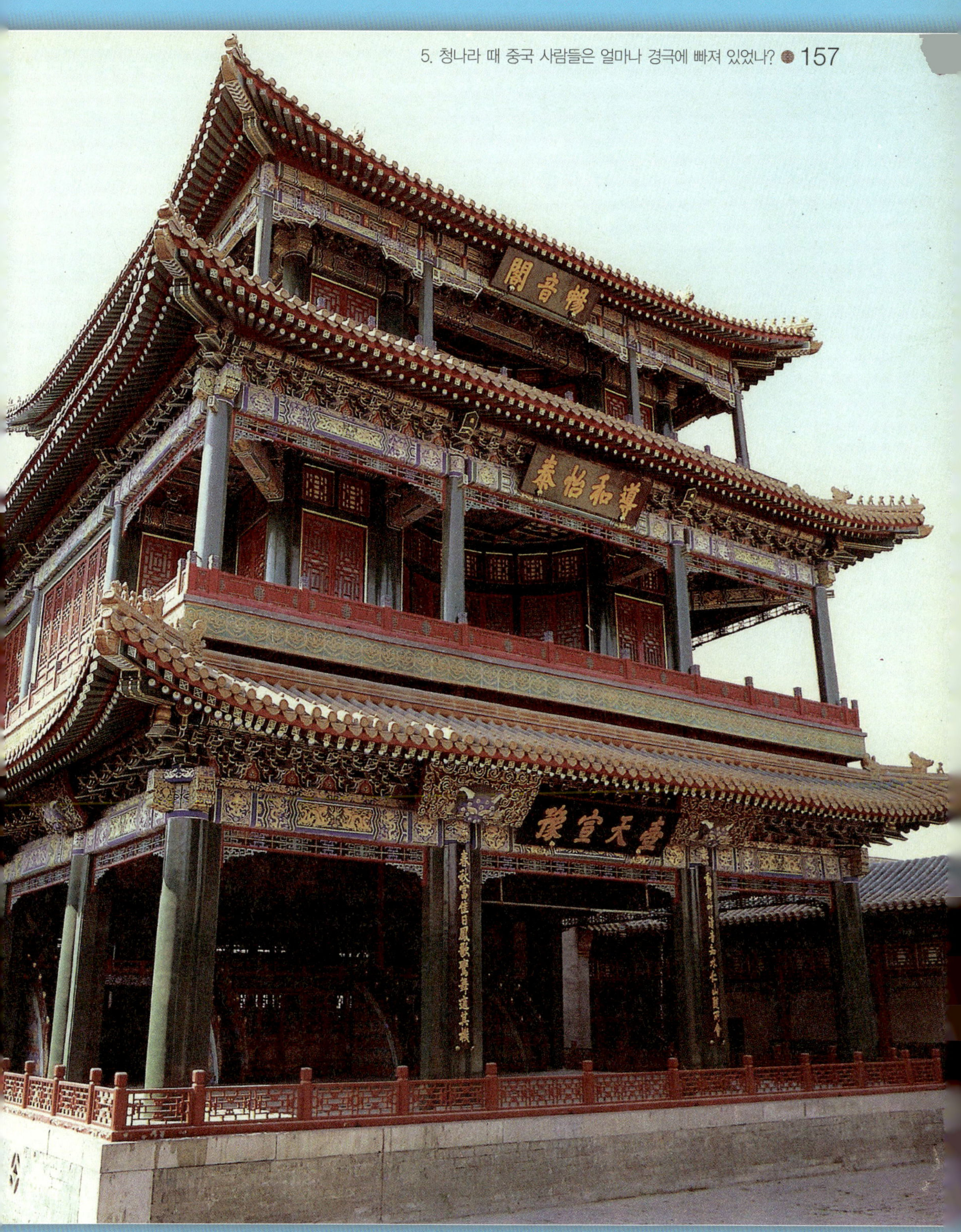

베이징 자금성 영수궁(寧壽宮)의 창음각(暢音閣) 대희대

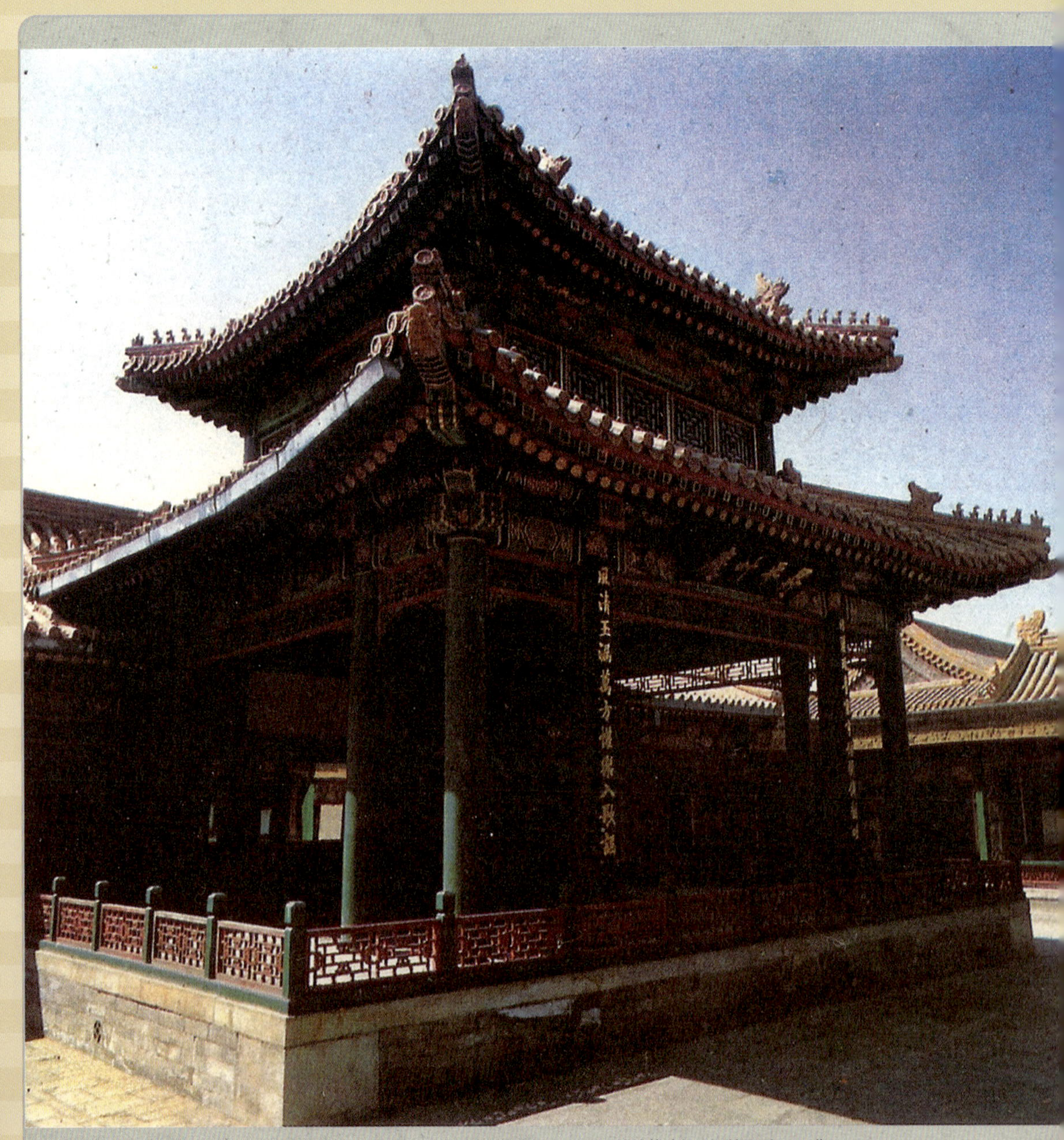

▲ 베이징 자금성 중화궁(重華宮)의 수방재(漱芳齋) 희대(중간 크기)

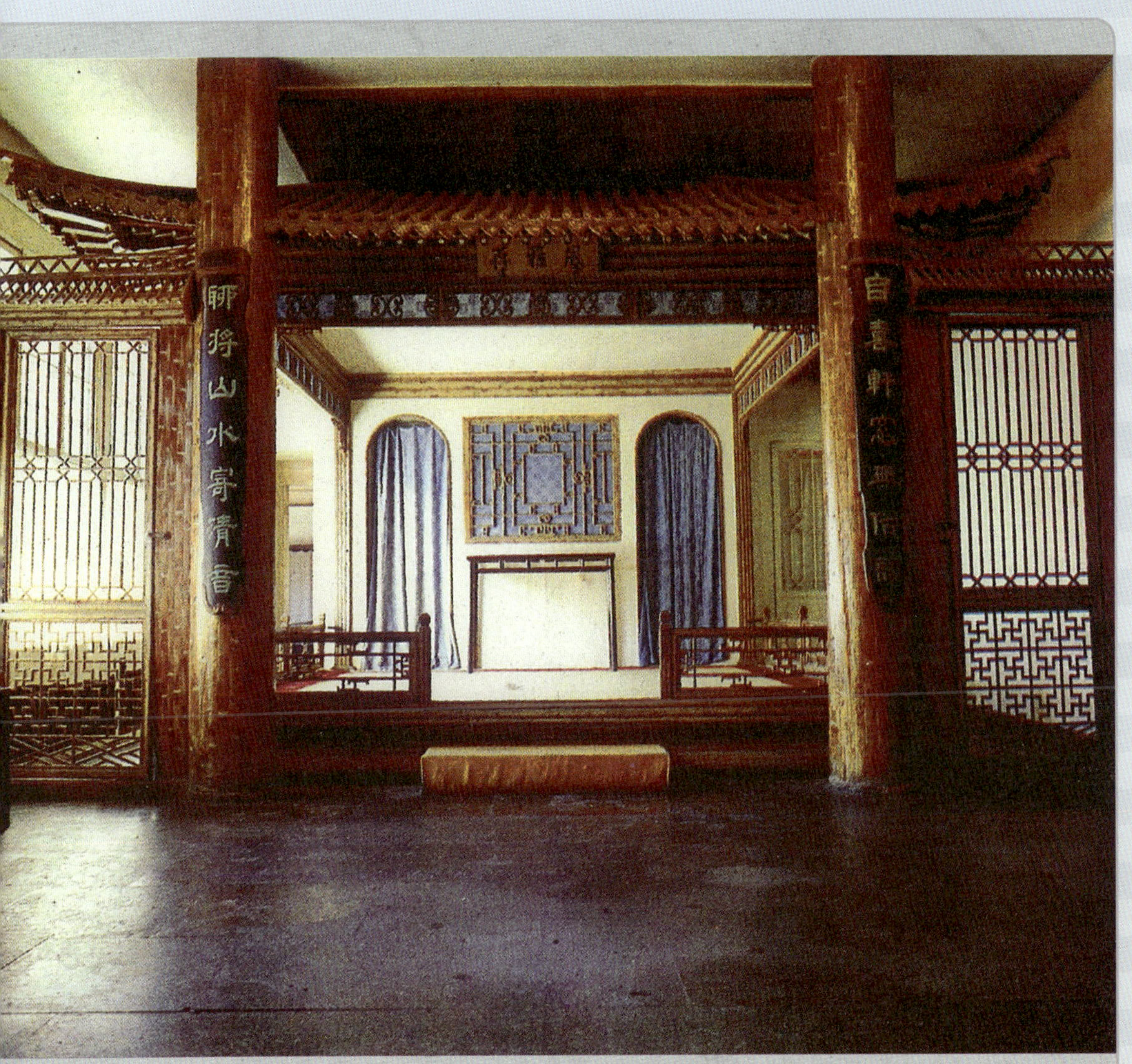

⬛ 베이징 자금성 중화궁 수방재 안에 있는 풍아존(風雅存) 실내 희대

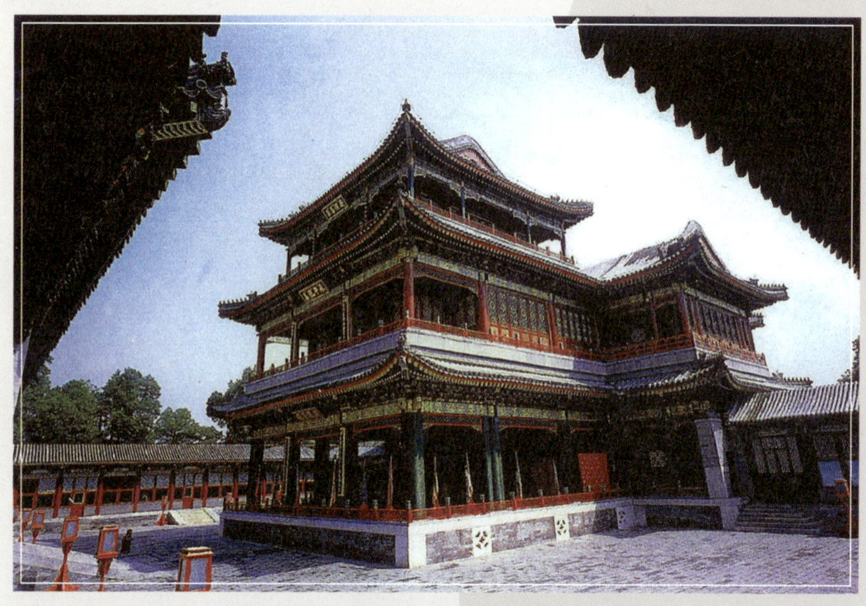

■ 베이징 이화원의 덕화원(德和園) 대희대

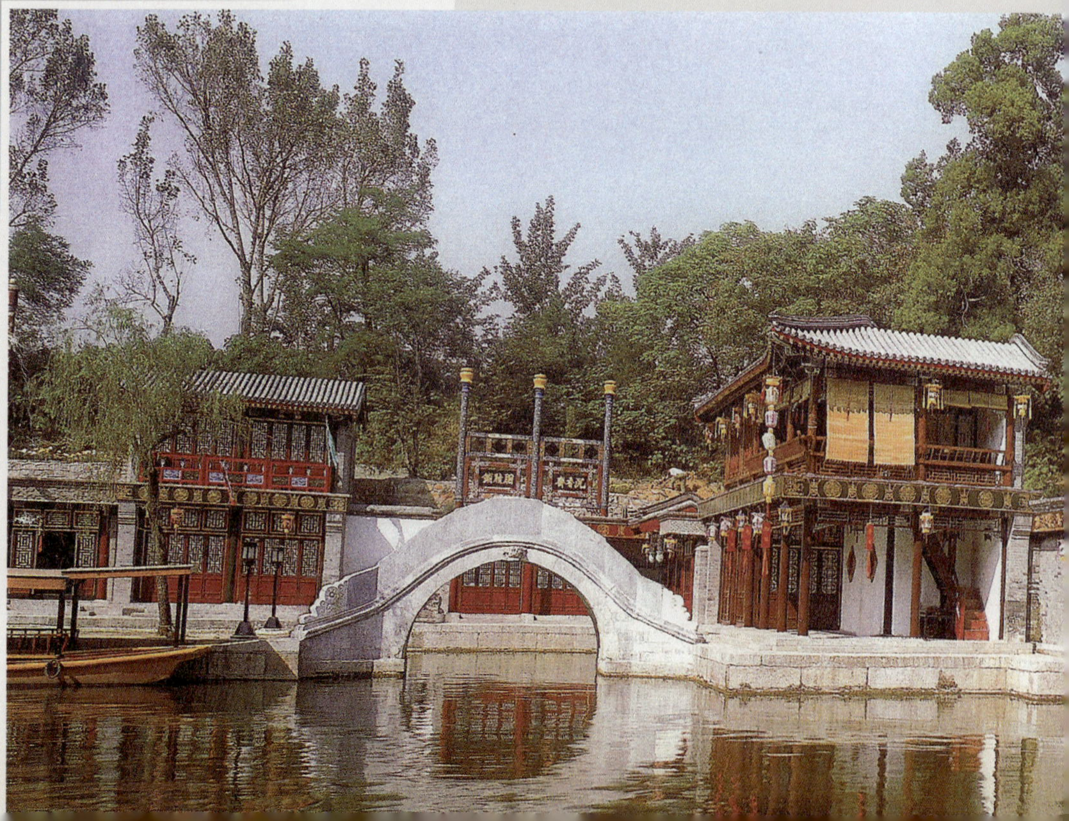

작은 희대가 10여 개나 더 있다. 이화원에는 덕화원(德和園) 대희대
가 있다. 서태후가 경극을 즐겼던 곳으로 유명한 곳이다. 원명원에
는 3층의 대희대로 동락원(同樂院)의 청음각(清音閣)이 있었는데
함풍 10년(1860) 영불연합군이 베이징에 쳐들어 왔을 적에 불에 타
버리고 지금은 청대에 그려진 원명원 그림에서만 그것을 찾아 볼
수가 있다. 원명원은 본시 강희 48년(1709)에 세워져 이후 옹정·
건륭에서 함풍황제에 이르기까지 황제들은 많은 시간을 이곳에서
보냈다. 그리고 그 사이 황제들은 대부분의 연극 공연을 원명원에
서 구경하였다. 이화원과 원명원에도 대희대 이외에 보통 희대가
두 개 이상 있었다. 조선의 사신으로 갔던 유득공(柳得恭)의 『난양

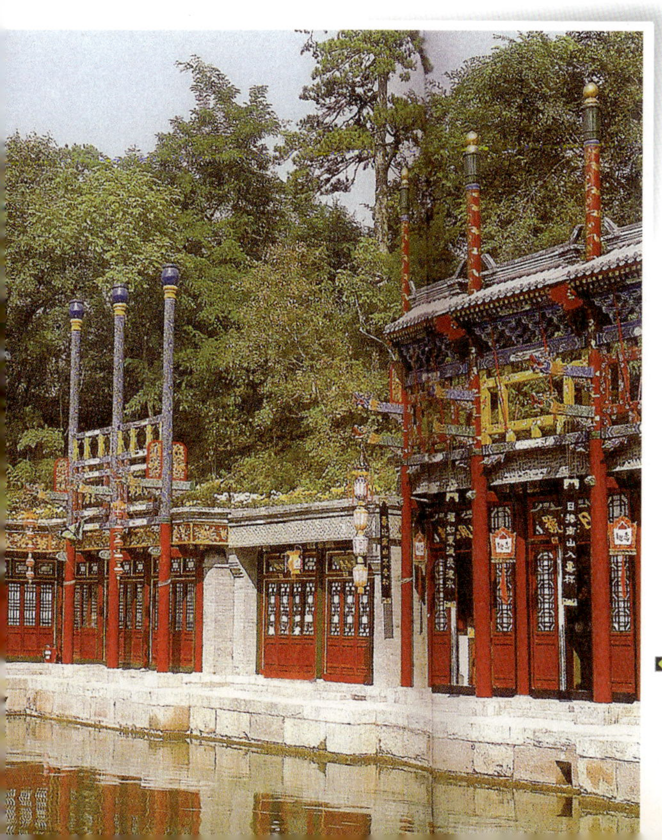

◀ 베이징 이화원의 작은 희대

집(灤陽集)』에는 건륭 55년(1790) 황제의 80살 생일에 이곳에서
『승평보벌(昇平寶筏)』이라는 연극을 10일 동안에 걸쳐 구경했다는
기록이 있다. 열하행궁의 대희대 청음각(淸音閣)도 건륭 연간에 건
축된 것인데 지금은 불에 타버려 존재하지 않는다. 우리나라 박지
원(朴趾源)은 건륭 45년(1780) 황제의 70살 생일에 이곳에 와서 보
고 생신기념 공연을 하는 광경에 대하여 쓰고 있다.[91] 서양의 최초
사신인 매카트니(Macartney)도 1793년에 건륭황제를 방문하였을
적에 황제의 생일을 기념하는 연극공연을 그 곳에서 관람할 수가 있
었다.

삼 층의 대희대의 각 층은 평시에는 막혀 있으나 필요에 따라 열
고 통할 수가 있어서, 배우들이 오르락내리락 하며 하늘 위로 올라
가거나 또 하늘로부터 땅으로 내려오는 연기를 하도록 되어 있다.
희대의 바닥 아래에는 다섯 개의 샘이 파여 있어서 그곳으로부터
물이나 불길이 솟아오르기도 하고 특수한 물건이 솟아오르게 할 수
도 있다.

경극 중에는 대희대에서만 연출할 수 있는 작품들이 있다. 보기를
들면 『보탑장엄(寶塔莊嚴)』은 연극 중에 지하로부터 쇠 도르래로
들어 올려 화려하고 큰 보탑(寶塔) 다섯을 무대 위에 솟아오르게 하
여야 한다. 『지용금련(地湧金蓮)』에는 지하로부터 활짝 핀 연꽃 가
운데 큰 부처님 다섯 분이 각각 앉아있는 큰 연꽃 다섯 송이가 무대
위에 솟아 올라오는 대목이 있다. 『나한도해(羅漢渡海)』에서는 배

---

91) 『熱河日記』 卷10 「戲本名目」에 뒤이어 쓰고 있음.

안에 수십 명이 들어갈 만한 큰 자라가 등장하여 입으로 엄청난 물을 들여마셨다가 뿜어내는 대목이 있다. 이 밖에도 단오(端午)날에 공연하는 『천도제사(闡道除邪)』 및 『삼변복록수(三變福祿壽)』 등도 모두 대희대가 아니면 절대로 상연이 불가능한 장면들이 있다.[92] 그 밖에 『권선금과(勸善金科)』·『승평보벌(昇平寶筏)』·『정치춘추(鼎峙春秋)』·『충의선도(忠義璇圖)』 등 모두 10본(本) 240척(齣)에 달하는 내정대희(內廷大戲)를 비롯하여 많은 내정 연출을 위하여 편극된 작품들은 그 규모 때문에 이 대희대가 아니면 상연이 어려운 것들이다.

조익(趙翼, 1727-1814)의 『첨포잡기(檐曝雜記)』를 보면 「대희(大戲)」 대목에 자신이 열하행궁에 가서 대희대에서 공연하는 경희를 본 얘기를 이렇게 쓰고 있다.

"추석 이틀 전이 황제의 생신인 만수절이어서 이달 6일부터 대희를 공연하기 시작하여 15일이 되어야 끝이 난다. 공연되고 있는 연극은 모두 『서유기』와 『봉신전』 등 소설에 나오는 신선과 귀괴(鬼怪)에 관한 것들이었다.---그들이 분장하는 요괴들은 위로부터 아래로 내려오는 자가 있는가 하면 밑으로부터 튕겨져 나오는 자도 있고, 심지어 양편 건물과 누각도 사람들이 거처하는 곳으로 변하여 낙타를 타고 말을 모는 자들이 마당 가운데까지도 가득 찼다. 한때 귀신들이 모두 모이면 그들이 쓴 탈이 천 수백 개였는데 서로 비슷한 것이 하나도 없었다. 신선이 나오기 전에 먼저 12, 3세의 도동(道童)들

이 무리를 지어 등장하고, 이어 15, 6세와 17, 8세의 아이들이 1대
(隊) 수십 명씩 키도 똑같아서 조금도 들쑥날쑥하지 않은 자들이 등
장하는데 이 정도로 설명하면 나머지도 짐작이 갈 것이다. 또 60갑
자에 따라 수성(壽星) 60명이 나오고 뒤에는 120명으로 는다. 다시
여덟 명의 신선이 나와 경하를 드리는데 데리고 나오는 도동의 수는
헤아릴 수가 없을 정도이다. 당나라 현장(玄奘)스님이 뇌음사(雷音
寺)에서 불경을 얻을 적에는 석가여래께서도 전각에 오르시고 가섭
(迦葉)과 나한(羅漢)도 나와 가르침을 받드는데, 높은 곳으로부터 아
래까지 9층으로 나누어지고 수천 명이 늘어앉는데도 무대에는 아직
도 여유가 있었다."[93]

대희대가 아니라면 천 수백 명의 인원이 한꺼번에 무대 위에 오르
는 수가 없다.

같은 『첨포잡기』 권2 경전(慶典)에는 다음과 같은 기록도 보인다.

"황태후의 생신이 11월 25일이다. 건륭 16년(1751) 60세의 생신
이 되자 중앙과 지방의 관료들이 도성으로 모여들어 크게 경축행사
를 하였다. 궁성의 서화문으로부터 서직문 밖의 고량교(高粱橋)에
이르기까지 10여 리 되는 거리를 각각 지역을 나누어, 채색 등불을

---

93) 趙翼 "中秋前二日, 爲萬壽聖節, 是以月之六日卽演大戲, 至十五日止. 所演戲, 率用
西遊記封神傳等小說中神仙鬼怪之類, --- 所扮妖魅, 有自上而下者, 自下突出者, 甚
至兩廂樓亦作化人居, 而跨駝舞馬, 則庭中亦滿焉. 有時神鬼畢集, 面具千百, 無一相
肖者. 神仙將出, 先有道童十二三歲者, 作隊出場, 繼有十五六歲, 十七八歲者, 每隊
各數十人, 長短一律, 無分寸參差, 舉此則其他可知也. 又按六十甲子, 扮壽星六十人,
後增至一百二十人. 又有八仙來慶賀, 携帶道童不計其數. 至唐玄奘僧雷音寺取經之
日, 如來上殿, 迦葉羅漢, 辟支聲聞, 高下分九層, 列坐幾千人, 而臺仍綽有餘地."

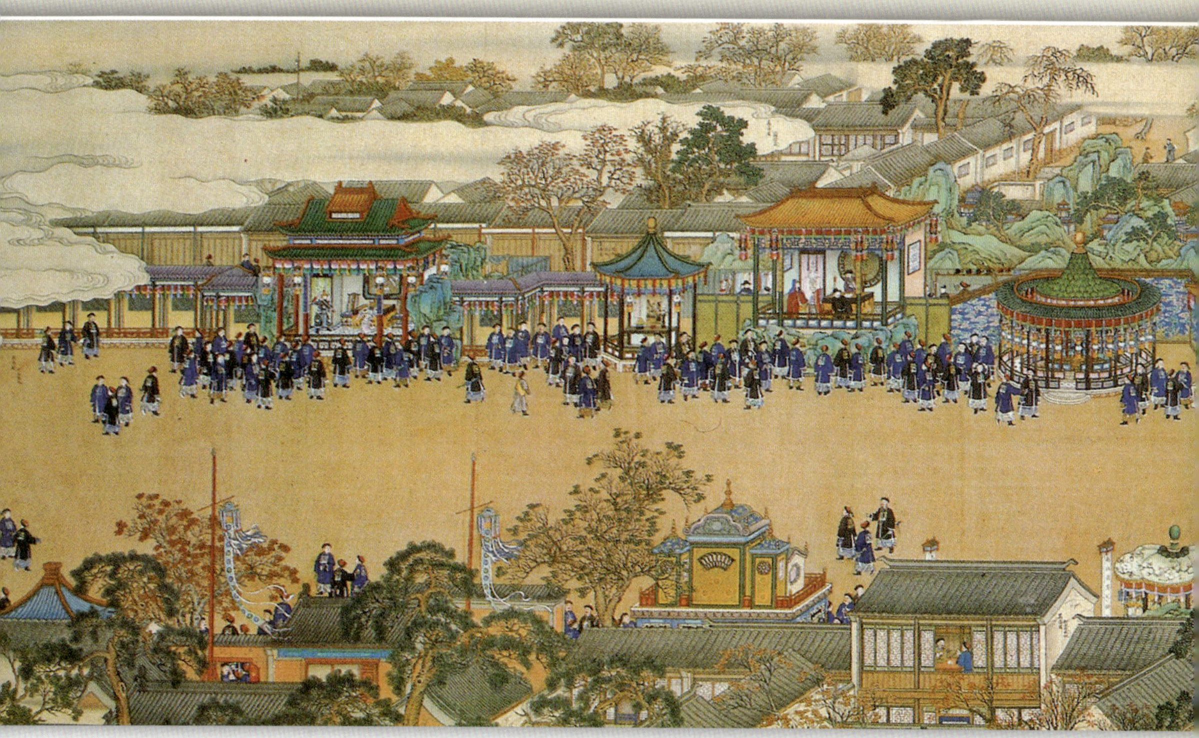

■ 건륭황제 생일을 축하하기 위하여 거리에 희대를 세워놓고 연극을 공연하는 모습을 그린 그림의 일부

달고 누각을 만들었다. 도성 거리는 본시 널따란데 양편으로는 상점이 보이지 않고, 비단에 수를 놓은 듯 아름다운 강산에 금과 은으로 장식한 궁궐이 섰다. 채색 천으로 꽃을 만들고 비단을 깐 집을 만들었다. 아홉 송이 꽃으로 장식한 등불과 일곱 가지 보배로 장식한 좌석에, 붉은색 푸른색이 서로 어우러져 그 아름다운 모양은 말로 다할 수가 없었다. 수십 보의 사이를 두고 희대가 하나씩 있는데 남방의 가락에 북방의 곡조가 어우러지고 사방의 음악이 다 갖추어져 있었다. 재주 부리는 아이들의 묘기에다 부채 들고 노래하는 이와 옷소매 휘날리며 춤추는 이들이 있었다. 뒷부분의 공연이 끝나기도 전에 다음 앞부분의 공연이 시작된다. 왼편을 구경하다 놀라고 다시 오른편

을 바라보고는 머리가 어지러워진다. 노니는 사람들은 마치 신선이 사는 섬의 봉래산에 들어가 옥으로 지은 누각과 집 안에서 선녀들이 연주하는 예상곡(霓裳曲)을 듣고 선녀들이 추는 우의무(羽衣舞)를 보는 듯이 느껴졌다. --- 나는 두 번이나 나가 노닐었는데, 이러한 굉장한 기회는 천 년이나 백 년에 한 번 만나기도 어려운 일인데 나는 직접 구경할 수가 있었으니 어찌 큰 행운이 아니라 하겠는가? 신사(辛巳)년(1761)의 황태후 70세 생신에는 의식과 장식이 약간 줄었었다. 뒤의 황태후의 80세 생신과 황제의 80세 생신에는 듣건대, 도성의 의식이 성대하여 모두 건륭 18년만 못하지 않았다 하나 나는 이미 도성을 떠나 있어서 구경을 하지 못하였다."94)

뒤에는 대체로 황실 어른들의 생일이 되면 이화원으로부터(1900년 이전에는 원명원으로부터) 황제 가족이 출발하여 잔치를 베풀기 위하여 자금성 궁 안으로 옮겨갔는데 이때 황제의 수레를 따르는 의장과 음악이 몇 리에 뻗쳤다. 이화원으로부터 자금성 서화문까지는 40여 리의 거리인데, 길가 양편에는 가설무대와 높은 누대를 만들어놓고 거기에서는 잡기를 연출하고 음악을 연주하기도 하였으며, 찻집 및 라마승들이 축수를 위하여 경을 읽는 곳도 있었지만,

---

94) "皇太后壽辰在十一月二十五日. 乾隆十六年屆六十慈壽, 中外臣僚紛集京師, 舉行大慶. 自西華門至西直門外之高梁橋, 十餘里中, 各有分地, 張設燈采, 結撰樓閣. 天街本廣闊, 兩旁遂不見市廛, 錦繡山河, 金銀宮闕. 剪采爲花, 鋪錦爲屋, 九華之燈, 七寶之座, 丹碧相映, 不可名狀. 每數十步間一戲臺, 南腔北調, 備四方之樂, 侲童妙技, 歌扇舞衫. 後部未歇, 前部已迎. 左顧方驚, 右盼復眩. 游者如入蓬萊仙島, 在瓊樓玉宇中, 聽霓裳曲, 觀羽衣舞也. --- 余凡兩游焉. 此等勝景, 千百年不可一遇, 而余得親身見之, 豈非厚幸哉? --- 辛巳歲皇太后七十萬歲, 儀物稍減. 後皇太后八十萬歲, 皇上八十萬歲, 聞京師巨典繁盛, 均不減辛未, 而余已出京, 不及見矣."

대부분이 경극을 연출하는 장소로 채워져 있었다. 이 연극의 연출을 위하여 베이징의 희반이 모두 동원되었을 뿐만이 아니라 부족하여 시골의 희반까지도 더 불러들여야만 하였고 큰 희반은 두 곳 이상의 가설무대 연출을 맡아야만 하였다. 이때 동원된 희반 수가 100여 개를 넘었다 한다. 이것은 모두 여러 관청과 기관에서 축수를 위하여 지역을 분담하여 연극 공연을 바치는 것이었다. 이때 동원되는 희반에 대한 보수가 상당히 좋았기 때문에 황제 황후 또는 황태후나 황태자의 생일이 가까워 오면 허베이(河北)성 각지에는 이러한 수요에 응하기 위하여 많은 희반이 새로 생겨났다 한다.

궁중에서 연출하는 연극은 작품 마다 특수 제작된 싱토우(行頭, 옷과 장식품)를 썼는데, 「소대소소(昭代簫韶)」라는 대희 한 작품에 쓰인 고귀한 사람들이 입는 관복인 망포(蟒袍) 한 종류만 하더라도

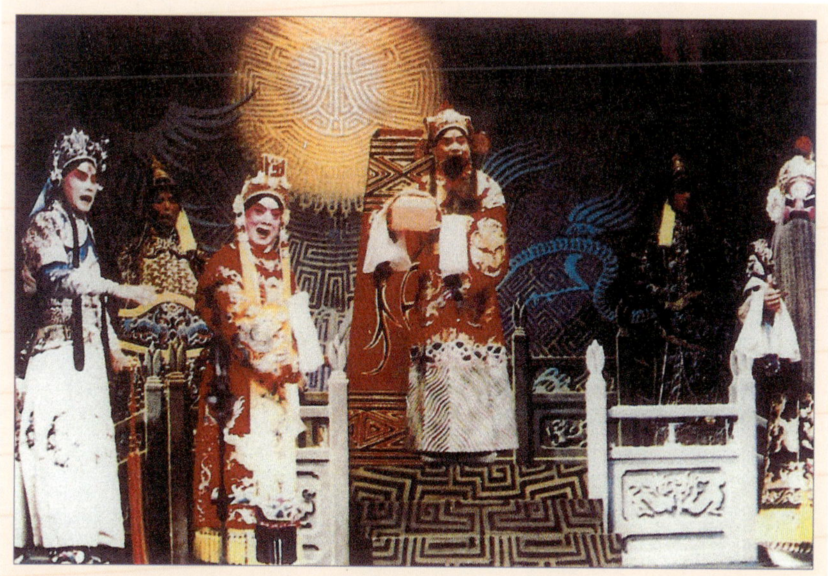

▲ 경극 「관중배상(管仲拜相)」의 공연모습. 가운데의 관중과 왼편 세 번째의 제(齊)나라 환공(桓公)이 입고 있는 옷이 망포(蟒袍)이다.

200여 벌이 쓰였다 한다. 지금도 고궁박물원에는 그 일부가 보존되어 있다고 한다.

귀족들인 왕부(王府)에서의 연극공연은 청대에 들어와 더욱 발달하였다. 특히 청나라 조정에서는 명나라 때에 황제의 형제나 아들 등 봉왕(封王)이 많은 말썽을 일으켰던 사실을 감안하여 그들은 정치에 간섭을 못하게 하고 높은 관원들과의 왕래도 금하였다. 그리고 멋대로 즐기며 오락을 추구하도록 버려두어 많은 귀족들이 자기 집안에 희대도 마련하고 희반도 거느리면서 경극을 즐겼다. 왕부희반은 자기네 주인 생일 등에는 축수를 하기에 알맞은 연극을 편극하여 공연하였다. 가경 연간의 성친왕(成親王) 집안의 희반이 왕부희반 중에서도 가장 유명한 것이었다. 왕부희반의 공연수준은 상당히 높은 경우가 많아서 민국으로 들어와서도 활약한 베이징의 경극 배우들 중에는 정(淨) 역할의 승경옥(勝慶玉)처럼 왕부희반 배우들의 제자의 제자인 사람들이 많다.

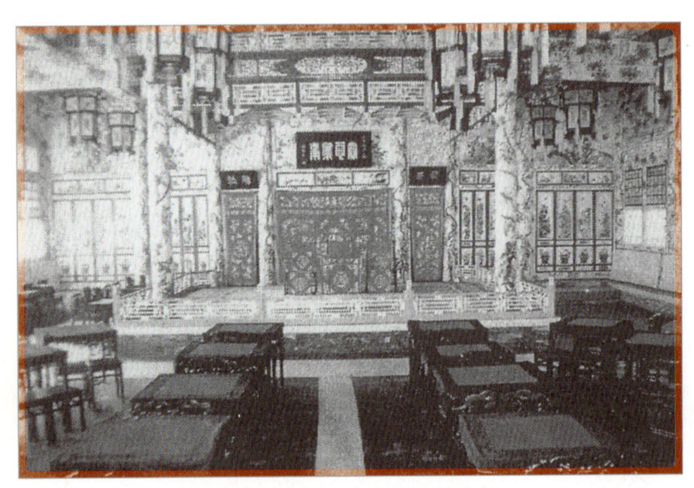

■ 청대 북경 공왕부 실내 희대

지금 베이징의 중국예술원에서 쓰고 있는 공왕부(恭王府)의 희대가 남아 전하는 왕부의 희대 중 가장 유명한 것이다. 다른 나라 귀족의 저택에서는 상상도 하기 어려울 정도의 굉장한 연극 공연 시설이다.

2) 사대부 사회의 공연 실황

중국 사람들은 시중 극장(酒館, 茶園, 戲院 등)에 가 입장료를 내고 경극을 구경하는 이외에도 사대부며 가난한 농민들에 이르는 모든 사람들이 모두 일정한 연극을 즐기는 기회가 일 년에 여러 번씩 있었다.

귀족이나 고관 또는 부자들은 늘 당회(堂會)라는 모임을 갖고 경극을 즐겼다. 당회는 첫째, 개인 집의 희대나 집안에 임시로 만든 가설무대에 손님들을 초청하여 경극을 공연하거나, 밖의 술집이나 회관 같은 곳을 빌어놓고 손님을 초청하여 술을 대접하며 경극을 공연하는 경우가 있다. 둘째, 새해가 되거나 특별히 축하할만한 일이 있을 때에는 여러 기관이나 단체에서는 모두 희대가 있는 큰 회관이나 큰 신묘(神廟) 또는 주관(酒館)이나 호텔 등을 빌려 단배(團拜)를 하였는데, 단배에는 반드시 경극의 공연이 있었다. 단배는 정부의 큰 기관이나 관청에서도 하였지만 그 밖의 큰 모임으로 각성 동향 사람들의 단배와 동년단배(同年團拜)[95] 등이 있었다. 특히 단배 때에는 초청자가 희반에 지불하는 보수가 평상시의 2배 정도였다고 한다.

청 말엽 오도(吳燾)는 『이원구화(梨園舊話)』에서 자신이 경험한 당회에 대하여 다음과 같은 기록을 남기고 있다.

---

95) 唐詩 宋詩 등에 보이는 同年은 나이가 같은 사람이 아니라 科擧에 함께 及第한 사람들을 가리키는 말이다. 여기에서도 鄕試나 會試에 같은 해 及第한 사람들을 말한다.

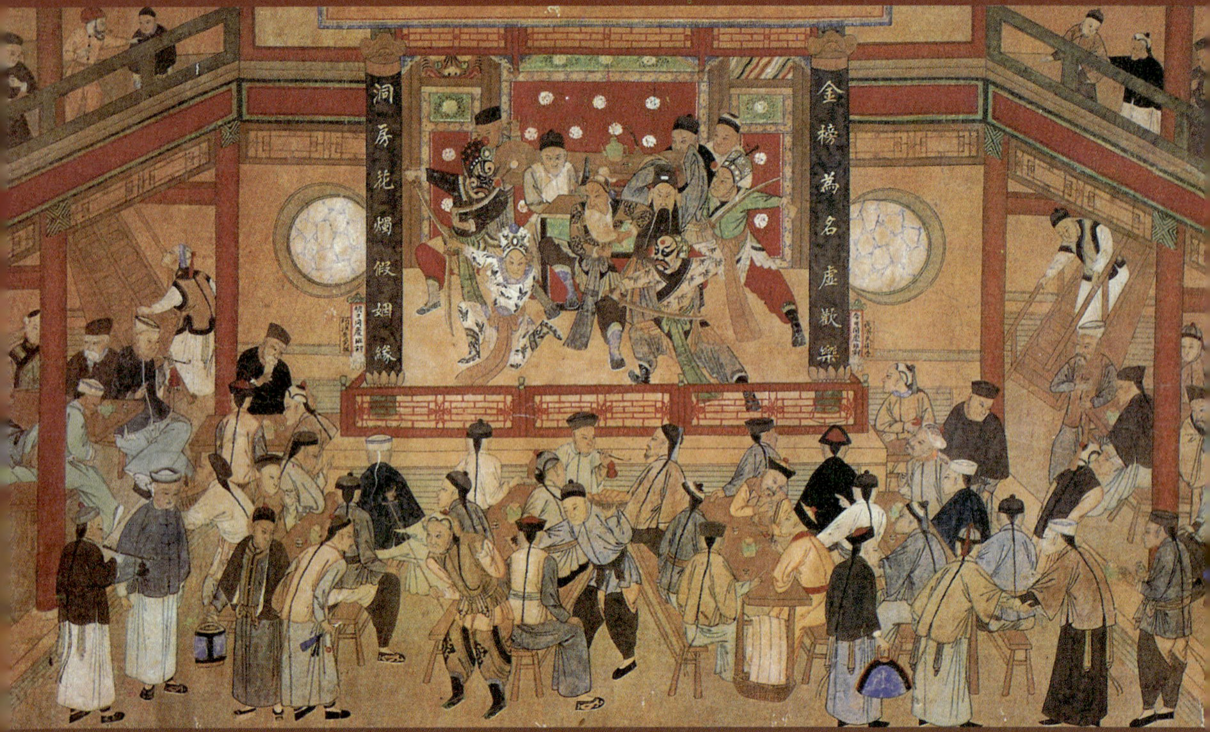

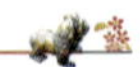

청나라 때 다원(茶園)에서 연극을 공연하는 모습을 그린 그림

　"나는 비록 생일잔치의 연극에 참여한 적은 없지만 당회의 연극은 해마다 반드시 2·30 차례는 구경하였다. 연초에 시무식을 한 뒤로는 각 과와 각 성과 각 관청에서 단배를 하며 연극을 하지 않는 곳이 없었다. 각 성의 독무(督撫)와 제진(提鎭)의 두 관원이 베이징으로 오면 같은 고향 사람들과 그들 밑의 베이징 관리들이 역시 연극과 술로서 잔치를 벌이었다. 회시(會試)가 열리는 해에는 각 성의 새로운 거인(擧人)들이 베이징에 도착하면 모두가 관계 관원들을 공식 초청하여 연회를 열었다." 96)

---

96) 余雖未預演劇壽宴, 而堂會演劇, 每歲必預二三十次. 緣自開印後, 各科各省各衙門, 無不演戲團拜. 各省督務提鎭兩司來京, 其同鄉與所治京官, 亦以音樽宴會. 至會試之年, 各省新擧人到京, 無不設宴公請座主.

그러니 중국의 사대부들 곧 윗자리의 관리나 지식인들은 이 개인적인 또는 공적인 모임인 당회에 나가 경극을 구경하기에 모두들 무척이나 바빴을 것이다.

그 밖에 상업계와 공업계에서도 여러 직종끼리 따로 모여 설 또는 대보름을 축하하거나 특별한 행사를 하는 단배 모임을 가졌다. 경극 공연을 위하여 이들은 전국에 모두 수십 곳이 넘는 그들의 회관을 유지하였으며, 여기의 희반에 대한 보수는 다른 곳보다도 월등 좋았다 한다. 공식적으로도 희반에 대한 수요가 이처럼 많았으니 경극은 성행되지 않을 수가 없었을 것이다.

중화민국으로 들어와 조정과 관청의 단배는 없어졌으나 고관이나 부자들 및 여러 기관이나 단체의 당회는 이전보다도 더 성행하였다 한다. 특히 1911년부터 1918년 무렵에 이르는 시기는 베이징 당회의 전성기라 할 만한 시대였다. 각 기관의 총장·차장·부장 및 은행의 총재·주임·행장 등 높은 임원들의 생일 같은 날에는 반드시 축수를 위한 경극 공연을 하였다. 자기 생일의 연극 공연을 꺼리는 우두머리는 자기 아버지나 어머니의 생신 날을 가려 공연을 하였다. 참석한 손님들에게는 생일 선물까지 돌렸으니 이 당회에 소비된 금액은 막대하다. 그리고 동향 사람들 모임과 동년 모임의 당회도 그대로 유지되고 있었다.

주찌아진(朱家溍)은 1929년 이전 베이징의 자기 집에서 열리던 당회를 소개하는 「당회희(堂會戲)」[97]라는 글에서 대체로 다음과 같

---

97) 中央文史研究館 編 『史蹟文踪』(上海書店 刊) 소재.

은 내용을 소개하고 있다. 그 시절에는 개인 집에서 당회가 자주 열렸다고 하면서, 베이징의 개인 집에 있던 여러 가지 형태의 희대 모양을 실증을 들어가면서 소개하고 있다. 집안에 희대가 없는 경우에는 가설무대를 만들고 연회를 벌었다고 하면서 그 무대를 만드는 방법과 관람석 배치 모양 등을 먼저 소개하고 있다. 오전에 공연을 시작하여 저녁 먹은 뒤까지 공연이 계속되는 경우가 많은데 이를 '대등(帶燈)'이라 부르며, 점심과 저녁 대접 이외에도 중간에 참으로 다과를 내놓는다 하였다. 그리고 자기 집에서는 유명한 희반을 초청하여 공연하기도 하였지만, 가끔은 전문가에게 부탁하여 여러 극단의 명연기자들을 여러 명 불러 모아 공연하기도 하였다 한다.

이때 당회를 통하여 엄청난 돈을 벌었던 배우가 메이란팡이라 한다.[98] 1920년 무렵에는 메이란팡이 양샤오로우(楊小樓)와 함께 숭림사(崇林社)라는 희반도 조직하여 갖고 있었다 한다.

사대부는 아니지만 명대 이후 경제적으로 중국 사회에서 상당한 세력을 쌓고 있던 상공인들의 연극 관람도 그들 나름대로 특징을 이루고 있다. 특히 장사꾼들은 고향을 떠나 객지에서 활동하는 일이 많음으로 큰 도시에는 외지 상인들이 동향 사람들의 모임을 위하여 세운 회관이 있다. 그들은 차관(茶館)이나 주관(酒館) 같은 곳을 빌려 당회를 열기도 하였지만 좀 더 자유롭고 자기들의 특색도 살리려는 뜻에서 따로 많은 돈을 들여 회관을 지은 것이다. 그래서 중국 어떤 도시를 가거나 멋진 건물로 이루어진 다양한 회관을 발

---

98) 이상 기록 齊如山 『五十年來的國劇』 제5장 各界對於國劇之協助 의거.

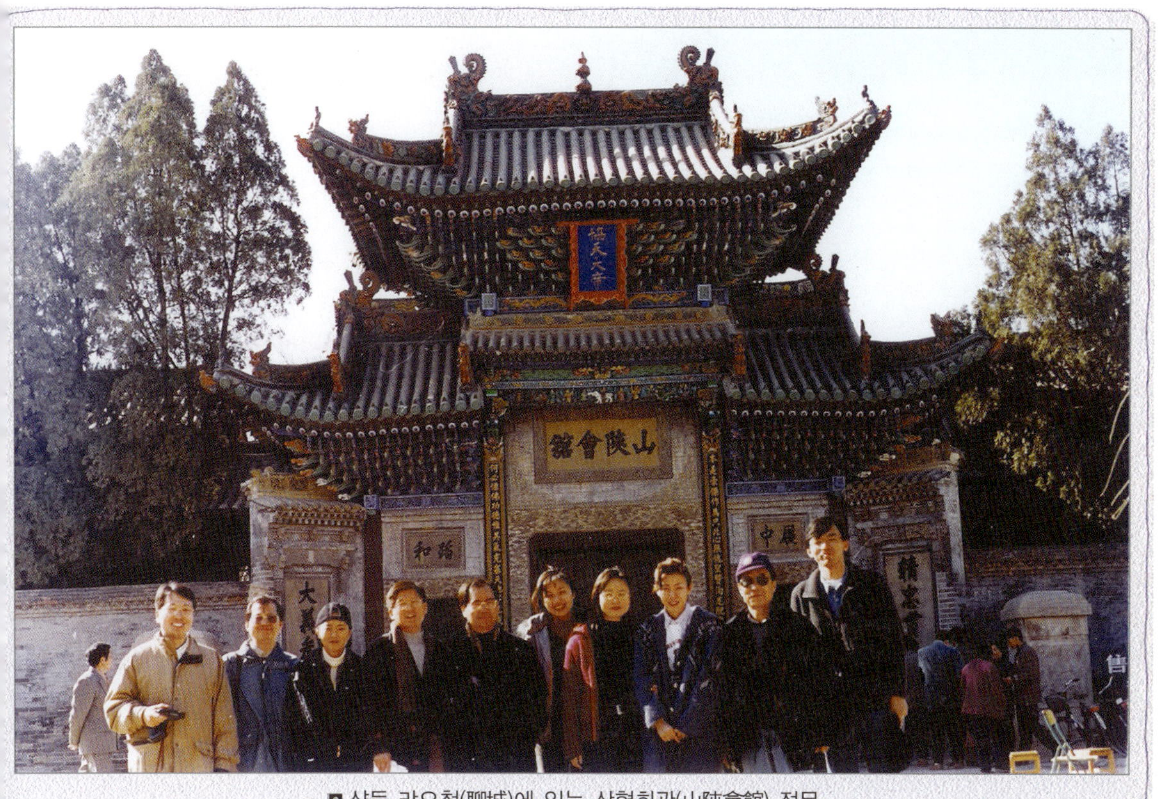

▲ 샨둥 랴오청(聊城)에 있는 산협회관(山陝會館) 정문

견할 수 있다. 이 모든 회관에는 희대가 있다. 그것은 동향 사람들이 모여 친목을 도모할 적에 늘 경극을 보면서 즐겼음을 뜻한다. 그들은 흔히 자기 고향의 극단을 초청하여 공연을 즐겼다 한다. 청대에 세워진 회관으로 쓰촨성 즈궁(自貢)시의 서진회관(西秦會館)과 허난성 셔치(社旗)현의 산협회관(山峽會館)은 그 건물의 웅대한 건축 규모와 외장의 정교함으로도 전국에 알려져 있다. 베이징에는 호광회관(湖廣會館)·강서회관(江西會館)·전촉회관(全蜀會館)·봉천회관(奉天會館) 등이 있는데 회관 마다 수시로 상공인들의 당회가 열렸다 한다.[99] 상공인들도 어떤 계층의 사람들 못지않게 경극을 좋아했음을 알 수가 있다.

99) 廖奔『中國古代劇場史』제6장 會館戲臺의 기록 참조.

3) 농촌과 서민계층의 공연 실황

농촌을 중심으로 하는 민간에서는 거의 동리마다 있는 신묘(神廟)에서 신에게 제사를 드릴 적에 연극과 함께 여러 가지 잡희를 즐겼다. 이러한 민간의 제사활동을 묘회(廟會) 또는 영신새회(迎神賽會)라 하고 여기에서 공연되는 연극을 묘희(廟戲) 또는 새희(賽戲)라 하였다. 송대 이후로 또 민간의 연극 공연이 행해지는 제사활동을 사화(社火)라고도 부르고 거기서 공연되는 연극을 사희(社戲)라고 하였다. 사(社)는 본시 토지신(土地神) 또는 토지묘(土地廟)를 뜻하는 말인데 지역에 따라서는 반드시 토지묘가 아닌 제사활동이 행해지는 일정한 구역 명칭처럼 쓰이는 곳도 있다. 곧 토지묘가 아닌 다른 신묘에서 행해지는 제사활동도 '사화'라 부르기도 한다는 것이다. 따라서 '사희'는 '사'에서 해마다 일정한 시기에 거행되는 연극을 비롯한 잡희가 공연되는 제사활동이며 '묘희'나 거의 같은 말이다.

이러한 농촌의 연극 활동이 행해지는 신묘는 이미 송나라 때부터 일반화 되어 있었다. 오자목(吳自牧, 1270 전후)』의 『몽량록(夢粱錄)』 권14에는 사제(祠祭)·산천신(山川神)·충절사(忠節祠)·사현사(仕賢祠)·고신사(古神祠) 등 8개 조목의 기록에 도합 80여 개의 신묘 이름이 보이는데, 이들 신묘는 대부분이 여러 개의 행궁(行宮)을 거느리고 있어서 신묘의 전체 수는 수백 개가 된다. 그리고 맹원로(孟元老, 1126 전후)의 『동경몽화록(東京夢華錄)』 권8과 주밀(周密, 1232-1308)의 『무림구사(武林舊事)』 권3에는 이들 묘회(廟會)

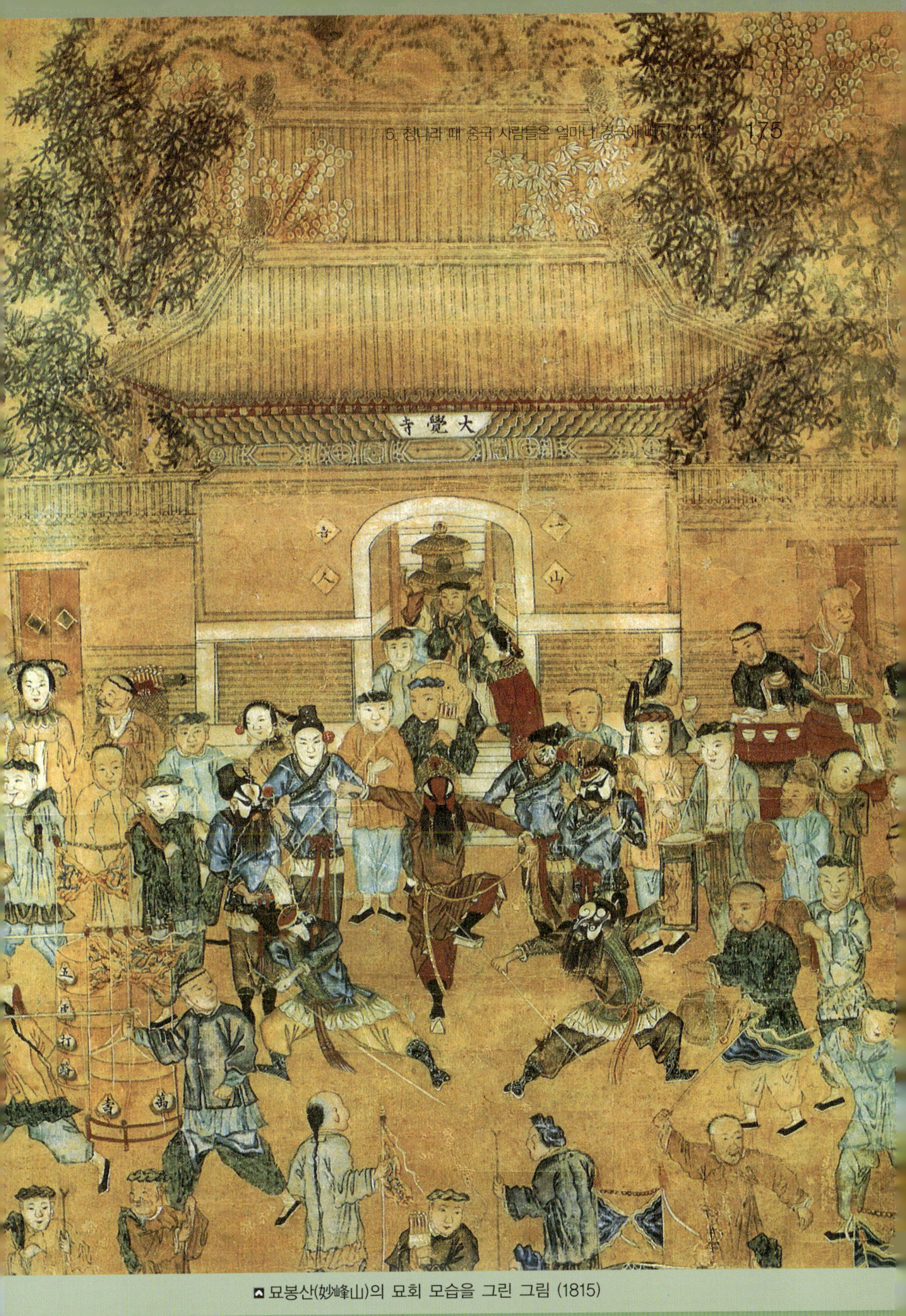

■ 묘봉산(妙峰山)의 묘회 모습을 그린 그림 (1815)

에서의 음악과 춤·잡극·백희의 공연 모습이 기록되어 있다.

원·명·청으로 이어지면서 이러한 '묘회'는 더욱 발전하였다. 그리고 묘희는 그 시대에 유행한 연극이 주로 공연되었음으로 근세에 와서는 경극과 자기 지방의 지방희가 공연의 중심을 이루었다. 청대에 와서는 지방의 신묘가 더욱 늘어나고 발전하여 한 곳에 여러 개의 신묘가 세워져 함께 협력해 가면서 제사도 지내고 묘회도 진행하는 경우가 많아졌다. 보기를 하나만 들면 샨시(山西)성 제슈(介休)현의 후토묘(后土廟, 이 묘도 眞武廟와 三官祠가 합쳐져 있는 것임)에는 삼청관(三淸觀)·여조묘(呂祖廟)·관제묘(關帝廟)·화신묘(火神廟) 등이 함께 모여 있는데, 자리도 서로 협력하기 편리하도록 잡고 있다. 신묘가 두 개 나란히 또는 앞뒤로 서로 등지고 배치된 곳도 있지만 모두 그곳 지형을 이용하여 편리하게 이용할 수 있도록 여러 가지 형식으로 배치되어 있다. 그리고 이들 신묘는 제각

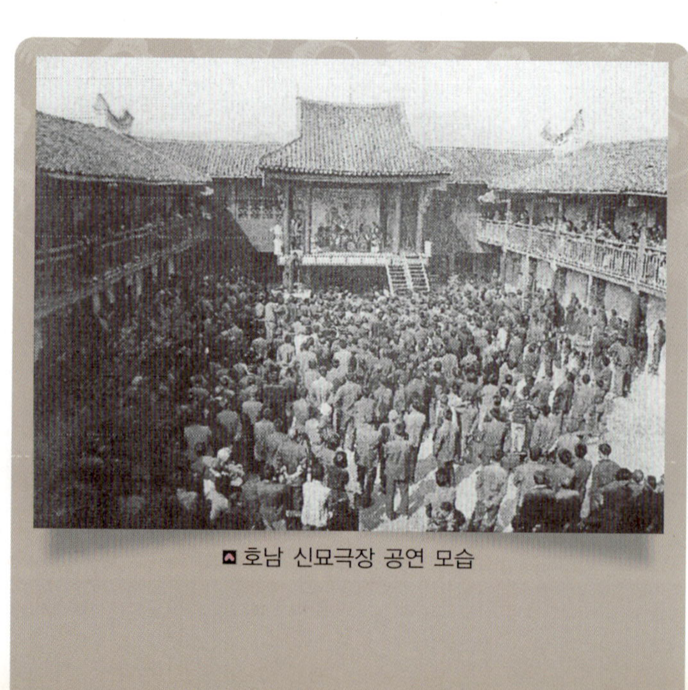
▣ 호남 신묘극장 공연 모습

기 전면에 자기네 희대를 만들어놓고, 해마다 서로 다른 날에 묘회를 거행한다. 그러니 한 해를 두고 제사지내는 행사와 연극 공연이 그칠 날이 없을 정도이다. 두세 개의 신묘가 함께 있는 곳은 무척 많다. 여기에 이웃 고장의 신묘에서 행해지는 묘회까지 합치면 시골 사람들도 거의 날마다 연극을 구경할 수 있는 여건이 갖추어지게 된다.

묘회에 관한 기록은 무수히 많다. 보기로 청나라 진굉모(陳宏謀)의 『배원당우존고(培遠堂偶存稿)』 문격(文檄) 권45의 기록을 인용한다.

"군중이 모여 새회를 하고 모여서 신에게 제사를 드리는 것은 농사를 그르치고 재물을 낭비하게 됨으로 오랜 동안 위의 명령을 받들어 널리 행사를 삼가라고 권하여 왔다. 강남에서는 신령에게 아첨하며 귀신을 믿는 폐해가 매우 심각하다. 매번 신의 생일날이라 하여 채색 등불을 밝히고 연극을 한다. 골동품이나 희귀한 물건들을 진설하기 위하여 십여 개의 탁자를 늘어놓고, 백희의 재주를 부리며 갖가지 노래를 번갈아가며 이어 부른다. 또 신묘 위에서 몸을 던지는 재주를 부리는데 그것을 집역(執役)이라 하며, 목에 칼과 쇠사슬을 두르고 하는 놀이를 사죄(赦罪)라고 한다. 신상(神像)을 메고 거리를 돌아다니고 향로 정자 깃발 우산 등을 모두 아름답게 갖추어 놓고 누각 위에서 잡극을 하는 사람들은 치장을 하는데 정성을 다한다. 오늘은 어떤 신이 나와 돌아다니고 내일은 어떤 신묘에 굉장한 묘회가 있다고 하면서 남녀가 몰려다니는데 수백 리 수십 리 안 사람들 모두가 미친 것 같이 보인다. 한 번 묘회를 하는 비용이 천금이나 되는데 일 년 중에 몇 번의 묘회가 열린다."[100]

박지원의 『열하일기』에도 건륭 45년(1780) 6월 24일 압록강을 건너 베이징을 향해 가다가 7월 15일에 본 광경을 다음과 같이 쓰고 있다.

"절이나 도관 및 묘당에는 마주보는 문 위에 반드시 한 개의 희대가 있는데 모두 일곱 개 또는 아홉 개의 들보가 얹히어져 있어서 높고 깊고 웅대함이 보통 점포 건물과는 비할 바가 아니었다. 이렇지 아니하면 깊이와 넓이가 만 명의 관중을 받아들이기 어렵기 때문이다. 걸상과 탁자와 의자나 안석 같은 좌석이 모두 천 개는 될 것 같고 색칠도 정교하고 사치스러웠다. 길 가 천릿길에는 흔히 갈대 자리나 대 자리를 깐 높은 누대를 누각이나 궁전 모양으로 만들어 놓았는데 만든 솜씨가 기와집보다도 훌륭하였다. 혹은 특별히 추석 날 공연에 쓰기도 하고 혹은 특별히 7월 보름에 쓰기 위한 것이다. 묘당이 없는 작은 마을에서는 반드시 정월 보름날이나 7월 보름날에 맞추어 이러한 대 자리를 깐 누대를 세우고 여러 가지 연극과 놀이를 공연하였다."[101]

---

100) "聚衆賽會, 酬神結會, 誤農耗財, 久奉上諭, 廣行勸戒. 江南媚神信鬼, 錮蔽甚深. 每稱神誕, 燈彩演劇, 陳設古玩希有之物, 列桌十數張. 技巧百戲, 清歌十番, 輪流疊進. 更有投身神廟, 名爲執役, 首戴枷鎖, 名爲赦罪. 擡神游市, 爐亭旗傘, 備極鮮妍, 擡閣雜劇, 極力裝扮. 今日某神出游, 明日某廟勝會, 男女奔赴 數十百里之內, 人人若狂. 一會之費, 動以千計, 一年之中, 常至數會."

101) 「戲臺」; 寺觀及廟堂, 對門必有一座戲臺, 皆架七梁, 或架九梁, 高深雄傑, 非店舍所比. 不若是, 深廣難容萬衆. 凳卓椅几, 凡係坐具, 動以千計, 丹艧精侈. 沿道千里, 往往設蘆簟爲高臺, 像樓閣宮殿之狀, 而結構之功, 更勝瓦甍. 或扁以仲秋慶賞, 或扁以中元佳節. 小小村坊無廟堂處, 則必稱上元中元設此簟臺, 以演諸戲.

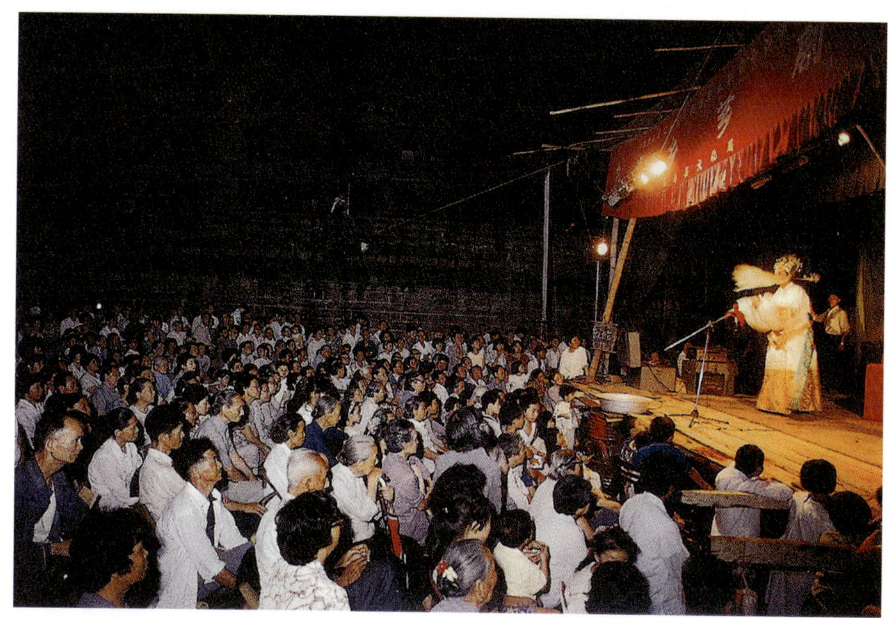

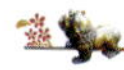 중국 민간에서 묘회를 하면서 가설무대를 만들어 놓고 경극을 공연하는 모습

박지원은 이 뒤 7월 22일자 일기 및 7월 30일자 일기에도 도시 가운데 희장과 길가에 세워놓은 희대에서 연극을 공연하는 성대한 모양을 쓰고 있다.

중국 사람들의 기록에도 이 시대 각 지방의 묘화나 사화에 관한 기록은 이루 다 들 수 없을 정도로 많다.

"풍경진(楓涇鎭)은 짱수와 쩌짱의 경계지역이어서 장사꾼들이 모여드는 곳이다. 언제나 상사(上巳)날에는 가장 성대한 새신(賽神) 행사를 벌이어 높은 누대를 쌓고 여러 극단을 초청하여 밤새도록 노래하고 춤추었다."[102]

---

102) 董含『蓴鄕贅筆』; 楓涇鎭爲江浙連界, 商賈叢積. 每上巳賽神最盛, 築高臺, 邀梨園 數部, 歌舞達旦.

"연주양곡현, ---어느 날 사화를 하느라고 누대에 올라 연희를 하였다."[103]

"광동 삼수현 앞에 누대를 세워놓고 연희를 하였다."[104]

이러한 현상은 지금까지도 유지되고 있다. 왕슈엔(王叔岩)의 「미진산 낭낭묘회(迷眞山娘娘廟會)」라는 글을 보면[105] 이런 기록이 보인다. 랴오닝(遼寧)성 요하(遼河) 하구에 가까운 곳에 있는 룽커우(營口) 따스차오(大石橋) 서남쪽에 미진산이 있고 그 위에는 청나라 태종(太宗) 천총(天聰) 9년(1635)에 세운 낭낭묘가 있는데, 그 신묘가 세워진 뒤로 매년 4월 18일이 되면 묘회가 열리게 되었다 한다. 1905년 션양(沈陽)에서 뤼따(旅大)로 통하는 남만철도가 부설된 뒤로 묘회에 모여드는 사람들이 더욱 늘어, 3일 또는 5일 동안 진행되는 묘회에 보통 수만 명, 가장 많이 모인 경우에는 50여만 명에 이르는 사람들이 모였다 한다. 그리고 부근 농촌 사람들이 조직한 천길(天吉) · 천선(天仙) · 천덕(天德) · 천태(天泰) · 천성(天成) 다섯 개의 성회(聖會)가 참여하여 제사 뒤에 제각기 장기로 자랑하는 여러 가지 민간연예 및 잡기와 연극을 공연하였다 한다. 서민들도 묘회를 통하여 연극과 여러 가지 민간연예의 공연을 미친 듯이 모여서 즐겼다고 한다.

---

103) 王士禎『香祖筆記』; 兗州陽谷縣, ---一日社會, 登臺演戲.
104) 『新齊諧』; 廣東三水縣前, 搭臺演戲.
105) 『遼海鶴鳴』(遼寧省 文史硏究館 編, 上海書店 刊) 所載.

선통 원년(1909)에 나온 부숭구(傅崇榘)의 『성도통람(成都通覽)』
에는 이런 기록이 보인다.

"북문 밖 동악묘에서는 해마다 반드시 제사지낼 적에 「목련구모」
를 공연하였는데, 구경꾼들이 미친 것 같았다."[106]

필자는 1995년 2월 음력 설 때 쓰추안성 쯔퉁(梓潼)의 시골 마을
인 위마강(御馬岡)이라는 곳의 어마사(御馬寺)라는 신묘에서 행해
지고 있는 묘회를 직접 가서 구경한 일이 있다. 전반부는 재동양희
(梓潼陽戲)라고 부르는 인형놀이인 천희(天戲)가 가미된 탈놀이가
행해졌고, 뒤이어는 그곳 지방희인 천희(川戲)의 공연이 이어졌다.
인가도 별로 보이지 않는 시골 신묘의 묘회에 모여든 인원은 2,000
명은 됨직 하였다.[107]

초순(焦循, 1763-1820)은 『화부농담(花部農譚)』에서 농촌의 연
극실황에 대하여 이렇게 쓰고 있다.

"성 밖의 여러 마을에서는 2월 달에서 8월 달 사이에 연이어 연극
공연을 하면서 농부와 어부들이 모여서 즐기고 있다.---나는 특히
그것을 좋아하여 할멈과 어린 손자들을 데리고 작은 배를 타고 호수
를 따라 가 구경을 한다. 날씨가 무더울 때 농사일을 하는 여가에 여
러 사람들이 버드나무 그늘이나 나무시렁 아래 모여앉아 흔히 얘기
를 즐기는데 대부분이 연극으로 공연된 것에서 벗어나지 않는 내용

---

106) "北門外東岳廟, 每年均演目連救母, 打岔戲, 觀者若狂."
107) 김학주 『중국의 전통연극과 희곡문물 · 민간연예를 찾아서』 (명문당, 2007 간행)

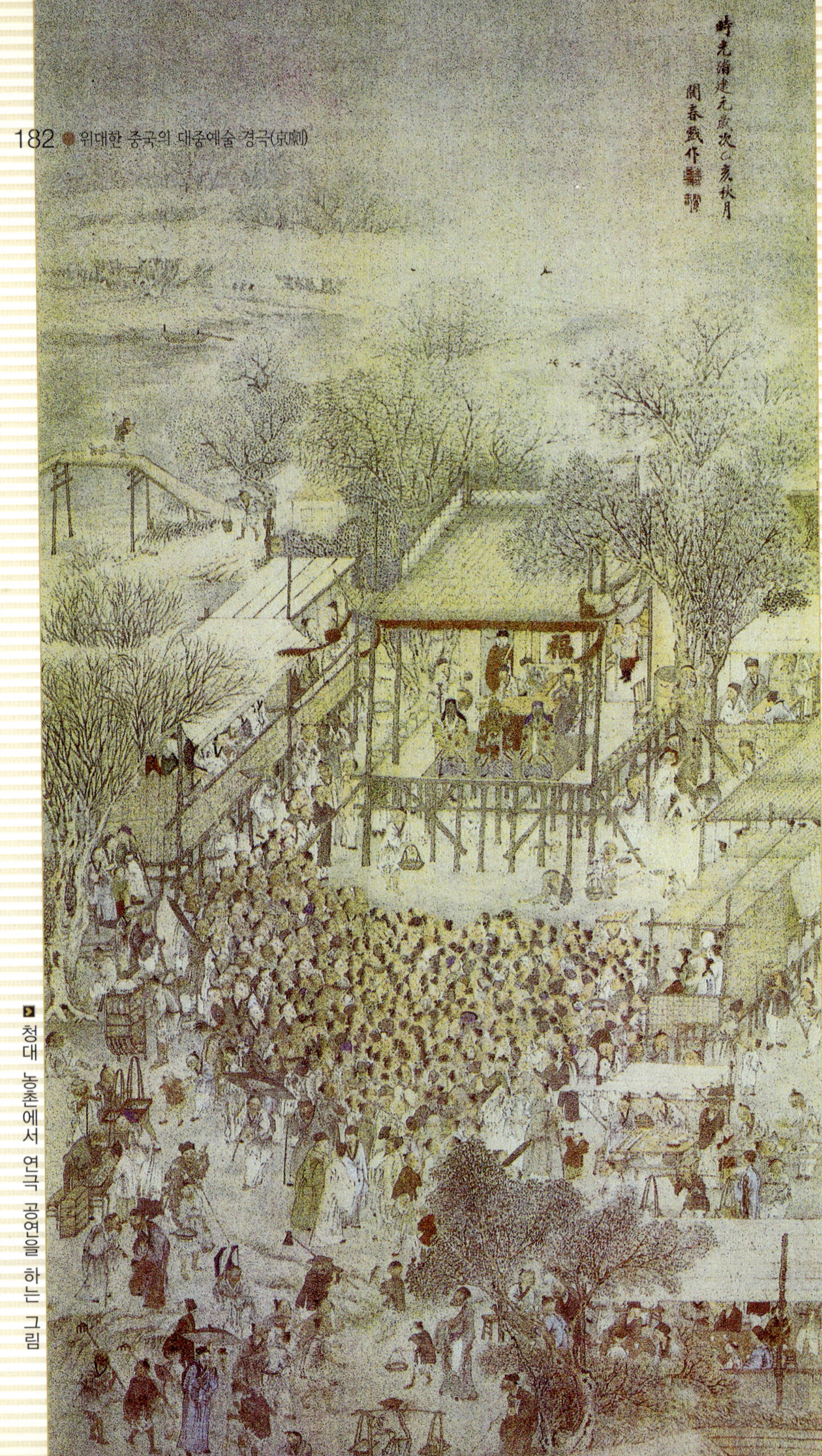

▶ 청대 농촌에서 연극 공연을 하는 그림

이다. 내가 거기 대하여 대략 해설을 해주면 모두가 손뼉을 치면서
좋아하였다.”

그리고 그에게는 「시골 연극을 구경하고(觀村劇)」라는 시 2수가
있는데 그 중 한 수를 소개한다.

뽕나무 짙은 녹음 속에 북소리 피리소리 시끄러우니
죽고 난 다음의 시비야 어찌 따질 것인가?
사람들 모두 연극의 끝맺음이 좋다고 하더니
끝맺음 보고나자 해는 이미 저물었네.

桑柘陰濃鬧鼓笛, 是非身後屬誰家?
人人都道團圓好, 看到團圓日已斜. (『雕菰集』卷五)

농촌에서도 연극이 얼마나 성행되었나 짐작케 하는 기록이다.
철저한 사고에 대한 대비가 없는 농촌에 갑자기 많은 사람들이 모
이는 일이라 큰 사고도 자주 일어났던 것 같다. 쉬커(徐珂)의 『청패
류초(清稗類鈔)』에 보이는 화재사고 기록을 보기로 든다.

광주(廣州)의 묘회에서 연극을 할 적에 부녀자들이 많이 모여들어
시렁을 줄지어 세워놓고 거기에서 구경토록 하였는데, 그것을 간대
(看臺) 또는 자대(子臺)라 불렀다. 도광 을사(乙巳)년(1845) 4월
20일에 성 안의 구요방(九曜坊)에서 연극을 하면서 학정서(學政署)
앞에 희대를 만들어놓고 시렁을 줄지어 세워놓았었는데 한 시렁에
서 구경하던 사람이 물담배를 피우다가 불을 내어 마침내 불이 번져

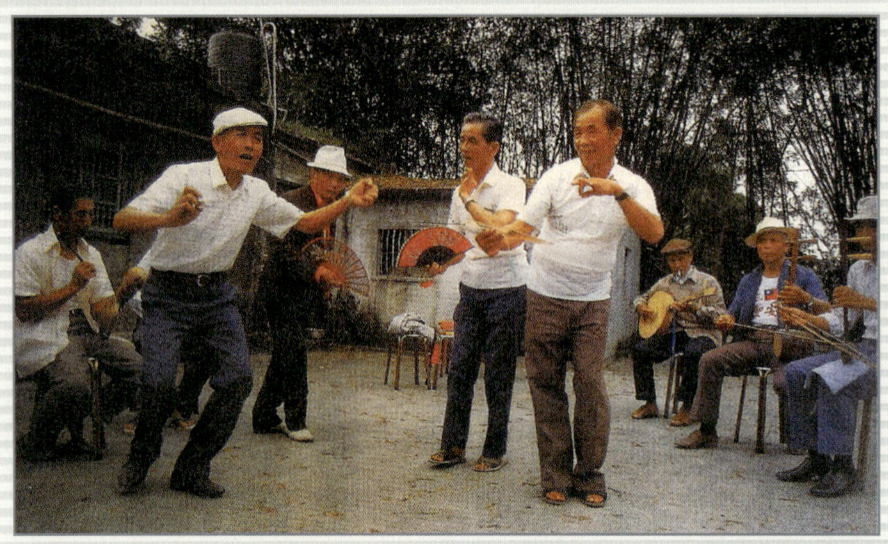

▣ 공원 내 일반 사람들이 모여 평시의 복장대로 악기를 연주하면서 경극공연 연습을 하고
있다.

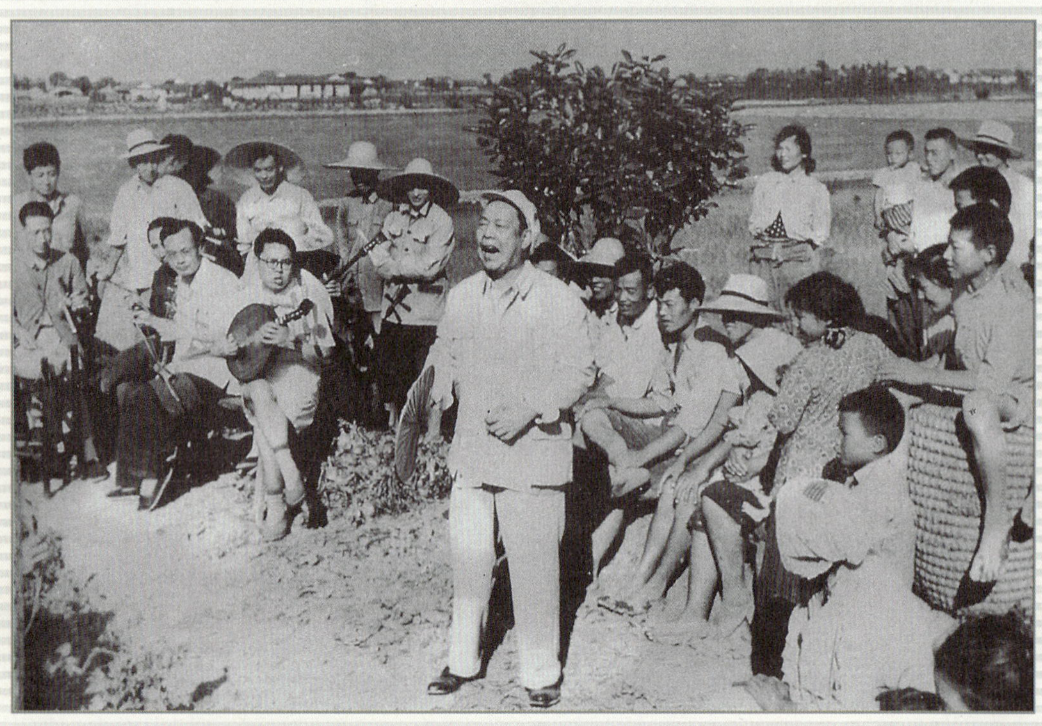

▣ 경극의 명배우 조우신팡(周信芳)이 농촌에 가서 농민들과 어울리어 경극 창을 하고 있는 모습

남자와 여자 1,400여 명이 불에 타 죽었다.[108]

경극에 미쳐있던 사람들로서는 피할 수가 없는 사고였다고 할 수 있을 것이다.

청나라 시대에는 황제나 귀족 또는 부자뿐만이 아니라 가난한 도시의 서민들도 모두 경극에 미쳐 있었다. 중화민국에 들어와서도 경극을 좋아하는 중국 사람들의 취향은 조금도 변하지 않았다. 가난한 서민들도 오직 연극에 미친 듯이 거기에만 매달렸던 것 같은 느낌조차 든다. 이순띵(易順鼎, 1858-1920)은 민국 초기 베이징 시내의 가난한 사람들이 모여 사는 텐차오(天橋) 지구[109]의 경극을 연출하는 극장과 배우 및 관중들의 모습을 노래한 「천교곡(天橋曲)」 10수를 짓고 있는데 앞머리에 다음과 같은 서문을 달고 있다.

"텐차오는 수십보(步) 넓이의 땅인데, 거기에 남희원(男戲園) 2집, 여희원(女戲園) 3집, 악자관(樂子館) 3집, 여악자관(女樂子館) 또 3집이 있다. 연극 관람료는 3매(枚)이고, 차 값은 겨우 2매이다. 희원이나 악자관은 나무 시렁을 엮고 자리를 깔아 만들었고, 떠돌아다니는 사람들이 개미떼 같았는데 가난한 사람들이 대부분이다. 악자관은 내부가 약간 깨끗하고 떠돌아다니는 사람들도 적다. 펑펑시(馮鳳喜)

---

108) 『淸稗類鈔』卷78 戲劇類 「觀劇焚斃多人」; 廣州酬神演劇, 婦女雜遝, 列棚以觀, 曰看臺, 又曰子臺. --- 道光乙巳四月二十日, 城中九曜坊演劇, 設臺於學政署前, 席棚鱗次, 一子臺中人以吸水煙遺火, 遂爾燎原, 致焚斃男女一千四百餘人.

109) 天橋는 北京 外城 永定門 안 天壇 동쪽 지역. 옛날부터 民衆娛樂場 露店 등으로 유명한 곳. 지금도 天橋商場이 있다.

라는 자가 매력이 있어 인기가 있다. 이전 청나라 때부터 베이징의 가난한 백성들은 생계가 날로 어려워져서 떠도는 백성들이 날로 늘었다. 가난한 사람들이 재주를 팔아 영업을 하는 장소에 부자들은 오지 않는다. 그래서 가난한 사람들이 재주를 팔아 영업을 하여 올리는 소득은 모두가 가난한 사람들의 재물이다. 나는 이뿐 날렵한 사람들도 보았지만 불쌍한 처지의 사람들도 보았는데, 그러나 이뿐 날렵한 자들도 모두가 결국은 불쌍한 자들이다. 나와 함께 떠돌아다니는 자들도 불쌍한 자들이다. 여기까지 쓰다 보니 나는 울음이 터지려 한다."[110]

그의 시 10수 중 두 수만을 아래에 소개한다.

〖1〗

늘어진 버들가지 같은 허리는 완전히 여자 같고
저녁 햇살 아래 얼굴빛은 꽃보다도 아름답네.
술집 깃발 아래 연극하는 북소리 톈차오 저자거리에 울리는데
많은 놀러 나온 사람들은 집 생각도 아니 하네.

垂柳腰支全似女, 斜陽顔色好于花.
酒旗戲鼓天橋市, 多少遊人不憶家.

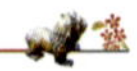

110) 天橋數十弓地耳, 而男戲園二, 女戲園三, 樂子館又三, 女樂子館又三. 戲資三枚, 茶資僅二枚. 園館以席棚爲之, 游人如蟻然, 裏人居多也. 樂子館地稍潔, 游人亦少. 有馮鳳喜者, 楚楚動人. 自前清以來, 京師窮民生計日艱, 游民亦日衆. 貧人鬻技營業之場, 爲富人所不至. 而貧人鬻技營業所得者, 仍皆貧人之財. 余旣睹驚鴻, 復睹哀鴻, 然驚鴻皆哀鴻也. 書至此, 余欲哭矣!

〔2〕

텐차오 다리 밖은 지는 햇빛 아름다우니
놀러 나온 사람들 개미처럼 분주한 것 이상히 여기지 말게.
저자거리로 들어가 일전만 내면 서시 같은 미인 볼 수 있어
온 마을이 북 울리며 연극 따라 창을 하네.

天橋橋外好斜陽, 莫怪遊人似蟻忙.
入市一錢看西施, 滿村疊鼓唱中郎.

첫 시의 첫 구절은 여자 주인공인 '청의'로 분장하고 있는 남자배우의 모습이다. 그리고 둘째 시 끝 구절 본문의 '중랑(中郎)'은 명초의 고명(高明)이 지었다는 『비파기(琵琶記)』의 남자 주인공 채옹(蔡邕)으로 중국의 고전연극을 대변하고 있다. 황제와 귀족이나 부자들뿐만이 아니라 생계가 막연한 가난한 사람들에 이르기까지도 모두가 경극에 빠져 있었다. 사람들 사는 모습은 시인의 눈에서 눈물을 자아내게 하는데 거기에는 여러 곳에 희원이 있다. 그들은 밥을 굶으면서도 연극 구경은 해야만 하였다.

때문에 베이징의 가난한 사람들의 경극에 대한 조예는 매우 깊었다. 쉬커(徐珂)의 『청패류초(清稗類鈔)』 권78 피황희(皮黃戲) 대목에는 다음과 같은 기록이 보인다.

"경극인 피황희는 베이징에 성행되어 그 가락은 베이징에서 완비되었다. 장사꾼이나 심부름꾼들도 짧은 옷에 머리를 동여매고서 늘

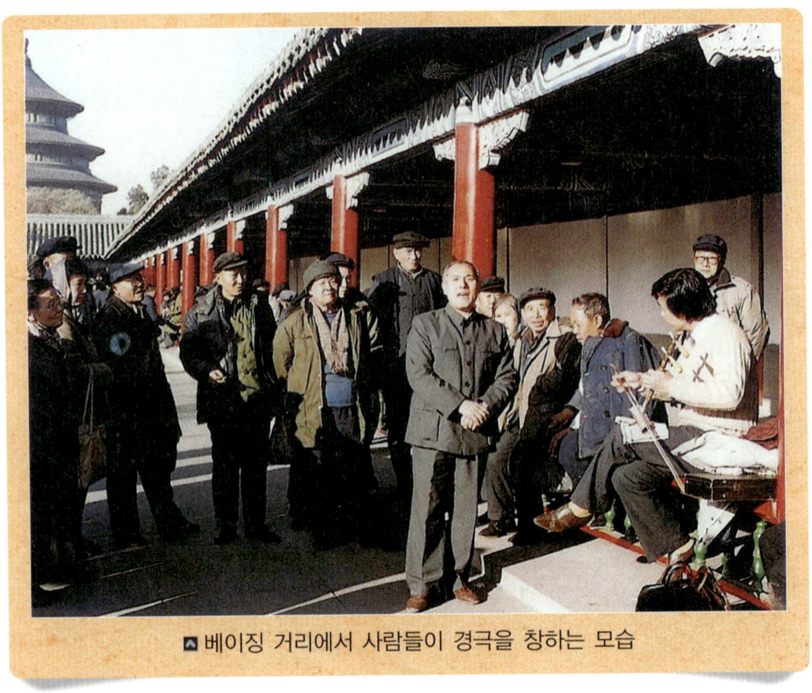

▲ 베이징 거리에서 사람들이 경극을 창하는 모습

희원에 들어가 경극을 보았는데, 그 한 가락 한 박자의 곡조에 있어
서도 연출자의 잘잘못을 모두 판별할 수 있었다. 잘하면 갈채로서 연
출에 보답하였고, 잘하지 못할 경우에는 소리를 지르면서 욕하였다.
희원 안의 모든 사람들이 약속도 안 하였으되 모두 같은 소리를 냈
다. ――― 그러므로 베이징의 배우들은 고관이나 돈 많은 상인들의 칭
찬을 받는 것을 영예로 여기지 않고 도리어 가난한 청중들의 여론에
서 욕을 먹지 않으려고 신중히 신경을 쓰며 규칙에 어긋나지 않으려
하였다. 진실로 여기에 실패하지 않으면 유능하다고 인정되었다."[111]

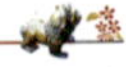

111) "皮黃盛於京師, 故京師之調尤至. 販夫豎子, 短衣束髮, 每入園聆劇, 一腔一板, 均能
判別其是非. 善則喝采以報之. 不善則揚聲而辱之. 滿座千人, 不約而同. ――― 故優
人在京, 不以貴官巨商之延譽爲榮, 反以短衣座客之興論爲辱, 極意矜愼, 求不越矩.
苟不顚躓於此, 斯謂之能."

경극이 중국 인민들에게 얼마나 널리 파고들었는가 알 수 있는 말이다.

그리고 경극의 배우들은 전국 각지로 나가서 활동하기 시작하였다. 베이징에서 가까운 텐진(天津)이 가장 먼저 경극을 받아들인 곳이다. 명배우 담흠배는 아버지를 따라 텐진으로 가서 배우 수업을 하면서 공연을 시작하였고, 여삼승은 도광 23년(1843)에 텐진으로 가서 아우 여사승(余四勝)과 오랜 동안 머물면서 공연을 하였다. 다음은 상하이로 동치 5년(1866)에 베이징의 희반이 상하이 희원의 초청을 받아 가서 공연을 하여 크게 인기를 모으자 많은 희반이 상하이로 옮겨가 경극을 공연하게 되었다. 경극이 일단 상하이에 자리를 잡자 곧 남쪽의 난찡 · 항조우 · 남창(南昌)을 비롯하여 푸젠 · 광시 · 광둥의 여러 성 도시로 퍼지고 마침내는 전국으로 발전하여 경극은 중국의 전통연극을 대표하는 가장 보편적인 연극이 되었다.

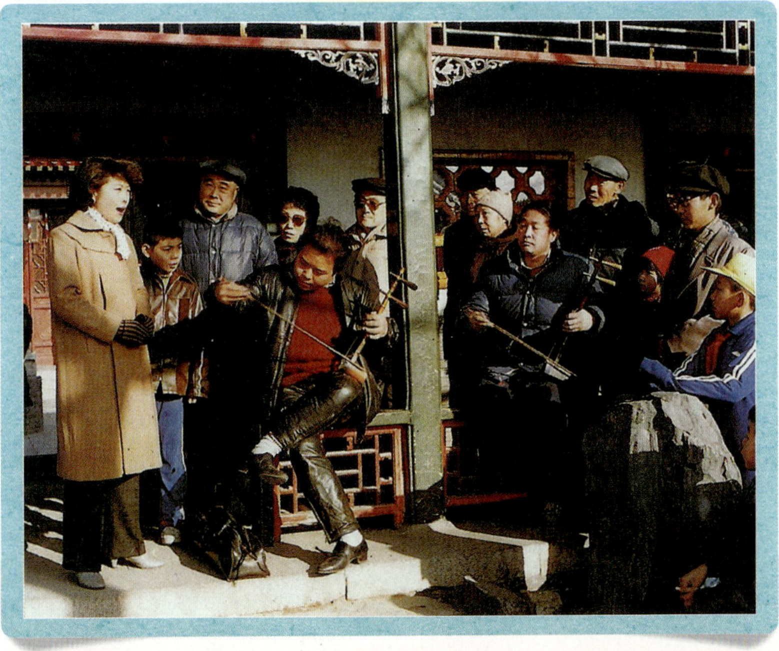

▣ 베이징의 길거리에서 일반 사람들이 경극을 하면서 즐기고 있다.

4) 베이징을 중심으로 한 도시의 경극 희반과 희원

청나라에 들어와 베이징 지역에는 적지 않은 희반이 생겨나 극장에서 관중들로부터 관람료를 받고 공연을 하였다. 그중에서도 건륭연간에 안후이 성으로부터 베이징으로 들어와 공연을 하면서 경극이 이루어지는 데 크게 일조한 이른바 춘대(春臺)·삼경(三慶)·사희(四喜)·화춘(和春)의 '사대휘반'이 가장 유명하다. 그러나 경극이 이루어진 함풍 연간을 전후한 시기에는 노생(老生) 역할로 '삼정갑'이라 칭송되던 정장경(程長庚)이 삼경반을 이끌고, 여삼승은 춘대반, 장이규(張二奎)는 화춘반에 들어가 활동하다가 희반에 문제가 생긴 뒤 사희반으로 들어가 활약하여 자연히 이 세 희반이 가장 이름을 떨쳤다. 함풍 연간에는 장이규가 정(淨) 역할의 유만의(劉萬義)와 함께 쌍규반(雙奎班)을 조직하기도 하였다.

도광 연간의 베이징에서의 희반의 공연 상황을 보면 삼경원(三慶園)에서는 삼경·춘대·사희·화춘의 '사대희반'을 중심으로 하고 서화성(瑞和成)·서승화(瑞勝和)·쌍순화(雙順和)·숭축성(嵩祝成)·영승규(永勝奎) 등의 희반이 중간에 끼어 공연하였다. 동락헌(同樂軒)에서는 사희·춘대·영승규·쌍순화·숭축성·서화성 등의 희반 이외에 쌍규(雙奎)·길립(吉立)·경순화(慶順和)·소복승(小福勝)·원순화(源順和)·소승복(小勝福) 등의 희반이 돌려가며 공연을 하였다. 경락원(慶樂園)에서는 삼경·사희·춘대·화춘·서화성·숭축성·원순화·서승화·쌍규·영승규·소복승 등의 희반과 대경화(大景和)·만순화(萬順和) 등의 희반이 돌려가며 공연

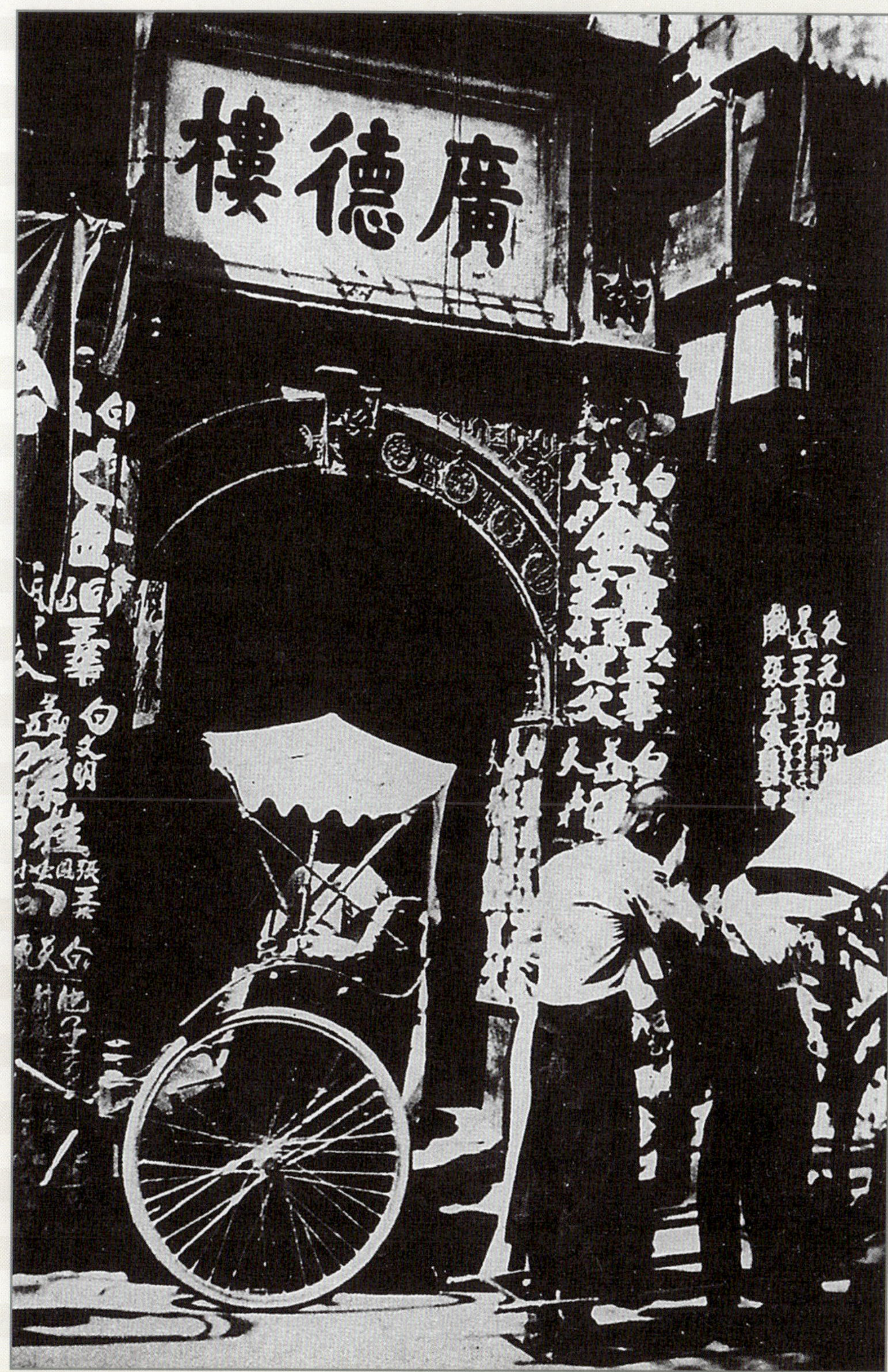

◀ 베이징 광덕루 정문

을 하였다. 광덕루(廣德樓)에서는 삼경·사희·춘대·숭축성·쌍순화 등의 희반이 번갈아가면서 공연을 계속하였다. 중화원(中和園)에서는 삼경·사희·춘대·영승규·원순화·서화성·서승화 등의 희반과 영경(永慶)·전승화(全勝和)·영성(永成)·취수(翠秀)·쌍화(雙和) 등의 희반이 번갈아가면서 공연을 하였다. 그 밖에 경화원(慶和園)·광화루(廣和樓)·유흥원(裕興園)·천악원(天樂園) 등의 극장에서도 대체로 앞에 나온 희반들이 계속 번갈아가면서 출연하고 있는데, 전체적으로 공연 도수가 가장 많은 희반은 삼경반(三慶班)과 사희반(四喜班)·춘대반(春臺班)의 세 희반이다.[112]

이 희반은 함풍 이후로 경극이 발전함에 따라 광서 연간에 이르기까지 더욱 늘어났을 것임을 짐작하게 될 것이다. 그리고 이 희반은 많은 경우 과반(科班)을 따로 두어 배우와 연극에 필요한 인물을 양성하였다. 배우가 되려는 사람은 8, 9세에 과반에 들어가 숙식을 함께 하며 경극의 갖가지 기본연기를 익히고 다시 따로 스승을 모시고 기예를 닦아 대략 7년의 수련을 거쳐야만 배우로 행세하게 되었다. '삼정갑' 중에서도 정장경은 삼경반을 이끌면서 사잠당(四箴堂)이란 과반을 운영하여, 담흠배(譚鑫培)·진덕림(陳德霖) 및 무정(武淨) 전금복(錢金福) 등의 명배우를 배출하였다. 따라서 소영춘(小榮春) 출신의 양소루(楊小樓)를 비롯하여 과반 출신 배우들이 무척 많이 나왔다. 선통 연간의 과반 중에는 희련성(喜連成)이 가장

---

112) 楊懋建 『都門紀略』 의거.

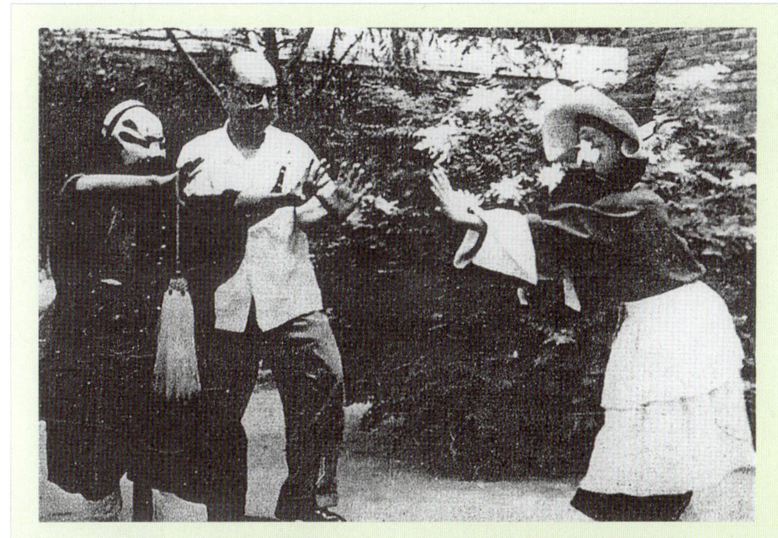

■ 명배우 학수신(郝壽臣)이 젊은이들에게 연기를 지도하는 모습

많은 학생들을 거느렸다 한다. 이 밖에 대가의 집에 기식하면서 개인적으로 연기수업을 받아 배우가 되는 사람이 있고, 연극계의 일을 하다가 소질이 발견되어 배우로 변신한 사람들도 있었다.

베이징뿐만이 아니라 지방에도 경극이 보급되고 또 각각 지방희도 크게 유행되어 희원이 없는 곳이 없었다. 쉬커(徐珂)의 『청패류초(清稗類鈔)』 권78 희극류(戲劇類)에는 상하이·수조우·카이펑·광조우(廣州)와 지금의 랴오닝성 션양(沈陽)인 봉천(奉天) 등지의 희원에 대한 기록이 실려 있다. 그 중 「봉천희원」 대목을 보기로 든다.

"봉천은 변두리 성의 성도(省都)이니 희원이 많다는 것은 본시 이상할 게 없는 일이고, 그 아래 모든 현(縣)과 진(鎭)과 마을에 이르기까지도 역시 어디에나 있었다. 그리고 어떤 희원에나 남녀가 한 데 어울리고 배우들의 창과 몸짓을 흉내 내는데 바깥쪽 현이 더욱 심하였다. 그곳 희대의 아름다움은 텐진(天津)과는 비슷하였지만 베이징에 미치지는 못하였다. 여자 배우들도 아름다웠다.”[113]

광서 31년(1905) 상하이에 현대식 극장으로 신무대(新舞臺)가 생겨나면서, 민국으로 들어와서는 경극의 희대도 극장으로 바뀌어지며 새로워지고 극단도 현대화하고 배우의 양성기관도 현대화 하였으며 현대적인 경극 연구 기관도 생겨났다.

중국경극원을 비롯하여 북경경극단·상해경극원·산동성경극단 등 지역마다 수많은 경극단과 경극 연출 시설이 생기고 주요 지역마다 경극에 관한 인재를 양성하는 학교가 건립되었다. 매란방경극단 같은 개인적인 경극단도 상당한 활약을 하고 있다. 중국예술원 산하에는 희곡연구소가 있다.

---

113) 奉天爲邊陲開府之首區, 戲園之多, 固不爲異, 乃至一縣一鎭一村落, 亦皆有之. 而每園必男女雜糅, 寫聲寫色, 外縣爲尤甚. 其戲臺之構造, 與天津相等, 爲京師所不及. 女伶亦美.

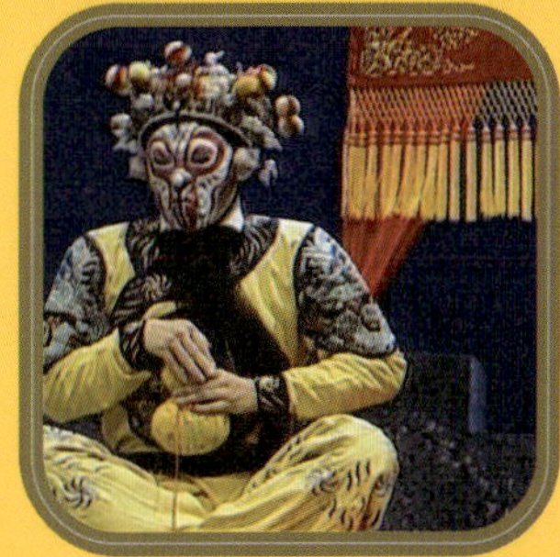

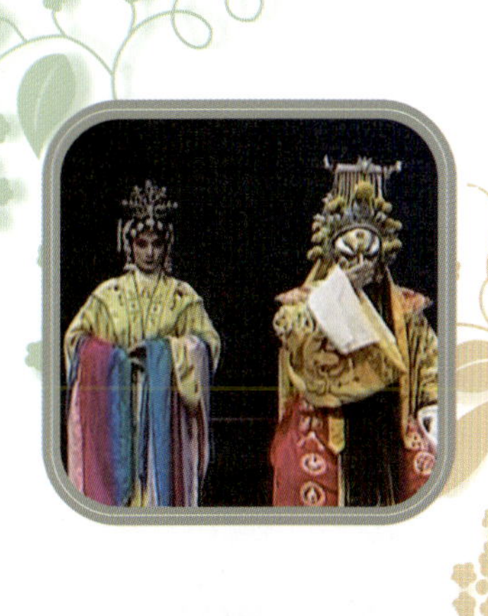

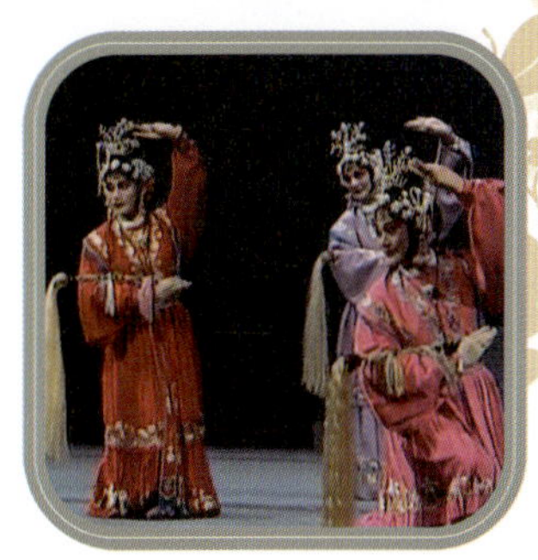

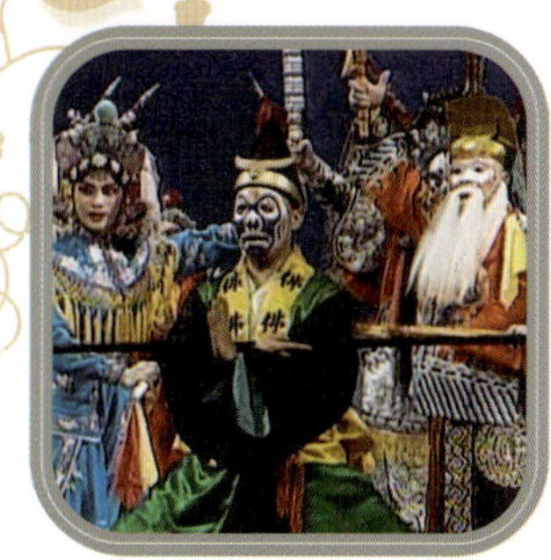

6

중화민국 시대의 경극
(1912-1948)

6. 중화민국 시대의 경극(1912-1948)

1) 우국(憂國) 의식의 유입

이미 19세기에 중국에 대한 서구 열강의 중국에 대한 침탈이 격렬해졌고, 1895년에는 일본과의 전쟁에도 패하고 1900년에는 의화단(義和團)사건도 일어났다. 1911년 신해혁명이 일어나 중화민국이 서기 이전부터 경극계의 일부에 약간의 변화가 일어나기 시작하였다. 곧 중국이 당하고 있는 나라의 치욕을 씻기 위하여 경극도 변하지 않으면 안 된다고 생각하는 사람들이 나오기 시작한 것이다.

광서 30년(1904) 중국 최초의 희곡잡지인 『이십세기대무대(二十世紀大舞臺)』가 간행되었는데, 주편자였던 류야쯔(柳亞子, 1887-1958)는 첫 호의 서문에서 중국의 전통 희곡도 관중들에게 나라를 위하는 마음을 불어넣어 줄 수 있는 혁명적인 내용을 담아야 한다고 주장하였다. 이 잡지는 내용이 급진적이었음으로 당국의 탄압을 받아 2호까지 내고는 정간 당하였다. 그러나 이 무렵부터 전통희곡

에 애국적이고 혁신적인 또는 혁명적인 내용을 담은 작품을 편극하
는 작가들이 하나 둘 나오기 시작하였다. 앞에 이미 경극 내용의 개
혁을 추진하였던 배우로 왕소농(汪笑儂)을 소개하였다. 쓰추안(四
川)의 천극(川劇)의 작가 황찌안(黃吉安, 1836-1924)도 1901년부
터 80편 이상의 작품을 썼는데, 옛날 얘기를 빌어 애국심을 고취하
려는 작품이 적지 않다.

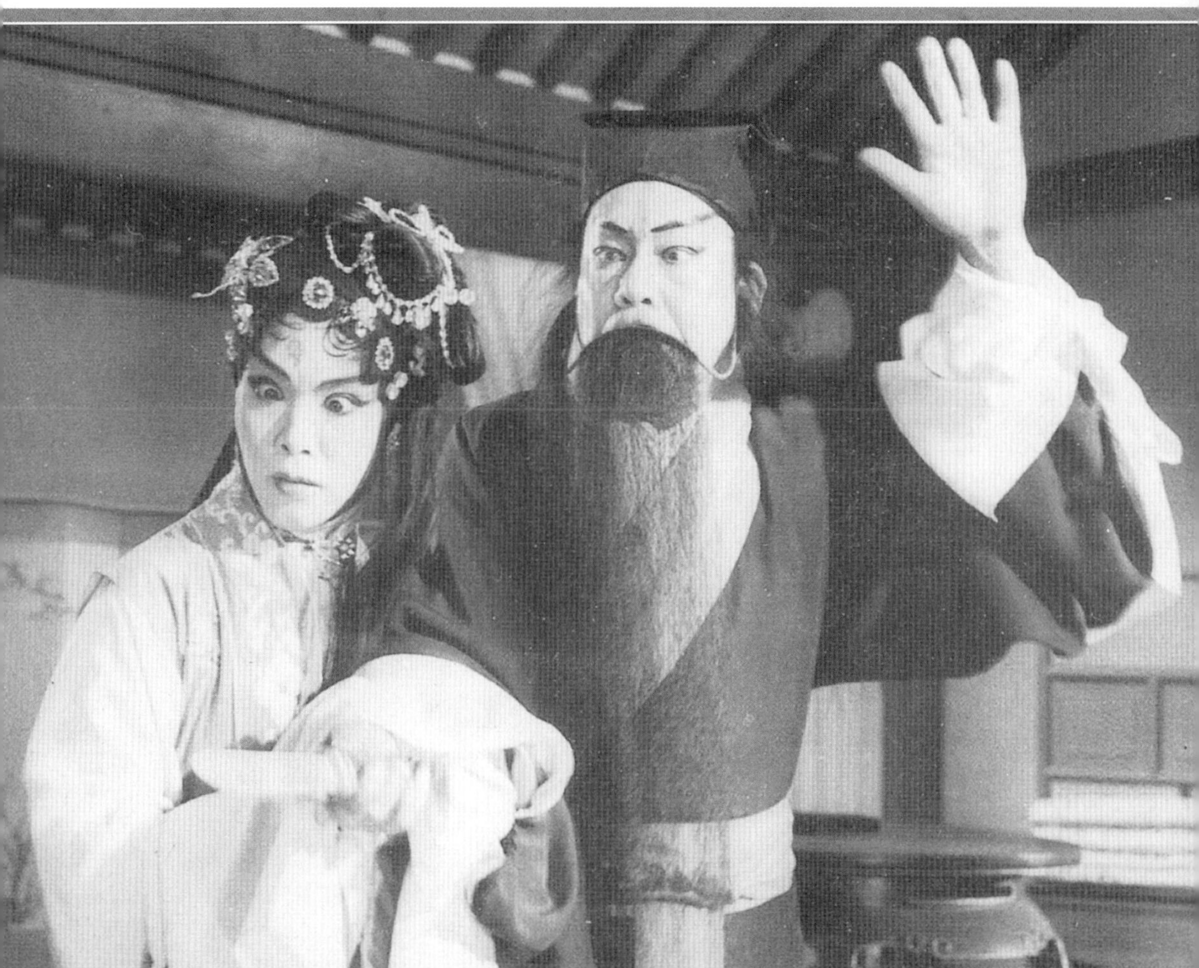

◪ 명배우 조우신팡이 「좌루살석(坐樓殺惜)」이라는 개량된 경극에서 송강(宋江)으로 분장하고 있다.

　　이러한 풍조는 신해혁명 이후로 더해졌고 특히 혁명 사상에 물들은 사람들은 더욱 노골적으로 개혁을 추진하였다. 보기를 들면 1912년을 전후하여 조직되어 션시(陝西)를 중심으로 활약하였던 극단으로 자기네 풍습을 바꾸겠다는 뜻의 역속사(易俗社), 풍속을 바로잡겠다는 뜻의 정속사(正俗社), 백성들을 새벽종이 되어 깨우치겠다는 뜻의 효종사(曉鐘社), 세상에 세 가지 의로움을 펼치겠다는 뜻의 삼의사(三義社) 같은 극단이다.[114]

　　이와 동시에 경극뿐만이 아니라 천극·월극(粵劇) 등의 지방희도 새로운 시대를 제대로 반영하기 위하여 배우가 그 시대의 옷을 입고 공연하는 시장신희(時裝新戱)도 상당히 유행하게 된다. 이 무렵 시장신희에 많이 출연하며 개혁적인 활동으로 이름이 났던 경극 배우로 판유에차오(潘月樵, 1869-1929)와 샤유에룬(夏月潤, 1878-1931)이 있다. 샤유에룬에게는 샤유에항(夏月恒)·샤유에샨(夏月珊)·샤유에화(夏月華) 형제가 있어서 많은 활동을 형제들이 힘을

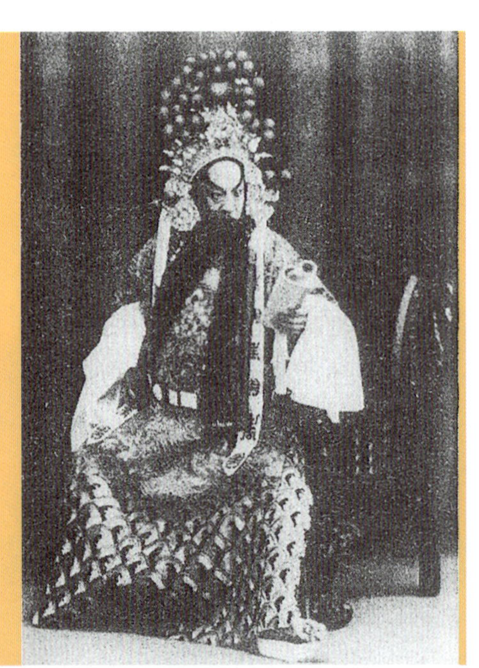

▲ 샤유에룬이 경극에서 관우로 분장한 모습

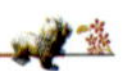

114) 段明灿의「張翔初將軍的愛好」(『三秦軼事』陝西省文史研究館 編)에는 장상초 장군이 자기의 생일잔치에 이상 네 극단을 집으로 불러들여 공연했다 하였다.

합쳐 함께 하였다.

이들은 1908년 7월에 공동으로 상하이에 옛날의 희대와는 다른 서양식 새로운 극장인 신무대(新舞臺)를 건설하였다. 무대에 새로운 조명과 배경 설비를 하였고 새로운 음향효과와 색채효과가 나도록 하였다. 그리고 관객은 옛날과는 달리 입장권을 사가지고 들어와 지정된 자리에 앉도록 하는 새로운 제도를 도입하였다. 이 새로운 극장은 경극 연출에도 많은 변화를 자연스럽게 가져왔다. 그리고 이에 뒤이어 상하이에만도 새로운 형식의 극장이 대여섯 개 생겨났다. 그리고 이들을 중심으로 신무대에 모여드는 사람들은 배우들의 지위를 높이기 위하여 옛날처럼 배우들을 부를 때 경멸의 뜻이 실린 영인(伶人)이란 말을 쓰지 못하도록 하고 대신 예인(藝人)이란 말로 부르게 하였다. 예인이란 물론 예술가의 뜻이다.

그리고 이들은 순원(孫文)의 혁명운동을 지원만 한 것이 아니라 군사적인 행동에도 직접 참여하였다. 우한(武漢)에서 혁명봉기를 하였을 때 판유에차오는 1911년 9월 혁명군이 상하이를 하루속히 탈취하게 하기 위하여 1865년에 총과 대포 등을 만들어 전국에 공급하기 위하여 세워진 강남제조국(江南製造局)을 탈취하는 작전에 참가하였다. 그 공로로 순원에게서 표창을 받기도 했으며, 1912년에는 군직을 직접 맡아 활동하였다. 샤유에룬 형제들도 1911년 9월에 강남제조국을 탈취하는 작전에 직접 참가하여 혁명군의 상하이 점령을 도왔다.

2) 사대명단(四大名旦)과 '단'역 배우들

중화민국 시대로 들어오면서도 나라는 무척 어지러웠고 변화는 많았지만 경극은 여전히 전국의 큰 도시를 중심으로 발전을 유지한다. 이 시기에 와서는 노생보다도 여자 주인공인 청의(靑衣) 역할을 하던 사대명단(四大名旦)이라 칭송되던 남자배우들이 이름을 크게 떨치게 된다. '사대명단'이란 메이란팡(梅蘭芳, 1894-1961)·슌혜이셩(荀慧生, 1900-1961)·샹샤오윈(尚小雲, 1900-1958)·청옌치우(程硯秋, 1904-1958) 라는 네 사람의 명배우이다. 이들은 어지러운 시국이었음에도 불구하고 경희의 성행을 이끌었다. '단(旦)'이란 원대 이전부터 중국 고전연극에서 여자역할을 가리키는 배역 호칭이다.

청나라 건륭황제는 풍기가 문란해진다는 이유로 여자들이 무대에 오르는 것을 금하여 연극을 공연할 적에 여자 역할도 남자가 맡는 수밖에 없었다. 그 결과 경극이 이루어지기 전후 시기의 명배우들은 모두가 여자 주인공인 '단' 역을 맡는 배우였다. 그러나 경극이 이루어져 성행하기 시작하면서 배우 중 남자 주인공인 '노생'을 가장 중시했었으나 중화민국 초기에 이르러는 다시 '사대명단' 같은 여자들보다도 더 멋있는 창과 몸짓을 무대 위에서 연기하는 남자 명배우들이 나와 이름을 떨치게 된 것이다. 민국 초기부터는 차차 여자배우에 대한 견제가 풀리어 여자 역할은 여자배우가 맡아 무대에 출연하는 경우가 늘게 된다. 그러나 여자배우들이 여자 역할을 하는 남자배우들의 인기를 따라잡지는 못하였다.

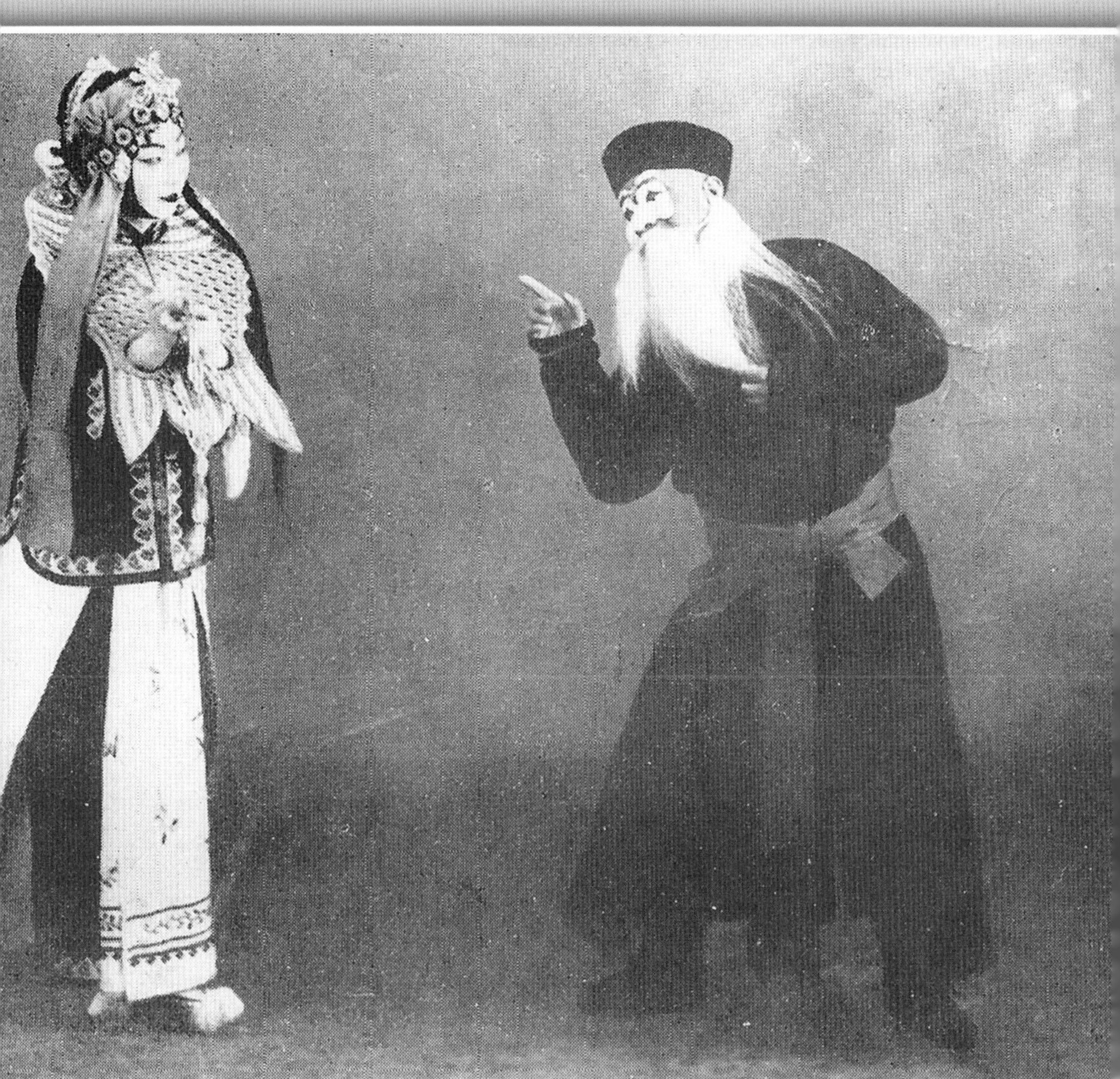

■ 「소삼기해(蘇三起解)」에서 메이란팡이 소삼(왼편)으로 분장하고 있다.

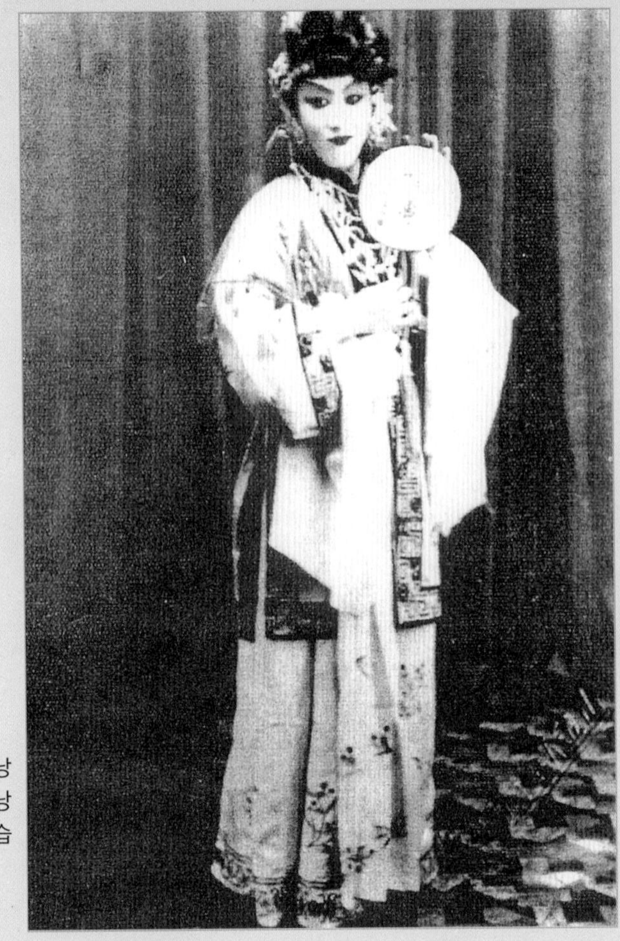

▣ 슌헤이셩이 「홍낭
(紅娘)」에서 홍낭
으로 분장한 모습

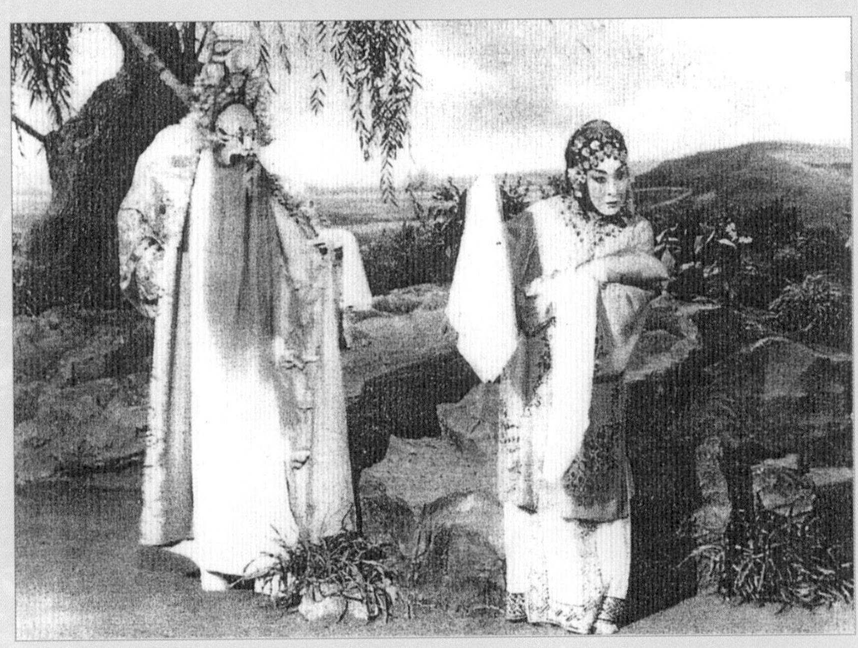

▲ 「실자경풍(失子驚瘋)」에서 샹샤오윈이 호씨(胡氏, 오른쪽)로 분장하고 있다.

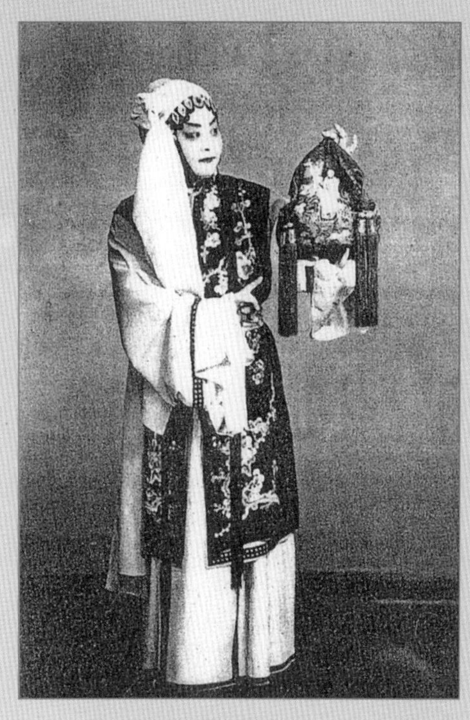

◀ 청옌치우가 「쇄린낭(鎖麟囊)」에서
설상령(薛湘靈)으로 분장한 모습

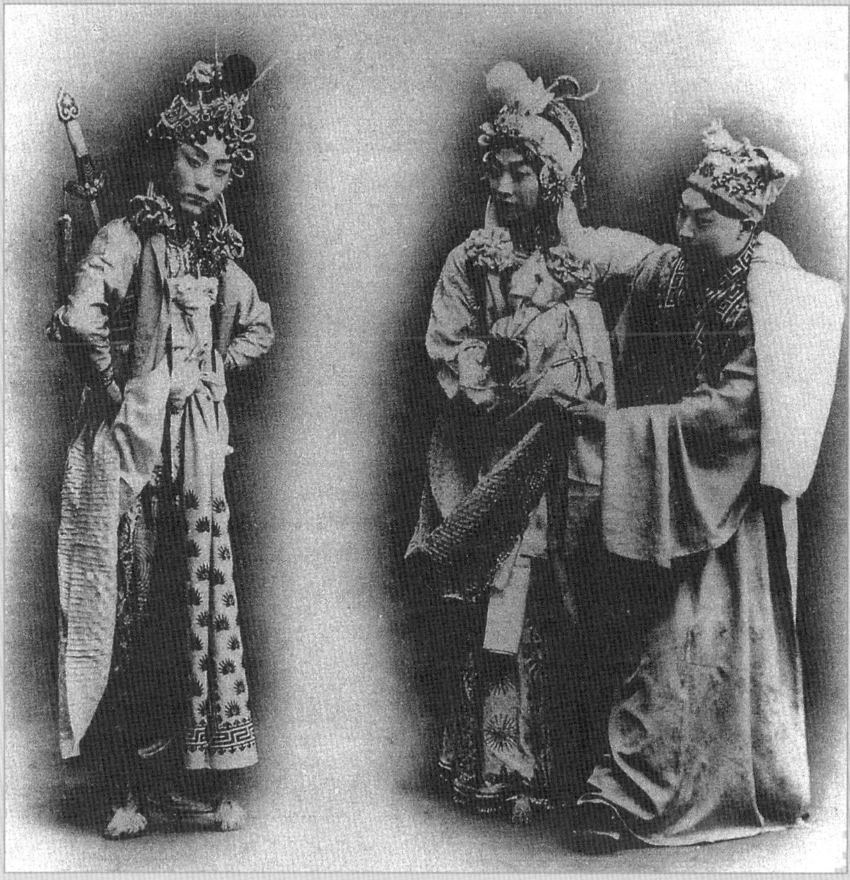

▲ 경극 「백사전」에서 샹샹오윈은 청사(왼편), 메이란팡은 백사(가운데), 청옌치우는 허선
(許仙, 오른편)으로 분장하고 열연하고 있다.

메이란팡-'사대명단' 중에서도 중국뿐만이 아니라 온 세계 연극계에 명성을 떨친 배우이다. 그의 할아버지는 '동광십삼절' 중의 한 사람인 매교령(梅巧玲)이고, 그의 아버지는 매죽분(梅竹芬)인데 모두 곤곡(崑曲)과 경극의 여자 주인공인 '단' 역의 배우였다. 어머니 양장옥(楊長玉)도 저명한 배우의 딸이다.

메이란팡은 9세부터 배우수업을 시작하여 11세에는 무대에 올라 공연을 시작했다. 그는 공연 활동을 하면서도 갖가지 연기를 갈고 닦아 재주가 날로 발전하여 민국 초(1912) 18세에는 이미 '청의'의 명배우가 되었다. 메이란팡은 배우 역할 이외에도 경희 배우들의 얼굴화장이며 장식과 복장 및 연기 등에 대하여도 불합리한 점들을 개량하는 데 노력하여 적지 않은 성과를 올렸다. 그리고 그 시대의 옷을 입고 무대에 오르는 시장희(時裝戲)에도 많은 관심을 가지고 출연하였다.

1919년과 1924년 두 번 일본에 극단을 이끌고 가서 도쿄(東京)·오오사까(大坂) 등지에서 경극을 연출하여 열광적인 환영을 받았다. 1930년에는 미국으로 건너가 6개월이나 머물면서 워싱턴·뉴욕·시카고·샌프란시스코·로스앤젤레스 등지의 극장에서 60여 차례나 공연을 하였다. 이때 찰리 채플린을 여러 차례 만나고 많은 헐리우드 배우들도 만났다. 다시 1935년에는 소련으로 가서 모스크바·레닌그라드에서 공연을 하고 콘스탄틴 스타니슬라부스키와 베르톨트 브레히트 같은 연극 전문가들과도 교류하였다.

이때 그가 나라 안팎에서 이름을 날린 경극의 극목으로는 『천녀산화(天女散花)』·『대옥장화(黛玉葬花)』·『귀비취주(貴妃醉酒)』·

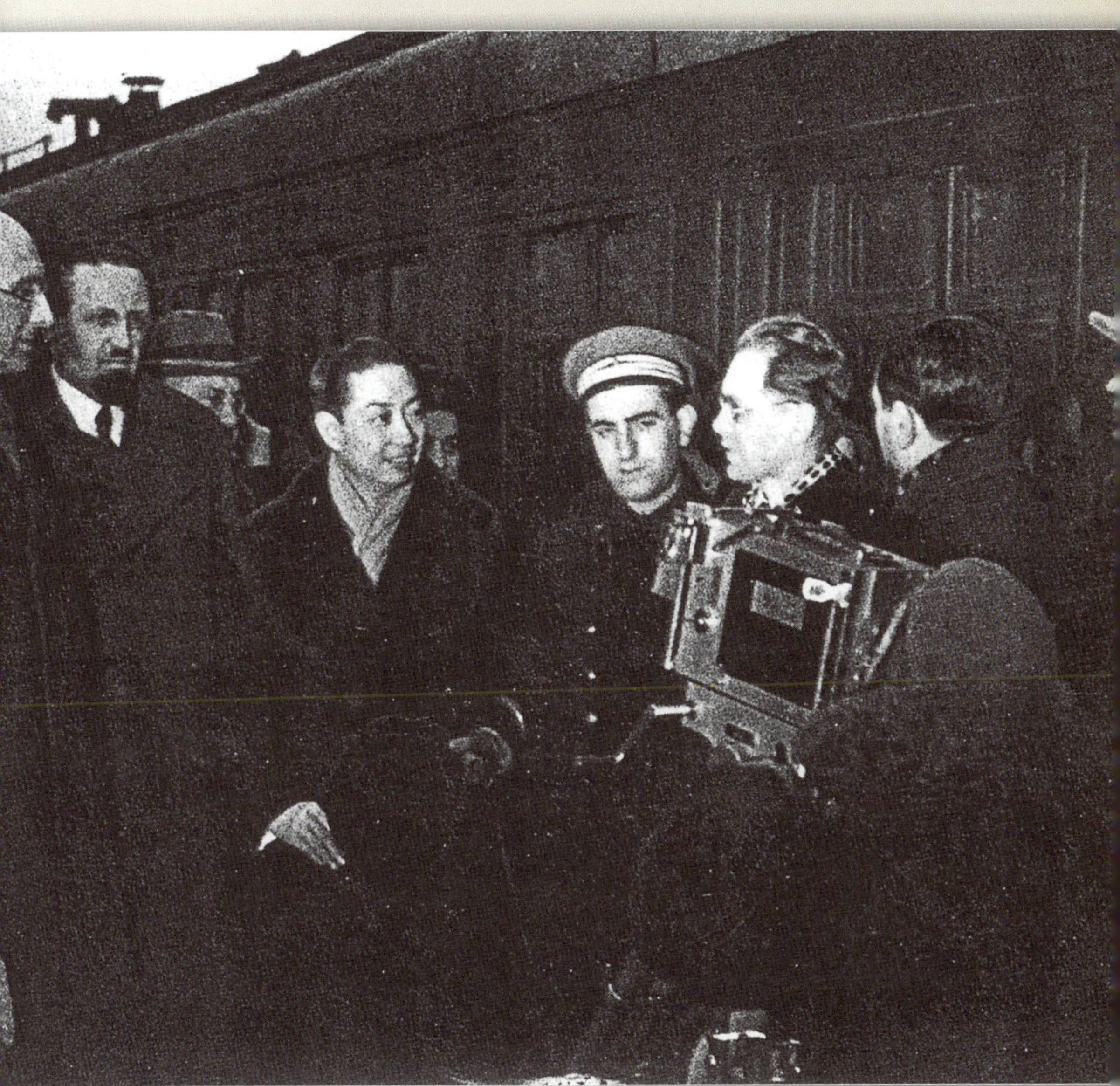

▲ 메이란팡이 모스크바에 도착하여 소련 연예계 인사들의 환영을 받고 있는 모습

『낙신(洛神)』·『천금일소(千金一笑)』 등 많은 작품이 있다. 메이란 팡은 중국의 역사작인 미녀 또는 전설적인 아름다운 신녀가 나오는 연극 주인공들의 멋지고 매력적인 젊은 여인 역할을 창과 몸놀림의 연기로 무대 위에 살려냈던 것이다.

1936년 가을 메이란팡이 처음으로 샨둥(山東) 찌난(濟南)에 와서 공연했을 적의 실황을 보면 중국에서 그의 인기가 어느 정도였는가 짐작이 간다. 쉬지에원(許介文)은 그때의 실황을 이렇게 적고 있다.

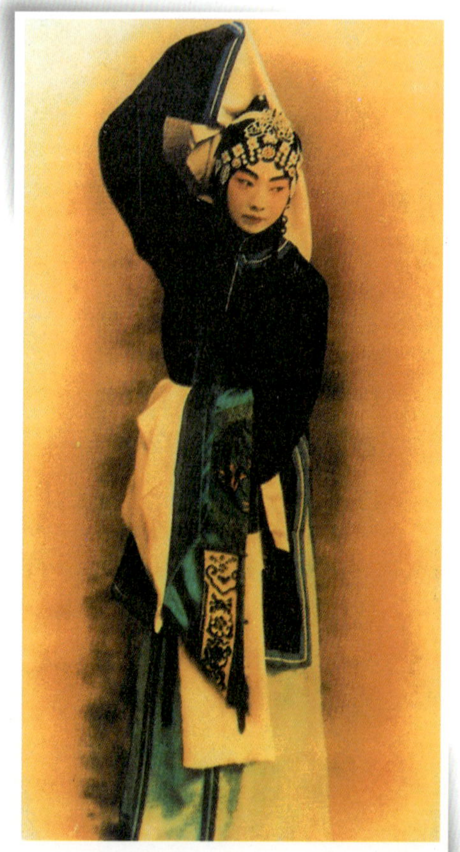

■ 「어비정(御碑亭)」에서 메이란팡이 맹월화 (孟月華)로 분장하고 있다.

"(메이란팡의)공연소식은 ---한때 찌난의 문화생활 중에 큰 사건이었다. 위로는 고관이나 거상과 부자들로부터 아래로는 뜨내기 장사꾼과 일꾼들 및 작은 점포를 지닌 사람들까지 모두 앞 다투어 구경을 하려 하였다. 까오탕(高 唐)·장치우(章丘)·웨이시엔(濰縣)· 즈추안(淄川)·뻐샨(博山)에서부터 쟈 오시엔(膠縣) 동쪽 여러 고을에 이르는 사람들이 찌난으로 와서 여관 같은 곳 에 묵으면서 연극을 보는 사람들이 많 았고, 어떤 이는 7·8 일이나 기다리고 도 표를 사지 못 하였다."

이때 극장표는 4월(이때 밀가루 한 포대 값이 1원 9전이었음)이었는데 암

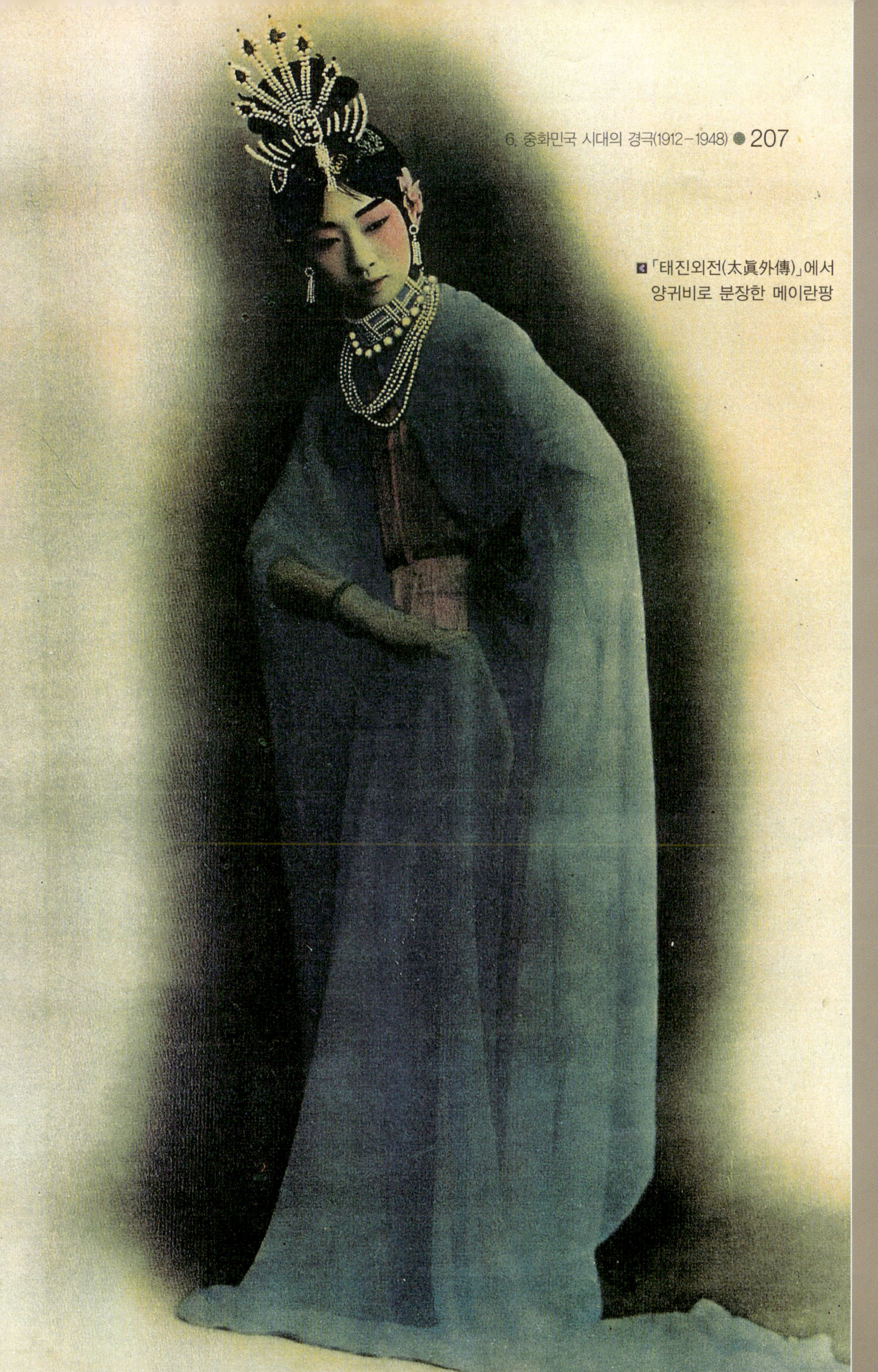

「태진외전(太眞外傳)」에서
양귀비로 분장한 메이란팡

표 값은 6원이었고, 공연이 진행되는 15일 동안 계속 극장은 초만 원이었다 한다.[115]

1931년 9·18 사변 이후 만주 땅을 일본이 점령하였을 적에 메이란팡은 상하이로 가서 항일을 고무하는 연극을 공연하였고, 1937년 중일전쟁이 일어나자 그는 홍콩으로 가서 무대에 오르지 않았다. 일본군이 홍콩을 점령하고 그에게 경극을 공연해 주기를 강요하였으나 그는 수염을 기르고 '청의' 역할을 더 이상 할 수가 없다고 하며 끝내 일본군의 공연 요구에 응하지 않아 중국 사람들의 칭송을 받았다.

베이징에서 발행되는 『신민보(新民報)』의 1947년 1월 6일자 판에는 목재(木齋)가 쓴 「해서는 안될 일(有所不爲)」라는 제목의 다음과 같은 글이 실려있다.

"한 달여 전에 맥아더 원수를 대접하기 위하여 메이란팡씨를 올해 정월 초에 일본에서 초청하여 연극을 하기로 하였다. 일반 사람들은 그것은 일종의 굉장히 영예로운 일이라 여기었으나 매 선생은 그 초청을 거절하였다.

최근에는 매 선생이 베이징에 가서 연극을 하였는데 우리 정부 당국에서는 마샬원수를 대접하기 위하여 매 선생에게 하루만 더 베이징에 머물러 연극을 해달라고 부탁하였다 한다.

일반 사람들은 그것은 일종의 굉장히 영예로운 일이어서 보통 사람에게는 있을 수도 없는 일이라 여겼으나 매 선생은 그 요구도 거절

115) 이상 許介文 『梅蘭芳首演泉城記盛』(山東省文史研究館 編 『山左鴻爪』 소재).

하였다.

　이것이 바로 「해야만 할 일이 있고 해서는 안될 일이 있다」는 것이다. 이 한가지 일을 가지고도 나는 매 선생에게 최고의 경의를 표하는 바이다."

　1949년(56세) 중화인민공화국이 성립한 해에 메이란팡은 중국 제1차 문예학술계대표대회에 참석하고, 마오쩌둥(毛澤東) 주석과 조우은라이(周恩來) 총리를 회견하였다. 중화인민공화국 개국성전에도 참여하였다. 1950년에는 전국인민대표대회 대표, 중국문학예술계연합회 전국위원회 위원, 중국희극가협회 이사회 주석단 위원이 되었다. 그리고 중국희곡연구원 · 중국희곡학원 등의 원장도 역임하였다.

　1951년(58세)과 52년에는 극단을 이끌고 북조선에 가서 한국전쟁에 참전하고 있는 중국인민지원군 위문공연을 하였다. 52년 12월에는 비엔나에서 열린 세계평화대회에 참석하고 귀국 도중 모스크바와 레닌그라드에 들려 경극 공연을 하고 소련 예술계 인사들을 만났다. 1953년 연말에는 제3차 부조위문단 부단장으로 북한에 가서 공연을 하고 김일성 · 최용건 등을 만났다.

　1956년(63세) 5월에는 다시 한 번 일본에 가서 근 2개월 동안 일본 각지를 돌면서 공연을 하였는데 가는 곳마다 성황을 이루었다. 교토(京都)에서는 입장료가 1,500원(입장료가 비싸다는 일본의 전통극 歌舞伎도 1,000원 넘는 일은 없다고 한다) 이었는데도 공연 10여 일 전에 표가 매진되는 열광적인 반응이었다고 한다.[116] 1961

---

116) 吉川幸次郎 『閑情の賦』 梅蘭芳その他 참조.

년 68세 되던 해 5월에 중국사회과학원에서 연구원들을 위하여 「목계영괘수(穆桂英挂帥)」를 공연하고 8월에 병이 나서 죽었다.

그의 자녀들 중에서 아들 메이바오찌우(梅葆玖)와 딸 메이바오유에(梅葆玥)는 배우로 일찍이 아버지와 함께 공연도 여러 번 하였다. 특히 메이바오찌우는 중국 최후의 청의(靑衣) 배우로 칭송되고 있으나 이제는 나이가 60대 후반이 되어 무대에 오르지 못하고 있다. 그러나 이들 남매는 지금도 유명한 매란방경극단(梅蘭芳京劇團)을 이끌고 있다. 이 극단은 1997년 1월 우리나라에 와서 세종문화회관과 광주에서 공연한 바가 있다.

청이엔치우(程硯秋, 1904-1958)는 만주족이며 어려서 부모를 잃고, 6세에는 남에게 팔려가 학대에 고난을 당하면서 배우수업을 하였다. 새벽에 일어나 땅재주 넘기 등을 연습하며 밥 짓고 아이 보는 일 등을 거들었으며 걸핏하면 매를 맞았다. 11세 때부터 무대에 올랐는데 수려한 용모와 뛰어난 연기로 많은 사람들의 칭찬을 받았다. 그리고 부단한 노력 끝에 자기의 독특한 예술 풍격을 지닌 연기를 개발하여 '사대명단' 속에 끼게 된 것이다.

1930년 전후 군벌이 서로 싸우고 일본이 만주를 침략하자 그는 애국과 민주주의를 고취하는 연극을 편극하여 공연하였다. 1937년 노구교사변 뒤에 일본군이 베이징을 점령하고 배우들에게 일본에 비행기를 헌납하기 위한 공연을 할 것을 강요하였으나 청이엔치우는 한 마디로 거절하고 교외로 도망쳐 농사를 지으면서 숨어 살았다. 일본이 패전한 1945년에야 다시 본격적인 연예생활을 시작하였다. 그가 다시 상하이로 나와 공연을 할 적의 관중들의 반응은 메

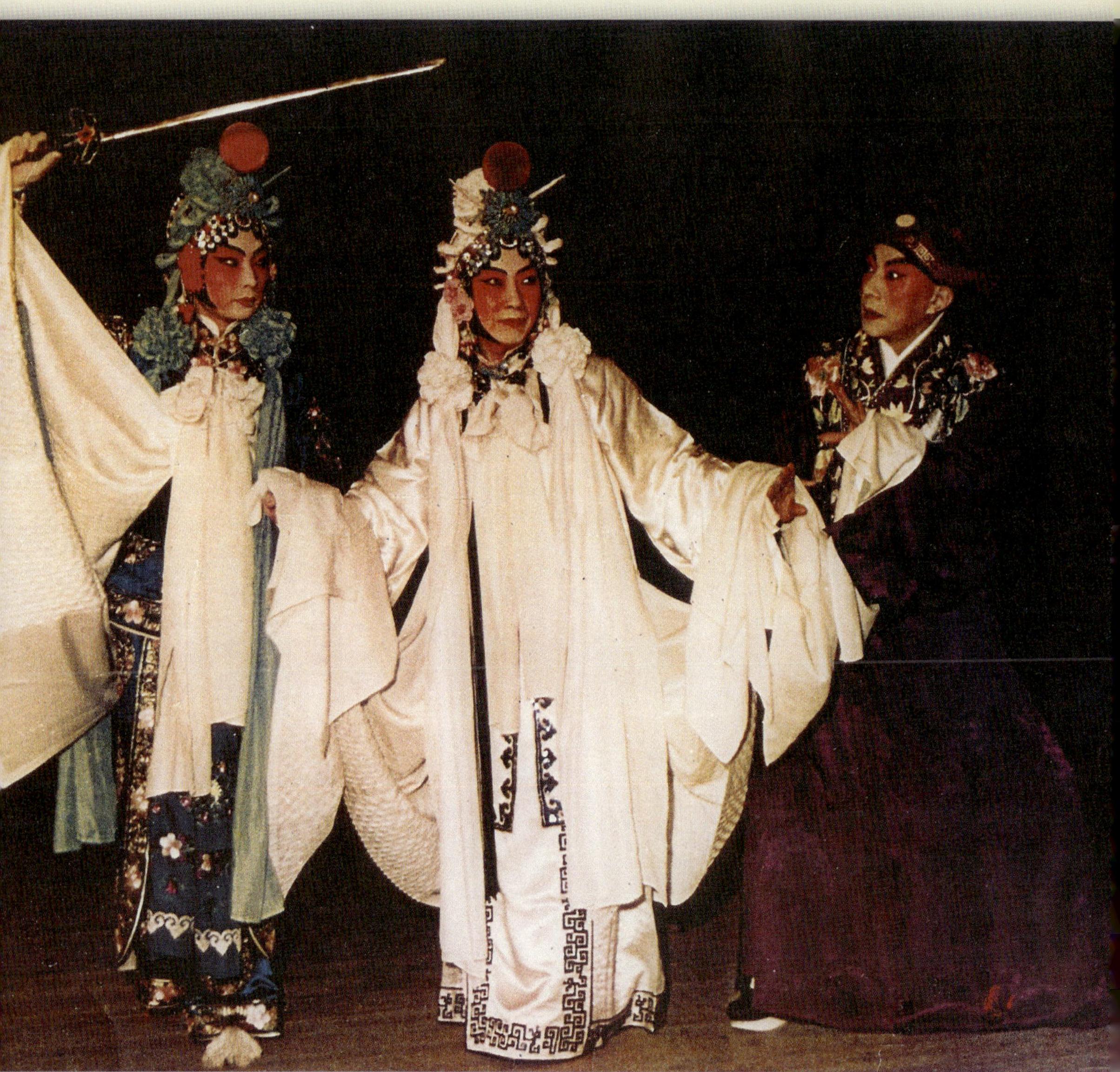

「백사전」에서 메이란팡은 백사(중간), 아들 메이바오찌우는 청사(왼편)로 열연하고 있다.

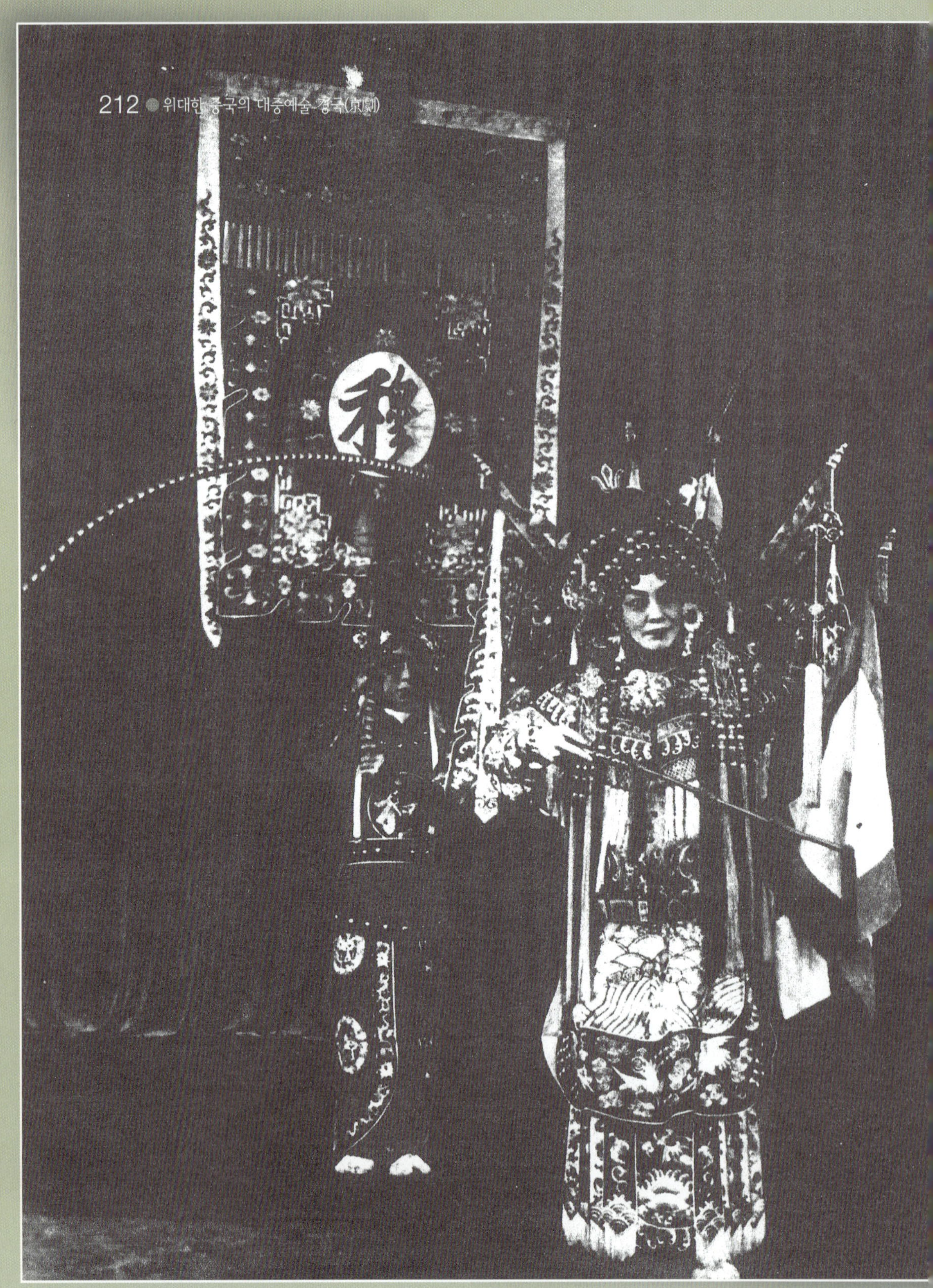

■ 메이란팡이 「목계영괘수」를 공연하는 모습. 메이란팡은 1961년 68세 되던 해 5월에 중국사회과학원 학자들을 위하여 이 극을 공연하고 곧 병이나 8월에 세상을 떴다.

이란팡에 뒤지지 않았다 한다.

청이엔치우는 1930년 무렵부터 특히 비극 연기에 뛰어난 재주를 보여 많은 관중을 울렸고, 또 이 시기에 중화희곡직업전과학교(中華戲曲職業專科學校)도 설립하였다. 중화인민공화국으로 들어와서도 많은 연극 기관의 책임자로 활동을 계속하였다.

샹시아오윈(尙小雲, 1900-1976)도 어려운 집안에서 태어났으나 일찍부터 배우수업을 시작하여 10대에 이미 '청의'로서 아름다운 목소리와 무공으로 좋은 평을 받았다. 그는 계속 공부를 하여 그의 연기는 날로 발전하였다. 그가 1917년 상하이로 나가 공연을 할 적에 상하이 사람들은 양시아오로우(楊小樓)·탄시아오베이(譚小培)·샹시아오윈·바이무단(白牡丹, 곧 슌헤이성)을 두고 '삼소일백(三小一白)'이라 하며 열광 하였고, 한 때 슌헤이성·후룽차오(芙蓉草, 본명 趙桐珊)와 함께 '정악삼걸(正樂三傑)'이라 일컬어지기도 하였다.

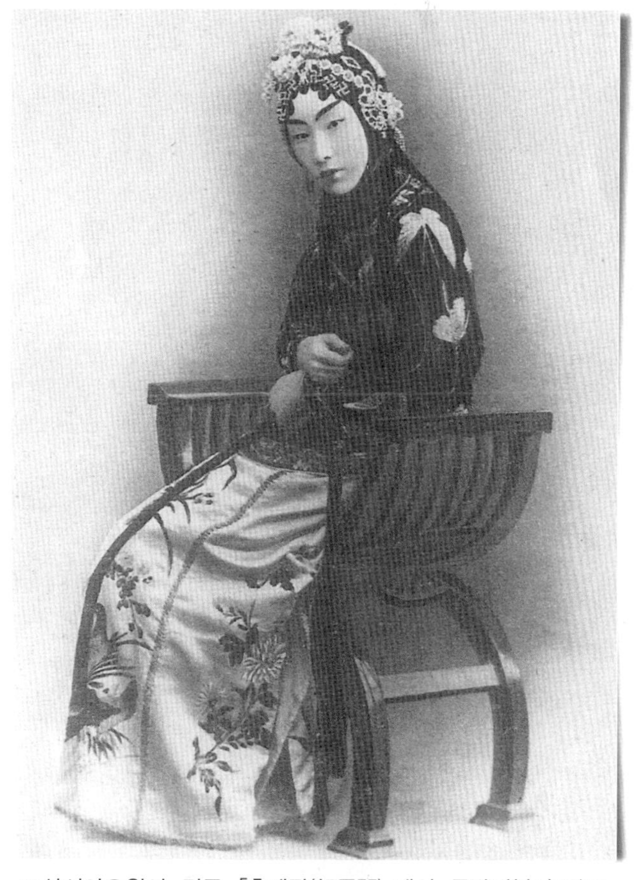

▲ 샹시아오윈이 경극 「홍예관(虹霓關)」에서 동방씨(東方氏)로 분장한 모습

「백사전」에서 청옌치우가 백사(우, 右)로, 송덕주(宋德珠)가 청사(좌, 左)로 분장하고 있다.

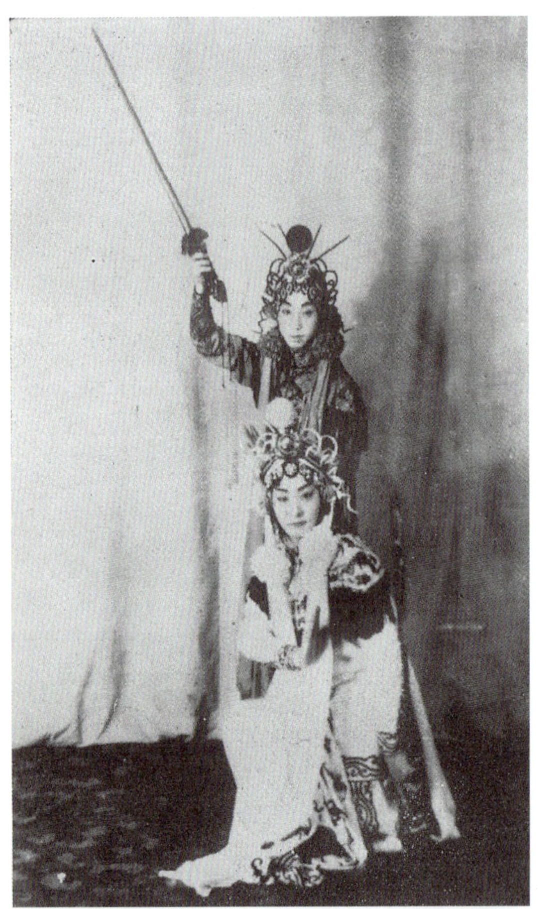

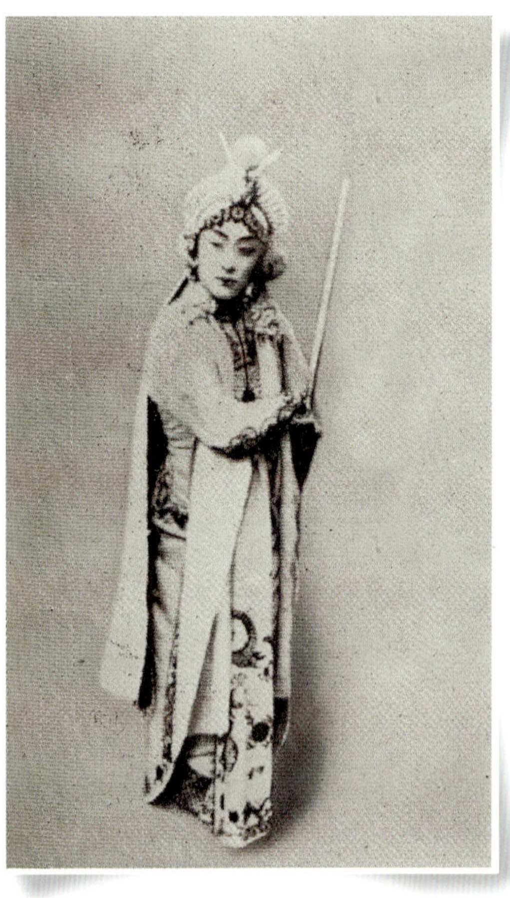

샹시아오윈은 희곡인재의 양성에 특히 힘을 기울이어 많은 배우들을 길러내었다. 1937년에 그는 배우를 양성하기 위한 영춘사(榮春社)라는 과반을 창설하고 직접 제자들을 가르치어 200여 명의 인재를 배출하였다. '영춘사' 출신들에게는 수학 연도에 따라 그들 이름에 '춘(春)·영(榮)·장(長)·희(喜)' 같은 글자를 모두 순서에 따라 넣도록 하였는데, 보기를 들면 "샹창춘(尙長春)·리바오춘(李甫春) : 쉬룽쿠이(徐榮奎)·양룽환(楊榮環)·징룽칭(景榮慶) : 마창리(馬長禮)" 같은 사람들이다. 그의 제자로 황융니(黃詠霓)·자오샤오란(趙嘯瀾)·황위화(黃玉華)·양시우엔(梁秀娟)·리스팡(李世芳)·마오스라이(毛世來)·장쥔치우(張君秋)·리샹(李翔) 등 무척 많은 배우들이 있다. 인민공화국에서도 계속 연극기구의 요직을 맡으면서 활약하였다.

순혜이성(荀慧生, 1900-1968)은 가난한 농가에서 태어나 8세에 극단과 인연을 맺어 '화단'의 연기를 공부하였다. 1910년에는 베이징으로 들어와 13세에는 이미 바이무단(白牡丹)이란 예명으로 이름이 널리 알려졌다. 샹시아오윈·후룽차오와 함께 '정악삼걸'이란 말을 들은 것도 이 무렵이다. 1914년에는 이름을 '순혜이성'이라 바꾸고 계속 '청의'의 연기를 연마하였다. 한 때는 이른바 문명희의 선구자인 왕중성(王鐘聲)을 따라 현대극에 출연하기도 하였다.

1931년 만주사변이 일어나자 일본 측에서는 만주로 와서 공연에 참가할 것을 요구하였으나 거절하고 항일을 위한 경비를 주선하고 항일을 하는 장사들을 위문하는 활동을 하였다.

순혜이성은 특히 왕요경(王瑤卿)을 스승으로 모시고 연기를 닦아

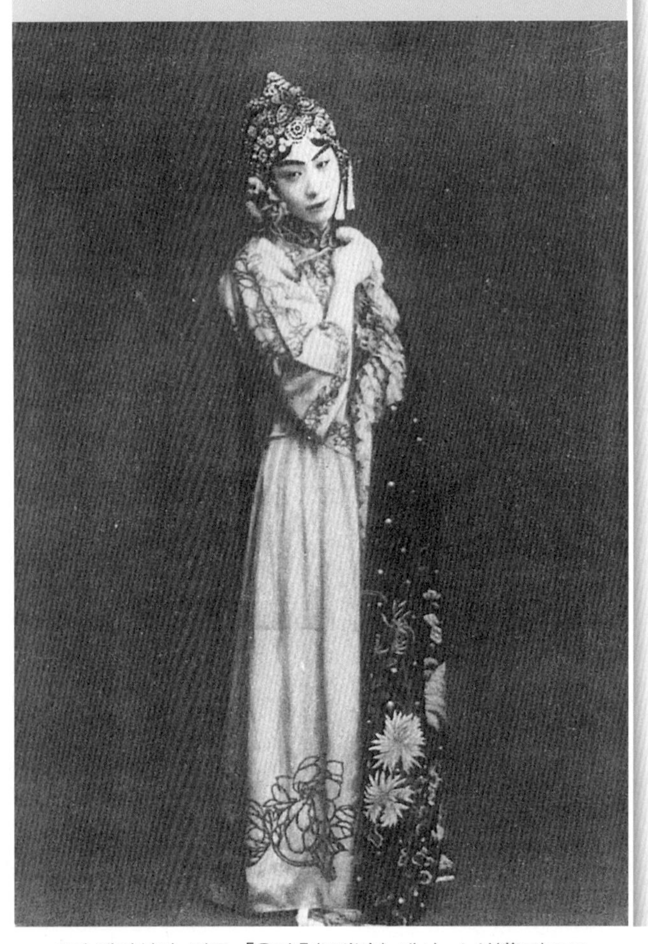

■ 슌헤이셩이 경극 「옥당춘(玉堂春)」에서 소삼(蘇三)으로 분장한 모습

여러 가지 개성 있는 여자의 모습을 무대 위에 되살려냈다. 그는 무공에 뛰어나 활동적인 연기를 잘 하였고, 목소리도 부드럽고 아름다워서 왕요경은 특히 그에게 맞는 창강(唱腔)을 편곡하여 주기도 하였다.

중화인민공화국이 성립된 뒤로는 희곡개혁을 위하여 열심히 일하여 많은 성과를 올렸고 많은 요직을 맡고 활약을 계속하였다. 저서로는 『순혜생연극산론(荀慧生演劇散論)』·『순혜생연출극본선집』이 있다.

이들 '사대명단' 이외에 젊고 활발하고 순진한 여자 역할인 '화단'으로 명성을 떨친 위롄치엔(于連泉, 1900-1967)이 있다. 어려운 중에도 7세부터 연예 공부를 시작하여 일찍부터 샤오추이화(筱翠花)라는 예명으로 이름을 날리기 시작하였다. 그는 몸이 날씬하고 분장한 모습이 매력적인 위에 특히 무공이며 여러 가지 재주부리기에 뛰어났다. 제자 중에는 마오스라이(毛世來)·츤융링(陳永玲) 등이 있고 북경시 희곡연구소 연구원으로 있으면서 중국희곡학교에서 학생들을 가르치기도 하였다. 저서로 『경극화단표연예술(京劇花旦表演藝術)』이 있다.

'사대명단'을 뒤이어 많은 '단' 역의 젊은 배우들이 나와 경극무대를 장식하였다. 리스팡(李世芳, 1920-1946)은 메이란팡의 제자로 이름을 떨쳤으나 아깝게도 비행기 사고로 일찍 죽었다. 그 밖에 장쮠치우(張君秋, 1920-)·마오스라이(1921-)·숭더주(宋德珠, 1918-) 등이 한때 '사소명단(四小名旦)'이라 불리며 경극계에 명성을 떨치고 활약하였다. 츤융링·쉬한잉(許翰英) 등도 큰 명성을 누린 '단' 역 배우로 모두 중화인민공화국의 경극 발전에 크게 공헌한 사람들이다. 또 연기가 쉽지 않은 늙은 부인 역의 '노단'으로 꿍윈푸(龔雲甫, 1862-1932)·리둬쿠이(李多奎, 1898-1974) 같은 배우들이 있다.

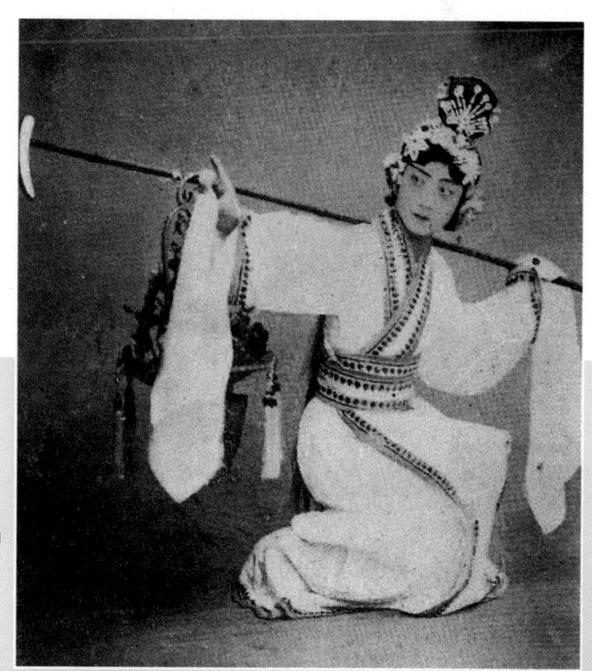

▶ 리스팡(李世芳)이 「대옥장화(黛玉葬花)」
  에서 대옥으로 분장한 모습

3) '노생'과 기타 각색의 배우들

이 시기도 경극의 극성 시대였음으로 '노생'에도 적지 않은 명배우가 활약하였다. 위슈안(余叔岩)·조우신팡(周信芳)·마롄량(馬連良)이 자기 나름대로의 '노생' '삼대유파'를 이루었고 그 밖에도 양시아오로우(楊小樓)·샹허위(尙和玉)·가이쨔오텐(蓋叫天) 등의 명배우가 활약하였다.

위슈안(余叔岩, 1890-1943)의 할아버지는 '노생'으로 경극의 '삼정갑'이라 칭송되던 여삼승이고 아버지는 유명한 '단' 역할로 활약한 여자운(余紫雲)이다. 소년 시절에 '소소여삼승(小小余三勝)'이란 예명으로 톈진에서 공연을 하였는데 관중들이 구름처럼 몰려들었다 한다. 그는 과중한 활동으로 한 때 건강을 잃어 배우 생활을 중단하고 요양을 하여야만 하였다.

1917년 다시 연극계로 진출하여 담흠배의 연기를 바탕으로 발전시킨 개성적인 연기로 관중들의 호평을 받았다. 그의 창은 구름이 떠가고 물이 흘러가듯이 멋있고 자연스러운 신운(神韻)이 살아있다고 하였다. 그는 문무를 다 갖춘 배우였으나 특히 무공에 있어서 독보적인 존재였다.

양바오중(楊寶忠)·탄후잉(譚富英)·양바오슨(楊寶森) 등이 그를 스승으로 모시고 만년에는 멍시아오둥(孟小冬)·리샤오춘(李少春) 같은 제자를 거두어 경극계에 담파(譚派)를 뒤잇는 여파(余派)를 이루어 특히 '노생'의 연기 발전에 크게 이바지 하였다.

조우신팡(周信芳, 1895-1975)은 예명이 기린동(麒麟童)이며 6세

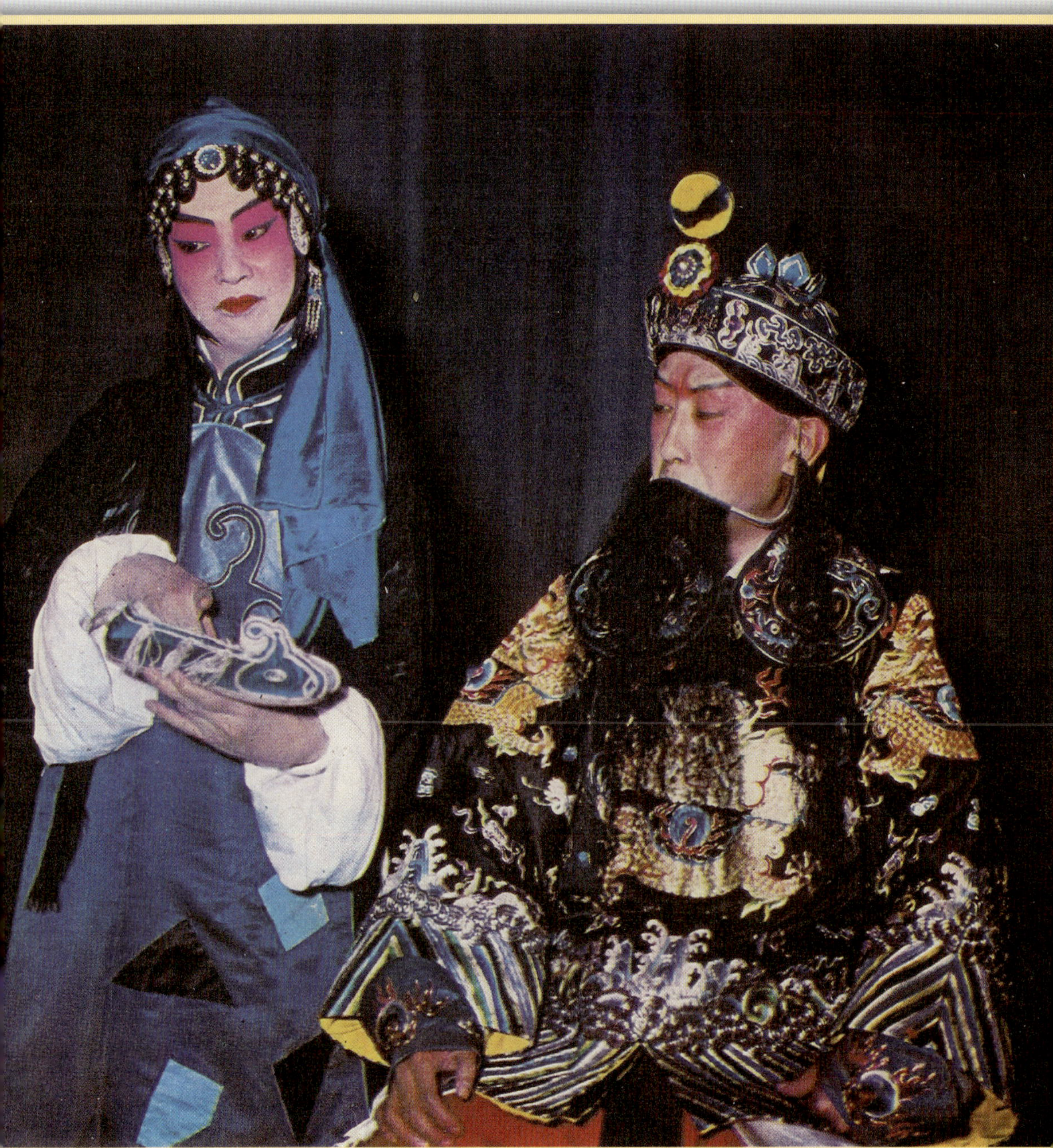

▲ 경극 「분하만(汾河灣)」에서 명배우 마롄량(馬連良)이 설인귀(薛仁貴)로 분장하여 유영춘(柳迎春)으로 분장한 메이란팡(梅蘭芳)과 공연하고 있다.

때 연극을 좋아하여 배우 수업을 시작하여 7세 때부터 무대에 섰다. 1908년에는 베이징에서 메이란팡과 공연을 하였고, 1912년에 상하이로 돌아와 담흠배 등 명배우들과 공연을 하면서 연기가 급속히 발전하였다. 그는 오랜 동안 상하이에서 공연하면서 남방 연극계의 '노생'의 우두머리가 되어 그의 유파를 기파(麒派)라고 부른다. 조우신팡의 연기는 언제나 진실과 다름없어서 함께 연기를 하는 배우들도 모두 진실 속으로 빨려들어 연기하도록 영향을 주고 관중들에게는 깊은 감동을 안겨 주었다 한다.

1915년부터 상하이에서 왕소농(汪笑儂)·오우양위첸(歐陽子倩)·왕홍쇼우(王鴻壽) 등과 어울리면서 그들의 영향 아래 새로운 연극 각본을 편찬하기 시작하였다. 그는 이전의 경극이 창과 무공 및 재주부리기에 치중한 나머지 애기의 표현에 약하고 등장인물들의 개성이 약하다는 단점을 보완하려고 노력하였다. 1927년에는 현대 희곡작가 텐한(田漢, 1898-1968)이 조직한 남국사(南國社)라는 연극단체에 가입하여 신문학 작가들과도 교류하면서 차오위(曹禺, 1910-)의 『뇌우(雷雨)』공연에 직접 배우로 참여하기도 하였다.

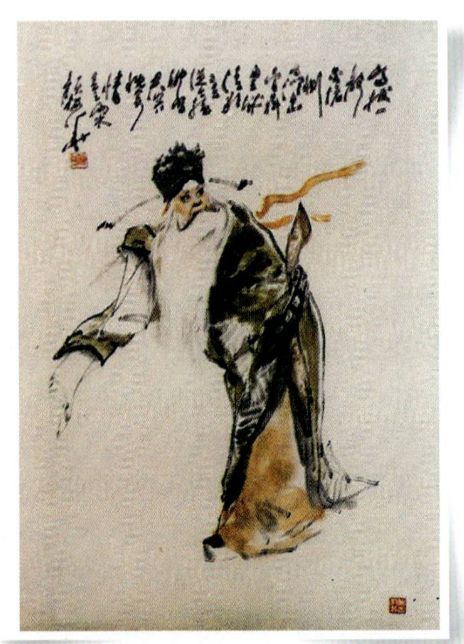

▲ 경극의 명배우 조우신팡(周信芳)이 「서책포성(徐策跑城)」에서 서책으로 분장한 모습을 그린 그림

항일전쟁 기간(1939-1945)에는 상하이에서 연극 활동을 하면서 여러 가지 구국운동과 공작활동에 적극적으로 가담하였다. 1944년

에는 황금대희원(黃金大戲院)을 물려받아 운영하기 시작하여 뒤에는 그곳이 문예계 진보적인 사람들의 모임 장소가 되었다. 1946년 이후로는 중국공산당의 거물인 조우은라이(周恩來) · 꿔머러(郭沫若) · 시아엔(夏衍) · 차이추셩(蔡楚生) 등과 교류하면서 사회주의 혁명에 깊숙이 관여하게 되었다.

중화인민공화국에 들어와서도 많은 활약을 하였다. 1953년에는 부총단장 자격으로 조선으로 가 중국인민지원군을 위문하는 공연을 하고, 상해경극원방소연출단(上海京劇院訪蘇演出團)을 이끌고 소련으로 가서 모스크바 · 레닌그라드 등지에서 공연을 하였다.

중화인민공화국의 전국인민대표대회의 대표를 비롯하여 중국희곡연구원 등 나라의 연극 기관의 요직도 역임하였다. 그의 저서로 『주신방희극산론(周信芳戲劇散論)』이 있고, 『주신방연출극본선집』 · 『주신방연출극본신편』 등이 있다.

마렌량(馬連良, 1901-1966)은 10세가 되기 이전부터 배우 수업을 시작하여 뒤에는 위슈안 유파의 '노생' 연기를 익힌 다음 오랜 연기생활을 통하여 자기 독특한 연기를 발전시킨 배우이다. 그는 언제나 엄숙하고 진실한 태도로 연극에 임하여 창과 동작 및 무공 등 모든 면에 걸쳐 단단한 자신의 연기 기반을 이루었다는 평을 받고 있다. 경극의 보수파들은 특히 창에 있어서 옛날부터 전해 내려온 정식을 너무 파괴한다고 비난하고 있다. 그러나 또 하나의 '노생' 연기를 대표하는 마파(馬派)를 이루었다.

그는 1951년에 홍콩으로부터 베이징으로 돌아와 사회주의 중국의 연극 활동에 적극적으로 가담하였다. 우리나라에 6 · 25사변이

조우신팡이 한나라 고조 유방(劉邦)으로
분장하여 「한유방」을 공연하는 모습

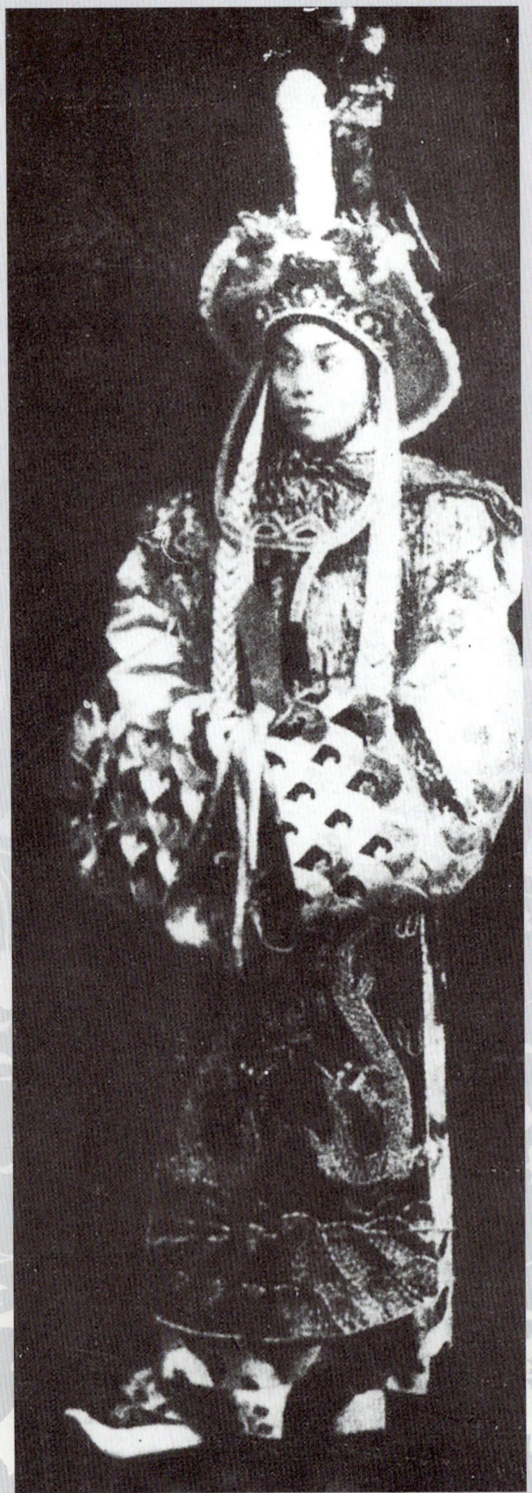

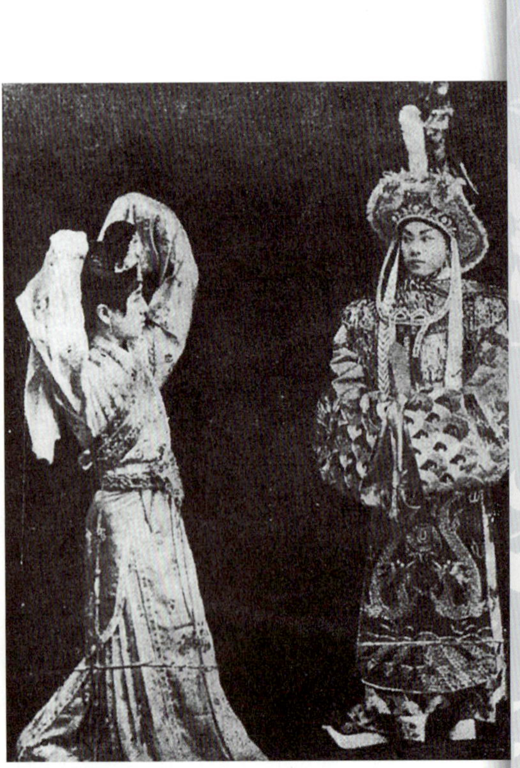

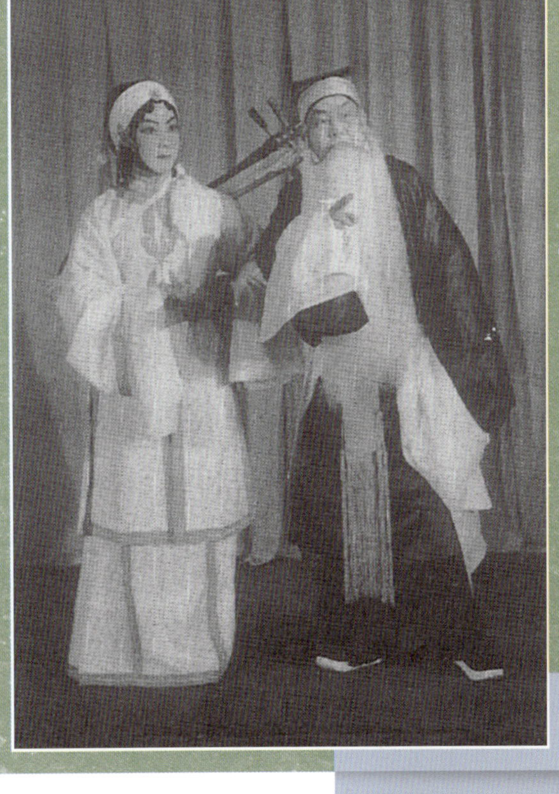

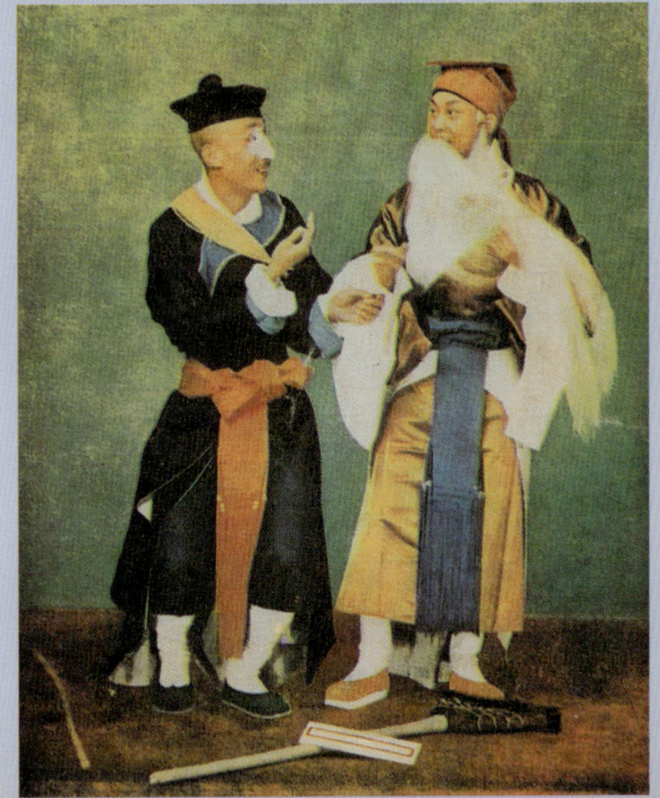

조우신팡이 장광재(張廣才)로 분장하여 『서상기(西廂記)』의 한 대목을 연출하는 모습

일어나자 조선으로 달려가 인민지원군을 위문공연 하였고, 북경경극단 단장 등 많은 연극기구의 요직을 지냈다. 그가 편극한 대표적인 작품을 모은 『마연량연출극본선집』이 나와 있다.

양시아오로우(楊小樓, 1878-1938)도 민국 이후에 이름을 날린 '무생' 배우이다. 할아버지는 '무단' 역이 전문이던 양이희(楊二喜)이고 아버지는 '무생'으로 이름을 날린 양월루(楊月樓)이다. 유국생(俞菊笙)과 담흠배(譚鑫培)의 지도를 받아 연기가 크게 발전하였다. 그는 특히 장수로 분장하여 춤과 같은 무술 연기를 하고 우아한 창을 겸하여 '무희문창(武戱文唱)'을 한다는 찬사를 받았다. 그리고 만년에는 극본의 개작에도 힘을 기울이었다.

샹허위(尙和玉, 1873-1959)는 유국생(俞菊笙)의 연기를 물려받은 '무생' 연기자이다. 그는 착실한 기본동작을 바탕으로 힘 있고 깨끗한 무공을 펼치어 유명하다. 만년에는 중국희곡학교에서 교편을 잡고 수많은 '무생'의 배우들을 길러내었다.

가이쨔오텐(蓋叫天, 1888-1971)은 어려서부터 배우 수업을 시작하여 10세에 이미 무대에 서기 시작하였다. '가이쨔오텐'이란 예술면에서 담흠배(譚鑫培) 부자인 "규천아(叫天兒)와 소규천(小叫天)"을 능가하는 배우가 되겠다는 뜻이 담긴 예명이다. 그는 확실하고 힘 있는 무공에 뛰어났다. 중화인민공화국에서도 많은 활약을 하였다. 그의 아들 장이펑(張翼鵬)·장얼펑(張二鵬)·장쩬밍(張劍鳴)이 모두 '무생'의 배우로 활약하고 있다.

이 시대에는 '화검'이라 부르는 '정' 역에도 많은 명배우들이 활약하였다. 찐샤오샨(金少山, 1889-1948)은 만주인으로 경극의

‘정’ 역으로 담흠배와 오랜 동안 공연한 찐시우샨(金秀山, 1855−1915)의 아들이다. 베이징의 아버지 밑에서는 두각을 나타내지 못하다가 상하이로 가서 운 좋게 메이란팡과 『패왕별희(覇王別姬)』를 공연하면서 패왕인 항우(項羽) 역으로 큰 인기를 끌어 김패왕(金覇王)이란 칭송을 받았다. 그 뒤로는 북경으로 돌아가서도 아버지의 연기까지 계승 발전시키어 이름을 날리게 된다.

‘소화검’ 이라고도 부르는 우스갯짓이 전문인 ‘축’ 으로는 예청장(葉盛章, 1912−1966)이 이름을 날렸다. 그는 ‘소생’ 으로 이름을 날린 예청란(葉盛蘭)의 형이며 배우 양성소인 부련성과반(富連成科班)을 창설한 예춘샨(葉春善)의 셋째 아들이다. 몸이 날쌔어 재주부리기에 뛰어나 ‘무축’ 으로 유명하였다. 손오공 연기로도 인기가 있었다.

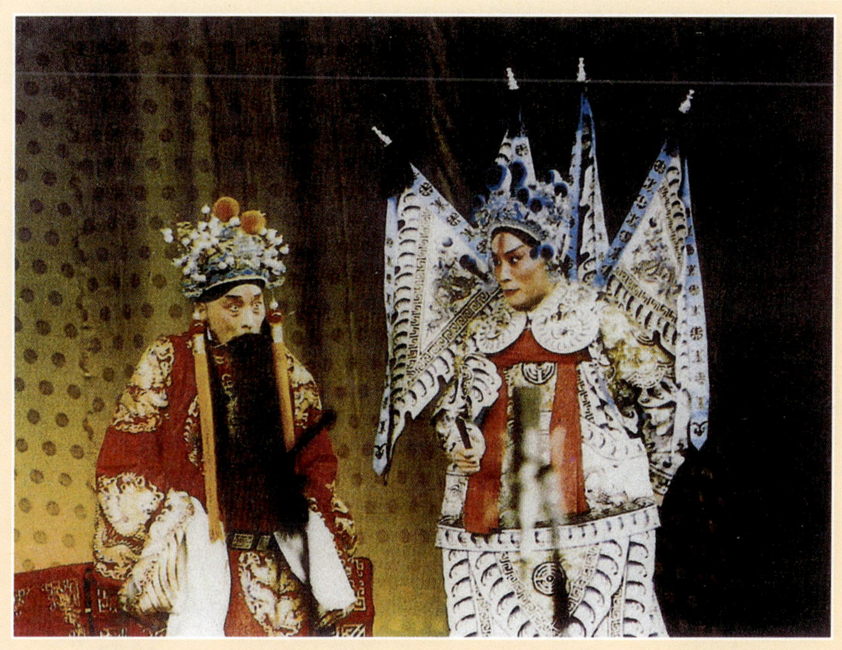

▲ 예청장이 경극 「황학루(黃鶴樓)」에서 유비(劉備)로 분장하고 있다.(왼편)

4) 마얼시(髦兒戲)와 여배우의 등장

끝으로 한 가지 배우 얘기에 있어서 빼놓을 수 없는 것은 청 말엽에는 여자배우들이 등장했다는 것이다. 동치 연간(1862-1874)에 이모아(李毛兒)라는 사람이 가난한 여자 아이들을 사들여 그들에게 곤곡과 경극을 가르친 뒤 극단을 조직하여 처음에는 상하이의 당회에 나가 공연케 하였다. 이때 여자들이 연출하는 연극을 여자 희반의 주인 이름 '모아'를 따서 마얼시(髦兒戲)라 불렀다. '마얼시'의 인기가 늘어나고 돈을 벌게 되자 다시 여러 개의 여자 희반이 생겨났고, 마침내는 '마얼시' 공연을 전문으로 하는 극장도 생겨났다.

요섭(姚燮, 1805-1864)의 "연극을 하는 6, 7세 여자아이를 뜻한다."는 부제가 붙은 「묘아희(猫兒戲)」라는 시를 소개한다. '마얼시'는 이처럼 글자를 다르게도 썼다.

그 모습은 지극히 어린데
그들 성품은 지극히 영리해서,
버젓이 스스로 연기를 하여
어여쁜 여자도 되고 날쌘 남자도 되네.
세 치 길이 촛불 아래
여덟 자 너비 모포 위에서,
장단 맞추어 춤을 추는데
무척 즐겁기만 하네.
어려서는 사랑을 받다가도
나이 먹으면 버림받게 되는 법,

여색이 사람들 매우 미혹시킨다지만
훗날에는 누구의 아낌 받을 것인가?
고양이야, 고양이야!
표범 가죽 빌려 쓰고 있지만
표범 가죽 벗는 날엔
쥐들조차도 너를 업신여길 것이라!

其形至雛, 其性至黠, 居然自優, 能狙能鶥.
三寸之燭, 八尺之氈, 鼓之舞之, 其樂于于.
幼則用憐, 長則用棄. 色雖善魘, 往將誰媚?
描兒描兒, 假豹之皮, 去豹之皮, 群鼠相欺.

　이때 허베이의 지방희 배우였다가 경극의 '화단' 역 배우로 활동
한 톈찌윈(田際雲, 1864-1925)이 1916년 베이징에 여자 배우 양성
기관인 여과반(女科班) 숭아사(崇雅社)를 조직하여 많은 여배우를
배출하였다. 그는 배우로도 상당히 유명하여 내정공봉으로 궁중에
불리어 들어가 서태후 앞에서 공연도 하였고, '화단' 뿐만이 아니라
'청의'·'무생'·'노생'·'소생' 역도 해냈다 한다. 숭아사는 제1기
에 50여 명의 학생을 길러내었다. 숭아사를 통하여 배출한 여배우
로는 량춘로우(梁春樓)·량화눙(梁花儂)·량꾸이팅(梁桂亭)·런룽
센(仁隆仙) 등 무수하다. 여배우들은 대부분 '단' 역할의 배우들이
었지만 남자역인 '생'·'정' 역의 배우들도 나왔고, 우스갯짓을 하는
여자 '축' 역으로는 량화눙을 비롯하여 숭펑윈(宋鳳雲)·이도우추
(一斗丑) 등이 유명하였다.

1912년 무렵부터 시작하여 경극에서도 여자 역할은 여자배우가 맡는 것이 상식적인 습속으로 나날이 발전하였다. 그러나 지금 와서도 경극의 여주인공인 청의 역할은 남자가 맡아야만 제격이라고 주장하는 이들이 있다.

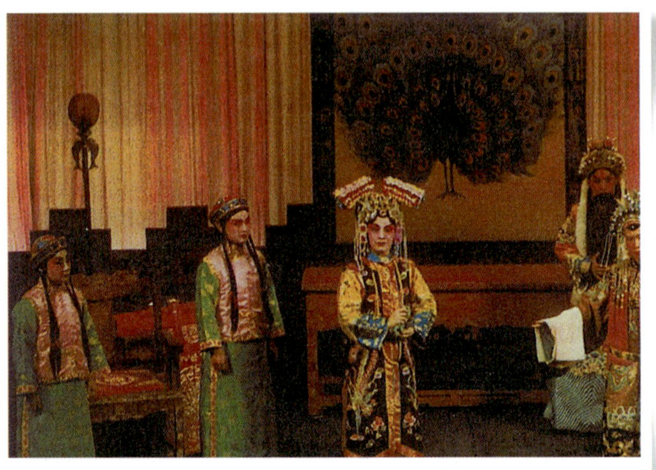

■ 근래에 와서는 여자 배역은 대부분 여자배우가 맡게 되었다.

5) 경극 비판

중화민국 시대에는 5·4운동(1919) 무렵에 와서 많은 지식인들이 자기네 전통문화의 비현대적인 면을 반성하면서 경극의 불합리한 성격을 비판하게 되었다. 이 시대는 지식인들이 '타도공자사상(打倒孔家店)'이란 구호를 내세우면서 자기네 전통사상과 문화를 적극적으로 배격하던 때이다. 츠두시우(陳獨秀, 1879-1942)가 『신청년(新靑年)』에서 다음과 같은 이론을 펴던 시대이다.

"그들은 이 잡지가 공자교를 파괴하고, 예법을 파괴하고, 국수(國粹)를 파괴하고, 부인의 정절을 파괴하고, 전통윤리와 전통예술(경극 등)·전통종교(귀신)·구문학·구정치(특권과 인맥에 의한 통치)를 파괴하고자 한다는 이유에서 이 잡지를 비난한다.---우리는 오직 덕선생(德先生, 데모크라시)과 새선생(賽先生, 사이언스)이라는 두 선생을 지지하기 때문에 앞에 얘기한 죄를 범하는 것이다." (1919.1.15.)

이런 분위기 속에 경극만이 온전히 보호 받을 수가 없었을 것이다.

푸스니엔(傅斯年, 1895-1951)은 「희극개량에 대한 여러 가지 견해(戲劇改良各面觀)」란 글에서 이렇게 논하고 있다.

"보기를 들면 얼굴화장은 인정에도 가깝지 않은 것인데, 어째서 그런 화장을 하는가? 여러 종류의 각색이 어째서 있는가? 어째서 사람이 입지 않는 옷을 입는가?---어째서 사람 모습이 아닌 화장을 하는가? 재주는 왜 넘는가?---음악은---."

후시(胡適, 1891-1962)는 「문학의 진화 관념과 희극 개량(文學進化觀念與戲劇改良)」이란 글에서 이렇게 말하고 있다.

"무대 위에서 땅재주를 넘고 곤봉을 휘두르며, 칼을 들고 춤추고 창을 가지고 장난치며---얼굴화장·목소리·걸음걸이·무술·노래·징과 북 ---등을 중국연극의 꽃이라 여기는 사람들이 있다."

그리고 현대문학의 거장인 루신(魯迅, 1881-1936)은 그의 단편 소설 「사희(社戲)」(1922년 작품)에서 최근 20년 동안 자기네 전통 연극을 딱 두 번 보러 갔었는데, 두 번 모두 악기 연주로 귀가 멍멍해지고 울긋불긋한 색깔이 요란하여 정신을 차릴 수가 없어서 오래 견디지 못하고 무얼 하는 것인지도 모르는 채 밖으로 뛰쳐나왔다고 쓰고 있다. 인민의 작가라 칭송되는 라오셔(老舍, 1899-1966)는 그의 소설 『조자왈(趙子曰)』 20장에서 경극 『태사회조(太師回朝)』의 공연 모습을 서술하면서 이렇게 쓰고 있다.

> "태사의 목소리는 거칠기 황소울음 같고, 넓고 찢어지는 것 같은 소리는 돼지 울음 같다. 황소가 울부짖고 돼지가 꿀꿀거리는 속에 높은 몇 마디 갈채소리가 개 짖는 소리 같이 들린다."

자기네 전통사상을 전면적으로 부정하며 "공자사상을 쳐부수자"는 구호를 앞세우던 시대라 일부 지식인들이 많은 자기 나라 사람들이 좋아하는 경극을 내친 것은 당연한 추세였다고 할 수 있다.

그러나 1926년에 쉬지머(徐志摩, 1895-1931)는 『북경신보(北京晨報)』의 부간(副刊)으로 『극간(劇刊)』을 발행하여 새로운 희극운동을 벌였다. 이때 위상원(余上沅, 1897-1970)을 중심으로 자기네 전통 희곡도 긍정적으로 받아들이면서 이를 현대의 감각에 맞도록 개량하려는 움직임이 있었다. 후시 등의 공격을 받은 경극의 일정한 격식에 따른 연출방식에 대하여도 변호를 하면서 이를 개량하려 하였다. 이러한 연극계의 새로운 흐름과 함께 실지로 일반 사회의 경극으로 빠져드는 현상은 조금도 변하지 않았다. 그리고 경극은 그대로 성행하였다. 앞에서 1936년에 메이란팡이 처음으로 샨둥성 지난(濟南)에 와서 공연했을 적의 성황을 소개한 바 있다. 1933년 청옌치우(程硯秋)가 지난에 와서 공연했을 적에도 광고가 나가자마자 극장의 입장표가 모두 다 팔려버려 뒤에는 서서 구경하는 표까지도 팔지 않을 수가 없어서 공연을 할 적에는 극장 안이 빈틈도 없이 채워지는 열광이었다 한다.[117] 그리고 샨둥에는 수많은 청옌치우 마니아가 생겨났다.[118]

량즌궈(梁鎭國)의 「남창 경극사략(南昌京劇史略」이란 글[119]에 의하면 짱시성 난창(南昌)은 장강 남쪽의 도시임에도 불구하고 청나라 말엽에서 중화민국 초기를 거쳐 세계 제2차대전이 끝나는 시기에 이르기까지 경극이 성행하여 수많은 경극 극단이 있어 수많은 인기배우들이 활약하였고 10여 곳에 극장이 있었으며, 배우들 생활이 어려웠는데도 농촌까지 돌아다니면서 공연을 하였다 한다. 이곳 경극의 성행은 난창의 대상인들이 늘 베이징을 왕래하면서 장사를 하였기 때문이라고는 하나, 강남의 도시가 이러하였으니 경극의 성행은 전국적인 현상이었다고 보아도 좋을 것이다.

시안(西安)의 명배우인 츤수즌(陳素眞)은 연극에 정신을 잃은 거물 얘기를 「위샤칭이 나의 공연을 구경한 얘기(虞洽卿看我演出)」에서[120] 이렇게 쓰고 있다. 국민정부의 장쩨스(蔣介石) 총통과 가까웠

---

117) 張稚廬「程硯秋來濟瑣記」(『山左鴻爪』山東省 文化研究館 編, 上海書店 刊 所載) 의거.
118) 許介文「程派藝術留馨濟南」(위와 같음) 의거.
119) 『豫章史撮』(江西省文史研究館 編 上海書店 刊)에 실림.
120) 『中州鉤沈』(河南省文史研究館 編 上海書店 刊)에 실림.

던 자본가이며 상하이 경제계의 거물인 위샤칭(虞洽卿)이 1941년 여름 장쩨스를 만나러 비행기를 타고 가다가 시안(西安)에 머문 일이 있었다. 시안의 거물급 인사들이 며칠 묵고 갈 것을 권하였으나 그는 장쩨스와의 회담 때문에 안 된다고 거절하였다. 그러나 저녁에 경극을 구경시켰는데 그는 여자주인공 역을 맡은 츤수즌(陳素眞)의 연기에 반하여 이틀이나 더 묵으면서 그의 연극을 구경하고 상하이의 명배우 후디에(胡蝶)를 수양딸로 데리고 있는 그는 일부러 츤수즌을 불러 만나보고 그도 수양딸로 삼으려 하였다. 그러나 직접 만나보자 츤수즌은 예쁜 소녀가 아니라 청년이어서 크게 놀랐다 한다. 연극 앞에는 권력자와의 약속도 무시되었던 것이다.

경극을 좋아하는 데 있어서는 국민당과 공산당의 차별이 없었다. 30년대에서 40년대에 걸쳐 명성이 대단하였던 경극의 극단인 여가반(厲家班)이라는 극단이 있었다. 이 극단은 여씨 집안의 6남매가 그의 부모를 모시고 함께 이끌었던 극단이어서 '여가반'이라 부른 것이다. 그 반원의 한 사람인 리헤이슨(厲慧森)의 「경극여가반(京劇厲家班)」이란 글[121]에는 이런 대목이 있다. 1945년 10월 국공합작(國共合作) 회담이 열리어 옌안(延安)에 있던 마오쩌뚱(毛澤東)이 충칭(重慶)으로 갔을 적에 짱쩨스(蔣介石) 총통은 세 번이나 마오주석을 경극 관람에 초청을 하였다. 그때 마오주석은 여가반이 공연하는 경극을 두 번 구경하였는데 옌안으로 돌아가서도 자신이 충칭에서 보았던 여가반 배우들의 연기를 칭찬하였다 한다. 이념은 달라도 경극을 좋아함에는 정당의 구별이 없음을 알려준다.

121) 『陪都星雲錄』(重慶市文史研究館 編, 上海書店, 1994.) 소재.

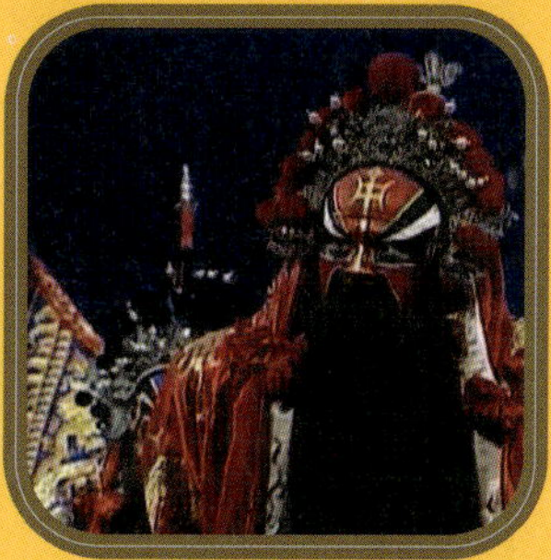

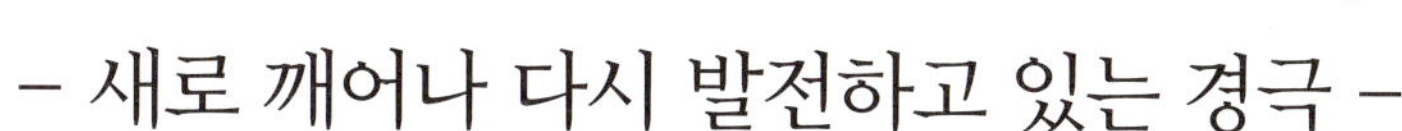

중화인민공화국 시대(1949–현재)

– 새로 깨어나 다시 발전하고 있는 경극 –

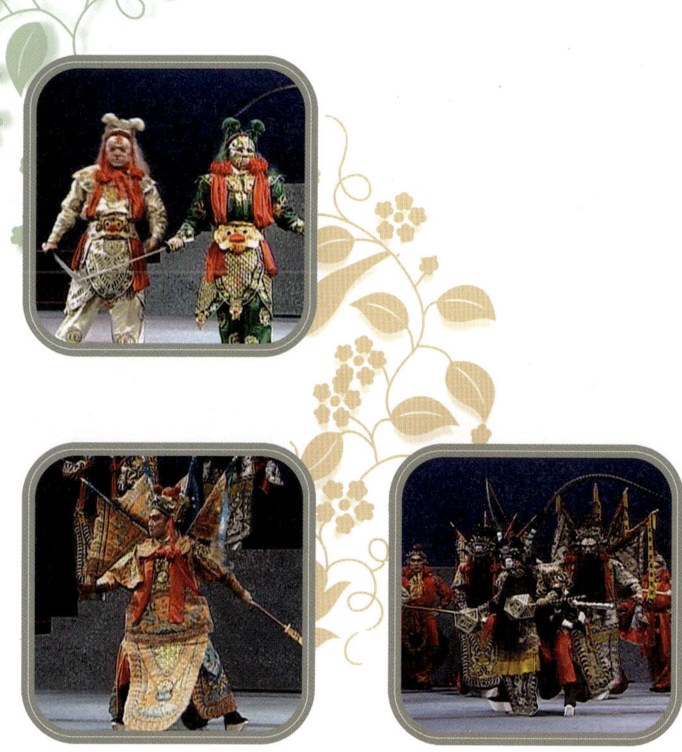

7. 중화인민공화국 시대(1949-현재) ;
- 새로 깨어나 다시 발전하고 있는 경극 -

1) 중화인민공화국 수립 이전 중국 공산당과 경극(1931-1948)

중화인민공화국 시대로 들어와서는 보다 더 적극적으로 경극을 자기네 전통연극으로 받아들이려는 자세로 발전하고 있다. 그것은 중국공산당을 이끈 마오쩌둥 주석의 중국 전통문화에 대한 생각이 무엇보다도 큰 영향을 끼쳤다고 여겨진다. 마오 주석은 처음부터 자기네 전통문화를 가볍게 보지 않았다. 마오 주석은 젊어서부터 바쁜 몸이고 중국문학이 5·4 이후 이미 현대문학으로 변신한 시기였음에도 불구하고 적지 않은 중국 전통문학 형식의 시와 사(詞)를 짓고 있다. 이를 보더라도 그가 자기네 옛 것을 가볍게 보지 않았음을 알게 된다. 그는 맑스·레닌주의도 중국의 특성에 잘 합치시켜야만 한다 하였고, 공산주의에 있어서 국제주의의 내용은 자기

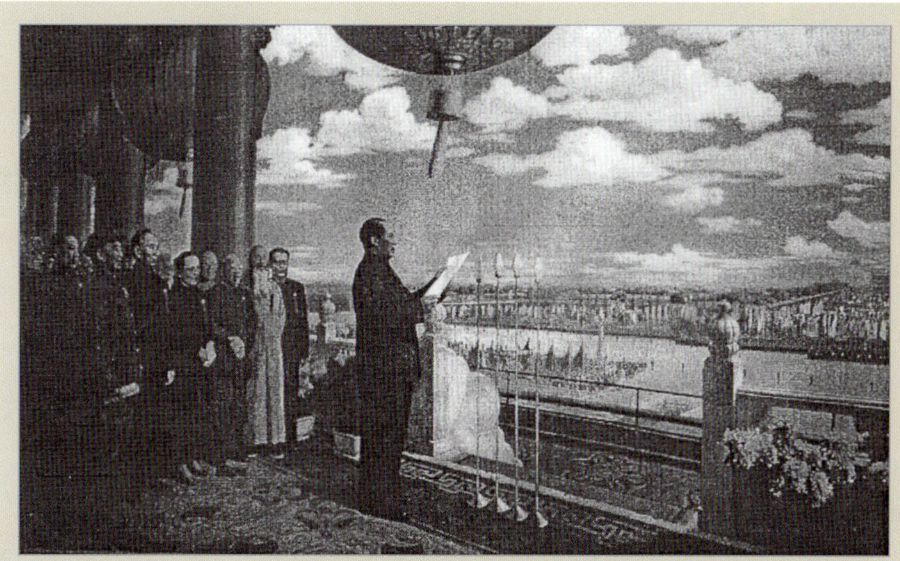

■1949년 10월 1일. 마오쩌둥 주석이 천안문 위에서 중화인민공화국의 성립을 선포하고 있다.

네 민족형식과 따로 떼어놓고 생각할 수는 없는 것이라 하였다. 마오쩌둥 주석은 「중국공산당의 민족 전쟁에 있어서의 지위(中國共産黨在民族戰爭中的地位)」(1938.10.)라는 연설에서 이렇게 말하고 있다.[122]

"중국의 특성을 떠나서 맑스주의를 얘기한다는 것은 오직 추상적이고 속은 텅 빈 맑스주의일 따름이다. 그러므로 맑스주의를 중국에 있어서 구체화 시켜야 하고 모든 형식 속에 반드시 띄고 있어야 할

---

122) 『毛澤東選集』 제3권.

중국적인 특성이 있도록 하여야만 한다. 다시 말하면 중국의 특성에 맞추어서 그것은 응용되어야만 한다.”

때문에 중국 공산당은 초기부터 자기네 전통연극을 중시하였다. 1951년 5월 7일자 『인민일보』의 「희곡개혁 공작을 중시해야 한다 (重視戱曲改革工作)」는 사설에서 이렇게 말하고 있다.

“중국의 옛 희곡은 바로 중국 인민이 오랜 기간의 봉건사회 속에서 창조한 찬란한 문화의 중요한 일부분이다.”

미국 기자 애드가 스노우(Edgar Snow)의 『중국 하늘 위의 붉은 별 (Red Star Over China)』을 보면 제3장 5. 붉은 극장(Red Theater)에 1936년 만리장정을 막 끝낸 공산지역(션시성 保安)에서의 연극 활동에 대하여 쓰고 있다. 먼저 낡은 신묘에 마련된 무대에서 공연되는 연극 구

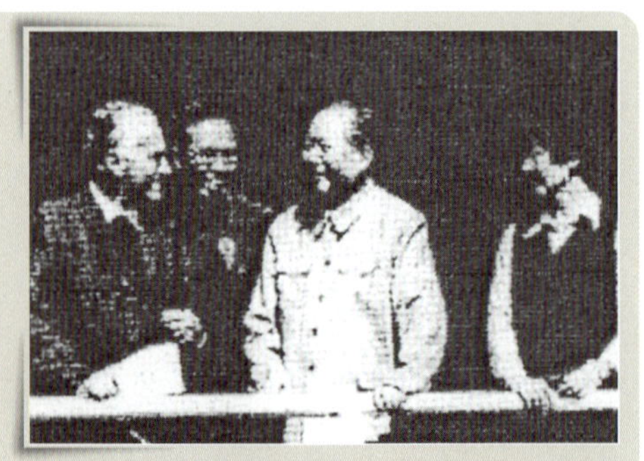

▣ 천안문 위에서 마오쩌둥이 애드가 스노우와 이야기하고 있다.

경을 갔는데 거기에는 그 고장의 남녀 노동자 농민과 군인들이 가족과 함께 개울 옆의 초원에 잔뜩 몰려들고 국민당이 그의 목에 25만 불의 현상까지 건 마오쩌둥 주석과 린빠오(林彪) 등 공산당 고위층도 그들 가족과 함께 관중 속에 자연스럽게 끼어서 앉아있다. 공연은 항일을 주제로 한 연극과 전통 가무 등이 3시간에 걸쳐 진행된다. 그리고 다음날 스노우는 이 연극 모임을 이끈 항일인민희극

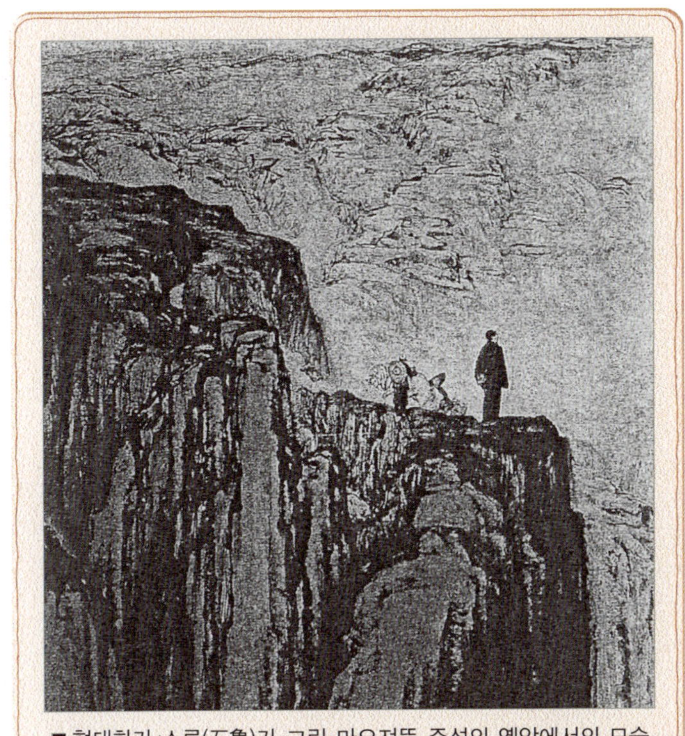

협회 회장과 인터뷰를 하고 그에게서 들은 만리장정 전인 1931년 짱시(江西) 루이진(瑞金)에서 중국 공산당이 중국 최초의 소비에트 공화국을 건설하고는 60개의 공연단을 만들어 농민 계몽을 위한 공연활동을 하였던 실황도 쓰고 있다.

중국공산당은 1931년 11월에 짱시 루이진에 소비에트 공화국을 세우고 곧 공농홍군학교(工農紅軍學校)를 세우고 연극을 포함하여 문화활동을 관리하도록 하였다. 그리고 연말 무렵에는 붉은 군대의 창설일을 기념하기 위한 팔일극단(八一劇團)이 조직되어 본격적인 공연활동을 시작한다. 붉은 군대는 1927년 8월 1일에 창설되었는데, 그들은 처음부터 연극과 문예를 그들 정치공작의 중심으로 삼았으니, 중국공산당의 연극 공작은 처음부터 중단된 일이 없었던 것이다. 그리고 그들이 다루는 연극은 대부분이 중국 농민들이 좋아하는 경극을 비롯한 전통 지방희였다. 1932년에는 팔일 극단의 일부 단원들이 공농극사(工農劇社)를 설립하였는데 소비에트 지역에 수많은 분국을 설치하고 연극 활동을 전개하였다.

 1933년에는 공농극사에서 연극 활동에 필요한 요원을 양성하기 위하여 고리키희극학교(高爾基戱劇學校)를 설치하였다. 그 학교에서는 1,000여 명의 학생들을 훈련시켜 60개의 극단을 만들어 각지로 보내어 공연활동을 하도록 하였다. 이 학교 이름은 1934년 1월 루이진으로 온 취치우뻐(瞿秋白, 1899-1935)에 의하여 소련의 극작가인 막심 고리키(Maxim Gorky, 1868-1936)의 이름을 따서 붙여진 것이다. 공산주의자이며 극작가인 취치우뻐는 한편 문맹퇴치의 방법으로 중국어를 로마자로 표기하자는 로마자 운동의 선구자이기도 하다. 그리고 1932년과 33년 사이에 문학론 예술론에 관한 많은 논문을 썼는데 1942년 마오쩌둥 주석이 자기네 사회주의 문예 노선을 밝힌 『연안 문예좌담회에서의 강화(在延安文藝座談會席上的講話)』에 많은 영향을 준 인물이기도 하다.[123] 취치우뻐는 중국 공산당이 국부군에 쫓기어 1934년 루이진을 떠나 만리장정으로 들

---

123) Paul G. Pickowicz, Chü Ch'iu-pai and the Chinese Marxist Conception of Revolutionary Popular Literature and Art (The China Quarterly Vol. 70, 1977. 6.) 의거.

어간 뒤에도 짱시에 남아 농촌을 돌며 희극운동을 하다가 1935년 국민당 군대에 잡히어 공개 처형당하였다. 공산당은 만리장정을 떠나면서 루이진에 일부 인원을 남기어 화성(火星)·홍기(紅旗)·전호(戰號)의 세 극단을 조직하여 농촌으로 가서 공연활동을 하게 하였는데 취치우빠도 단원들로부터 가장 존경을 받던 그 중의 일원이었다. 중국 공산당은 죽을 고비를 수없이 넘겨가면서 서북쪽으로 옮겨와서 1936년 자리도 제대로 잡지 못한 상태였지만 30개의 공연단이 각지를 순회하면서 활약하고 있다 하였다. 그리고 모든 군부대와 모든 지역이 모두 자신들의 극단을 갖고 있다고도 하였다.

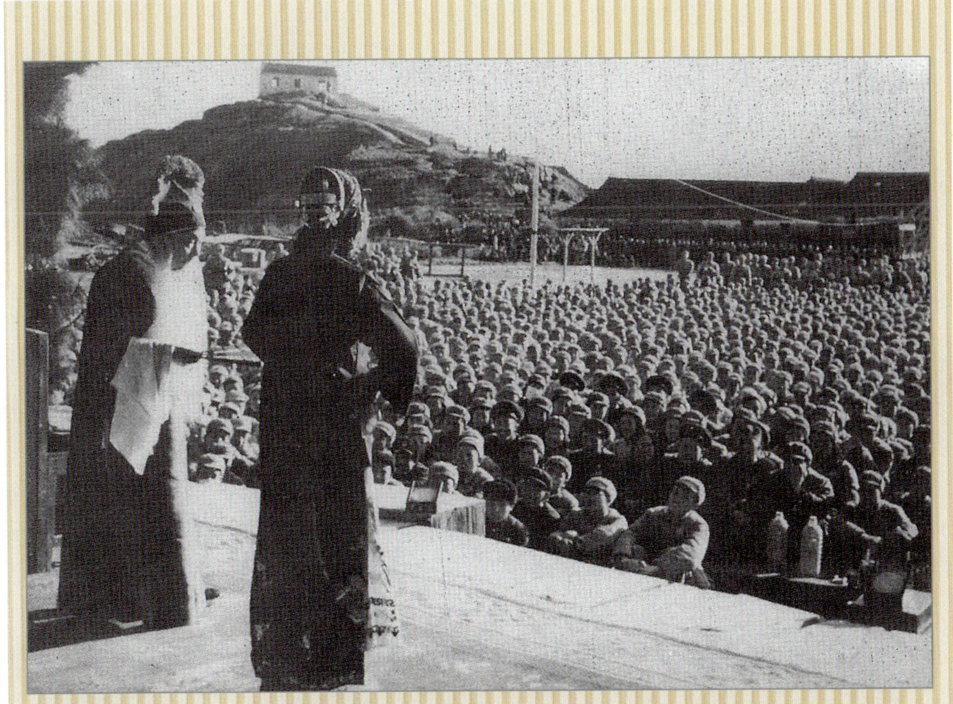

▲ 조우신팡이 군부대 위문공연으로 「사진사(四進士)」를 연출하고 있다.

 1938년 7월에 마젠링(馬建翎, 1907-1965)을 단장으로 섬감녕변구민중극단(陝甘寧邊區民衆劇團)이 이루어져 활동을 하였는데, 이 지역에서는 현대화극은 별로 공연되지 않고 경극을 비롯한 전통적인 민간형식의 연극이 주로 공연되었다. 그것은 일반 인민들에게 서양식 화극은 이해하기도 어렵고 낯선 반면 자기네 전통극은 알기도 쉽고 재미도 있다고 생각하기 때문이었다. 이 시대는 특히 항일전쟁의 시기라서 외국에서 들어온 형식의 연극을 배척하려는 정서도 강하게 작용하였던 것 같다. 마젠링은 션시에 유행하던 지방희를 바탕으로 수많은 혁명적인 현대희를 편곡하였다. 민중극단의 성공을 본떠서 이 지역에는 여러 개의 비슷한 극단들이 생겨나 활동을 하였다.

 1941년에는 팔로군의 경극단체들이 연합하여 연안평극연구원(延安平劇研究院)이 설립되었다. 이 연구원에서 새로 편극한『수호전』 얘기를 근거로 한 경극인「떠밀리어 양산으로 올라가다(逼上梁山)」와「축가장을 세 번 치다(三打祝家莊)」등의 역사극은, 혁명투쟁을 밀어주는 뜻을 담고 있어 성공을 거두었다. 그리고 1942년 가을 마오쩌둥이 이 평극연구원에 내려준 '추진출신(推陳出新)'이란 제자는 이후 중국공산당 연극운동의 모토가 되었다. '추진출신'이란 "봉건적인 낡은 것들은 몰아내고 인민들의 혁명적인 새로운 것들을 드러낸다."는 뜻이다.

 마오 주석은 1942년 옌안에서「문예좌담회에서의 강화」를 발표하여 자기네 사회주의 문화노선을 분명히 밝히고 있다.

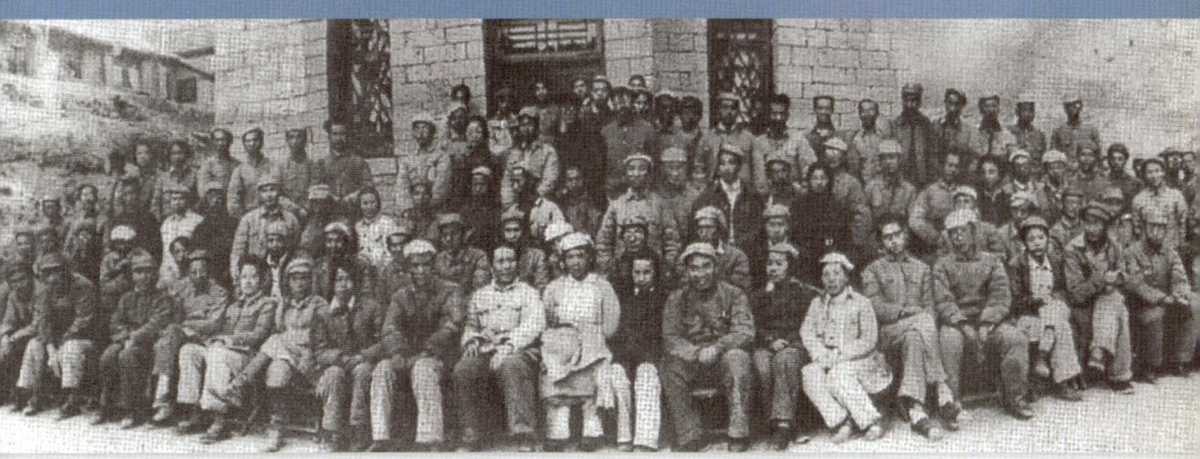

▲ 옌안의 문예좌담회 뒤 마오 주석을 중심으로 모인 중공 문예작가들

“우리는 오늘 회의에서 문학 예술이 모든 혁명 기구의 한 조립 부품으로써 매우 잘 적용하게 되어, 인민을 단결시키고, 인민을 교육하고, 적에게 타격을 가하고, 적을 쳐 없애 버리는 힘 있는 무기가 되어 가지고, 인민이 한 마음 같은 움직임으로 적들과 투쟁을 하는데 도움을 주도록 하려는 것이다.”

“우리 연극에 종사하는 사람들은 군대와 농촌의 작은 극단들에게 주의를 하여야 한다. 우리 음악 전문가들은 대중의 노래에 주의를 기울여야 한다. 우리 미술 전문가들은 대중의 미술에 주의를 기울여야 한다.”

이러한 지침 아래 경극이 중시되고 노동자 농민이 좋아하는 자기네 전통연예를 성행시키게 된 것이다.

이 마오쩌둥의 이른바 「문예강화」가 발표된 이후 농민들의 모심기 노래(秧歌)를 이용하여 백성들을 사회주의 혁명의 길로 이끌려

는 모심기 노래운동(秧歌運動)[124]이 전개되었던 것은 그 좋은 보기
이다. 모심기 노래는 본시 농민들이 논에 모를 심을 적에 부르던 노
동가요였으나 중국의 모든 민간연예가 그러하듯이 뒤에는 애기를
창으로 연출하는 설서(說書) 형식으로 발전한데 이어 다시 생(生)ㆍ
당(旦)ㆍ축(丑)의 간단한 두세 명의 배우들이 연출하는 연극 형식으
로도 발전하였다. 이때 농민들의 인기를 끈 것은 주로 연극 형식의
'모심기 노래' 이다. 1943년 설부터 다음 해 상반기에 이르는 1년
반 정도의 기간에 창작 공연된 모심기 노래 작품 수가 300여 편에

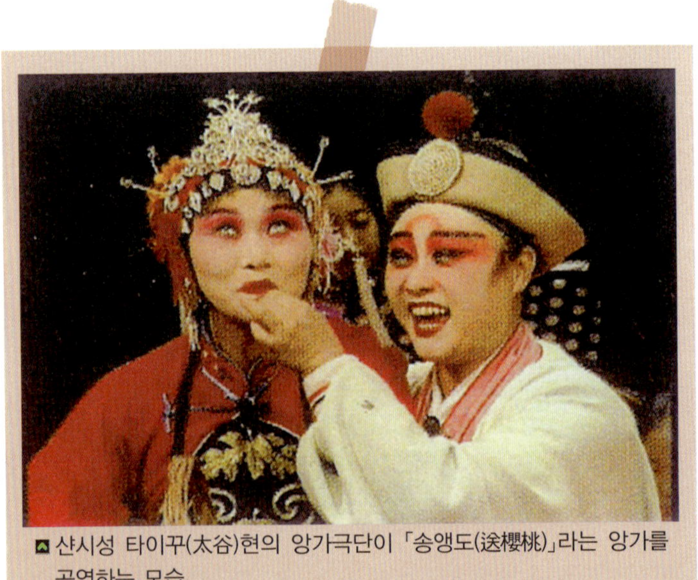

△ 산시성 타이꾸(太谷)현의 앙가극단이 「송앵도(送櫻桃)」라는 앙가를
공연하는 모습

124) 秧歌는 본시 모심기 민요로 採茶歌ㆍ山歌ㆍ漁歌 등과 같은 것이었다. 그러나 차츰
서너 사람이 함께 역사 얘기나 전설을 공연하기도 하고 춤ㆍ技藝ㆍ武術 등이 보태
어져 秧歌戲로도 발전하여 민간의 社火 연출의 주제가 되기도 하였다. 山西ㆍ陝
西ㆍ河北ㆍ山東 등지에 크게 유행하고 있다.

이르고 관객은 800만이 넘었다고 하니[125] 모심기 노래극의 성행 정도를 짐작할 수가 있을 것이다.

모심기 노래운동과 관계가 있는 리부(李卜)라는 배우의 활동을 소개한다.[126] 그는 지금의 션시(陝西)성 미(郿)현과 호(鄠)현 지방에서 생겨나 샨시·닝샤·깐수·샨시 일대에 유행하고 있는 미호희(眉戶戲)의 뛰어난 축(丑)역의 배우였다. 그는 젊어서는 배우로 연극계에 종사하다가 나이가 많아지자 농촌으로 돌아가 농사를 짓고 있었다. 1938년 마오 주석의 영도 아래 민중극단이 성립된 뒤 이들이

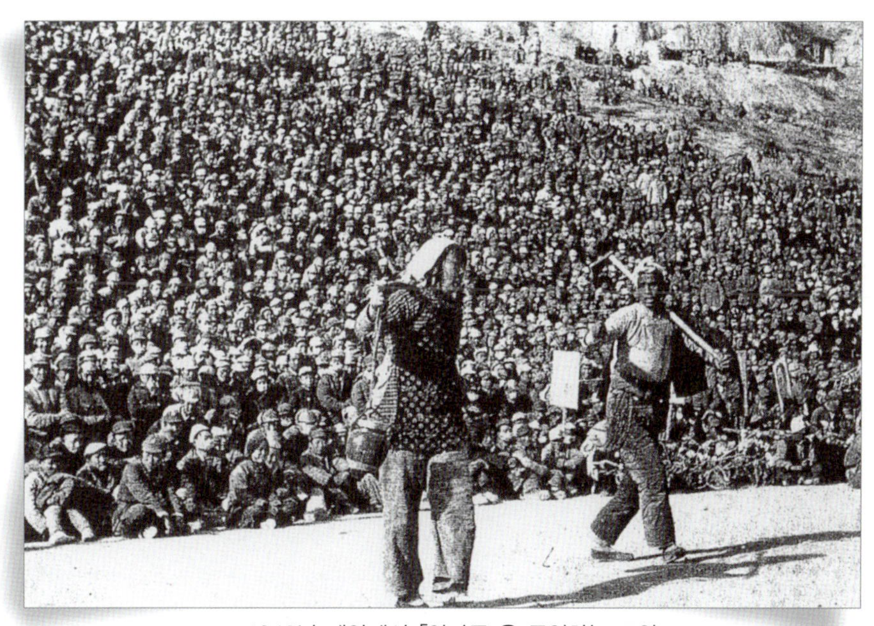

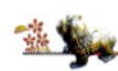 1943년 예안에서 「앙가극」을 공연하는 모양

125) 『延安文藝叢書』 秧歌劇卷 前言 참조.
126) 「李卜」 王汶石 (『三秦軼事』, 1994, 上海書局 刊 所載).

선시 북쪽 농촌으로 들어가 공연활동을 하다가 후(富)현 농촌에서 미호희에 대하여 조예가 깊은 리부를 발견하였다. 그때 민중극단의 주요 공연 종목은 선시의 지방희인 진강(秦腔)과 그 지방의 도정(道情)이라는 민간연예였다. 극단에서는 바로 리부를 초빙하여 미호희를 전수받기 시작했는데, 리부는 그들의 요청에 따라 열정적으로 미호희의 창과 연출 기법을 가르쳐 주었다. 이 뒤로 미호희는 옌안 일대에 크게 유행하였다. 특히 '모심기 노래운동'이 전개되자 많은 연출가들이 미호희의 가락과 연출기법을 '모심기 노래'의 편극에 적용하여 성공을 거두었다. 리부는 1940년대에 옌안 일대에 미호희를 유행시킨 장본인일 뿐만이 아니라 '모심기 노래운동' 성공에 큰 힘을 보탠 연예인이다. 미호희는 연극에 빠져 사람들의 정신을 잃게 한다 하여 흔히 '미호희(迷胡戲)'라고도 부른다.

이 시기에 와서는 중국 농촌의 민간연예가 본격적으로 중국에서 중요한 전통예술로 존중되기 시작하였다. 따라서 마침내는 '모심기 노래'의 음악을 바탕으로 만들어진 신편가극 『백발의 여자(白毛女)』[127]같은 대작도 나오게 된다.

마오 주석은 그의 『신민주주의론(新民主主義論)』에서 "그 중 봉건적인 찌꺼기들은 잘라 버리고, 그 중 민주적인 정화(精華)만을 흡수

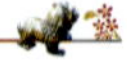

127) 『白毛女』는 秧歌를 바탕으로 延安 魯迅藝術學院이 集體創作한 신편 歌劇. 1945년 탈고한 뒤 여러 번 수정이 가해짐. 地主 黃世仁은 소작인 楊白勞를 핍박해 죽이고 그의 딸 喜兒를 겁탈한 뒤 남에게 팔아넘기려 한다. 喜兒는 도망쳐 산속으로 들어가 사는 중 영양실조로 머리가 새하얗게 변하여 농민들은 그를 보고 白髮仙姑라 하였다. 뒤에 八路軍이 그 지역을 해방하고 지주를 타도하여 마침내 喜兒는 고통으로부터 해방된다는 내용의 작품이다.

해야 한다.” “반드시 옛날 봉건통치계급의 모든 썩어빠진 요소와 옛날의 우수한 인민문화 곧 어느 정도 민주적인 성격과 혁명적인 성격을 띄고 있는 것들을 구별하여 가려내야 한다.”고 전통문화 계승 방향을 지시하고 있다. 이것은 앞에서 얘기한 ‘추진출신’과 일맥상통하는 이론이다. 그러나 경극을 중심으로 하는 민간의 전통연예들은 민주적 또는 혁명적인 성격과 상관없이 그대로 성행한다.

 이 시절 중국 공산주의자들의 연극 구경 분위기를 알려주는 연극 애호가의 얘기를 아래에 인용한다.[128] 1931년부터 1942년 5월 사이 우웨이(武威, 甘肅省)에 주둔하던 육군 기병 제5군(軍)[129] 군장이던 마부칭(馬步靑)은 연극 애호가였다. 그는 1933년에 깐수성 성도인 란조우(蘭州)로부터 그곳 지방희인 진강(秦腔)을 전문으로 하는 극단인 화속사(化俗社)를 우웨이로 데려오고 또 시안(西安)으로부터 많은 명배우들을 모셔다가 민락사(民樂社)라는 극단을 새로 조직하고는 틈나는 대로 연극을 구경하였다. 마부칭이 민락사의 공연을 구경하러 극장에 가면 극장 문 양편에 기관총을 세워놓고 만일에 대비하였고, 일반 관중들은 극장 안으로 들어가기만 하였지 마음대로 나오지는 못하게 하였다. 언제든 마부칭이 구경을 실컷 하고 극장을 나온 뒤에야 다른 관중들도 극장을 나와 집으로 돌아갈 수가 있었다 한다. 마부칭은 극장 구경을 할 때마다 자기 아래 군법처(軍法處)·참모처(參謀處) 등 여덟 처의 처장들을 모두 거느리고 극장

---

128) 李德文「馬步靑看戲」(『隴原鴻迹』甘肅省文史研究館 編 上海書店 刊).
129) 軍은 師團 위의 군대 단위임.

에 갔고, 마부칭이 구경한 연극을 좋아하여 칭찬할 적에는 처장들이 지갑을 열어 배우들에게 상금을 내렸다 한다. 공연 극목 중에는 그가 특히 좋아하는 『백사전(白蛇傳)』을 비롯하여 여러 가지 전통 연극이 있었다.

매년 4월이 되면 마부칭은 민락사를 기병 제5군이 주둔하고 있는 신청(新城) 안으로 불러들여 군대 안에서 반 달 정도 연극을 공연케 하였다. 연병장에 희대를 만들어 놓고 연병장 가에는 여러 개의 텐트를 쳐놓고 연극 구경 온 사람들이 쉬면서 물이나 차를 마실 수 있도록 하였다. 평상시에는 일반인은 신청의 군 영내로 들어올 수도 없었으나 연극을 공연할 적에는 마음대로 신청을 출입할 수가 있을 뿐만이 아니라, 군 시설을 마음대로 구경하도록 허락하고 심지어 자기 사무실에도 누구든 찾아와 자기를 만날 수 있도록 허가하였다. 마부칭은 이것이 '군민동락(軍民同樂)'이라면서 큰 소리를 쳤다 한다. 중국 공산당 상부에서도 이런 분위기를 용인하기 때문에 군의 우두머리가 이처럼 연극 구경에 빠질 수 있었을 것이다. 그리고 그들 군대 안에 연극을 좋아하는 군인은 마부칭 한 사람이 아니었다.[130] 그런 군대가 전쟁을 할 수가 있을까 우리로서는 상상하기조차도 어려운 거짓말 같은 얘기이다.

혁명운동에 가담했던 지식인들도 중화민국 고관들처럼 화려한 당회를 즐기지는 않았지만 연극을 즐기는 면에 있어서는 비슷하였던 것 같다. 보기로 인민공화국이 선 뒤 선시성 부성장(副省長)까지 지

---

130) 바로 뒤의 張翔初 장군에 관한 얘기를 참고 바란다.

낸 장샹추(張翔初) 장군의 경우를 든다. 단밍찬(段明燦)의 「장샹추 장군의 애호(張翔初將軍的愛好)」라는 글[131]에 따르면, 그는 신해혁명 뒤에 성의 군정장관(軍政長官)인 도독(都督)에 임명되었는데 선시의 지방희인 진강(秦腔)을 무척 좋아하여 리둥셴(李桐軒)을 도와 세상의 풍속을 올바로 이끌 연극을 하고 제대로 된 연극 전문가를 양성하기 위하여 역속사(易俗社)를 조직하여 새로운 전통연극의 발전을 꾀하였다. 그는 매년 자기 생일이 되면 직접 극단을 조직하고 많은 친구들을 자기 집으로 초청한 다음 자기 자신도 직접 창을 하거나 박판(拍板)을 치면서 3일 동안이나 연이어 밤낮없이 연극공연을 하였다 한다. 그러면 친구들뿐만이 아니라 이웃 사람들도 모두 모여들어 연극을 즐겼다. 그리고 그곳의 극단들도 명배우들을 보내어 연극에 참여하였다. 그리고 그가 평소 외출을 할 적에는 차를 타지 않고 언제나 걸어 다녔는데, 걷다가도 흥이 나면 걸으면서 창을 하여 많은 사람들이 그의 뒤를 따르면서 그의 창을 들었다 한다. 인민공화국이 성립되어 성의 부성장이 된 뒤에도 그는 여전히 죽을 때까지 연극을 좋아하였다 한다.

　중공 당국에서는 1949년 7월에는 전국문학예술공작자연합회를 구성하고 그 아래 희곡개진회(戲曲改進會)를 두어 희곡 현대화에 더욱 노력하였다.

131) 『三秦軼事』(陝西省文史硏究館 編) 소재.

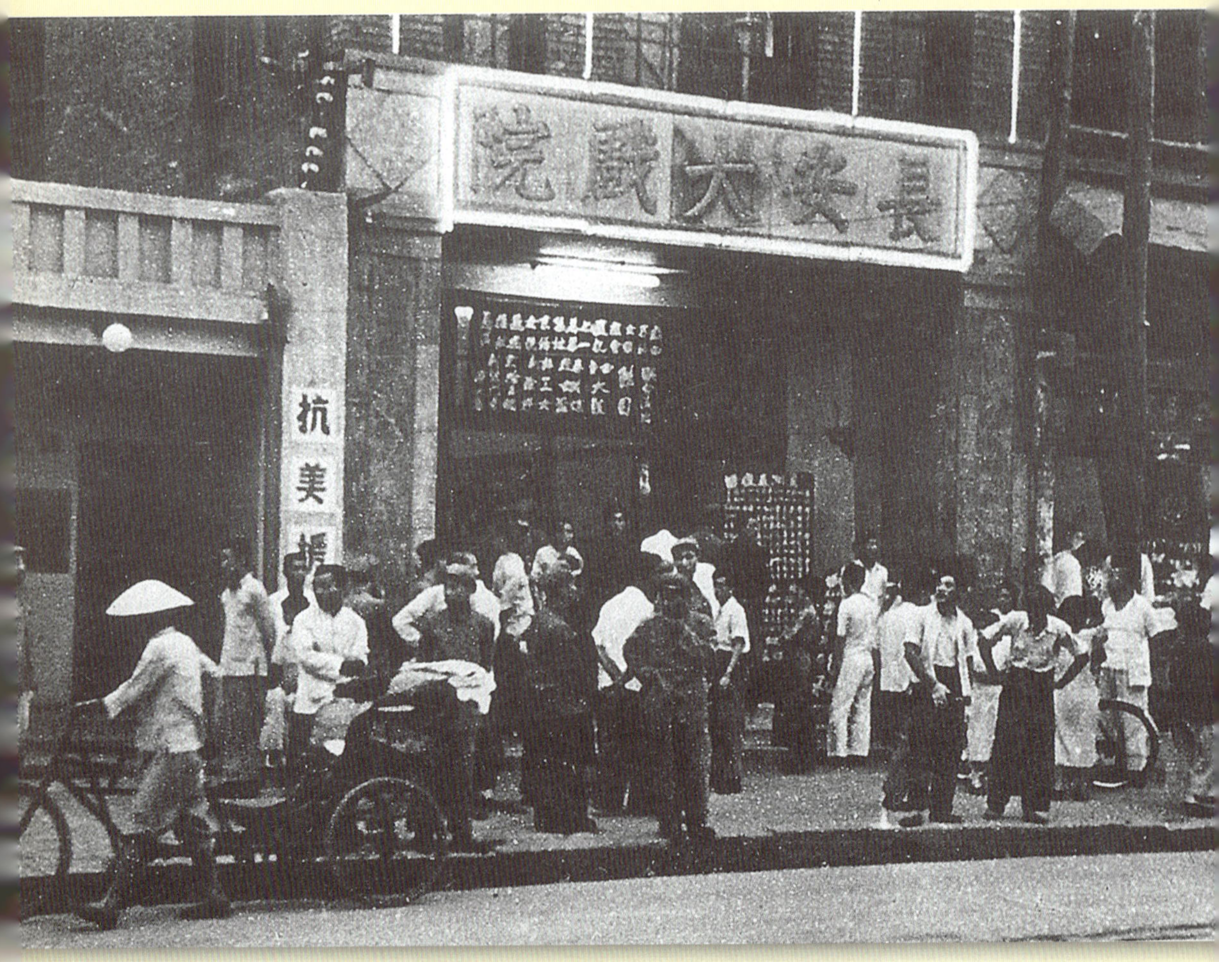

■ 중국 건국 초기(1950) 베이징의 장안대희원 정경

2) 중화인민공화국 초기의 경극(1949-1965)

1949년 10월 중화인민공화국이 수립된 뒤에도 경극 애호는 위아래가 여전하다. 나라가 세워진 뒤 일 년 동안에 국가적인 연극 관계 기관 단체의 성립 현황만 보아도 그러한 실정이 짐작이 갈 것이다. 1949년에는 중화전국희극공작자협회(中華全國戲劇工作者協會, 약칭 全國劇協)·중국희곡개진위원회 준비위원회(中國戲劇改進委員會籌備委員會)가 이루어지고 국립희극학원(國立戲劇學院)과 문화부희곡개진국(文化部戲曲改進局)이 설립되었다. 연안평극연구원은 베이징으로 옮겨와 중앙경극연구원(中央京劇研究院)으로 발전하였다. 1950년에는 북경인민예술극원(北京人民藝術劇院)·개진국희곡실험학교(改進局戲曲實驗學校)·대중실험극장(大衆實驗劇場)·중앙희극학원(中央戲劇學院)을 설립하고 7월에는 문화부 직속으로 중앙희곡개진위원회(中央戲曲改進委員會)를 다시 조직하여 여러 지구와 각 성 및 큰 도시에는 희곡개진협회(戲曲改進協會)·희곡개진위원회(戲曲改進委員會)를 두어 희곡의 개혁에 힘쓰면서 전통희곡을 발전시키도록 하였다. 이때에는 특히 혁명을 위해서 전통연극의 역사극과 현대희를 새로 편극할 것을 강조하였다.

또 전국희곡공작자회의(全國戲曲工作者會議)가 이루어지고, 희곡 잡지로 전국극협의 『인민희극』과 개진위(改進委)의 『신희곡』이 창간되었다. 이 정도면 중화인민공화국에서 경극을 얼마나 중요시 하는가 알 수가 있을 것이다. 작품 『조자왈(趙子曰)』에서는 경극에 대하여 무척 비판적이었던 인민의 작가 라오셔도 인민공화국으로 들

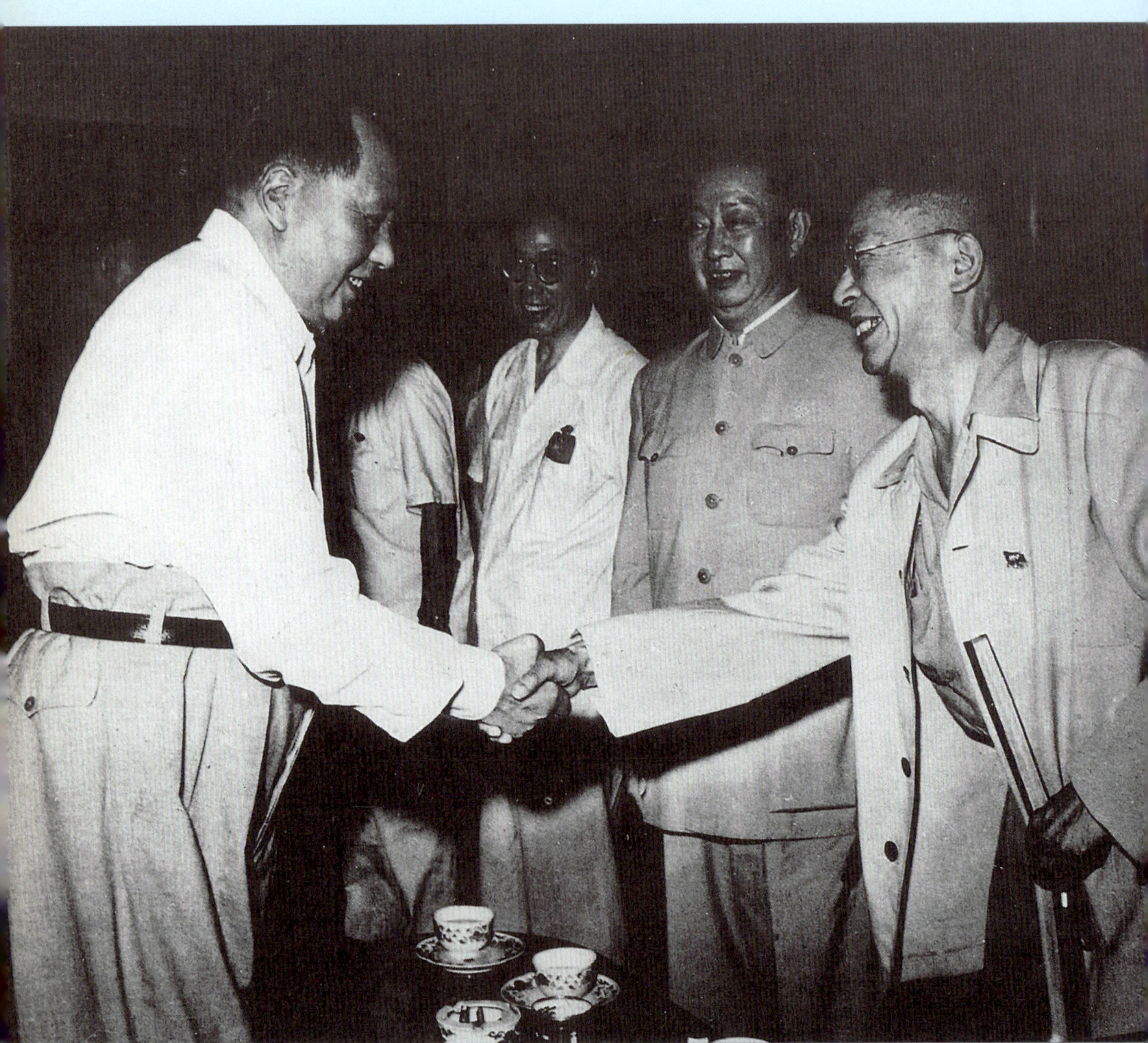

■ 마오쩌둥이 라오셔, 텐한(극작가: 왼편부터)을 만나고 있다.

어와서는 자기네 전통극을 발전시키려고 노력하는 작가로 변신하
였다.

중국 인민공화국에서 활동한 극단에는 중국경극원 아래 4개의 경
극단이 있었고, 크게 나누어 국영극단과 민영직업극단이 있었다.
그리고 우수한 연출자를 갖고 있는 일부 민영 극단은 국비의 보조
를 받았다. 민영극단이 유지가 어려워지면 국영을 신청하였는데,
1956년에만도 톈진(天津)의 15개, 상하이의 69개 민영극단이 국영
극단으로 승인을 받고 있다.[132] 가장 큰 민영극단은 북경경극단(北
京京劇團)이었는데 단원 총수가 188명이었고 명연기자가 많이 있
어 자급자족을 할 수 있었다.[133]

1950년 한국전쟁이 일어나자 '항미원조(抗美援朝)'의 구호 아래
인민지원군을 보내어 전쟁에 참여하였는데, 이때 수차에 걸쳐 수많
은 경극단을 보내어 위문공연을 하도록 한다. 경극의 명배우 메이
란팡은 1952년(59세) 봄에는 극단을 이끌고 북조선에 가서 한국전
쟁에 참전하고 있는 중국인민지원군 위문공연을 하였다. 1953년
연말에는 제3차 부조위문단부단장으로 북한에 가서 공연을 하고
김일성·최용건 등을 만났다. 1954년에도 수천 명의 위문단을 이
끌고 북조선으로 가 위문공연을 하고 있다. 조우신팡(周信芳)·마
롄량(馬連良) 등 명배우를 비롯하여 당시에 활약하던 거의 모든 배
우들이 이 위문공연에 참여하였다.

---

132) 1956년 2월호 『戲劇報』 6쪽 참조.
133) 1957년 2월 22일자 『人民日報』 기사 참조.

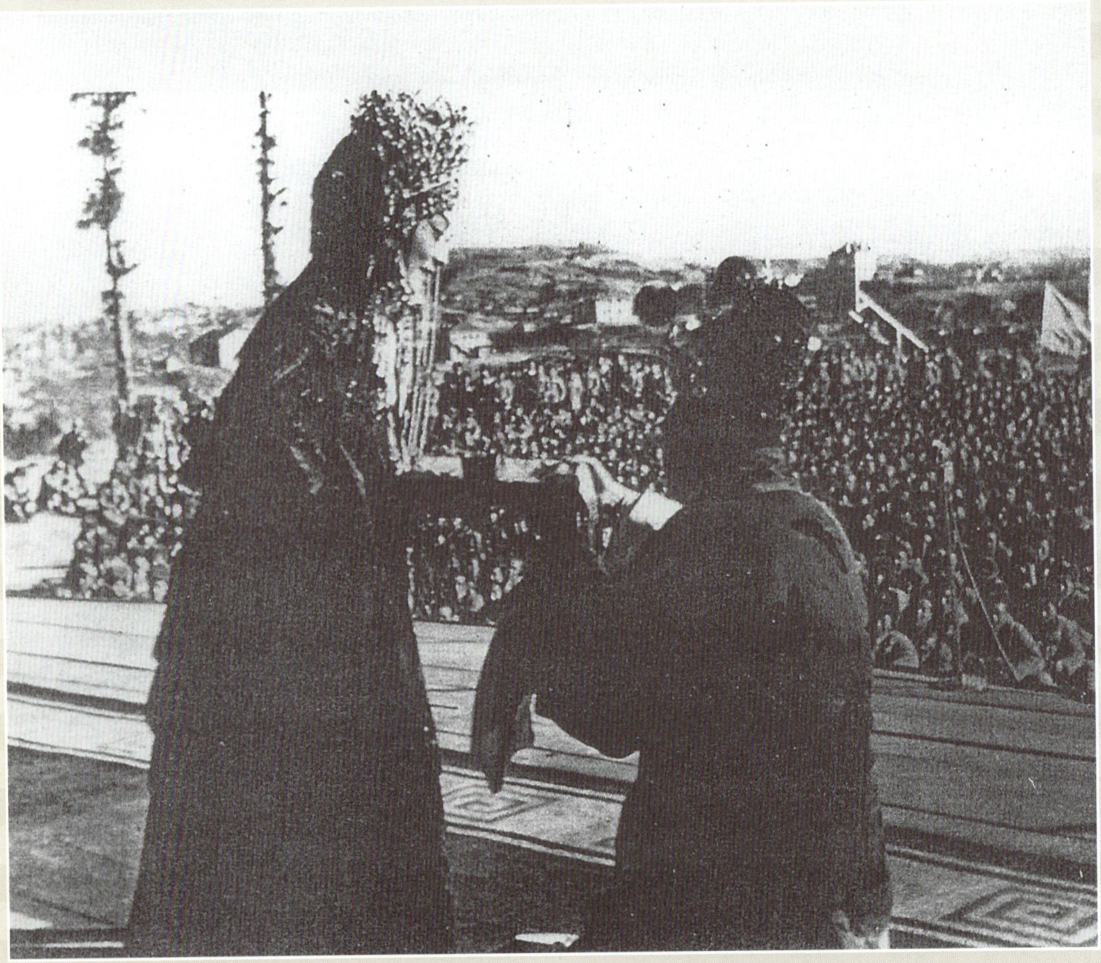

▲ 1953년 메이란팡이 위문단을 이끌고 조선으로 와서 개성(開城)에서 공연하는 모습

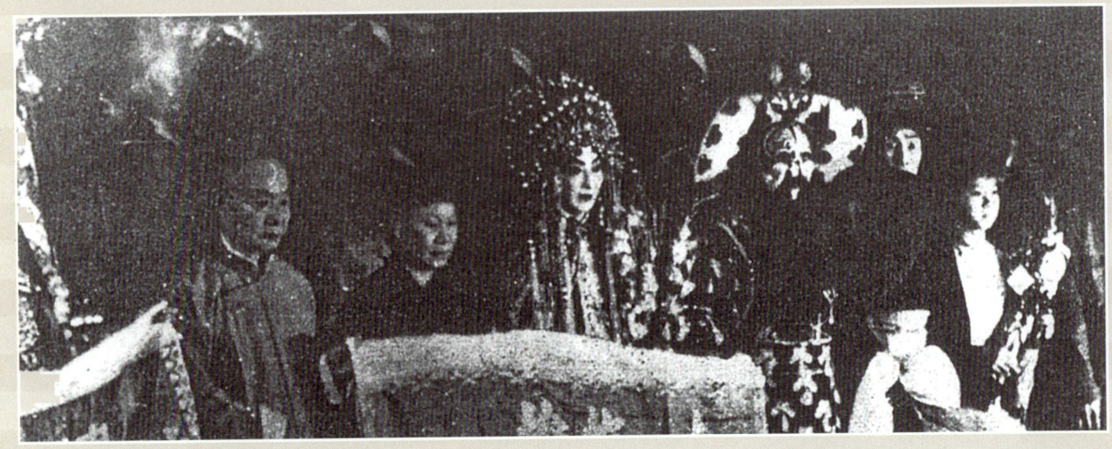

▲ 메이란팡이 조선으로와 위문공연을 끝내고 인사하는 모습

메이란팡이 조선으로 와 위문공연 하는 모습

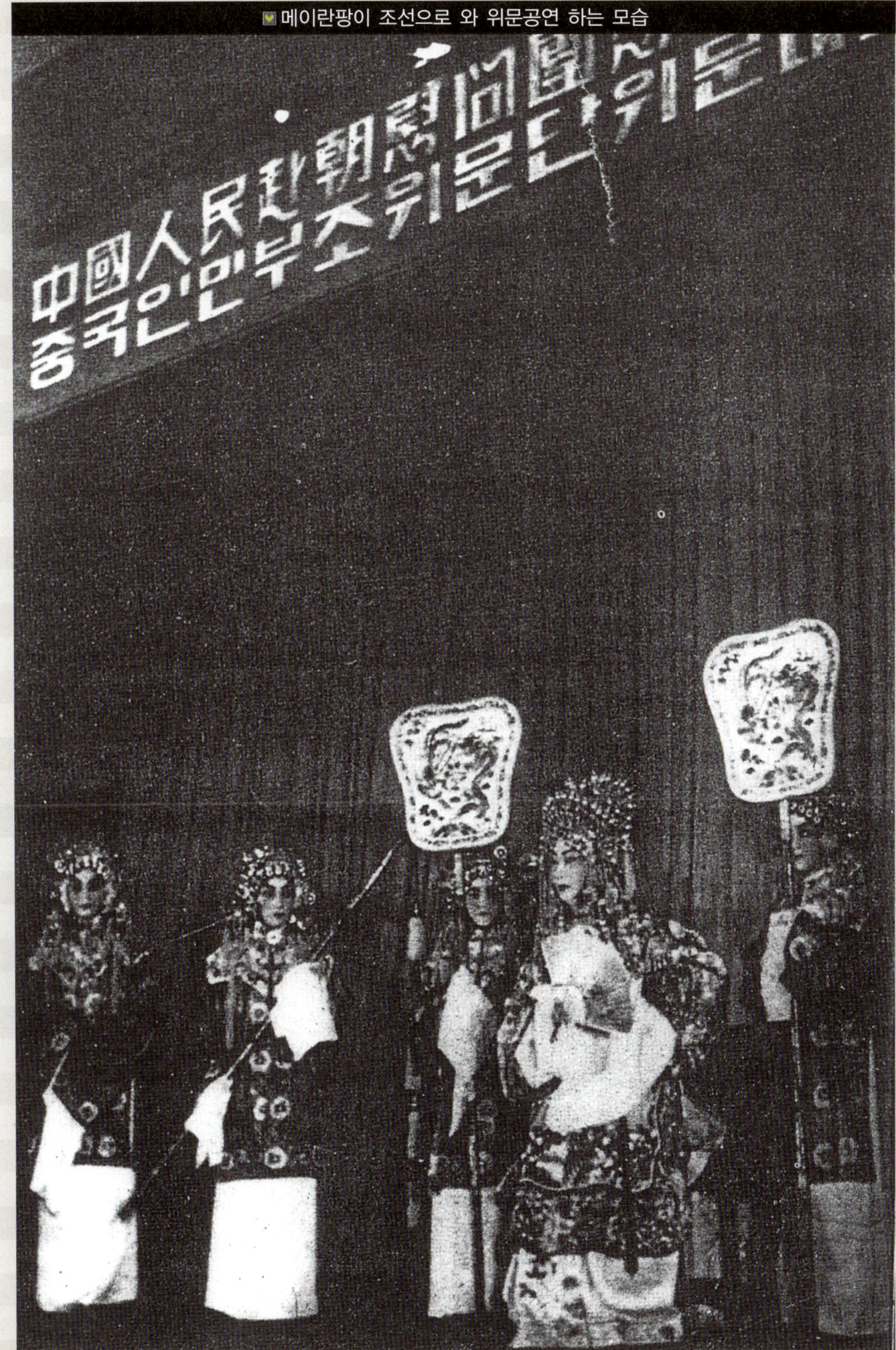

1952년 10월 베이징에서 전국 제1차 희곡공연대회(戲曲會演)가 열렸을 적에 마오쩌둥 주석은 이전에 자신이 내려주었던 '추진출신'이란 제자 위에 "모든 꽃을 한꺼번에 피게 하라"는 뜻의 '백화제방(百花齊放)'이란 네 글자를 더 보태어 주었다. 봉건적이고 반인민적인 작품들은 내치면서도 자기네 전통희곡 모든 것을 드러내어 발전시키라는 것이다. 인민들의 자기네 전통연예를 좋아하는 현상에 눈감을 수가 없었던 것이다. 이에 연극계에는 활발하고 자유로운 분위기가 퍼지면서 경극은 더욱 성황을 이룬다.

1949년에는 전국의 극장 수가 891개였는데 '백화제방'의 지시에 따라 새로운 극장이 급격히 늘어나 1959년 10월에는 2,800여 개에 이르렀다.[134] 그리고 1960년 9월 9일자 『인민일보』에 의하면 그 당시 농민들로 이루어진 아마추어 극단 수가 244,000여 개이고, 노동자들의 것이 39,000여 개여서 이를 합치면 전국의 아마추어 극단 수가 283,000여 개에 달한다. 이를 근거로 아마추어 극단에 참여했던 인민의 수는 농민이 700만 명, 노동자 100만 명, 모두 합치면 800만 명에 이른다. 전문 직업극단 수는 3,513개라 하였다. 여기에는 군부대나 교육기관 등에 소속되어있는 극단 수는 제쳐놓은 것이니 이정도면 중국을 연극의 나라라 하여도 좋을 것이다.

이 때문에 일의 지장이 생기는 경우도 적지 않았던 것 같다. 1956년 말 쩌짱성 신등(新登) 지방에서는 아마추어 극단이 순회공연을 떠나는 바람에 협동 작업에 일손이 모자라 그 지역 작물 수확의 4

---

134) 『戲劇報』(中國戲劇家協會 編, 人民文學出版社 刊) 의거.

분의 3을 완전히 거두지 못했다 하였다.[135] 푸젠성 남부에서는 지나치게 잦은 공연으로 민물고기 양식업 발전 계획을 추진할 수 없게 되었다고 하였다.[136]

짱칭(江靑)은 1963년 베이징에서 열린 희곡공작좌담회(戱曲工作座談會)에서 마오 주석을 앞세우며 전통 연극을 사회주의 관점에서 현대적으로 개편한 이른바 현대희의 공연을 강조하기 시작한다. 그들은 1963년 9월 다음 해에 현대희의 공연대회를 개최할 것을 결정하고,[137] 그 해에 짱칭은 지방희 중에 개편되어 성공을 거둔 혁명 현대희를 북경경극일단(北京京劇一團)과 중국경극원(中國京劇院)에 하나씩 주어 경극으로 개편케 하고, 산동성경극단(山東省京劇團)과 상해경극원(上海京劇院)에는 그들이 개편하여 1958년에 공연하여 성공을 거둔 혁명 현대희 한 편씩을 다시 수정하도록 지시하였다. 짱칭은 그들이 각자 맡은 연극을 수정하여 1964년에 개최될 현대희 공연대회에 나갈 준비를 하는 동안 직접 이들을 찾아가 연출을 이끌어 주었다. 1964년에는 전국 경희 현대희의 수련을 위한 공연대회(全國京戱現代戱觀摩會演)가 열리어 모두 전국의 29개 경극단에 의하여 35편의 현대경극이 공연되었다. 이로부터 문화대혁명이 끝날 때까지는 현대경극의 시대로 발전한다.

---

135) 『人民日報』 1957. 1. 23일자.
136) 『福建日報』 1957. 8. 14일자.
137) 1967년 6월 5일자 『光明日報』 「毛澤東思想照亮了京劇革命的道路」 참조.

3) 문화대혁명과 경극(1966-1976)

　얼마 뒤에 일어난 문화대혁명은 일종의 정치운동이었는데 한편으로 그것은 경극을 중심으로 하여 추진되었다. 실제로 문화대혁명을 이끈 짱칭은 1962년부터 이미 희곡을 통한 혁명 추진을 시작하고 있었다. 1962년에 그는 1000여 편의 경극작품을 검토하고 일부 작품의 내용이 귀신과 황제·관료·학자·첩 등 사상적으로 불건전한 인물을 다루었다하여 공연 금지를 제의하였다. 그 속에는 『해서파관(海瑞罷官)』도 들어있었다. 1963년 4월 희곡의 내용과 문학작품에 대하여 논의하는 회의석상에서 공산당 문화부 지도자들에게 「귀희(鬼戲)의 공연 정지 조치에 관한 회람」을 돌렸다. '귀희'란 실지로 귀신을 주제로 하는 미신적인 작품뿐만이 아니라 봉건적인 작품 모두를 포함하는 말이다.

　1964년의 경극 현대희가 전통극을 누르고 성행하기 시작한 것은 실제로 문화대혁명의 진행을 뜻한다. 그리고 1965년 11월 우한(吳晗)의 신편 역사극인 『해서파관』에 대한 야오원유안(姚文元)의 비판은 문화대혁명의 도화선에 불을 붙인 셈이다. 『해서파관』은 명나라 융경(隆慶) 3년(1569)에 응천순무(應天巡撫)로 부임한 해서[138]가 가난한 집안의 딸과 재산을 강탈하고 그를 고소한 가족들을 무고라고 뒤집어씌운 관료지주 집안의 서영(徐瑛)의 사건의 진실을 밝혀

---

138) 『明史』 卷226에 海瑞列傳을 근거로 한 역사극이다.

낸다. 그의 아비인 권력자 서계(徐階)의 방해에도 불구하고 해서는 서영을 처형한 다음 벼슬을 버리고 귀향한다는 얘기 줄거리이다. 야오원유안은 작자 우한이 이 연극을 빌어 실제로는 '현실을 풍자하고 있다'는 공격이었다. 톈한(田漢)이 개편한 경극인 역사극 「사요환(謝瑤環)」과 멍차오(孟超)가 개편한 전통곤곡 「이혜낭(李慧娘)」도 가혹한 비판을 받았다. 짱칭은 1966년 11월 28일 베이징에서 열린 문예계문화대혁명대회(文藝界文化大革命大會)에서 이런 말을 하고 있다.

"무엇보다도 왜 사회주의 중국의 무대 위에 귀신연극이 연출되고 있어야 하나 느끼고 있다. 그리고 나는 또 경극은 현실을 반영하는 일에 너무나 민감하지 못함을 알고 매우 놀라고 있다. 그러나 「해서파관(海瑞罷官)」·『이혜낭(李慧娘)』---등과 같은 엄연한 반동정치경향의 연극도 '전통을 발굴한다.'는 미명 아래 제왕이나 장수와 재상 및 재자가인을

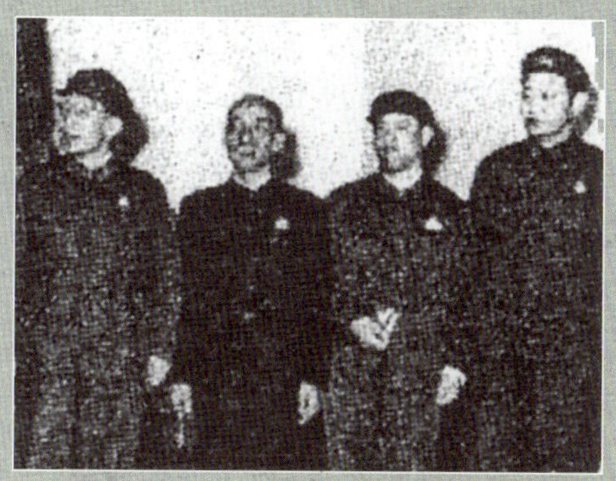

▲ 문화대혁명 주동자들. 장춘자오(맨 왼쪽), 야오원유안(왼쪽에서 세 번째) 등

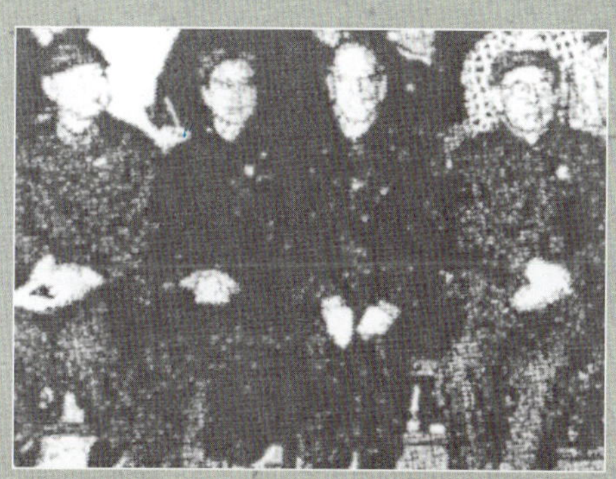

▲ 문화대혁명 소조 멤버들. 왼편에서 두 번째가 짱칭

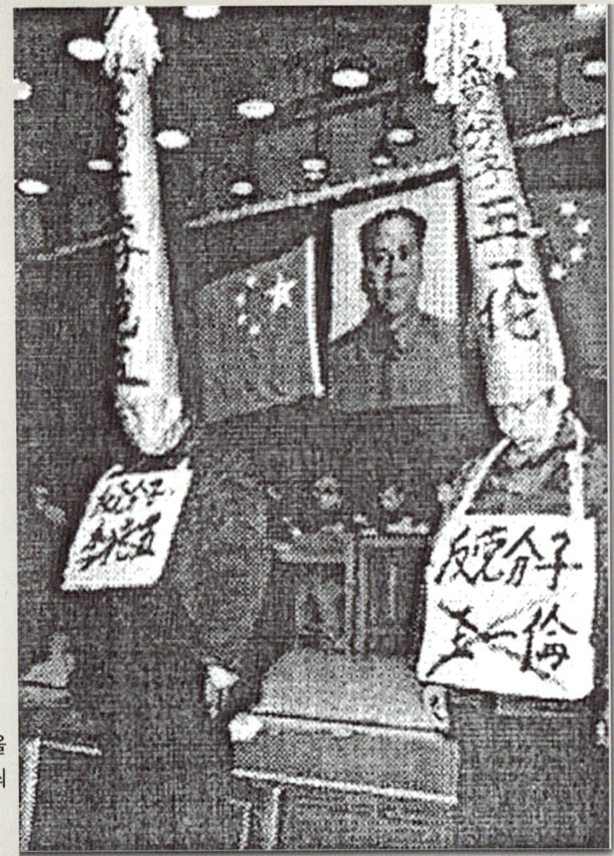

▣ 문화대혁명 때 홍위병들이 지식인을
잡아다 놓고 반당분자라는 고깔을 씌
워 놓고 있다.

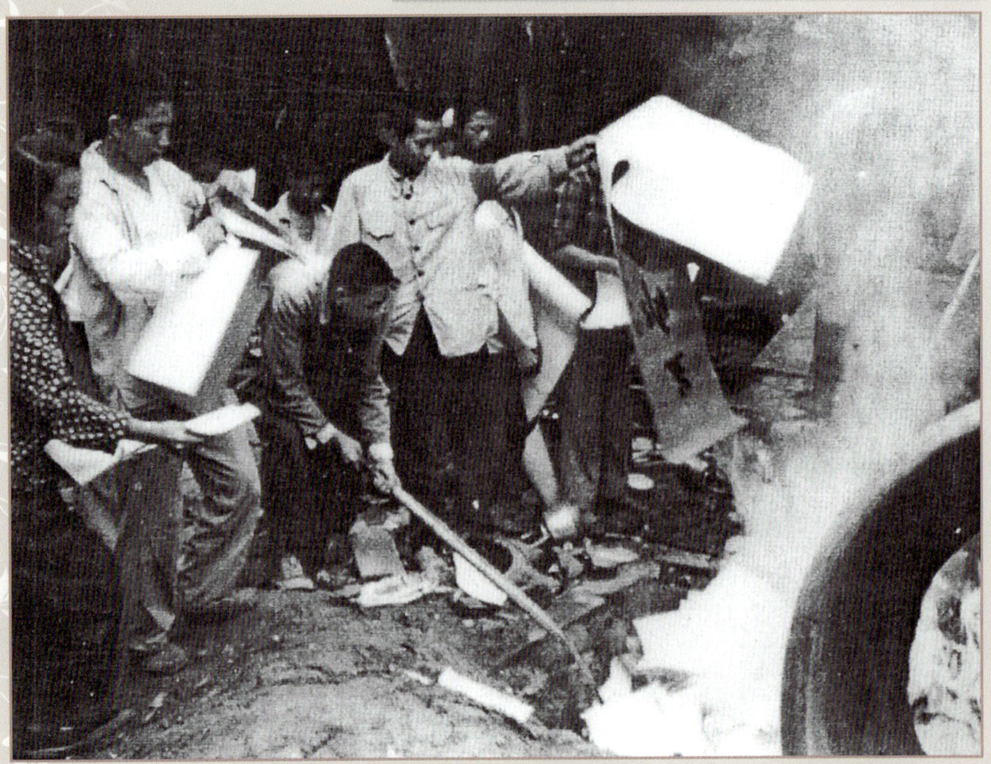

▣ 문화대혁명 때 홍위병이 그림과 책을 태워버리는 모습

연출하는 많은 작품들도 출현하였다."[139]

그리고 전통극은 모두 봉건적인 성분이 있으니 공연을 하지 말아야 한다는 주장이 제기되었다.[140]

1966년 2월에는 쟝칭(江靑)이 상하이에서 부대문예사업좌담회(部隊文藝事業座談會)를 열고 혁명적인 작품을 몇 개 열거하면서 본보기 연극(樣板戲)의 문제를 제기하였다. 그리고 문화혁명은 이 '본보기 연극'을 중심으로 추진되는 양상을 보여준다. '본보기 연극'이란 사회주의 혁명을 추진함에 있어서 인민을 위한 본보기가 되는 연극이란 뜻이다. 1964년 6월에서 7월에 이르는 기간에 열린 '경극 현대희 수련을 위한 경연대회'에서는 쟝칭·캉셩(康生) 등에 의하여 우수한 작품으로 뽑힌 작품이 뒤에 양판희로 발돋움하게 된다.

1966년 11월에 수도문예무산계급문화혁명대회(首都文藝無産階級文化革命大會)에서 이 모임을 개최한 중앙문화혁명영도소조(中央文化革命領導小組) 조장인 캉셩이 경극 『지취위호산(智取威虎山)』·『홍등기(紅燈記)』·『해항(海港)』·『사가빈(沙家浜)』·『기습백호단(奇襲白虎團)』 및 발레극인 『백발의 여자(白毛女)』·『홍색낭자군(紅色娘子軍)』과 교향곡 『사가빈』 8편을 '혁명의 본보기 연극(革命樣板戲)'이라 선포하였다. 쟝칭 일파는 문화혁명 기간 주로

---

139) 1967년 5월 18일 『北京新文藝』「江靑同志與京劇『沙家濱』」.
140) 1965년 2월과 8월 中南區戲劇觀摩演出大會에서의 陶鑄의 연설.

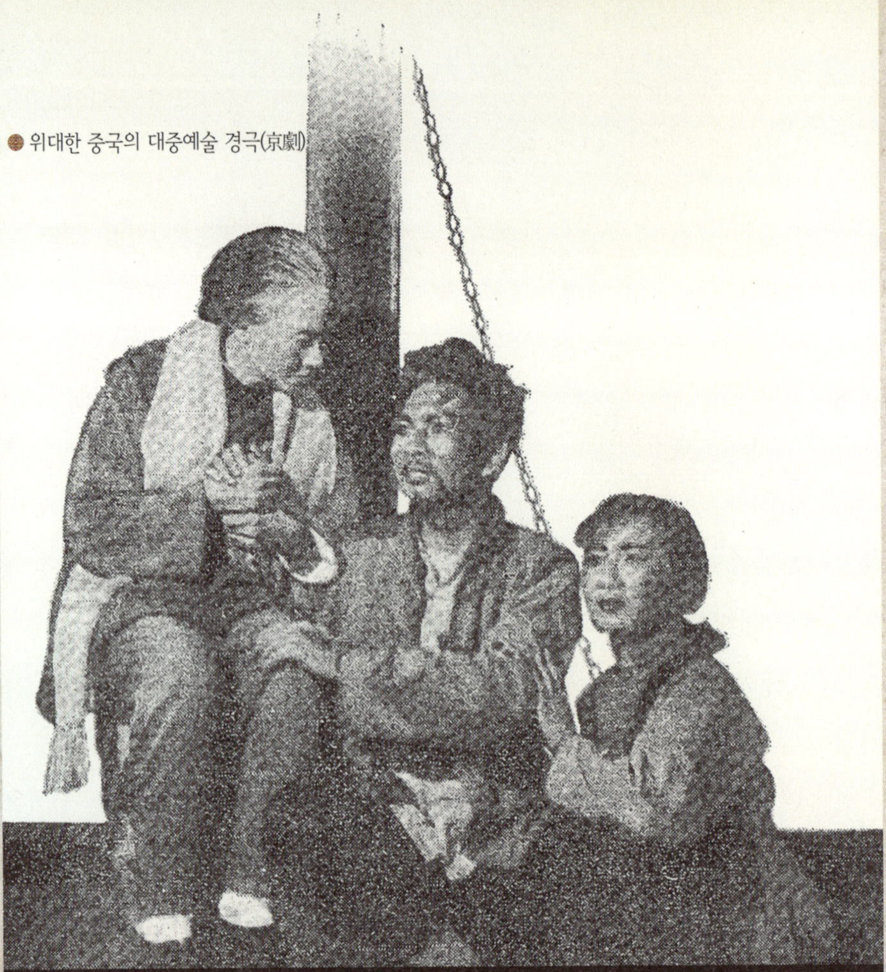

'본보기 연극' 「홍등기」를 연출하는 모습. 왼편부터 룽아이즌(凌愛珍), 리빈중(李濱忠), 한위민(韓玉敏)이라는 배우들이다.

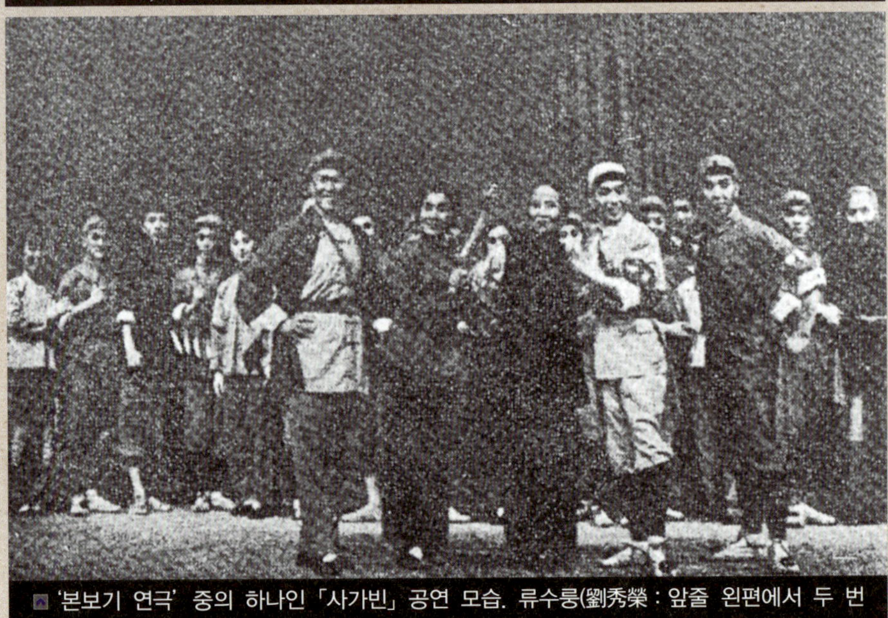

'본보기 연극' 중의 하나인 「사가빈」 공연 모습. 류수룽(劉秀榮 : 앞줄 왼편에서 두 번째)과 단유안슈(譚元壽 : 앞줄 오른편에서 두 번째)가 이름난 배우이다.

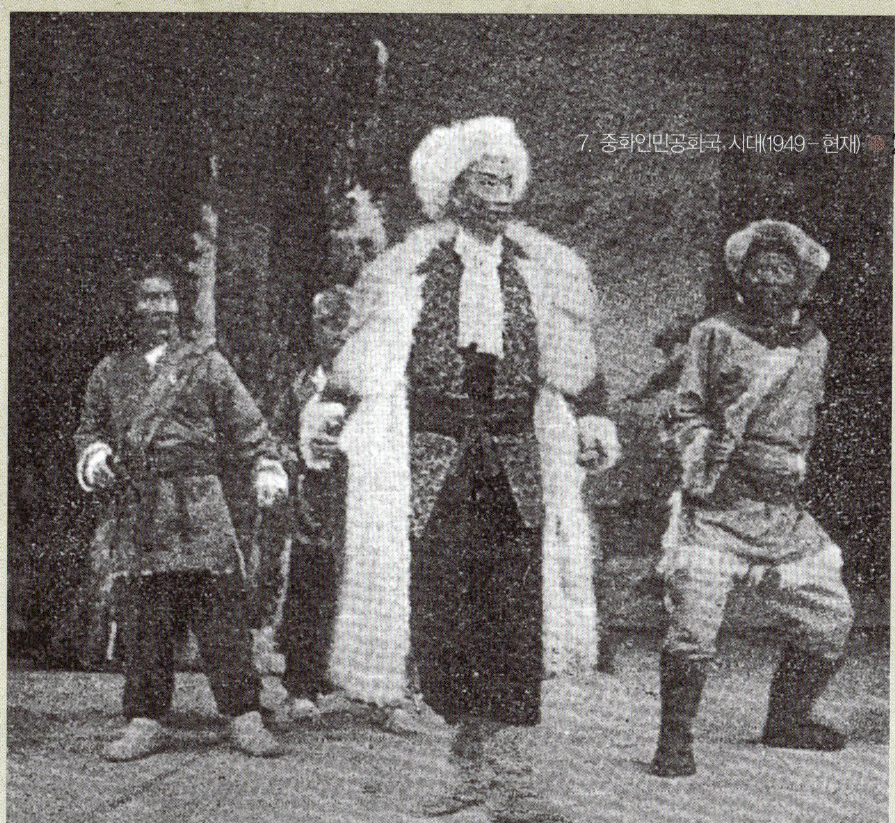

■ '본보기 연극' 중의 하나인 「지취위호산」을 공연하는 모습. 가운데가 이중림(李仲林)이
라는 명배우임.

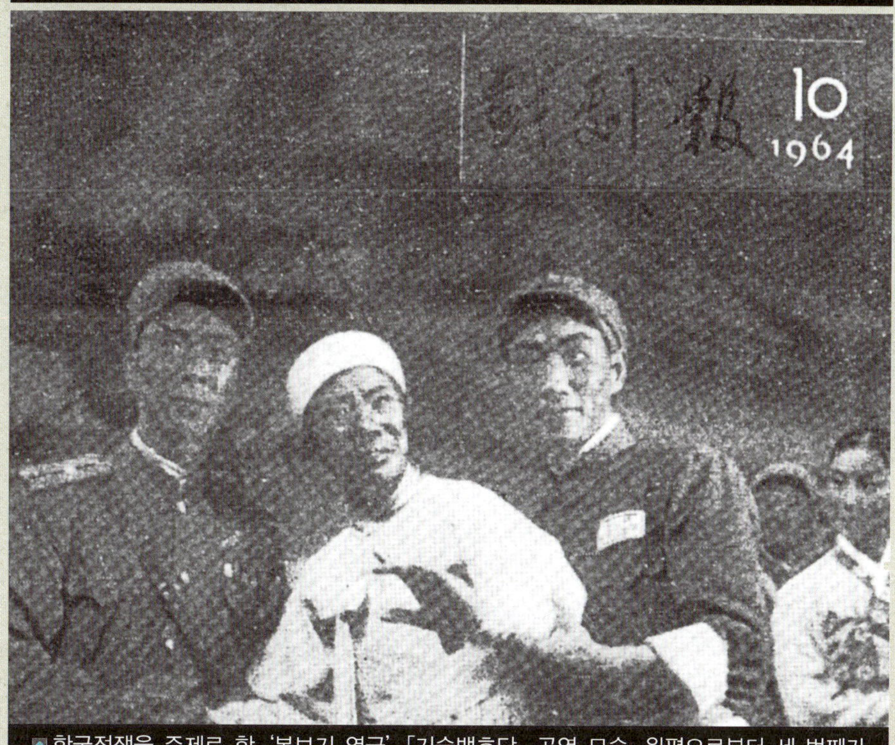

■ 한국전쟁을 주제로 한 '본보기 연극' 「기습백호단」 공연 모습. 왼편으로부터 세 번째가
숭위칭(宋玉慶)이라는 명배우임.

‘본보기 연극’만을 강요하여 “8억 인민에 8편의 연극(八億人民八臺戲)”이라는 말이 나왔을 정도이다. 이로부터 해마다 나라의 기념일이나 명절에는 ‘본보기 연극’의 공연이 관례적인 것이 되었다.

1967년 5월에는 마오 주석의 「문예강화(文藝講話)」발표 25주년을 기념하여 혁명 본보기 연극 공연대회(革命樣板戲大會演)가 개최되어 베이징에서 본보기 연극 8편이 공연되었고, 다시 건국 16주년 기념 합동공연으로 본보기 연극이 공연되었으며, 이 풍조는 상하이·광조우·텐진 등의 도시로도 퍼져나갔다. 그리고 무대공연 만으로는 전국에 널리 자기들의 뜻을 선전할 수가 없어서 본보기 연극은 영화와 TV프로로 제작되어 전국 각지에서 끊임없이 방영되었다. 그리고 라디오 방송으로도 쉴 새 없이 방송되고 음반으로 제작되기도 하고 여러 가지 출판물로도 제작되어 널리 전 중국에 퍼뜨리었다. 심지어 본보기 연극을 드러내는 달력이나 엽서 같은 실용품도 쏟아져 나왔고 초·중·고 교과서에도 본보기 연극의 내용이 실리었다. 온 중국 국민들 정신생활을 완전히 본보기 연극 속으로 끌어들이려 하였던 것이다.

본보기 연극은 앞에 든 8편으로 확정되었던 것은 아니다. 본보기 연극의 공연이 강요되면서 지방의 극단들은 본보기 연극단을 찾아가 연출기법을 배워서 그대로 돌아와 공연하거나 그것을 자기네 지방희 연극으로 개작하여 공연하였다. 이에 비슷한 많은 작품이 나오고 새로운 혁명극의 공연이 시도되기도 하였다. 1974년 12월에 출판된 『혁명 본보기 연극 극본 회편(革命樣板戲劇本滙編)』 제 1집에는 앞에 든 5편의 경극과 1편의 발레극 이외에 다시 경극 『용강

두(龍江頭)』·『홍색낭자군(紅色娘子軍)』·『평원작전(平原作戰)』·『두견산(杜鵑山)』의 4편을 보태어 10편을 발표하고 있다.

어떻든 이 시기에 본보기 연극은 기념일이라든가 명절 등의 정례적인 공연물로 정해졌다. 그리고 "본보기 연극을 본받아서 앞 다투어 혁명가가 되라."[141]라는 구호 아래 전국에 본보기 연극만이 공연되는 현상이 벌어졌다.

이 본보기 연극의 시대배경을 보면 토지개혁기(1927-1937)의 혁명투쟁을 반영한 「두견산」·「홍색낭자군」, 항일전쟁기(1937-1945)의 투쟁을 반영한 「홍등기」·「사가빈」·「평원작전」, 해방투쟁기(1946-1949)의 국민당을 상대로 한 혁명투쟁을 그린 「지취호위산」, 한국전쟁기(1950-1953)의 항미원조(抗美援朝)의 투쟁을 그린 「기습백호단」, 대약진운동기(1958-1960)의 사회주의 혁명투쟁을 바탕으로 한 「해항」·「용강두」가 있다. 모두 사회주의 혁명 이념을 고취시키고 문화대혁명의 필연성을 인식케 하는 성격의 새로 편극한 작품들이다.

1938년 짱칭이 마오쩌뚱 주석과 결혼 할 적에 중공 중앙정치국에서는 짱칭에게 정치에 간여하지 않는다는 조건을 내걸었다 한다. 그런 상황에서 퍼스트레이디가 된 그녀는 연극배우 출신이기 때문에 자연스럽게 경극을 내세워 본보기 연극의 추진자로써 문화대혁명을 밀고 나갔던 것이다. 짱칭은 본보기 연극을 이용하여 사회주의 혁명의 걸림돌이 된다 하여 주자파(走資派)를 몰아내고 마오쩌

---

141) 學樣板戱, 爭做革命人.

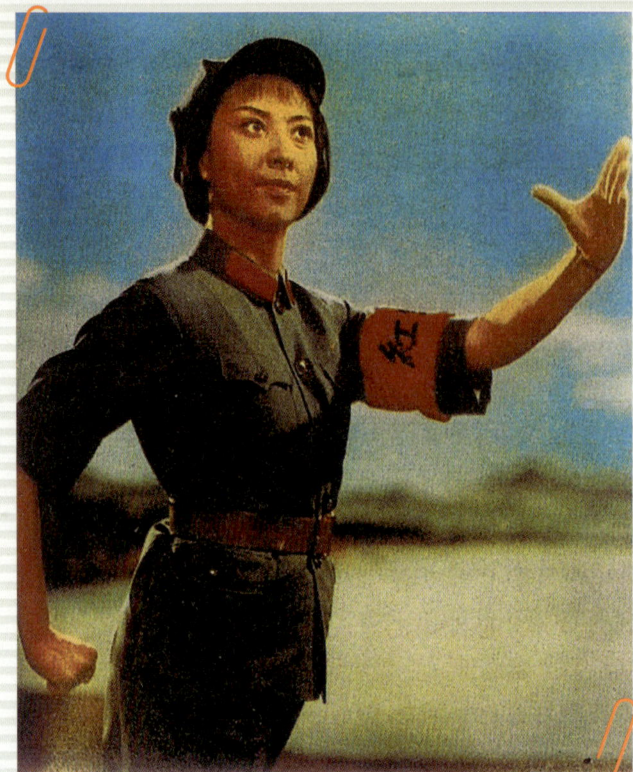

◀ 「홍색낭자군」에 나온 배우
두진팡(杜近芳)

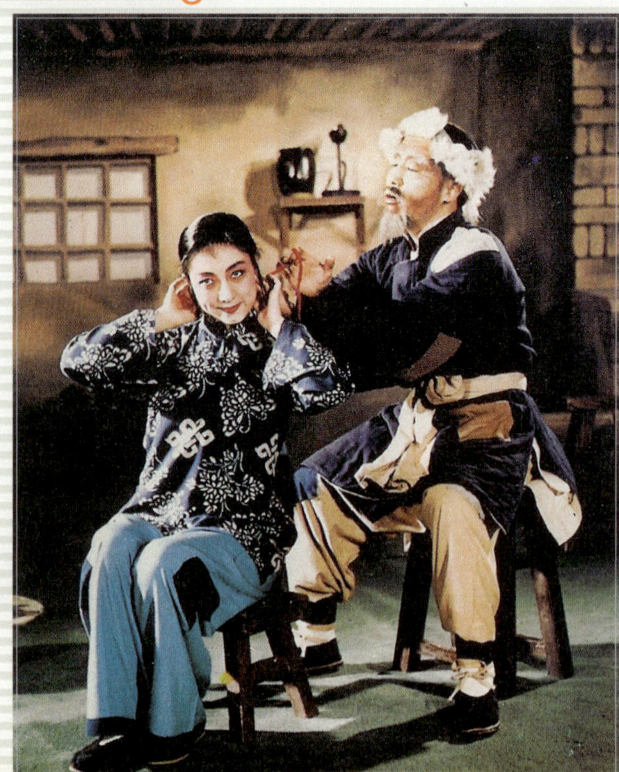

▶ 신편 가극인 「백발의 여자」
공연장면

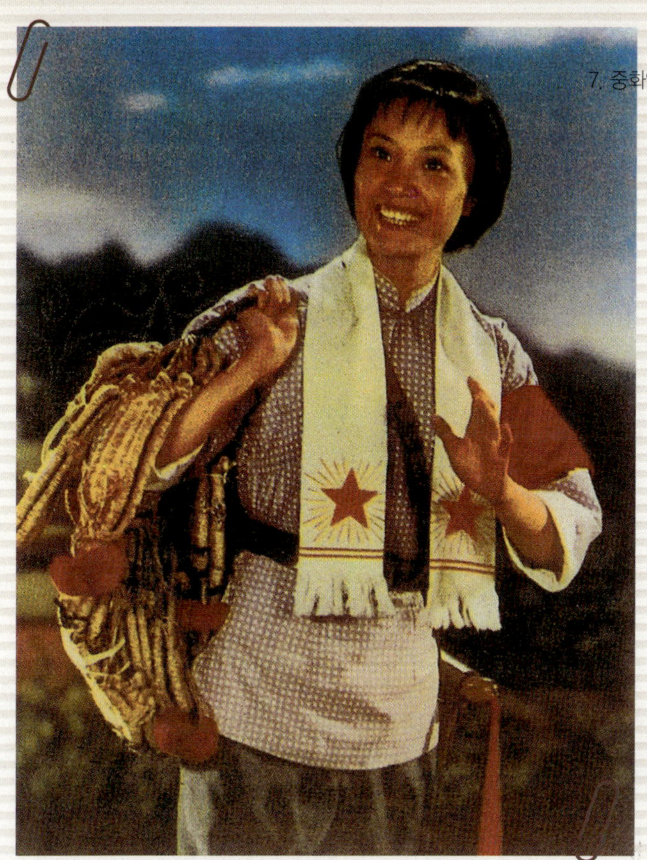

◀ 「두견산(杜鵑山)」을 공연하는
양춘샤(楊春霞) 모습

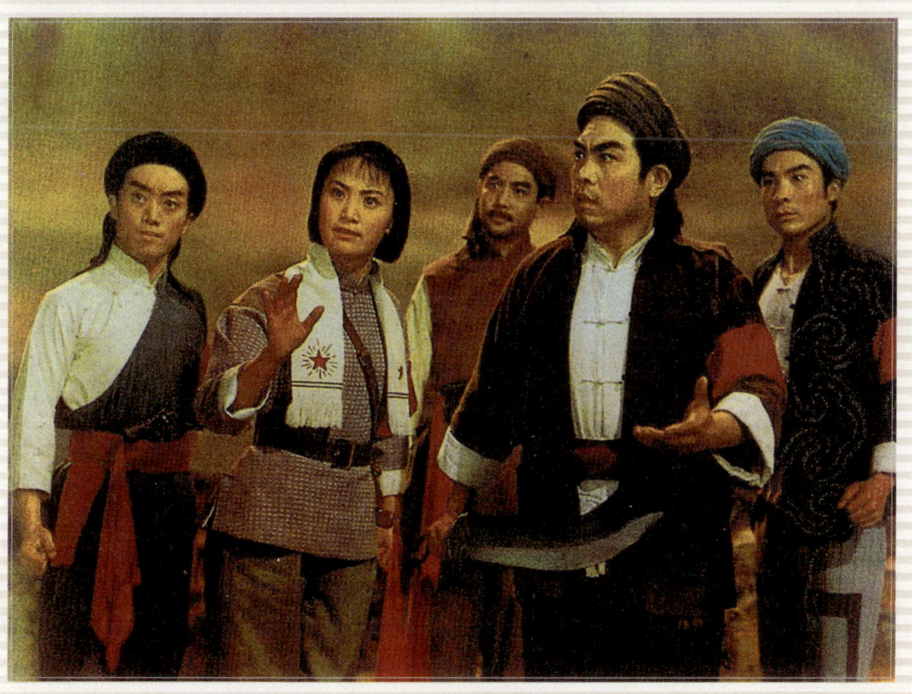

▲ 혁명 본보기 연극 「두견산(杜鵑山)」의 공연 장면

뚱의 지위를 위협하는 사람들을 제거하였던 것이다. 연극에 경극을 중심으로 하는 본보기 연극이 있을 수가 있고, 또 그 본보기 연극을 바탕으로 문화대혁명을 밀고 나갈 수가 있었던 것도 중국적인 특징의 하나이다.

1976년 9월 마오쩌둥 주석이 죽고 나자, 10월에는 당의 제일부주석 겸 국무원총리였던 화궈펑(華國鋒)을 중심으로 하는 세력이 짱칭을 비롯한 이른바 사인방(四人幇)을 체포하여 문화대혁명은 끝을 맺게 된다. 그 뒤로 본보기 연극은 물러가게 된다.

4) 경극과 대국굴기(大國崛起)(1977-현재)

1980년대로 들어오면서도 전통극의 위세는 조금도 약해지지 않았다. 1982년에 발간된 『중국희극년감(中國戲劇年鑑)』(중국희극출판사)에 의하면 1981년에 활약한 직업 극단이 모두 156개(이중 화극단 49, 가극단 13, 전통극단 84개)인데 이들 모두가 전통희곡의 공연에 참여하고 있다. 이들이 공연한 작품 수는 모두 1,326편(가극 30편, 화극 190편, 전통극 1,206편)이다. 이 1,206편의 작품 중 순수 전통극이 660편, 신편 역사극 424편, 신편 전통극 122편이다. 특히 시골 마을의 묘회나 사화에서 공연되는 주종목은 여전히 자기 지방의 지방희를 중심으로 하는 전통 연예였다.

그러나 이 무렵부터 젊은 층을 중심으로 하여 전통희곡을 외면하

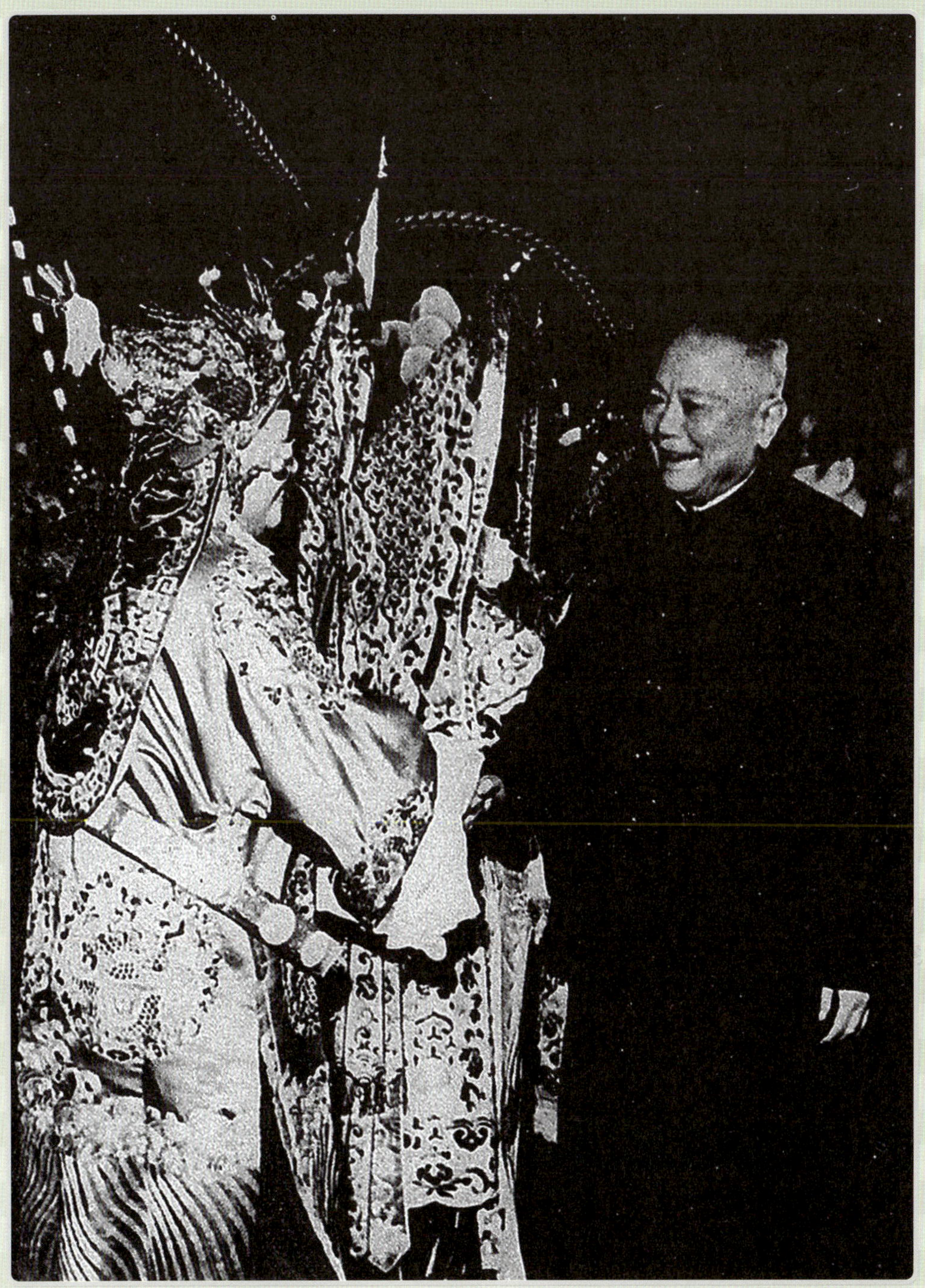

리셴녠(李先念)이 경극을 구경한 뒤 배우들을 격려하고 있다.

는 경향도 두드러지기 시작하였다. 이러한 현상은 농촌보다 도시에서 더 두드러졌고, 지역에 따라 차이가 많았다. 곧 푸젠(福建)·샨시(山西)·션시(陜西) 같은 지역은 그러한 현상이 미약하였다. 많은 사람들이 전통연극의 음악이나 배우들의 화장과 옷차림 및 연기 등이 비현대적이라고 불만을 표시하였다. 그밖에 텔레비전과 영화의 영향 및 문화대혁명 때의 본보기 연극의 강요 및 여러 면에서 받은 상처 등이 전통희곡을 외면하게 한 이유로 지적하는 사람들이 있다.

그럼에도 불구하고 중국은 서서히 시간이 흐르면서 자기네 전통문화를 바탕으로 한 새로운 큰 나라를 이루려는 생각을 구체화하여 지금 와서는 대국굴기(大國崛起)의 꿈을 추구하고 있다. 자기네 전통문화를 재평가 하려는 마당이라 경극도 다시 중남해에서 시작하여 가난한 인민들에 이르기까지 모든 사람들이 소중히 여기며 좋아하게 되었다. 중국에서는 경극을 통하여 온 백성들을 즐겁게 해주고 화합케 하여 자기들이 목표로 하는 건전한 사회주의 혁명의 방향으로 달려가려는 것 같다.

80년대에 들어와 경극과 곤극의 두 종류의 『당태종(唐太宗)』이라는 연극이 나와 공연되었고, 1985년에는 마오펑(毛鵬)이 지은 경극 『강희제출정(康熙帝出征)』, 조우창푸(周長賦)의 경극 『추풍사(秋風辭)』가 나왔고, 1962년 본시는 화극으로 발표된 꿔머러(郭沫若, 1892-1978)의 『무칙천(武則天)』도 다시 경극으로 개편되어 공연되었는데, 모두 경극으로 '대국굴기' 에 따라 새로워진 자기네 역사의식을 온 나라 백성들 머릿속에 심어주고 있는 것이다. 당태종과 청나라 강희황제 및 『추풍사』의 한무제를 모두 위대한 제국의 불후의 대제왕으로 크게 높이고 있고, 무칙천은 자기의 혈육까지도 무수히 죽인 잔인하고 음탕한 여자가 아니라 이지적이고 올바른 판단력을 지닌 위대한 인물로 재구성하여 당제국의 영광을 뒷받침 하고 있는 것이다.

2001년 UNESCO에서 중국 사람들이 가장 오래된 자기네 전통 연극이라고 내세우는 '곤곡'을 '인류의 구술(口述) 및 비물질 문화 유산의 대표작'으로 지정하자 중국 연극계에서는 '곤곡' 뿐만이 아니라 자기네 전통연극을 세계화 하겠다고 기염을 올리고 있다.

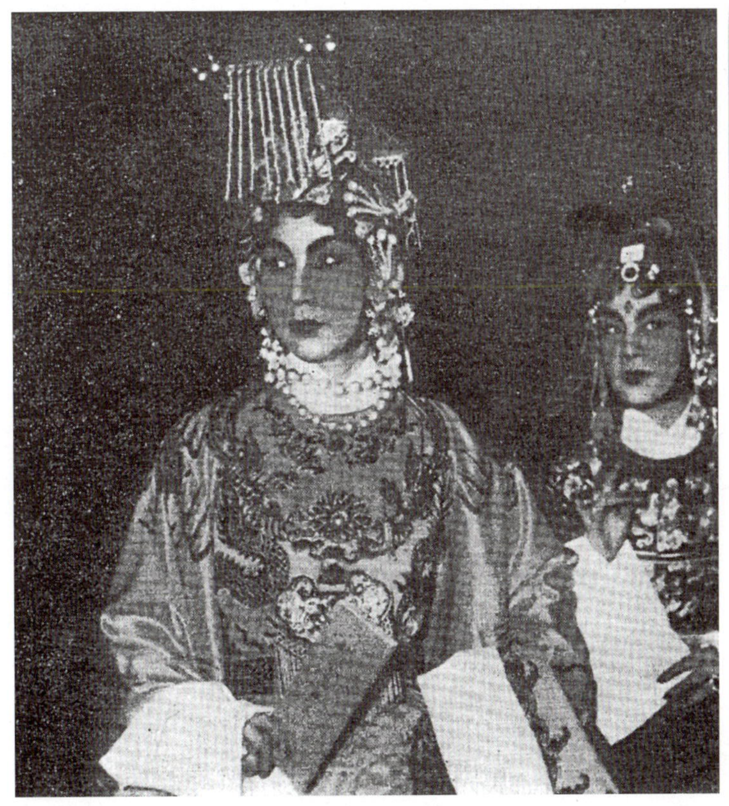

신편 역사극 「무칙천」 연출 모습. 퉁지링(童芷苓)이 무칙천(앞), 자오샤오란(趙曉嵐)이 상관완아(上官婉兒: 뒤)로 분장하고 있다.

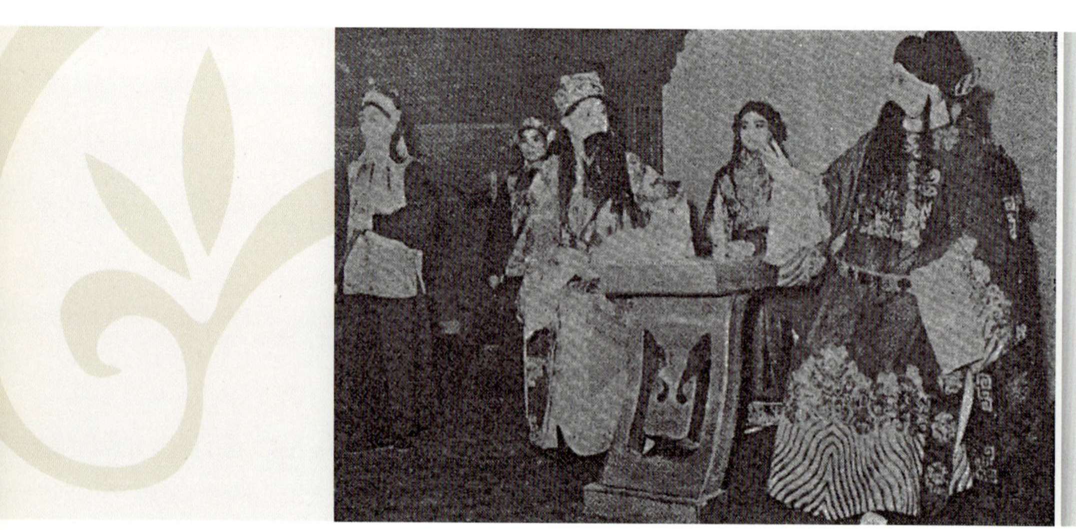

■ 신편 경극 「적벽의 싸움」에서 명배우 마롄량(馬連良)이 제갈량(왼편으로부터 세 번째), 이샤오춘(李少春)이 노숙(魯肅)으로 분장하여 열연하고 있다.

곤곡은 명나라 때부터 유행한 희곡음악 강조(腔調)의 일종으로 명나라 때에 쨩수성 수조우(蘇州) 바로 옆의 쿤샨(崑山)에 위량보(魏良輔)라는 음악가가 나와 그 지방에 유행하던 음악을 개량하여 이룬 새로운 희곡음악이다. 곤곡은 곤산강(崑山腔)·곤강(崑腔)·곤극(崑劇)이라고도 부른다. 곤곡은 본시 수조우 일대에 유행한 지방희였으나, 만력(萬曆) 연간(1573-1620)에는 장강 일대를 시작으로 후베이·허난·허베이 지방에까지 유행되었고, 만력 말기에는 베이징에도 들어와 청나라 시대까지 성행이 계속되었다. 곤곡은 음조와 창사가 우아하고 아름다운 위에 전통적인 요소를 많이 간직하고 있어서 특히 사대부를 비롯한 지식인들의 애호를 받았다.

그러나 건륭 연간(1736-1795)에는 저급이라는 뜻에서 화부(花部)라고 부르던 지방희가 우아하고 품격이 높다 하여 아부(雅部)라 부르던 곤곡을 누르고 성행하게 된다. 건륭 말엽 이후에 경극이 이루어지기 시작하여 갈수록 경극이 성행하면서 모든 전통희곡을 지배하게 된다. 다만 곤곡은 우아하고 아름답고 전통적인 요소를 많이 간직하고 있었기 때문에 그대로 사라지지는 않았다. 곤곡은 경극을 비롯하여 여러 지방희가 곤곡의 장점을 받아들이어 그들 희곡 음악의 한 요소로 발전시키면서 곤강희(崑腔戲)로도 살아남게 된다. 그리고 한편으로 여러 지방으로 내려가 지방희의 일종처럼 변하면서 쨩수의 소곤(蘇崑), 후난의 상곤(湘崑), 베이징의 북곤(北崑), 저짱의 영가곤곡(永嘉崑曲) 등으로 바뀌어 명맥이 이어졌다. 그래도 점차 소멸되어가는 기미를 보이자 1922년에는 뜻있는 사람들이 돈을 모아 수조우에 곤곡전습소(崑曲傳習所)를 만들어 곤곡을 약간 진흥시켰으나 1937년 중일사변이 일어나고 다시 세계대전이 이어지면서 곤곡은 거의 명줄이 다하다시피 되었다.

그러나 인민정부가 들어서면서 자기네 전통희곡을 되살리기에 힘써서 곤곡은 가장 오래된 중국의 전통희곡으로 다시 살아났다. 특히 1956년 절강소곤극단(浙江蘇崑劇團)이 츤징근(陳靜根)이란 작가가 개편한 『십오관(十五貫)』[142]을 공연하여 마오쩌뚱 주석과 조우 은라이 총리까지도 적극적으로 높이 평가하는 대성공을 거두자 곤곡은 다시 빛을 보게 되었다. 곧 상하이 · 쨩수 곤극단이 생기고, 베이징 · 저짱 · 후난 · 허베이 · 텐진 등에도 곤곡 단체와 인재양성소

---

142) 곤곡의 전통 극목인 『쌍웅몽(雙熊夢)』을 개작한 작품임.

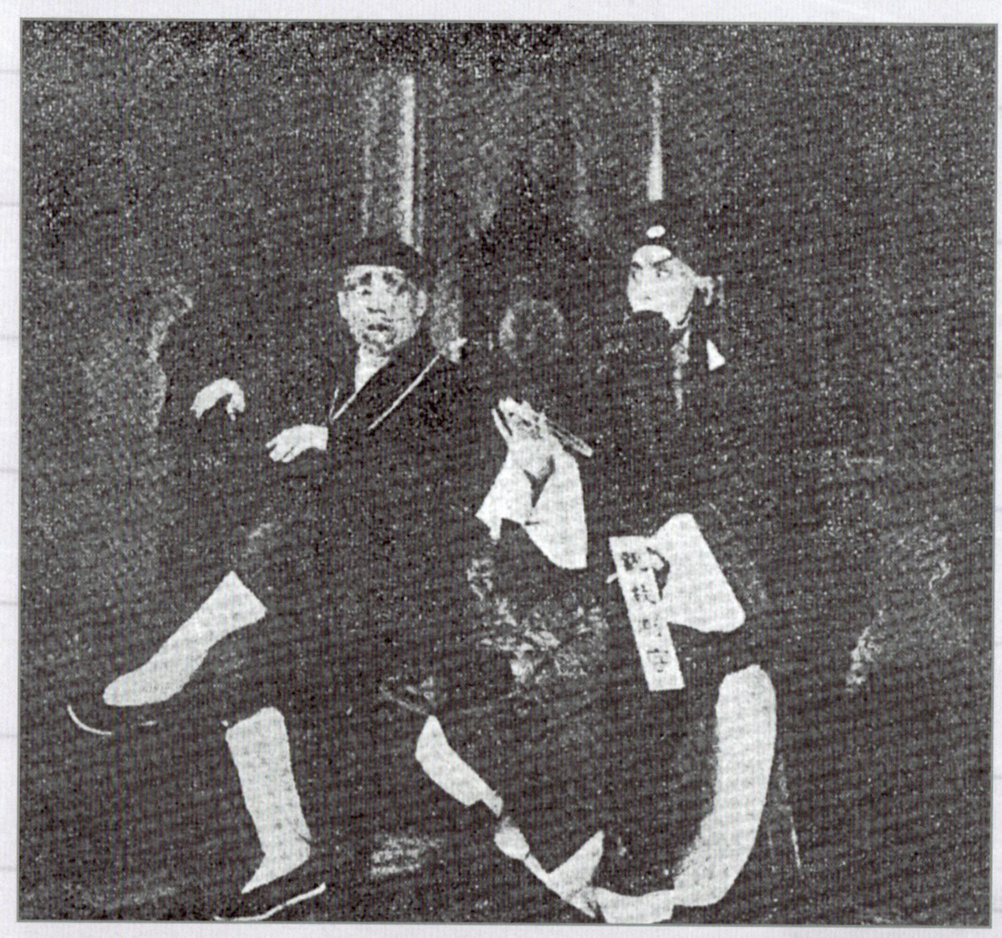

■ 1956년 개편한 곤극 「십오관」을 공연하는 모습. 조우찬잉(周傳瑛)이 황종(況鍾: 오른편)으로, 왕찬숭(王傳淞)이 누아서(婁阿鼠)로 분장하여 열연하고 있다.

등이 생겨났다. 지금은 더욱 곤곡 살리기에 열을 올리어 타이완에
도 곤곡단이 조직되어 곤곡 보급에 힘을 다하고 있는 정도이다.

강희 연간에 공상임의 『도화선』과 홍승의 『장생전』 같은 전기의
명작이 나와 곤곡의 발전을 뒷받침 하기는 하였으나 청대로 들어와

서는 곤곡도 이미 상당히 저속한 성격의 희곡음악으로 변했던 것
같다. 공자진(龔自珍, 1792-1841)은 그의 「기해잡시(己亥雜詩)」 제
103에서 이렇게 읊고 있다.

연극의 극본은 누구에게 부탁하여 엮은 것인가?
역시 연극계 일대를 위하여 시름 안게 되네.
내가 술자리에서 깊은 아쉬움 느끼는 것은
문인의 주옥같은 글이 여자 아이 목소리로 버려지고 있다는 것이
네.

梨園曩本募誰修? 亦是風花一代愁.
我替尊前深惋惜, 文人珠玉女兒喉.

그리고 여기에 "원대의 잡극과 탕현조(湯顯祖)의 사몽기(四夢記)
는 모두 배우와 연출가들에 의하여 개편되었는데 특히 곤곡으로 된
것은 극히 저속하다. 술자리에서 곡을 창하는 자를 부르는 이가 있
었는데 나는 그때마다 가로막았다."[143]고 하는 주를 스스로 달고 있
다. 만주족에 의하여 희곡음악이 전반적으로 이미 변질되는 경향을
보이고 있었음을 알 수 있다. 그러니 지금 중국에서 곤곡이라고 연
출되고 있는 것은 더욱 더 변질된 본시의 곤곡과는 상당히 거리가
있는 희곡음악임이 분명하다.

---

143) 元人百種, 臨川四種, 悉遭伶師竄改, 崑曲俚鄙極矣. 酒座中有征歌者, 予輒撓阻.

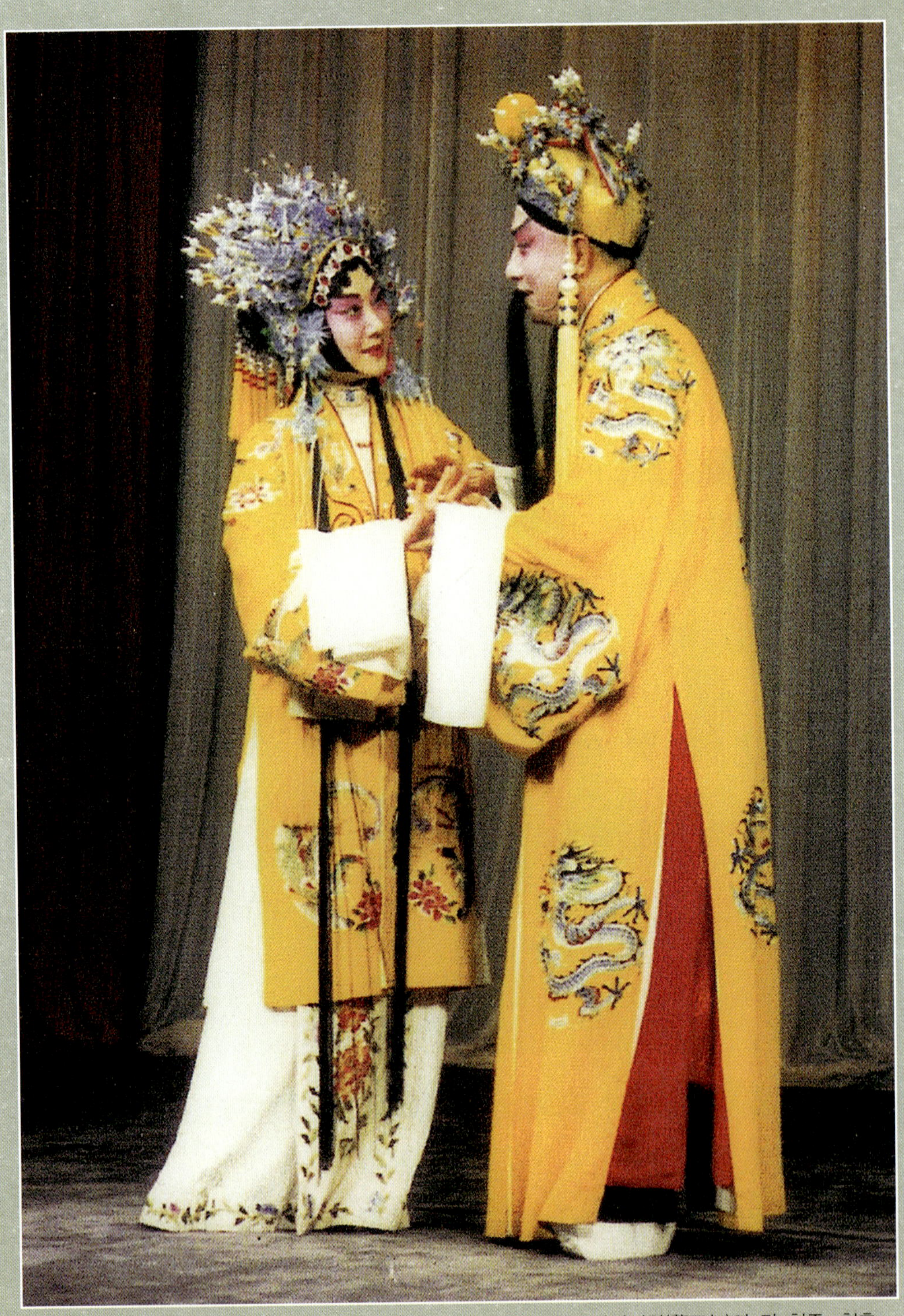

곤극 「장생전」에서 타이완 사람들이 천왕(天王)이라 칭송하는 차이정런(蔡正仁)이 당 현종, 천후(天后)라 칭송하는 화원이(華文猗)가 양귀비로 분장한 모습

마오쩌둥 시집을 보면 경극 「손오공삼타백골정(孫悟空三打白骨精)」이란 연극을 보고 꿔머러(郭沫若)가 칠언율시 한 수를 짓자 그 시의 운을 따라 지은 그의 다음과 같은 시가 실려 있다.

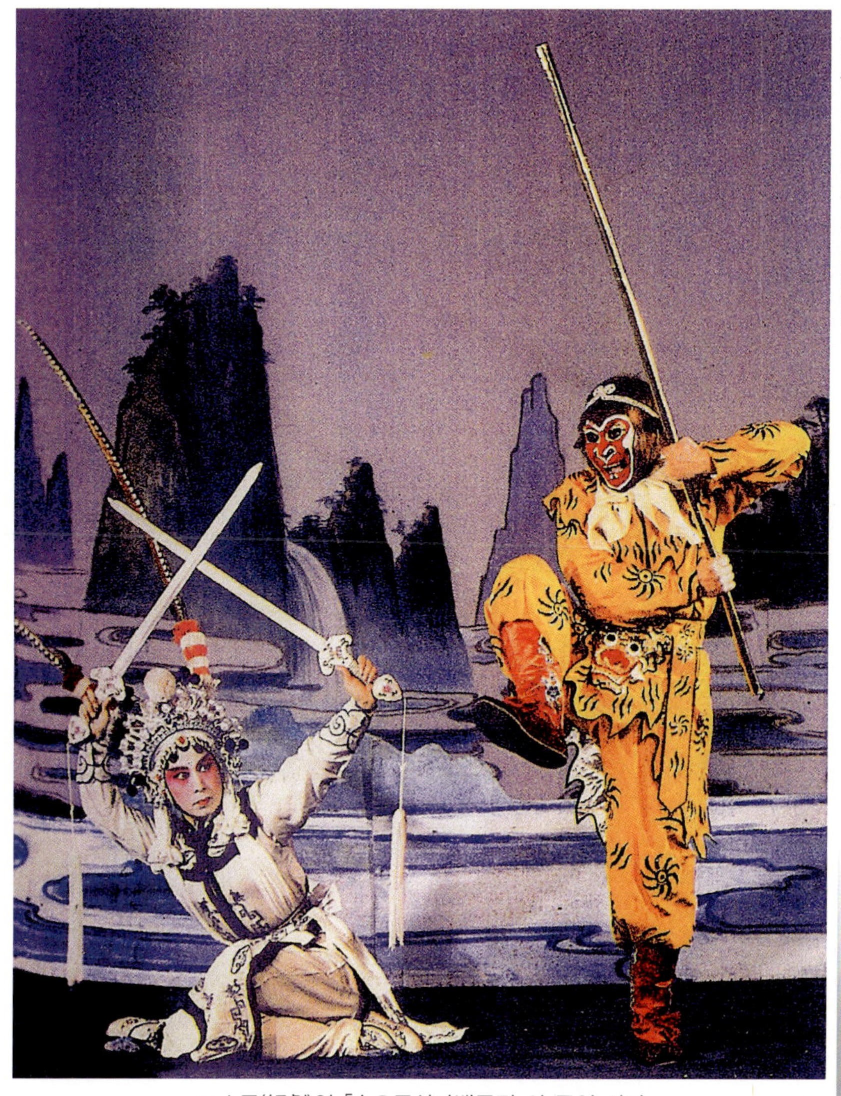

▲ 소극(紹劇)인 「손오공삼타백골정」의 공연 장면

대지에 풍뢰가 일어나자
곧 백골 무더기에서 요정이 생겨났네.
중이야 어리석은 백성이니 훈계할 수 있겠으나
요정은 귀괴(鬼怪)라 반드시 재난을 이룬다네.
금 원숭이가 떨치고 일어나 수천 근의 여의봉 흔드니
우주가 맑아져 온 세상 먼지 개었네. 오늘 손오공 활약에 환호하는 것은
오직 요상한 안개가 또 다시 오고 있기 때문일세.

一從大地起風雷, 便有精生白骨堆.
僧是愚氓猶可訓, 妖爲鬼蜮必成災.
金猴奮起千鈞棒, 玉宇澄淸萬里埃.
今日歡呼孫大聖, 只緣妖霧又重來.

　이 작품은 본시 소극(紹劇)의 전통극인데 『서유기』 얘기를 바탕으로 한 것이다. 당나라 현장(玄奘)스님이 손오공·저팔계·사화상을 데리고 인도로 불경을 구하러 가는 도중 완자산(碗子山)을 지나는데 천년 묵은 백골정이 나타나 스님을 잡아먹고자 한다. 백골정은 촌색씨·노파·노인 등으로 변신하면서 유혹을 하였으나 손오공이 이를 알아차리고 백골정의 화신을 때려죽인다. 스님이 손오공은 공연한 살인을 한다 하여 쫓아 돌려보내자 백골정은 즉시 현장과 사화상을 사로잡는다. 다행히 저팔계가 벗어나 화과산(花果山)으로 달려가 손오공에게 사실을 알리고 구원을 청한다. 손오공은 다시 달려가 현장에게 백골정의 실상을 알린 다음 요괴를 물리치고 다시 인도로 불경을 구하러 출발한다.

  해방 뒤에는 이 작품의 얘기를 정리하여 현장과 요괴의 성격을 보다 더 분명히 하고 손오공의 지혜와 투쟁정신을 더 높였다. 마오쩌둥 주석이 끝 구절에서 "오직 요상한 안개가 또 다시 오고 있다"고 한 것은 이 연극을 빌어 당시의 중국이 당면하고 있던 어려움을 사람들에게 깨닫게 하려는 것이다.

  며칠 전(2008. 2. 27.) 아침 뉴스에 의하면 중국에서는 모든 소학교에서 경극의 창을 가르치기로 하였다 한다. 경극 교육을 중학교까지 확대할 예정인데, 교사가 부족하여 큰 고민이라 한다. 그리고 남쪽 지방은 경극에 익숙하지 못하여 호응이 약한 것이 큰 문제라 한다. 어떻든 중국은 당국에서도 경극을 적극적으로 밀고 나갈 작정임이 분명하다. 소학교 중학교에서부터 경극 교육을 시키려는 것은 어릴 때부터 경극을 가까이 하도록 하여 일반적으로 젊은 세대가 경극을 이질적인 것으로 보는 태도를 바로잡아주려는 것이라고 여겨진다.

  2008년 8월 8일 베이징에서 개최된 올림픽의 장이모우(張藝謀) 감독 지휘 아래 진행된 성대하고 화려한 개막식에는 위대한 중국의 전통문화와 국력을 세계에 과시하려는 뜻으로 여기에서 소개한 곤곡과 경극의 여러 가지 모티프가 응용되고 있음을 전 세계 사람들이 전파를 통해서 감동 속에 구경하였다.

  다만 경극에 대한 긍정론자들도 배우의 화장과 복장 장식 및 음악과 연출방식 그리고 여러 가지 정식(程式)이 현대에 어울리지 못하는 요소가 적지 않음을 시인하지 않을 수가 없다. 그리고 새로이 적지 않은 작가들이 현실을 반영하는 작품을 썼으나 모두 잡극(雜劇)

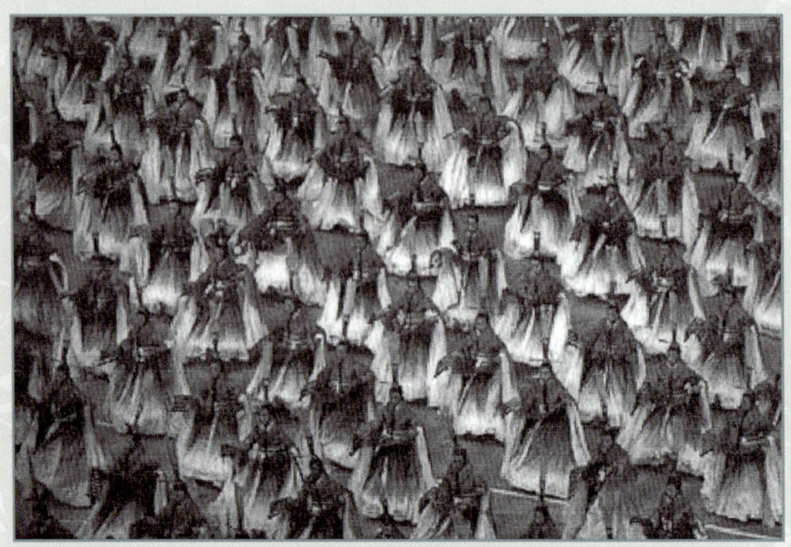

▣ 2008 북경올림픽 개막식 공연에서 공자의 3,000명의 제자들이 『논어』를 함께 외고 있는 모습

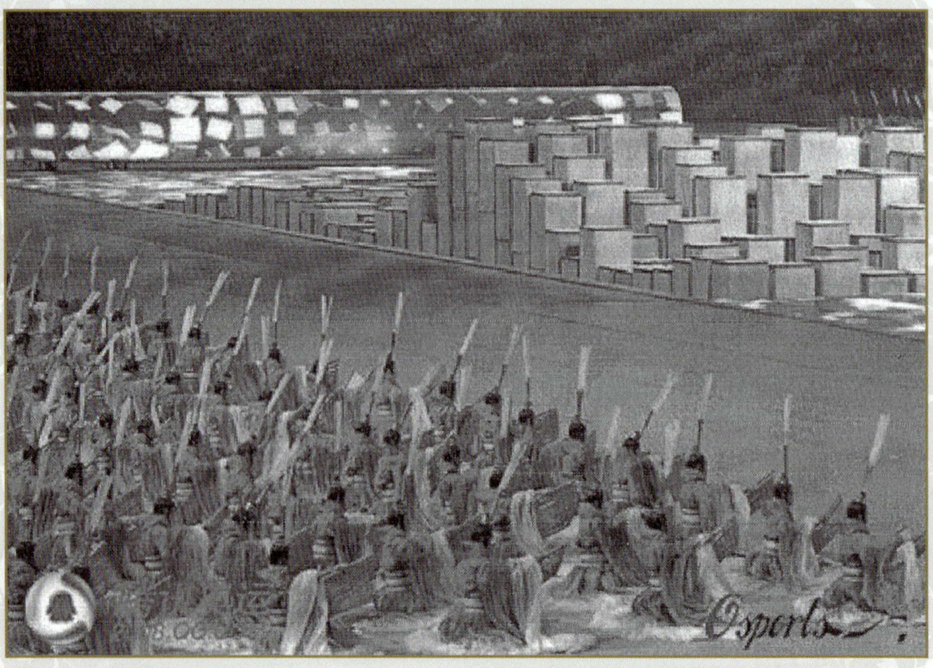

▣ 2008년 북경올림픽 개막식 공연에서 공자의 3,000명의 제자들이 공자의 가르침을 받드는 모습

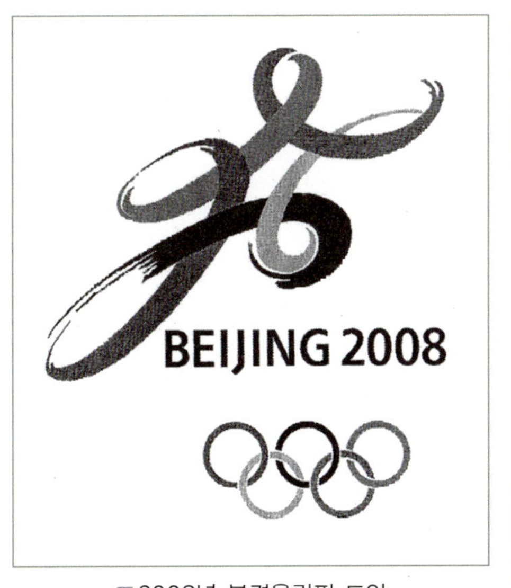

▲ 2008년 북경올림픽 도안

이나 전기(傳奇) 형식의 작품이어서 실제로는 경극으로 공연할 수가 없는 것이 대부분이다.[144] 따라서 이미 1919년 5·4 운동 시기부터 상하이를 중심으로 하여 경극과 여러 지방희를 개혁하여 현대화하려는 움직임이 연극계에 실제로 크게 일었다. 그리하여 경극의 개혁 노력이 온갖 방법으로 여러 면에서 시도되었고 이 희극개혁운동은 지금까지도 이어지고 있다. 이들의 노력과 고민을 대변해 주는 등싱치(鄧興器)의 『중국의 전통 희곡예술(中國傳統的戲曲藝術)』이란 글[145] 끝머리의 「중국 전통희곡의 현재와 미래(中國傳統戲曲的現在與未來)」를 다음에 번역 소개한다.

---

144) 阿英 『晩淸戲曲小說目』 참조.
145) 『文化−世界人民的交流』 中國文化專輯(中國對外飜譯出版公司 聯合國敎科文組織
　　 出版辦公室 발행) 所載.

"희곡예술은 시종 인민과 연관관계를 가지고 끊임없이 발전하여 왔기 때문에 고도의 인민성을 지니고 있다. 그러나 그것은 본시가 구시대의 산물이어서 봉건사상의 영향을 받아 적지 않은 결함이 뒤섞여져 있어 새로운 시대와 결합하여 진일보한 발전과 번영을 이루는 데에 장애가 되지 않을 수가 없다. 이 세기 초에 희곡 혁신에 뜻을 둔 사람들이 "희곡 개량"의 구호를 내걸고 일종의 유익한 시도를 행한 일이 있다. 새로운 중국이 성립된 뒤로 중국 공산당의 영도 아래 마오쩌둥 주석이 제창한 "여러 가지 꽃을 한꺼번에 피우고(百花齊放), 낡은 것은 밀어내고 새로운 것을 내세우자(推陳出新)"는 방침에 따라 더욱 조직적이며 계획적으로 전국적인 희곡개혁운동을 전개하여 희곡사상에 새로운 한 페이지를 열어갔다.

인민정부는 모든 낡은 시대의 희곡계 안팎의 봉건적인 창조관계를 없애버리고, 예술 창조력을 해방시키었다. 전통적인 희곡 극종과 연극 종류 및 공연예술에 대하여 전국 규모의 발굴과 정리 및 개혁 작업을 진행시키어 거의 없어져 가던 곤곡(崑曲)과 같은 오래된 극종을 다시 새롭게 살려내어 활성화 시키었다. 여러 가지 본시는 결함도 많이 섞여있던 극본에서 잡티는 제거하고 알맹이만을 남기어 새로운 빛을 발하게 하였다. 연극 무대로부터 미신적이고 허황된 것과 저속하고 추악한 것 같은 무대형상 및 기교나 부리는 형식주의적인 연출을 깨끗이 없애버렸다. 그리고 정규적인 연출제도를 확립하여 무대의 모습을 크게 개량하였다. 동시에 여러 번 전국적인 희곡연찬 연출 대회를 개최하여 수많은 새로운 극종과 연극 종류 및 재능 있는 연예인들을 발굴하였다. 1050년의 통계에 의하면 전국의 극종은 이미 건국 초기의 100여 종이 368종으로 늘어났고, 희곡 단체들도 1,000

여 개였던 것이 3,000여 개로 증가하였다. 그리고 희곡 일에 종사하는 전문 인원만도 20여만 명이 되었다. 새로 발굴된 전통연극은 5만여 종에 달하였다. 전통연극을 정리하고 개편함과 동시에 신편 역사극과 현대생활을 주제로 하는 연극의 창작에도 조직적으로 큰 힘을 기울이어 모두 볼만한 성과를 거두었다. 1955년 이래로 희곡예술은 중국 인민들의 우호의 매개체가 되어 여러 번 세계 각지로 나가서 공연을 하여 새로워진 모습과 성취로 세계 인민들의 보편적인 칭송을 받았다. 이러한 모든 것은 오래된 희곡예술이 또 한 번 성행하는 시대를 맞게 되었음을 말해주는 것이다.

말할 것도 없이 이러한 모든 것은 시대적인 발전과 인민의 요구에 견준다면 아직도 까마득하게 뒤져있는 것이다. 지금 희곡예술이 당면하고 있는 문제는 아직도 여전히 어떻게 하면 전통의 기초 위에 "낡은 것은 밀어내고 새것을 내세워" 스스로의 표현력을 더욱 강하게 함으로써 현 시대의 현실생활을 반영할 수 있게 되고 사람들의 성격을 그대로 그려내며 현대 사람들의 사상과 감정을 표현할 수 있느냐고 하는 것이다. 이를 위하여 우리는 반드시 자기의 부족한 것과 약점을 올바로 보고 모든 새로운 시대적인 기풍이 풍부한 예술(외국의 희곡예술의 경험을 포함하여)을 거울삼아 자기를 충실하게 하고 자기를 혁신하고 자기를 발전시켜야만 한다.

희곡예술은 본시 그렇게 발전하여 온 것이다. 그리고 앞으로는 더욱 자각적으로 그렇게 발전하여 갈 것임은 의심의 여지도 없는 일이다. 비록 1960년대 후기에 역사적으로 일시적인 파동이 있었지만 중국 인민은 매우 빠르게 과감한 해결책을 마련하였다. 오늘날 희곡예술은 또다시 "여러 가지 꽃을 한꺼번에 피우고, 낡은 것은 밀어내고 새것을 내세우자" 는 방침에 따른 방향지시를 따라 중국 인민의 새로운 시대의 모든 임무에 적응하면서 ― 네 가지 현대화의 수요를 실현하고 계속 전진해야 한다. 중국의 수많은 희곡계 종사자들은 더욱 분발하고 노력하여 희곡예술을 끊임없이 성행시키고 발전시켜야 하며 인류의 희극문화에 새로운 공헌을 이룩하도록 힘써야만 할 것이다."

여하튼 경극은 중화민족을 이루는 모든 민족이 함께 즐기며 화합케 하는 전통연극으로 더욱 발전하고 있는 것이다. 중국 당국에서도 경극을 통하여 중화민족을 아울러 인민들이 하나가 되는 사회주의 대국으로 이끌어가려고 노력하고 있다. 중국 사람들은 경극을 통하여 모두가 중화민족임을 확인하며 모두가 함께 어울리어 새로운 이념 아래 대국으로 우뚝 서고 있는 것이다.

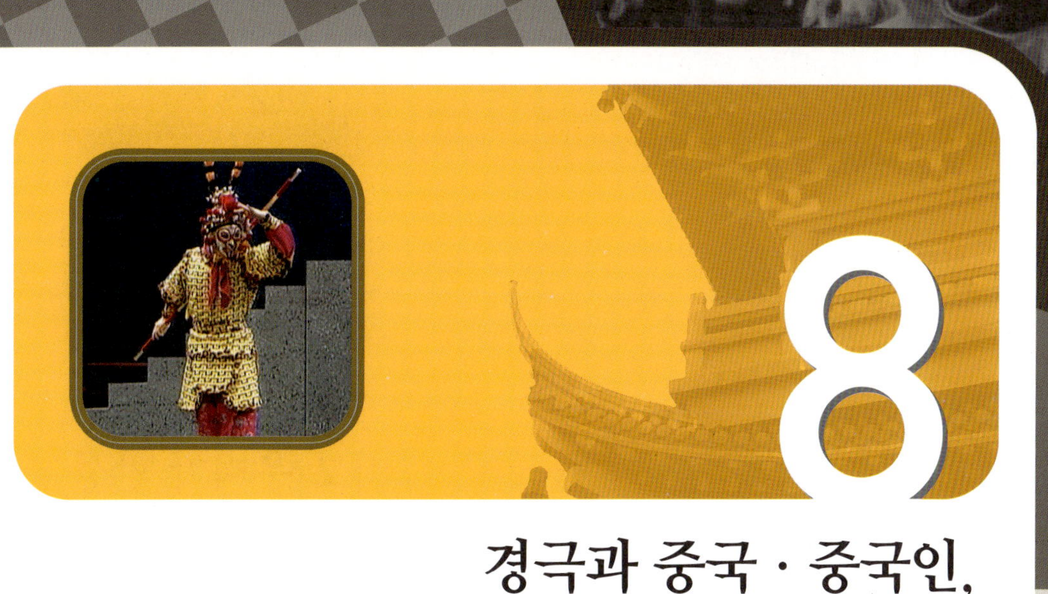

8

경극과 중국·중국인,
그리고 우리가 반성해야 할 문제

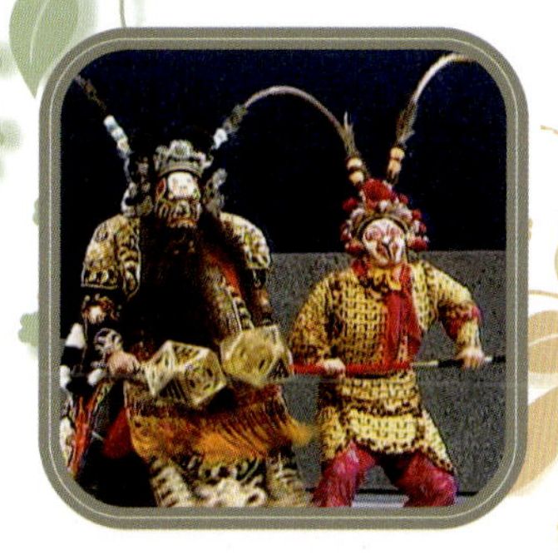

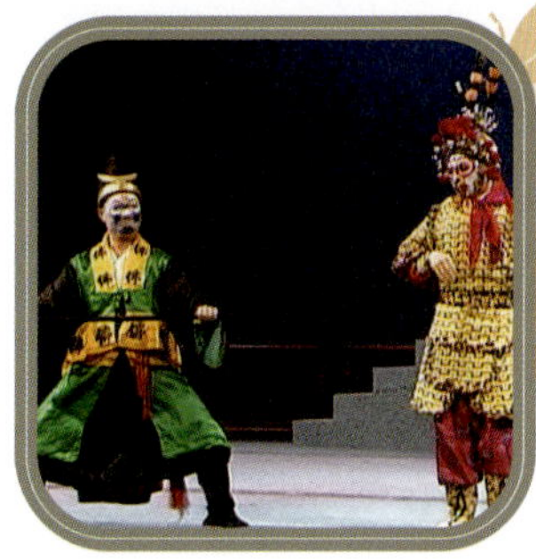

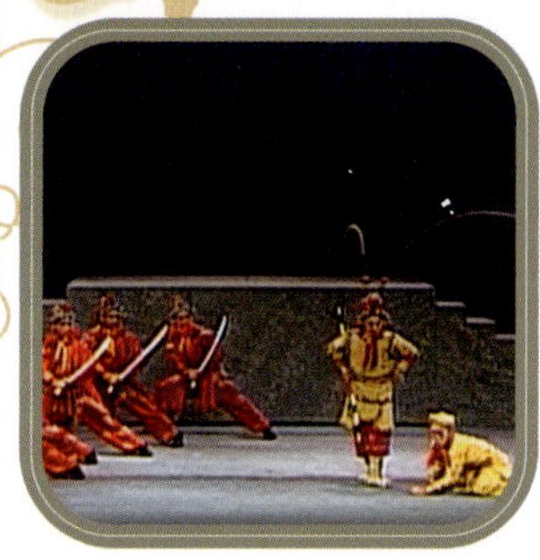

8. 경극과 중국·중국인, 그리고 우리가 반성 해야 할 문제

앞에서 얘기한 바와 같이 청나라로부터 중화민국에 이르는 시기의 중국 사람들은 위의 계층으로부터 낮은 계층에 이르는 모든 사람들이 연극에 빠져 정신을 차리지 못 하였다. 그리고 경극 이외에도 각 지방마다 전국에 모두 300여 종류나 되는 연극들이 공연되고 있으니 중국은 연극의 나라라 부를만하다. 그리고 그들 연극에는 중국 사람들의 음악과 미술 및 무용과 잡기가 다 동원되고 있으니 가장 중국문화를 대표할 수 있는 예능이라 할 수 있다.

그리고 경극은 중국의 위의 지배계층 사람들로부터 가난한 노동자 농민 같은 낮은 계층 사람들에 이르기까지 온 국민이 좋아하는 연극이다. 청나라 도광 연간(1621-1850) 이후 청나라가 망하고 (1911) 중화민국이 들어서기까지 정치와 국방은 엉망이어서 서양 여러 나라들이 멋대로 침략하고 약탈하고 국공의 내전까지 이어져 중국이라는 나라는 형편없는 지경이었다. 그러나 중국은 쪼개지지 않고 오히려 더 큰 나라로 발전하였다. 그들에게는 온 백성들이 함께 즐기며 한 마음이 되어 함께 뭉치도록 하여주는 경극이라는 기력의 원천이 있었기에 주인도 없는 혼란한 상태에서도 변두리의 어느 민족도 중국으로부터 떨어져 나가는 일이 없었던 것이다.

중국은 강희황제(1662-1722 재위)를 거쳐 건륭황제(1736-1795 재위)에 이르러 네이멍구·닝샤·깐수·신장·시짱·타이완 및 만주 같은 주변 지역이 중국 땅으로 확정되었다. 이 가운데 몽고족과 만주족은 역사적으로 한족을 괴롭혀 온 중국 북쪽의 가장 세력이 강한 민족으로 중국 땅을 정복하여 지배하였으면서도 결국은 한문화를 극복하지 못하여 스스로 동화하여 중국인이 되어버린 느낌이 있다. 신장의 위구르족과 시짱의 티베트족은 역사적으로도 한족의 나라와 상당히 강력하게 대립하여 온 관계이고, 타이완은 자유진영에 있으면서 상당한 경제발전을 이루고 있기 때문에 필자는, 이들은 머지않아 중국으로부터 떨어져 나오리라 여기고 있었다. 필자는 타이완 유학을 하여 거기에는 친구도 많아 자주 방문도 하였는데 전에 그들을 중국 또는 중국인이라 불렀다가 "우리가 왜 중국인이냐?"는 핀잔을 받은 일이 몇 번 있었다. 게다가 타이완 독립을 정책으로 내세우는 민진당이 정권을 잡은 일도 있기에 이들은 곧 독립을 하겠거니 하고 생각하고 있었다. 그러나 그들이 중국의 전통연극을 대하는 태도를 보고 생각이 바뀌었다.

중국의 가장 오래된 전통연극이라는 곤곡이 UNESCO에서 인류문화유산의 하나로 지정 된 뒤 2005년 타이완에서 열린 곤곡을 주제로 하는 학술대회에 참가하고 나서 내 생각이 싹 바뀌었다. 그들은 이미 2004년을 곤곡년(崑曲年)이라 부르고 있을 정도로 곤곡을 세계화시키겠다고 들떠 있었으나 회의가 열린 2005년에도 타이베이 시내 전체가 곤곡으로 축제 중인 것 같았다. 회의 기간 중 가 본 대학교마다 캠퍼스에는 곤곡과 경극 공연의 광고들이 어디에나 붙어 있었다. 그리고 그때 타이베이에 와서 공연하고 있는 상하이곤극단의 유명한 남자배우 차이정런(蔡正仁)을 곤곡의 천왕(天王), 여자배우 화원이(華文漪)를 천후(天后)라 부르며 그들의 연기에 열광하고 있었다. 다시 전년에 왔을 때 쓰촨의 천극단(川劇團)이 와서 국립극장에서 공연을 하는데 공연 3개월 전에 표가 매진되었다는 말을 들은 일도 있다. 그들은 이념은 달라도 문화적으로는 한 뿌리임을 확신하고 있고 또 그들 자존심의 바탕도 거기 있음을 알았다.

다시 1995년 8월 하순 베이징에서 개최된 중국의 탈놀이인 나희(儺戲)에 관한 학회에 참석했을 적에 마침 깐수성 장예(張掖) 지구의 71진극단(秦劇團)이 와서 베이징의 극장에서 『서역정(西域情)』이라는 극을 공연 중인데 신문에 평판이 대단하였다. 이에 필자는 저녁 시간에 극장을 찾아가 그 연극을 보았다. '진극'은 음악적으로 진강(秦腔)이라고도 부르는 섄시·깐수 지방 민요의 가락을 바탕으로 발전시킨 중국 서북지방에 널리 유행하는 지방희의 일종으로 흔히 방자강(梆子腔)이라고도 부른다. 우리가 듣기에는 창의 가락이 경극보다 자연스런 목소리를 더 많이 사용하여 더 좋게 여겨질 뿐 연출 기법이 경극과 크게 다름이 없는 연극이다. 장예는 옛날의 감주(甘州)라 불리던 곳으로 장안을 출발하여 양주(涼州)라 불리던 우웨이(武威)를 거친 다음 다시 이 곳을 거쳐 둔황(敦煌)으로 가

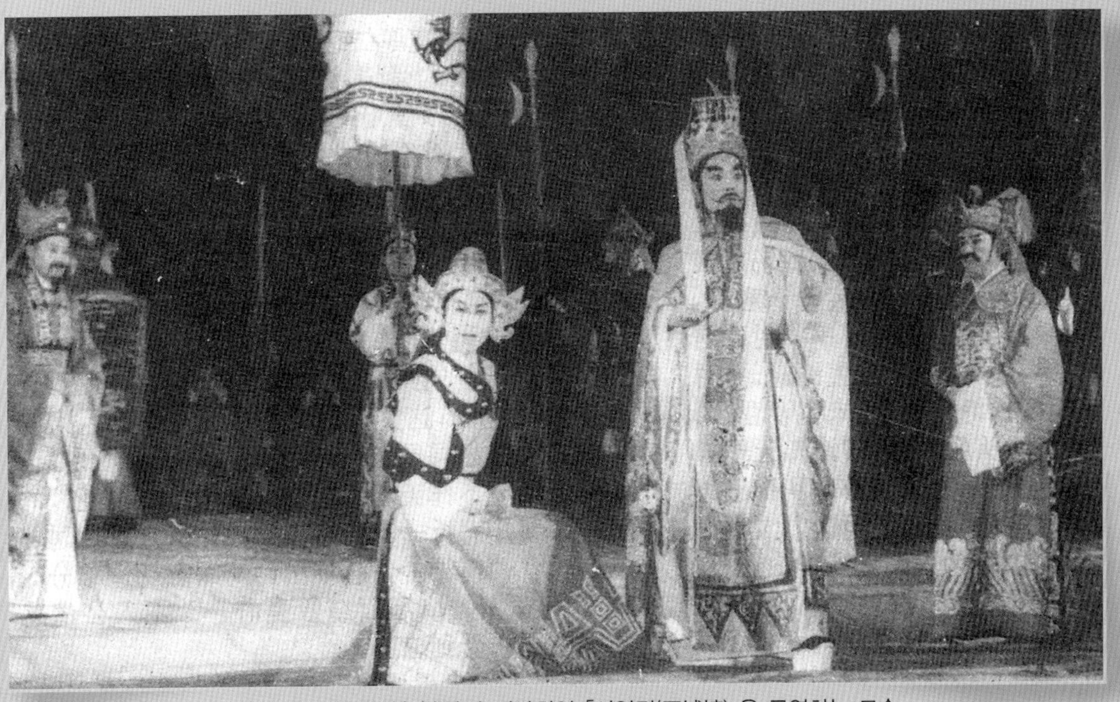

▲ 깐수성의 진극단(秦劇團)이 지방희인 「서역정(西域情)」을 공연하는 모습

던 유명한 실크로드의 중요 거점의 한 곳이었다. 곧 중국 변두리의
작은 도시이다. 이『서역정』은 이 변두리 작은 도시의 작은 극단이
직접 편극한 신편 진극이었다.

연극 내용은 수(隋)나라 때 배구(裴矩)라는 장군이 30만의 대군을
거느리고 작은 여러 나라로 갈라져 서로 싸우며 아귀다툼을 하고
있는 서역 지방을 평정하러 온다. 폭군인 수나라 임금 양제와는 정
반대로 이 서역으로 파견된 수나라 군대는 정벌군이 아니라 그 지
역을 안정시켜 주는 평화의 사절이며 교역을 발전시키는 우호의 사

신으로 묘사되고 있다. 지금 서북공정(西北工程)의 추진과 함께 치안을 위하여 변두리 지역으로 파견되고 있는 붉은 군대도 평화를 유지하고 번영을 뒷받침하는 사신으로 받아들여지고 있을 것이다.

공연을 하고 있는 장예 지구의 71진극단은 본시 중국 인민해방군의 1야(野) 3군(軍) 문공단이대(文工團二隊)였다고 한다. 인민공화국이 수립된 1949년 이후에야 입장료를 받고 극장에서 공연하는 극단으로 변신하였다는 것이다. 인민해방군은 중국 변두리 어느 지역이나 주둔하지 않은 곳이란 거의 없으니 결국 지금에 이르러는 중국은 변두리 어떤 작은 도시에도 그들의 극단이 있어 중국의 전통연극을 언제나 공연하고 있다고 보아야 할 것이다. 그들이 민간극단으로 변신한 뒤 40여 년 동안 그들이 새로 편극하여 좋은 평판을 받은 작품 이름도 대여섯 가지나 있다고 하였다. 그리고 한국전쟁 때에는 미국 군대와 싸우는 의용군들을 위하여 조선으로 가 위문공연도 하였다는 것이다.

그러니 지금 중국 사람들은 먼 변두리의 소수민족이나 베이징의 한족들이나 다 같은 연극을 즐기면서 한 뜻이 되고 있는 것이다. 북한에 와서 악조건 아래 싸우고 있는 자기 나라 지원군을 이런 작은 변경 도시의 작은 극단까지 달려가 위문공연을 하였다니 그들의 사기가 어떠하였을까? 이러한 사실들 때문에 나는 이들에 대한 생각이 변하여 타이완 사람들이나 위구르족이나 어떤 소수민족도 중국으로부터 떨어져 나가기가 무척 힘들 것이라 믿게 되었다.

중화인민공화국으로 들어와서도 경극을 좋아하는 경향은 전혀 변함이 없다. 다만 크게 달라진 것은 이전 중국 사람들은 '미친 듯이'

경극을 좋아하였지만 지금의 중국 사람들은 뚜렷한 경극에 대한 이해와 의식을 가지고 경극을 즐기고 있다. 지금의 중국에서는 경극은 농민 노동자를 비롯한 온 중국 사람들이 좋아하는 자기네 전통 연예라는 전제 아래 이를 현대화하고 개량하면서 백성들을 즐겁게 해주고 그들을 화합케 하여 자기네가 목표로 하는 사회주의 혁명의 방향으로 온 인민을 이끌려는 것이다. 이전 사람들은 경극에 미쳐 그것을 즐기기만 하였으나 지금은 경극을 통하여 위안을 받고 격려를 받으며 힘까지 얻어 대국을 건설하려는 것이다.

그들의 붉은 군대는 1927년 8월 1일 태어날 적부터 지금에 이르기까지 모든 부대가 언제나 자신들의 극단을 갖고 연극공작을 계속하였다. 경극을 통해서 얻어지는 힘으로 붉은 군대는 악조건을 극복하고 장제스 군대와 싸워 결국은 이기었다. 6·25 때도 메이란팡·조우신팡·마롄량 같은 경극의 명배우들이 모두 두세 번 씩이나 극단을 이끌고 미군과 싸우는 중국지원군을 위문공연 하러 북조선을 찾아와 공연을 하였다. 그들은 이들 부조위문단의 활약을 소개하면서 그들에 힘입어 중국지원군은 온갖 현대무기를 다 동원하고 있는 미국군대를 상대로 잘 싸웠다고 말하고 있다.

특히 청나라 말엽부터 경극을 개혁하고 현대화 하려는 움직임 속에는 우국의식에다가 혁명의식까지 더해져서 지금 와서는 경극으로 인민을 일깨우고 이끌어주어 나라를 사회주의를 바탕으로 한 대국으로 굴기(崛起)하는 방향으로 이끌어가고 있다. 그들은 경극을 통하여 인민들의 국가관·민족의식·역사의식·문화의식 등을 그들이 설정한 새로운 방향으로 이끌어주고 있는 것이다.

　이 경극은 만주족의 금나라와 몽고족의 원나라가 중국을 정복하고 지배하기 시작하면서 발전시킨 대희(大戲) 계열의 연극이라서, 우리의 전통적인 음악이며 미술의 감각과는 전혀 다른 성격의 것이다. 따라서 한국 사람들은 경극에 공감하기가 쉽지 않다. 중국문화권 속에서 그 문화를 발전시켜 온 우리나라인데도 우리는 이 경극에 별로 공감을 느끼지 못한다. 중국의 유명한 난찡의 강소곤극단(江蘇崑劇團)과 매란방경극단(梅蘭芳京劇團)이 와서 예술의 전당에서 공연한 일이 있지만 초청된 사람들도 모두 와서 자리를 채워주지 못하는 정도의 관람 반응이었다.

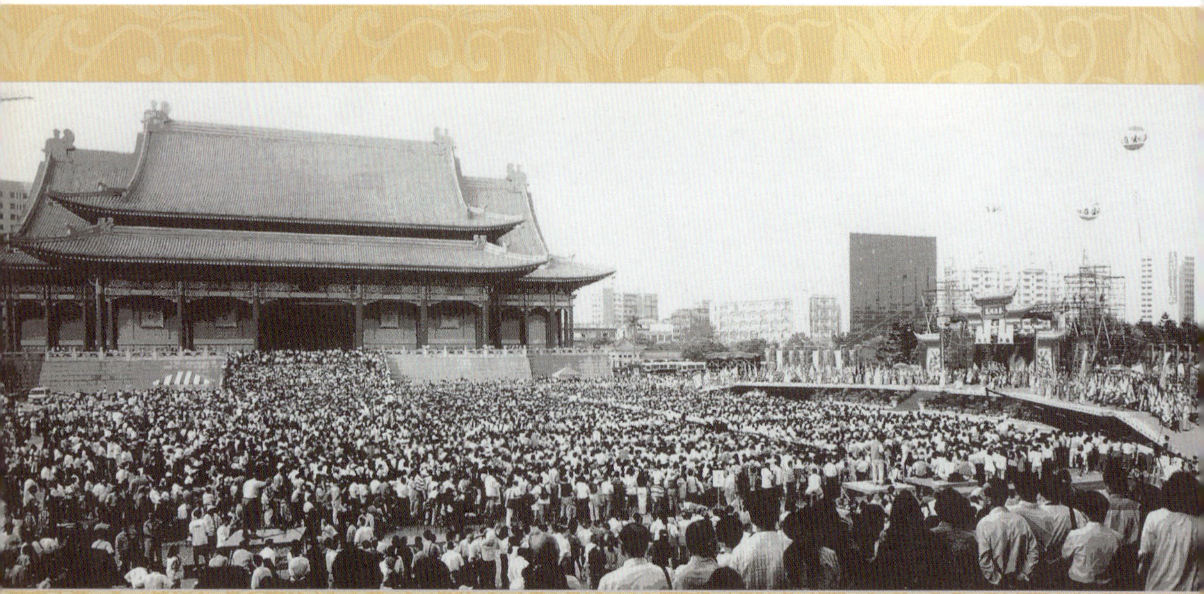

▲ 타이페이 국가희극원(國家戲劇院)에 경극을 보기 위하여 몰려든 사람들

등장인물 거의 모두가 시대의 차이도 없이 덮어놓고 화려한 수놓은 비단 옷을 입고 머리와 몸의 장식 등은 화려하고도 요란하기만 하다. 짙은 얼굴 화장은 이 세상 사람 같지 않은 느낌을 받을 정도로 색깔이 진하고 모양도 이상하다. 음악은 한마디로 말하면 무척 시끄럽기만 하다. 특히 싸움을 하는 무장(武場)에 두드려대는 징과 북을 비롯한 타악기 소리는 고막이 째질 정도이다. 부드러운 장면인 문장(文場)에 주로 배우의 창을 반주하는 이호(二胡)를 비롯한 현악기 소리며 쇄납(嗩吶)을 앞세우는 관악기 소리도 이상하게 느껴지고 시끄럽기는 마찬가지이다. 우리가 생각하는 중국의 전통악기는 거의 쓰지 않는다. 배우들의 창하는 목소리도 가성(假聲)이 대부분이고 곡조는 호금(胡琴)을 따라 굴곡을 이루며 오르락내리락하고 있어서 자연스럽게 느껴지지 않는다. 슬픈 노래인지 기쁜 노래인지 분간하기조차도 힘들다.

그러나 우리는 이 경극이 옛날에는 우리와 같은 문화권이었고 우리 바로 이웃에 있는 큰 나라 위아래 사람들 모두가 좋아하는 연극임을 알아야 한다. 경극을 모르고는 중국이나 중국문화를 얘기하기 힘들다. 우리는 이 경극을 두고 다음과 같은 몇 가지 사항을 반성해 보아야 할 것으로 믿는다.

첫째 ; 우리는 문화면에 있어서 가까운 곳은 거들떠보지도 않고 먼 곳만을 바라보며 배우려는 경향이 있다. 가극이나 뮤지컬을 좋아하면서도 중국의 경극이나 일본의 가부끼(歌舞伎) 등에는 관심이 없다. 이들 이웃은 문화상으로도 가장 가까운 관계였기 때문에 우리는 이웃 것부터 먼저 제대로 알아야 우리의 것도 제대로 찾을 수가 있을 것이다. 그리고 문화적인 공감대를 이루어야만 이웃들과의 소원한 관계에서 벗어나 뜻과 정이 통하는 관계로 발전하게 될 것이다.

둘째 ; 중국은 과거의 정복자들인 만주족과 몽고족도 지금은 화합하여 함께 거대한 중화민족을 이루고 있다. 따라서 지금은 옛날의 '오랑캐'나 문화적으로 낮은 이민족들의 모든 것이 중화민족의 것이 되어 있는 것이다. 따라서 경극은 그들에게 엄연한 대표적인 그들의 전통 연극인 것이다. 우리는 경극에서 느끼게 되는 음악·미술·무용 등등 모든 면의 이질감을 극복하고 경극을 이해하도록 노력하지 않으면 안 된다. 경극을 이질적인 것으로 여기고 있는 한 중국과의 관계는 원만해지기 어려울 것이다. 그리고 중국과 중국 사람들을 제대로 이해하기 어려울 것이다.

셋째 ; 경극은 얼핏 보기에 겉모양은 무척 귀족적인데 음악이나 미술 무용 감각은 저질로 느껴지기 일쑤이다. 그러나 예술에 있어서 대중성이란 어느 면에서는 저질적인 성격을 뜻한다는 것을 받아들여야 한다. 더구나 중국 전역의 13억이 넘는 인구의 위아래 계층이 모두가 좋아하는 연극이라면 더욱 그것은 피하기 어려운 성격인지도 모른다. 경극은 문화정도가 낮은 유목민족에게서 나온 저질성만을 갖고 있는 것은 아니다. 이 세상에 경극처럼 한 사회의 상류층으로부터 하류층에 이르는 거대한 인구의 사람들이 함께 좋아하는 연예는 달리 없을 것이다. 예술의 대중성 면에서는 이 세상의 다른 어떤 종류의 것보다도 위대하다고 할 수 있다. 우리도 우리 사회의 온 계층이 즐기는 우리의 예술을 한 종류 정도는 갖도록 노력하였으면 좋겠다. 따라서 경극을 참고로 예술의 대중성에 대하여 깊이 생각해보아야 할 것이다.

넷째 ; 중국의 민간에는 가난한 농촌도 어디를 가나 신묘(神廟)가 있고 그 신묘에서 열리는 묘회(廟會)를 통하여 전국 어디에나 그들의 전통연예가 여러 가지 계속 지금까지도 공연되고 있다. 일본은 신사(神社)가 있어 '마쓰리(祭)'를 통하여 그런 전통연예가 잘 전수되고 있다. 우리는 그처럼 민간에 우리의 것을 전수할 통로가 없어 우리의 것이 제대로 전하여지지 않고 있다. 우리도 우리의 것을 찾아 우리의 것을 전수할 방편을 찾도록 노력하여야만 할 것이다.

작년 4월 우리나라에 중국의 명감독인 츤카이꺼(陳凱歌)가 만든 영화 '메이란팡'이 개봉되었다. 그러나 우리나라 사람들은 별 반응을 보이지 않아 며칠 만에 조용히 자취를 감추어 버렸다. 그러나 나의 견해에 의하면 이는 영화가 잘못 되어서가 아니라 한국 사람들이 경극이나 메이란팡에 대하여 너무 모르고 또 경극 자체를 별로 좋아하지 않기 때문이다.

이 영화에서는 메이란팡이 3대째 이어져 오고 있는 가업인 경극의 청의 역을 계승하여 노력 끝에 명배우가 되고 대선배의 반대에도 불구하고 경극의 개량에도 열의를 다하고 일본군이 중국을 침략했을 적에는 우국정신을 발휘하여 일본의 압력에도 굴하지 않는 의기도 보여준다. 그리고 경극을 전혀 이해하지 못하는 미국 공연이란 모험에도 크게 성공을 거둔다. 경극을 위하여 메이란팡과 상대방 여인이 결국은 사랑도 미루는 대목은 감동적이기도 하다. 꽤 잘 만든 작품인데 한국에서의 반응은 냉담하다.

이것은 우리 자신에게 문제가 있음을 말해주는 것이다. 경극은 우리와는 이질적인 성격의 연예라고 고개를 돌리고만 있어서는 안 될 것으로 믿는다. 경극을 이해하여야만 중국도 알게 된다.

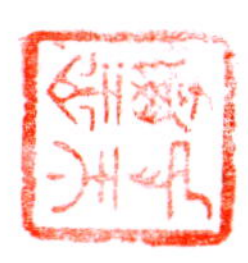

위대한 중국의 대중예술 경극(京劇)

초판 인쇄 : 2010년 5월 10일
초판 발행 : 2010년 5월 15일

저　자 : 김학주
발행자 : 김동구
발행처 : 명문당(1923. 10. 1 창립)
서울시 종로구 안국동 17~8
우체국 010579-01-000682
 Tel (영)733-3039, 734-4798
　　　(편)733-4748 Fax 734-9209
Homepage : www.myungmundang.net
E-mail : mmdbook1@kornet.net
등록 1977.11. 19. 제1~148호

• 낙장 및 파본은 교환해 드립니다.
• 불허복제

값 20,000원
ISBN 978-89-7270-945-9　　93820